大汉天声

赋与中国文化

许结 著

凤凰出版社

图书在版编目（CIP）数据
大汉天声：赋与中国文化 / 许结著. -- 南京：凤凰出版社，2025. 7. -- ISBN 978-7-5506-4560-8
Ⅰ. I207.224
中国国家版本馆CIP数据核字第2025Z1W739号

书　　名	大汉天声：赋与中国文化
著　　者	许　结
责任编辑	张永堃
特约编辑	蔡谷涛
装帧设计	薛顾璨
责任监制	程明娇
出版发行	凤凰出版社(原江苏古籍出版社) 发行部电话025-83223462
出版社地址	江苏省南京市中央路165号，邮编：210009
照　　排	江苏凤凰制版有限公司
印　　刷	南京新洲印刷有限公司 江苏省南京市六合区雨花路2号，邮编：211500
开　　本	890毫米×1240毫米　1/32
印　　张	13.375
字　　数	308千字
版　　次	2025年7月第1版
印　　次	2025年7月第1次印刷
标准书号	ISBN 978-7-5506-4560-8
定　　价	68.00元

(本书凡印装错误可向承印厂调换，电话：025-57500228)

目录

第八章 | 辞章英杰 赋体流芳

绪论

赋体文学自战国、西汉肇端，迄今已有两千多年的历史，而20世纪初到世纪中叶，在新文化运动、政治意识形态的冲击与影响下，赋一度被视为“贵游文学”“形式文风”受到摒弃而沉沦。二十世纪八十年代以后，赋学又伴随中国政治的改革与传统文化的复兴，呈现一片波澜壮阔的新景观。尤其是进入21世纪以来，赋创作的繁荣与研究的交互，更集中反映了赋体复兴蕴含的文化内涵与现实意义，其对当下文化建设的意义与价值，也值得思考。

作为中国古代文学中的重要文体，赋以“一代文学之胜”雄踞汉代文坛，所以萧统《文选》辑文以“赋”冠首，而对赋的认知，则又显然不局限于“文学”的领域，而具有更为广泛的文化意义。对此，古人论赋的话语对我们今天理解赋文化，仍有启迪。

赋是什么？班固说“多识博物，有可观采”（《汉书·叙传》），刘勰说“体国经野，义尚光大”（《文心雕龙·诠赋》)，魏收说"会须能作赋，始成大才士"(《北史·魏收传》)，其中的"博物""包容"与"才学"，为任何文体均不及。我们阅读古赋作品，其描写游猎、藉田、朝会、祭祀诸典礼，彰显的无不是"天子礼仪"，这就是当时的"中国形象"，其中涵盖了大量的文化内涵。

赋写什么？历史上赋家是第一代冠以作者姓名的文人，赋成为文学具有独立性的最初存在。它之所以受到历朝的重视，诚如班固《两都赋序》说的，赋可以"宣上德而尽忠孝"与"抒下情而通讽喻"，换言之，赋这种描绘性的文体，最能够宣扬国家的成

汉　佚名　太室阙画像

就与美德，和将民众的需求抒写出来以达上听。比如汉大赋多为当时宫廷的“语言侍从”所献，与其礼乐制度的构建切切相关，这正代表了当时“中国文化”精神。

赋观什么？这主要突出于两方面，即观才学与观风采。自汉人开启的“献赋”传统，赋作为国家的正统文学，始终成为考察文化人“才学”的标准，这发展到唐宋以后科举“考赋”，形成“诗赋取士”制度，赋既是国家选拔人才的一种需求，又成为与国家文制结合最紧密的文体。同时，由于赋兼才学，其又成为外交使臣国际间交流的文学窗口。例如明朝湛若水出使安南，董越出

使朝鲜，分别有《安南》《朝鲜》赋作，至于高丽使臣来中国求购《二京赋》，桑悦因无人创制而感羞愧，于是奋笔铺藻，赋写好卖给了高丽人。赋的宏阔与典雅，成为古代外交使臣的修养，是面对外宾的光华，也是中国文明与风雅的一体显现。

合此三点，正契合我国古代的“礼乐”“科举”与“宾仪”制度，古人“治赋”（研究赋），或重其“体国经野”的气象，或重其“音律合度”的技法，与此相关。而对这样一种极具中国特色（国外没有与之对应的文体）的赋体，我们在考量其历史价值的同时，自然可以思考有关研究的当下文化意义。

思考之一：当今中国文化的建设，一个核心问题就是重构“中国形象”，包括强大、富足与文明。而我们研究自古迄今的“中国赋”传统，尤其是以汉人创作为代表的“闳衍博丽”的大赋，彰显的是一种宏大的气象，这其中又有三大内涵：第一是“一”，即统一，例如历代京都赋的抒写，无不赞美“王道”“汉京”之德教一统，其中如清人创作多篇《台湾赋》，归心王化，就是例证；第二是“治”，即王道政治，赋家讴歌的“文德既昭，武节是宣”（张衡《东京赋》），实为典型；第三是“和”，即礼治社会，所谓“扬乐和之声，作画一之歌”（班固《西都赋》），统一政治与和谐社会的关系，得到艺术的体现。

思考之二：当今中国的文明，在于责任的担当，如何改变目前尚存在的“中国制造”与“中国游客”一些不良印记，关键在“文雅”人生的毓养，这又与中华民族文化的培育切切相关。由于近代中国耽贫积弱，强调“事功”与唤起“民众”成为一时最突出的文化责任，落实到文学及研究，也多倡导“乡土”与“俚俗”，日积月累，渐渐淡褪了传统文学的“雅”的精神。而赋体恰是雅文学的典型，所以由先秦“赋诗言志”延展而来的“献赋酬酢”，表现的是士人的文雅与外交官的风范。乃至当前的城市、区域、楼堂、景点，也还多以“赋”彰显其美，而不仅依赖“广告语”，这也算对社会风雅的崇尚。

思考之三：文化的传承与弘扬，根源于教育，培养什么样的人与采取什么方法，古法今事，固然不同，但其中也有值得借鉴者。治赋学者，对古代的“献赋”与“考赋”必然关注，然为什么以考赋为考功，其价值如何，弊端甚多，质疑亦多。但有一点值得注意，即古人选材，技能培训主要在社会实践过程中完成，而“科举”取人，要在文化知识基础，重视才学的考查，所以古

汉　彩绘陶骑兵俑

人说“诗赋之制，非学优才高，不能当也”（孙何《论诗赋取士》）、“以诗赋取士，学者无不遍读《五经》”（叶梦得《石林燕语》卷八），考赋时久，正缘于此。因为赋兼才学，饱学方能为赋，通过研究赋体的这层功用以及典型示范，其对当下惟“分”是举的急功近利的教育思想，不无鉴戒。

汉赋的创作特色，尤其是汉大赋的写作特征，决定于它的题材的类型化，或者说在类型化的题材中呈现的形象化与仪式化的艺术，这是我们读汉赋作品时最直接的感受。笔者曾在国家图书馆“文津讲坛”开设讲座，题目是“汉赋创作与国家形象”，虽然汉赋展示的国家形象不是其创作内涵的全部，因为汉赋体裁与题材都很广泛，但如果择取其要，以彰显“一代文学之胜”，这或许是真正的特色所在。从某种意义上讲，汉大赋是对京都制度的最初的文学书写，这不仅反映在京都赋，同样体现于游猎赋与祭祀赋的题材。这又可从两方面考虑，其一，汉赋展示京都制度以创造其文学形象。其二，汉廷尊京都的制度催生了赋体创作的热点问题，包括郊祀、狩猎、都城、宫室、乐舞、百戏等，仅就狩猎一端，又有貙膢、大阅、校猎的区分。比如东汉都城赋的兴起，就是制度变迁引起的文学热点。于是有了杜笃《论都赋》、傅毅《反都赋》《洛都赋》、崔骃《反都赋》、班固《两都赋》、张衡《二京赋》等创作。班固《西都赋》描写的“隆上都而观万国”，张衡《东京赋》说的“惠风广被，泽洎幽荒”，典型地展示了赋家的雄心与意志，如果我们观赏其中的内涵，自然与以汉廷为中心的朝贡制度相关联。

品读汉代赋家最能展现大一统帝国形象的，在骋词大篇。其由物象、事象的描绘而勾画出的形象，凸显于祭祀宴飨、畋猎弋射、乐舞百戏、宫室建筑等方面，而这些形象带有直观性的呈现，又源自赋家的语象所形成的语言图像。中国古代社会，虽历经夏、商、周三代而到秦汉时期，但社会礼制的建立，则始于周朝，所谓的周公制礼作乐。而其中最重要的国家大礼，就是《左传》所说的“国之大事，在祀与戎”，指的是国家“吉礼”（祭祀）与“军礼”（军事），古人说“大汉继周”，这体现在文学创作方面，也就是汉赋对祭祀与畋猎礼两方面的描绘。在汉赋对天子礼仪的描写中，最能彰显帝国形象的是朝正礼，又称“元会礼”或“朝贡礼”。这种礼仪源于周朝的诸侯朝天子礼，后来与外国使臣“朝见”中国皇帝的礼节相叠合，成了场面宏大的外交礼仪。如张衡《东京赋》的叙述为例，赋中所言“夏正三朝”指的就是朝正礼，所谓“藩国奉聘，要荒来质”，指的是外国使臣来朝，“胪人列，崇牙张，镛鼓设”是接待仪式，“撞洪钟，伐灵鼓，旁震八鄙”是接待场景，而皇帝南面受朝拜，其仪态是“冠通天，佩玉玺”，仪仗是“要干将，负斧扆”，特别是接见外宾后还有“百戏”表演，其中包括:“乌获扛鼎”（举重表演）、“都卢寻橦”（爬竿）、“冲狭”（钻刀圈）、“鷰濯”（翻筋斗）、“胸突铦锋”（硬气功）、“跳丸剑之挥霍”（手技）、“走索上而相逢”（双人走绳）、“总会仙倡，戏豹舞罴。白虎鼓瑟，苍龙吹篪。女娥坐而长歌，声清畅而蜲蛇。洪涯立而指麾，被毛羽之襳襹”（化装歌舞幻术）、“鱼龙曼延”（大型多幕歌舞、杂技等）、“奇幻倏忽，易貌分形；吞刀吐火，云雾杳冥；画地成川，流渭通泾”（魔术、幻术）、“东海黄公，赤刀粤祝”（驯兽）、“尔乃建戏车，树修旃，侲僮程材，上下翩翻。突倒投而跟絓，譬陨绝而复联。百马同辔，骋足并驰”（马戏）等等，这既是张衡赋的真实描写，也是朝会礼为“天下之壮观”的情景再现。与汉代不同，今天国家一些重大活动与仪典，比如“G20”峰会、奥运会等，是用电视影像记录并再现其场景，但其中一幕幕的精彩仪式的呈现，与汉赋有着同样的实际功用与艺术手法，只是汉人用文学语言加以表现，却更具有文学史的价值。

汉赋展示国家形象，写大题材，所以“以大为美”，但容易大而无当，易假，易空，易虚，所以到晋人反思汉大赋创作，批

明　仇英　汉宫春晓卷（局部）

评意见接踵而至，比如挚虞《文章流别论》就批评汉赋“假象过大”“逸辞过壮”“辩言过理”“丽靡过美”。笔者曾提出读唐诗要“小中见大”，读汉赋要“大中见小”。而汉大赋的“见小”，又多藏于大题材中。如写游猎，赋事之细，莫过如司马相如写“楚王行猎”与“天子校猎”两段文字。以楚王行猎为例，赋先述“云梦”之地，以“其山”“其土”“其石”“其南”“其高”“其埤”“其西”“其中”“其北”“其上”“其下”，先大后细，逐层见小。而赋文又由“其下则有白虎玄豹”引出楚王之猎，所谓“楚王乃驾驯驳之驷，乘雕玉之舆，靡鱼须之桡旃，曳明月之珠旗，建干将之雄戟，左乌号之雕弓，右夏服之劲箭。阳子骖乘，孅阿为御，案

节未舒，即陵狡兽”。此写行猎前的仪仗，寥寥数语，却用事细密。而在行猎过程中，诸如“辚巨虚”“轶野马”“掩翡翠”“射鵕鸃”“弋白鹄”“连驾鹅”等，也是赋事与物，合见于文词铺陈间。同样表现“天子礼”的汉代京都大赋，除了赋中大量有关都城与宫室的描写体察入微，引人入胜外，其中诸如“元会礼”“大傩仪”类礼节仪式的呈现，也是具体生动，精彩纷呈。如张衡《西京赋》中对天子迎宾仪之“百戏”表演的描述，所谓“大驾幸乎平乐，张甲乙而袭翠被”一段，气象恢宏，然写到具体表演，又是分擘细密，因微见著。汉大赋的“见小”也是作者修辞的功

元　赵孟頫　羽猎图（局部）

夫。比如司马相如《上林赋》描述“八川分流”时谓“出于椒丘之阙，行乎洲淤之浦，经乎桂林之中，过乎泱漭之野”，即采用“出”“行”“经”“过”不同动词，以变幻读者（听者）的感受。再如《上林赋》写水一段文字，典型的是“沸（水声）乎暴怒（流向），汹涌（流向）澎湃（水声）”的书写模式，如果对读王维的《山居秋暝》诗中两联“明月松间照（视觉），清泉石上流（听觉），竹喧（听觉）归浣女，莲动（视觉）下渔舟”的写法，其间艺心传递，是可以妙机其微的。

汉赋是中国文学史发展过程中一段辉煌的记忆，是文体史上

汉　“长生未央”瓦当

赋体创作的巅峰之作。清人焦循《易余籥录》认为“一代有一代之胜”，举例说“汉之赋周秦所无，故司马相如、扬雄、班固、张衡为四百年作者。……魏晋以后之赋则汉赋之余气游魂”。近代学者王国维在《宋元戏曲史序》中也认为：“凡一代有一代文学之胜：楚之骚，汉之赋，六代之骈语，唐之诗，宋之词，元之曲，皆所谓一代之文学，而后世莫能继焉者也。”而作为“一代文学之胜”的汉赋，又是中国文苑的一朵“奇葩”，其由“楚辞”到“汉赋”的演进，从“蕞尔小邦”而“蔚然大国”，完成了中国历史上第一代署名“文士”的文学创作，并以独特的语言表现，成为堪称“中国特色”的文类，是西方社会没有可与之相对应的文体形式。汉赋文体的独特性有两大显著特征，一是“赋家之心，包括宇宙”，自然总览人物，包罗万象，气势恢宏，意蕴深厚；二是“铺采摛文，体物写志”，由于赋家有很强的“物类”意识，比如陆机《文赋》说的“赋体物而浏亮”，因此汉赋能昭物取象，以夸饰描绘见长，其中“博物”“包容”与“才学”在汉赋创作中的呈现，为其他文体所不及。阅读汉赋作品，其中描写游猎、藉田、朝会、祭祀等一系列的典礼，彰显的都是“天子礼仪”，可以说是当时的“中国形象”。笔者曾被问道，千百年来中国人为什么钟情于写赋，由汉赋奠定的赋体到今天为什么仍有生命力？笔者戏说：这是中国人的脸面。

汉　“长生无极”瓦当

第一章

体国经野　义尚光大

作为一代文学之胜的汉赋，其创作有着丰富的历史意识与文化内涵。汉人提出“大汉继周”的思想，是对汉承秦后的反思，是惩秦政而法周德的文化观念。汉赋着眼于“游猎”的描绘，反映的正是汉人对王霸之道的态度及其变移。在中国古代，文与礼的关联密切，汉代骋辞大赋多为天子礼的描写，其中尤多郊祀的礼仪功用与意义。而在东汉兴起的“京都”题材的赋作，特别注重天地之中的渲染，是帝国中心论的书写，其所宣扬的是文化大一统的观念。刘勰《文心雕龙·诠赋》借用《周礼》中“体国经野”提法评汉赋，并非虚语。

01

大汉继周
汉赋创作中的秦政反思

汉赋作家的写作思想，比较突出的就是通过物态描写来蕴涵一种建“德”观念，并由建汉德而延伸出所谓“大汉继周”的思考。比如清代学者李光地论汉代政治时认为“秦恶毒流万世，复浮于莽。……莽后仍为汉，秦后不为周耳。实即以汉继周，有何不可”（《榕村语录》卷二一）。另一位学者何焯在谈汉文如评张衡《东京赋》时也说“东京之本于周，犹西京之本于秦也，所以推周制以为发端”（于光华辑《重订文选集评》卷一）。他们谈政与论文，都聚焦于王莽新朝后的“东京”，并以西京承“秦”而东京继“周”，其说法虽有一定的历史依据，但就汉赋建德而言，这又丢失了汉人言说中的一段历史记忆。因为汉代赋家谈周德，自西汉初年已蕴蓄于其文本的书写中。譬如枚乘《七发》“比物属事，离辞连类”，取辞《礼记·经解》“孔子曰：……属辞比事，《春秋》教也”；司马相如《上林赋》“射《貍首》，兼《驺虞》”，取用《诗·召南》之卒章，即《毛诗序》谓“蒐田以时，仁如驺虞，则王道成也”。

然其所蕴涵“周德盛”的史观又源自东周以降“周德衰”的论点，如《左传》隐公十一年载语:“王室而既卑矣……天而既厌周德矣。”又《国语·周语》载周幽王二年伯阳父曰:“周将亡矣……昔伊、洛竭而夏亡，河竭而商亡，今周德若二代之季矣。”由论“衰”而言“盛”，其中隐含着诸侯纷争的年代，而汉人思想的逻辑起点，则归于秦政，所以赋家的言说正是汉人有关秦史与秦政的态度。

就其大体形势来看，秦、汉帝国在中国历史上开始建立宗法君主制，治体是相同的，具体行政亦多相承，如废封建而行郡县、立博士官制、新首都建设等，至于秦始皇五次巡狩“其目的不仅是向当地臣民而且也是向域外的各国炫耀武功”（林剑鸣《秦史稿》），与汉武帝的巡狩意义相近。另外，汉代《史记》《汉书》撰述中多及“秦仪”，也包括宗庙祭祀制度。如“秦代藏书之官凡二：一为史官，乃典守秦纪及各国史记者也。一为博士官，乃典守《诗》《书》百家语者。……《诗》《书》百家语，则不过禁止私人收藏，若博士官所职，则依然无恙明矣”（马非百著《秦集史·艺文志》），这类史官与博士官亦为汉廷倚重。尽管汉初针对秦人废封诸侯的问题，改行与周制封建不同的、在帝国中央治权下的分封同姓诸侯王的举措，乃至持“过秦”说的贾谊为汉政“痛哭”者恰效秦政而反对诸侯藩国之祸，即王夫之《读通鉴论》所言“秦政、李斯以破封建为万世罪，而贾谊以诸侯王之大为汉痛哭，亦何以异于孤秦”。这也牵涉到汉人对秦朝态度随时代发展而变迁，包括赋家描写的相关文献。据司马迁《史记·秦始皇本纪》写秦之衰，记述二世自杀后:“阎乐归报赵高，赵高乃悉召诸大臣公子，告以诛二世之状。曰:‘秦故王国，始皇君天下，故称帝。今六国复自立，秦地益小，乃以空名为帝，不可。宜为王如故，便。’乃立二世之兄公子婴为秦王。以黔首葬二世杜南宜春苑中。”而论秦的思想旨意，在“太史公曰”是这样认为：

> 至周之衰，秦兴，邑于西垂。自缪公以来，稍蚕食诸侯，竟成始皇。始皇自以为功过五帝，地广三王，而羞与之侔。善哉乎贾生推言之也！

所述“贾生推言”即指贾谊成于汉文帝之世的《过秦论》，其论关键点有四：一曰秦国强大的历史，如“秦孝公据殽函之固，拥雍州之地，君臣固守以窥周室……商君佐之”等；二曰始皇丰功，如“及至始皇，奋六世之余烈，振长策而御宇内，吞二周而亡诸侯……却匈奴七百余里，胡人不敢南下而牧马”等；三曰秦政之失，如“废先王之道，焚百家之言，以愚黔首……”；四曰二世而亡及废周制封建之过：“一夫作难而七庙隳，身死人手，为天下笑者，何也？仁义不施而攻守之势异也。”略早于贾谊陈论的贾山，于文帝二年上《至言》，其中有一段秦史论述：

> （秦）贵为天子，富有天下，赋敛重数，百姓任罢，赭衣半道，群盗满山，使天下之人戴目而视，倾耳而听。一夫大呼，天下响应者，陈胜是也。秦非徒如此也，起咸阳而西至雍，离宫三百，钟鼓帷帐，不移而具。又为阿房之殿，殿高数十仞，东西五里，南北千步，从车罗骑，四马骛驰，旌旗不桡。为宫室之丽至于此，使其后世曾不得聚庐而托处焉。（《汉书·贾邹枚路传》）

品读汉史，贾山批评秦二世如建造阿房宫的奢侈纵欲行为比较具体形象，但其义与贾谊之论相类，同为在汉文帝朝进言“俭德”，以亡秦奢侈为教训的。其中虽然也有“秦以熊罴之力，虎狼之心，蚕食诸侯，并吞海内，而不笃礼义，故天殃已加矣”的议论，但在“过秦”中（如穷奢极欲，不笃仁义）却不乏“哀秦”之义，也就是贾山所说的秦之后世“不得邪径而托足”，“不得蓬颗蔽冢而托葬”的极衰之境与悲哀之义。在西汉虽然赋家有关秦史的描写并不太多，但这种过秦与哀秦的史观体现于赋文，典型的是司马相如的《哀二世赋》。

司马相如曾随武帝出行回宫途中经过秦朝旧宫室“宜春宫”的旧址，因感于秦朝“二世”而亡，写了这篇以哀秦寓兴亡之作。据史书记述，秦二世胡亥秉性愚而为政虐，听从赵高阴谋杀其兄扶苏，夺其王位，并诛戮诸公子及李斯、冯去疾等重臣，其父郦山的工程未完成，又建阿房宫，征敛无度，戍傜无已，刑戮于道，以致宗室振荡，吏民惊恐，陈涉、吴广揭竿而起于大泽乡中，天下为之响应，项羽破秦军，虏王离，降章邯，纵横于山东之地，刘邦则率兵屠武关，直逼京师。胡亥责怪赵高，于是赵高遣其婿阎乐逼胡亥自杀，享国三年，死后葬杜南宜春苑。胡亥之后，子婴继立仅四十六日就投降了刘邦，又过月余，为项羽所杀，秦王朝灭亡。相如侍从武帝过宜春苑而作赋，一则哀秦政之失，至于灭国；一则以为殷鉴，警示当朝君王的作为。朱熹《楚辞后语》认为这篇赋在相如作品中，是“有讽谏之意”，这很能说明相如思想与文风的转向；又觉得此赋“低徊局促，而不敢尽其词”，则隐喻作为宫廷言语侍从的尴尬境遇与曲折心理。也正是承续文帝朝诸臣进言“俭德”以鉴“秦亡”，相如在功德极盛的武帝朝，以“哀秦”成赋，开创了这一题材的文学书写，是极有历史意义与思想价值的。

明　唐寅　函关雪霁图

对这一“哀”的情绪，《文心雕龙·哀吊》认为“自贾谊浮湘，发愤吊屈……盖首出之作也。及相如之吊二世，全为赋体，桓谭以为其言恻怆，读者叹息”。探讨相如为何要“哀”秦二世胡亥？据近年来出土文献中有关“二世”的记载，如湖南文物考古研究所于2013在湖南益阳兔子山9号井发掘出了一篇秦二世登基文告，有这样的记述：“天下失始皇帝，皆遽恐悲哀甚，朕奉遗诏。今宗庙吏（事）及箸（书）以明至治大功德者具矣，律令当除定者毕矣，以元年与黔首更始，尽为解除故罪，令皆已下矣。”又据“北大简”中《赵正书》的记载，赵正流涕而谓斯曰：“……其议所立。”丞相斯、御史臣去疾昧死顿首言：“今道远而诏期窘（群）臣，恐大臣之有谋，请立子胡亥为代后。”王曰：“可。”“赵正”即秦始皇，这里记述其临终之际令李斯等人商议继承人问题，他们以路途遥远为理由，认为胡亥就近在身边，由他即位不会引起内乱。这与《史记》的记载不同，但却能反映出在汉代还存在另外一种声音，那就是秦二世的即位是有其合法性的。这也可与贾谊所说的“岂惟胡亥之性恶哉”形成关联，“哀”二世的重点是在“失政”。

相如《哀二世赋》因见衰景而叹“哀”，有怀古幽思，但作者处盛世而寄“哀”，则显然具有借“古”讽“今”的意义。今存文字不长，兹录如次：

登陂陁之长阪兮，坌入曾宫之嵯峨。临曲江之隑州兮，望南山之参差。岩岩深山之谾谾兮，通谷豁乎谽谺。汩淢靸以永逝兮，注平皋之广衍。观众树之蓊薆兮，览竹林之榛榛。东驰土山兮，北揭石濑。弭节容与兮，历吊二世。持身不谨兮，亡国失势。信谗不寤兮，宗庙灭绝。呜呼！操行之不得兮，坟墓芜秽而不修兮，魂亡归而不食。敻邈绝而不齐兮，弥久远而愈佅。精罔阆而飞扬兮，拾九天而永逝。呜呼哀哉！

赋文先描写侍从武帝往长杨宫观猎，归程途经旧宜春苑而观览其景观与气象。作者眼前是道路之漫长，宫室之嵯峨，曲江之回绕，南山之参差，深岩通谷，平皋广衍，众树葱茏，竹林环护，极为壮观。待赋家写到“东驰土山兮，北揭石濑”而“弭节容与”时，隐含地点（宜春苑），却说破献赋主旨“历吊二世”。然后分两层次书写，一层写秦二世亡国之因是“持身不谨兮，亡国失势。信谗不寤兮，宗庙灭绝”，

汉　“长杨宫”铜行灯

并续以“呜呼哀哉”一语为感叹；二层写眼前墓室荒芜之凄凉景象，所谓“墓芜秽而不修”“魂亡归而不食”等，与贾山《至言》所述相同，赋文又结以“呜呼哀哉”四字，强化“哀”为一篇主旨。而在赋中拓开境界的是“临曲江之隑州兮，望南山之参差”，今人注释于“曲江”较详细，从《史记索隐》引张揖说：“苑中有曲江之象，中有长州，又有宫阁路，谓之曲江，在杜陵西北五里。”而对“南山”的解读，极为简单，或认为泛指“南面之山，非专名”，或认为即秦岭山脉的“终南山”。这里有多重内涵，包括在政治上提倡“美政”的“南山”意象、“南山”精神意涵有追求雄壮崇高之义，以及在文学史上围绕“南山”的描写，使这篇赋成为写实性纪行的开端等。这里面已内涵了由秦政到汉政的传承与变化中，德教建构的寓意。而由相如的《哀二世赋》开辟了以赋文“哀秦”的题材，在后继者的承续中，又多与惩秦亡教训相关。举两则赋例：

越安定以容与兮，遵长城之漫漫。剧蒙公之疲民兮，为强秦乎筑怨。舍高、亥之切忧兮，事蛮狄之辽患。不耀德以绥远，顾厚固而缮藩。首身分而不寤兮，犹数功而辞愆。（班彪《北征赋》）

周姬之末，不能厥政，政用多僻，始于宫邻，卒于金虎。嬴氏搏翼，择肉西邑。是时也，七雄并争，竞相高以奢丽。楚筑章华于前，赵建丛台于后。秦政利觜长距，终得擅场。思专其侈，以莫己若。乃构阿房，起甘泉，结云阁，冠南山，征税尽，人力殚。……驱以就役，唯力是视。百姓弗能忍，是用息肩于大汉，而欣戴高祖。（张衡《东京赋》）

一是征行赋，行路有感而发；一是京都赋，构建帝国所思，二者皆以“过秦”之暴，“哀秦”之亡，来赞述汉统、汉势与汉德的。

探讨由“过秦”而“哀秦”，转向秦“哀”为秦“暴”的，对照两汉赋家的描述，有着明显的差距。例如扬雄《羽猎赋》论秦，只是“加劳三皇，勖勤五帝”“立君臣之节，崇圣贤之业”而归于“背阿房，反未央”，属泛泛之谈。而到东京赋家笔下，明确转向“大汉继周”源自惩秦之“暴”的逻辑思路，这里又内涵了汉赋作家秦史观的两大变化：一是“秦”与“莽”的结合，即东汉的建立以惩于王莽篡汉的恶政，追踪与批判秦之暴政，确认大汉继周的德统。如果说在西汉末年扬雄撰《长杨赋》还笼统地谈秦汉政权的更替，所谓“昔在强秦……群黎为之不康。于是上帝眷顾高祖，高祖奉命，顺天关，横钜海……展民之所诎，振民之所乏，规亿载，恢帝业”，那么在经历王莽居摄篡汉迨至“新”亡，东汉初年汉统观于是炽盛，如《汉书·叙传》录班彪于建武元年作《王命论》所言“帝王之祚，必有明圣显懿之德，丰功厚利积絫之业，然后精诚通于神明，流泽加于生民。……高祖其兴也有五：一曰帝尧之苗裔，二曰体貌多奇异，三曰神武有征应，四曰宽明而仁恕，五曰知人善任使”，是对高祖兴汉的颂赞。这在赋家笔下，最典型的就是杜笃撰于建武二十年的《论都赋》，以视秦、莽之暴为建复汉统的缘由：

昔在强秦，爰初开畔，霸自岐、雍，国富人衍，卒以并兼，桀虐作乱。天命有圣，托之大汉。……逮及亡新，时汉之衰，偷忍渊囿，篡器慢违。徒以埶便，莫能卒危。假之十八，诛自京师。……于时圣帝，赫然申威。荷天人之符，兼不世之姿，受命于皇上，获助于灵祇。

将“强秦”与“亡新”对应，已成为一时风尚。于是见诸赋家笔端，或专论秦政之暴，如冯衍《显志赋》论周唐盛德后云：“恶丛巧之乱世兮，毒纵横之败俗；流苏秦于洹水兮，幽张仪于鬼谷。澄德化之陵迟兮，烈刑罚之峭峻；燔商鞅之法术兮，烧韩非之说论。诮始皇之跋扈兮，投李斯于四裔；灭先王之法则兮，祸寖淫而弘大。”或专论王莽之祸，如班固《幽通赋》所云：“巨滔天而泯夏兮，考遘愍以行谣。”或兼斥秦、新之政，如张衡《南都赋》所云“方今天地之雎剌，帝乱其政（帝谓秦、莽），豺虎肆虐，真人革命之秋也。……是以关门反距，汉德久长”。二是五德终始说，构成两汉赋家对秦史态度的差异，即秦“哀”与秦“暴”之论。而“五德说”与“三统说”又相互作用，因为“三统说和五德论本来各有其正朔服色，它们除了颜色的偶然相合之外是不相容的”，到了汉武帝时期，“三统说主张汉为黑统，五德说主张汉为土德……办法是取了三统说的正朔，而去其服色；取了五德说的服色，而去其正朔”，其思想表明“天道之自然循环，得到某一行或某一统者即为天命之所在”（杨向奎《中国古代社会与古代思想研究》）。汉人继承战国燕齐方士旧说，以五行学说构建汉德，如汉初依秦制自居“水德”，至武帝朝“用五德说易服色而用三统说改正朔”（顾颉刚《汉代学术史略》），又立为土德，到汉昭帝儒生眭弘提出“汉为尧后”的传德之运，是为火德，而王莽又自称虞帝之后为土德，到了东汉班固的《两都赋》中复倡火德，一则于《西都》篇中高调提出“流大汉之恺悌，荡亡秦之毒螫”，一则在《东都》篇中自诩为“系唐统，接汉绪”，这影响汉人的秦史态度，则从德与统的意义上既是对秦为“水德”克周之“火”德之旧五德说的回应，以彰显大汉继周思想，同时也抹掉了秦朝之德与统的合法性。缘此，其《东都赋》假“东都主人”之口质疑“西都宾”且喟然而叹曰：

> 痛乎，风俗之移人也！子实秦人，矜夸馆室，保界山河，信识昭、襄而知始皇矣。乌睹大汉之云为乎？……往者王莽作逆，汉祚中缺，天人致诛，六合相灭。于是之乱，生人几亡，鬼神泯绝，壑无完柩，郛罔遗室。原野厌人之肉，川谷流人之血。秦项之灾，犹不克半，书契以来，未之或纪。……子（西都宾）徒习秦阿房之造天，而不知京洛之有制也；识函谷之可关，而不知王者之无外也。

其中“子实秦人”一语，说明“东都主人”对“西都宾”的质疑，实为对秦政的批判。而对秦政的批判，包涵了对周政的继承和汉政的建立。

02

王霸之道

汉赋有关天子游猎的书写

汉承秦制而行“霸道”，从周政而倡“王道”，王霸之争成为汉政与汉史的一个聚焦点。夏曾佑《中国古代史》记述西汉初年文、景、武三朝之制，认为汉文帝行“黄老之治”、汉景帝施“名法之治”，而汉武帝始倡导“儒术之治”。从汉武帝倡言“罢黜百家，表彰六经”到汉元帝以“儒教”治国，其间内涵周德与秦政的冲突而形成的王霸之争，为汉史一重要问题。汉宣帝曾针对太子好以儒治政明言：“汉家自有制度，本以霸王道杂之。”（《汉书·元帝纪》）这是效“武帝故事”的“外儒内法”的统治策略。但是，随着元、成执政期的到来，汉治走向政缘儒术的“儒生政治”，以重构刘汉的宗法圣统，这又在有关元、成庙议间得以彰显。由此再回到汉人聚焦的“秦史”，西汉时期贾谊的“过秦”在于营构汉礼，而西汉中后期，特别是东汉时期批判“暴秦”乃至抹去其“王命”的存在，更多在于建立汉统。居此周、秦政教之间，汉代赋家史观的王霸问题又相当集中于有关天子游猎的描写。

汉赋中天子游猎，既是对现实中帝王狩猎行为的写照，又是对古老的田狩礼形象化的追踪。有关周制“田狩”礼，多见载《周礼·夏官》与《礼记·王制》。这固然影响了汉人田狩思想，但在汉赋中的游猎描写，却有着与汉史对应的现实功能与意义。汉赋作品较早写畋猎的有枚乘《七发》一段文字，以及孔臧的《谏格虎赋》，此如同司马相如的《谏猎书》文，乃批评诸侯王或天子田猎戏乐，疲怠身心，而真正描写天子校猎而与当朝王霸思想相应和的，则是相如《上林赋》中有关描写：

天子校猎，乘镂象，六玉虬，拖蜺旌，靡云旗，前皮轩，后道游，孙叔奉辔，卫公参乘。扈从横行，出乎四校之中。鼓严簿，纵獠者。江河为陆，泰山为橹，车骑雷起，隐天动地，先后陆离，离散别追，淫淫裔裔，缘陵流泽，云布雨施。生貔豹，搏豺狼，手熊罴，足野羊；蒙鹖苏，绔白虎，被斑文，跨野马，陵三嵕之危，下碛历之坻……

赋写天子出游的仪仗、威势，内彰“武帝”形象，其中“生貔豹，搏豺狼”等写天子校猎的具体行为，“江河为陆，泰山为橹”“陵三嵕之危，下碛历之坻”等描绘，则夸张造势，是典型的以“文”采饰“武”。西汉赋家效仿相如赋的，如扬雄《长杨赋》有关天子校猎的描写：

今朝廷纯仁，遵道显义……乃时以有年出兵，整舆竦戎，振师五莋，习马长杨，简力狡兽，校武票禽。乃萃然登南山，瞰乌弋，西厌月窟，东震日域。又恐后世迷于一时之事，常以此取国家之大务，淫荒田猎，陵夷而不御也，是以车不安轫，日未靡旃，从者仿佛，骫属

元　赵孟頫　羽猎图（局部）

而还；亦所以奉太宗之烈，遵文武之度，复三王之田，反五帝之虞；使农不辍耰，工不下机，婚姻以时，男女莫违；出恺悌，行简易，矜劬劳，休力役；见百年，存孤弱，帅与之同苦乐。

该赋作于成帝元延年间，叙写汉成帝“夸胡人以多禽兽”而进行的狩猎活动，其创作动机在赋序已有说明，即“发民入南山，西自褒斜，东至弘农，南驱汉中”，规模愈宏，扰民则甚，作者力倡“仁德”，将道德的约制融入赋体的夸饰。

到了东汉时期，赋家笔下较具规模的天子校猎的情景，已从西汉有关游猎的专题赋转入“京都”赋的宏大书写中。例如班固《西都赋》中的记述：

尔乃盛娱游之壮观，奋泰武乎上囿。因兹以威戎夸狄，耀威灵而

讲武事。……于是乘銮舆，备法驾，帅群臣，披飞廉，入苑门。遂绕酆鄗，历上兰。六师发逐，百兽骇殚。……尔乃期门佽飞，列刃鑽鍭，要趹追踪。鸟惊触丝，兽骇值锋。机不虚掎，弦不再控，矢不单杀，中必叠双。飑飑纷纷，矰缴相缠。风毛雨血，洒野蔽天。……草木无余，禽兽殄夷。

又如张衡《西京赋》中的记述：

天子乃驾雕轸，六骏驳，戴翠帽，倚金较。……千乘雷动，万骑龙趋。属车之箠，载猃玁猲。……陈虎旅于飞廉，正垒壁乎上兰。结部曲，整行伍，燎京薪，骇雷鼓。纵猎徒，赴长莽。迾卒清候，武士赫怒，缇衣韎韐，睢盱拔扈。光炎烛天庭，嚻声震海浦。河渭为之波荡，吴岳为之陁堵。百禽㥄遽，騤瞿奔触。丧精亡魂，失归忘趋。

汉　绿釉陶蹲熊

尽管描写“天子校猎”的“耀威”“讲武”与相如赋相近，但其将游猎本身置于赋家思想的对立面而加以讽谏，则非常明显。因班、张赋写游猎归于“西都”，惟其《东都赋》(《东京赋》) 为赋家主格，前如班固“东都主人喟然而叹曰……”语引起全篇对“西都”事物的质疑，张赋尤以“东都”的礼治描绘，消解了“西都”如校猎的雄张气象。东汉王朝因受“王者功成作乐，治定制礼”思想的影响，对蒐狩礼加以重构。东汉蒐狩礼已不同于西周四时讲武，而是集中在秋季畋狩、冬季讲武以顺时令。因此张衡《东京赋》以“三农之隙，曜威中原。岁惟仲冬，大阅西园”赞颂东汉天子讲武不违时令而守礼节，以批判西京耽于游畋的行为。由此回到汉赋中天子游猎的书写与汉代政治“王·霸”之道的关联，以及两汉赋家对待汉史问题由“霸”转“王”的认知与理解，可为三点辨析：

其一，从赋中假托人物的格局看霸、王之道的变化。相如《子虚》《上林》赋由三位人物构篇，“子虚”代表楚臣，赋中夸耀的是楚国的云梦之泽；“乌有”代表齐臣，夸耀的是齐国的东海之滨；“亡是公”代表天子使臣，夸耀的是天子“上林苑”的气象，以“明天子之义”，如果结合景、武之事“平藩乱”与“抗匈奴”两大政略，“天子校猎”的描写以及以“亡是公”掩压“子虚”“乌有”，恰恰表现了当时的“削藩”政略，其中的“尚武”同样隐含“抗匈”意义，这也决定了相如赋由“藩国”（在梁国为《子虚赋》）而进入宫廷（献“天子游猎赋”）。与之不同，扬雄《长杨赋》假设“翰林主人”与“子墨客卿”，“客卿”为宾，引出话语，而全赋主构则在“主人”之言，然“客卿”所言天子游猎乃“天下之穷览极观”与“颇扰于农民”，却反客为主，代表了作者“聊因笔墨……以讽”的主旨。这到了东汉时期的班、张笔下，一则虚构“西都宾”与“东都主人”（《两都赋》），一则虚构“凭虚公子”与“安处先生”（《二京赋》），皆拟效扬雄，但却变其“客”与“主”的意义，而以“主”言为旨，付游猎之奢侈于“西都（京）”，而归正于“东都（京）”，诚如《东都赋》“顺时节而蒐狩”李善注“《左氏传》臧僖伯曰：春蒐，夏苗，秋狝，冬狩，皆于农隙以讲事也”，说明了天子顺天时以农隙讲武蒐狩的道理，已变“武功”而为“礼制”，表现出黜“霸”崇“王”的史观。

其二，赋家有关“天子游猎”的描写由“耀武”的气势转向对“民生”的关怀。考查相如赋写“天子校猎”，乃浓笔艳采，飞扬跋扈，至于民生，只是假借天子自悟与引述经义敷衍成文，如谓“天子芒然而思，似若有亡曰：‘嗟呼！此大奢侈！’”或谓“悲《伐檀》，乐‘乐胥’。修容乎礼园，翱翔乎书圃……”等，均为赋文点缀。而到扬雄赋中书写“游猎”已大相径庭，其自撰赋序先彰其义，如“然至羽猎，田车戎马，器械储偫，禁御所营，尚泰奢丽夸诩，非尧、舜、成汤、文王三驱之意也。又恐后世复修前好，不折中以泉台，故聊因《校猎赋》以讽”（《羽猎赋》）、“是时，农民不得收敛。雄从至射熊馆，还，上《长杨赋》，聊因笔墨之成文章，故藉翰林以为主人，子墨为客卿以讽”（《长杨赋》）等，皆以武帝游猎为批评对象，以警示先君的行为，托意民生，明当世之讽。而这正与西汉末年奢侈之风盛炽相关，如元、成之世，王吉、贡禹多陈制节谨度之议，及成帝永始四年下诏云：“方今世俗奢僭罔极，靡有厌足。公卿列侯亲属近臣，四方所则，未闻修身遵礼。”（《汉书·成帝纪》）皇帝指斥公卿列侯，而赋家则讽劝皇帝，源自霸道的田狩威仪，于赋中又增加了王道礼义的节制。但是，当时反对“奢僭”世风，并不关涉民生，实为稽古礼以为尚，所以扬雄赋关乎民生的旨意，到东汉赋家以“京都”题材写“游猎”，才通过对“东京”礼制的描绘，以对应“西都”的游畋，起到以复古（周德）而利民生（汉德）的功效。

其三，由依附于周德的“王道”对大汉武德曲终奏雅式的微讽，转向建立汉德与汉统的“王道”思想的正面歌颂，形成对“游猎”行为的质疑与批判，是赋家史观变化又一特征。有关扬雄批评西汉赋家“曲终奏雅”说，言载《汉书·司马相如传》：“司马迁称‘……相如虽多虚辞滥说，然要其归引之于节俭，此亦《诗》之风谏何异？’扬雄以为靡丽之赋，劝百而讽一，犹骋郑卫之声，曲终而奏雅，不已戏乎！”

尽管司马迁认为相如赋颇具“《诗》之讽谏”，然其曲终奏雅式的微讽，在枚、马乃至扬雄本人的写作中，均有呈现。譬如枚乘《七发》写“楚太子有疾，而吴客往问之”，并以“客曰”为发端，分叙“听琴”“饮食”“车马”“游观”“田猎”“观涛”“奏方术之士”七件事，极尽铺陈描写，最终以“奏方术之士”明其功效：“于是太子据几而起，曰：‘涣乎若一听圣人辩士之言。’涊然汗出，霍然病已。”这类构篇方法，即《七发》中“游宴”“校猎”及至“论道”而“醒悟”，几乎为相如赋的摹写形制。如描写天子游猎盛况后，其束语是：“若夫终日驰骋，劳神苦形，罢车马之用，抗士卒之精，费府库之财，而无德厚之恩；务在独乐，不顾众庶，忘国家之政，贪雉兔之获，则仁者不繇也。从此观之，齐、楚之事，岂不哀哉！……夫以诸侯之细，而乐万乘之所侈，仆恐百姓被其尤也。”摹仿相如所作“四赋”的扬雄也不例外，如其《长杨赋》中子墨客卿听翰林主人最后一段有关“朝廷纯仁，遵道显义”的言说后，再拜稽首曰“大哉体乎！允非小子之所能及。乃今日发矇，廓然已昭矣”，对照赋文的铺陈描绘，以简驭繁，曲终奏雅为旨。至于东汉赋作，多赞美周德以喻汉德，如李尤《东观赋》写“成周之礼”云：“历东厓之敞坐，庇蔽茅之甘棠。前望云台，后匝德阳。道无隐而不显，书无阙而不陈。览三代之采宜，包郁郁之周文。”考《后汉书·阴兴传》“受顾命于云台广室”，李贤注：“洛阳南宫有云台、广德殿。”而汉明帝时命人在云台上图画邓禹等二十八将，且对应以《论语》载孔子语“郁郁乎文哉，吾从周”，融武事于文礼，是内含儒生政治价值观的。而在东汉以京都写游猎的赋文中，大量对汉德与汉统“尊王”的正面描写，典型者如班固《东都赋》中有关明帝永平制礼与哀恤民生结合的书法：

汉 《车马出行图》画像石

于是圣上睹万方之欢娱，又沐浴于膏泽，惧其侈心之将萌，而怠于东作也。乃申旧章，下明诏，命有司，班宪度，昭节俭，示太素。去后宫之丽饰，损乘舆之服御，抑工商之淫业，兴农桑之盛务。遂令海内弃末而反本，背伪而归真。女修织纴，男务耕耘，器用陶匏，服尚素玄。

这不同于西汉赋好以“经义”点缀曲终奏雅，作者在继写皇帝“下明诏”“昭节俭”后，明确指出：“今论者但知诵虞夏之《书》，咏殷周之《诗》，讲羲文之《易》，论孔氏之《春秋》，罕能精古今之清浊，究汉德之所由。”是以“礼治”行为约制或贬抑“游猎”，符合汉赋家崇“王”黜“霸”的思想路径。

03 郊大于庙——汉赋中天子郊祀的意义

萧统《文选》标明汉赋的“郊祀”类，录扬雄《甘泉赋》一篇，其实扬雄摹相如而为“四赋”，其《长杨》《羽猎》属“畋猎”类，而《甘泉》《河东》属于“郊祀”。李善注《甘泉赋》“上方郊祀甘泉泰畤，汾阴后土，以求继嗣”云：“上，谓成帝也。《汉书》曰：武帝幸甘泉，令祠官具太乙祠坛。太一所用，如雍畤物。又立后土于汾阴脽上。”扬雄所赋乃成帝祀礼，观其赋义却多追溯武帝故事，主要指定“郊祀之礼”。有关赋家阐明郊祀之礼义，东汉时邓耽作《郊祀赋》有所描述：

咨改元正，诞章厥新。丰恩羡溢，含唐孕殷。承皇极，稽天文。舒优游，展弘仁，扬明光，宥罪人。群公卿尹，侯伯武臣，文林华省，奉贽厥珍。夷髦卢巴，来贡来宾。玉璧既卒，于斯万年。穆穆皇王，克明厥德。应符蹈运，旋章厥福。昭假烈祖，以孝以仁，自天降康，保定我民。

赋中述祀礼内含承天之序，应运行政，和合万邦，明德保民之义。追溯武帝时代的“郊祀”，《汉书·礼乐志》叙曰“至武帝定郊祀之礼……乃立乐府，采诗夜诵……多举司马相如等数十人造为诗赋，略论律吕，以合八音之调，作十九章之歌”，既有郊祀歌十九章之作，亦有“赋”的参与；其《郊祀志》又记匡衡、张谭奏语述其理云“帝王之事莫大乎承天之序，承天之序莫重于郊祀……祭天于南郊，就阳之义也；瘗地于北郊，即阴之象也”。由此可见汉人郊祀赋的写作，实与武帝朝有关郊、庙之争相关。

据《史记·封禅书》记载：“三年一郊。秦以冬十月为岁首，故常以十月上宿郊见。”董仲舒本《礼记·郊特牲》阐释“天之礼莫重于郊”（见《春秋繁露》之《郊事对》《郊祀》《郊义》《郊祭》），认为“郊必以正月上辛”，不以秦郊为意，故不予承认。“郊祀”为古老祭天传统，然殷、周祭天，多配以先祖，实以追奉先祖的庙祭为主，到汉武帝朝，董仲舒答张汤问才明确提出“礼，三年丧，不祭其先，而不敢废郊，郊重于宗庙，天尊于人也”（《春秋繁露·郊事对》），其“郊”重于“庙”，“天”尊于“人”，是典型的“奉天承运”的帝国宗教祭祀传统，也是汉帝国一统态势的彰显。而在董仲舒“郊大于庙”思想的影响下，匡衡曾向甫即位的成帝奏言：“帝王之事莫大乎承天之序，承天之序莫重于郊祀。”由于汉人“郊祀”礼实质充满了多面性（杂神崇拜），汉礼建构也旷时日久，《汉书·礼乐志》有“大汉继周，久旷大仪，未有立礼成乐，此贾谊、仲舒、王吉、刘向之徒所为发愤而增叹也”的说辞，清人王鸣盛《十七史商榷》卷十一也指陈“汉无礼乐”，

汉　佚名　礼器碑

即“《礼乐志》本当礼详乐略，今乃礼略乐详。全篇共分两大截，后一截论乐之文较之前论礼，其详几三倍之。而究之于乐亦不过详载郊庙歌诗，无预乐事。盖汉实无所为礼乐，故两截之首各用泛论义理，全掇《乐记》之文”。也正因为对汉礼建构的质疑，汉人的有关郊祀的赋作也远不及“畋猎”“京都”兴盛，但其“郊大于庙”的重“郊”思想，却始终充斥于其描写中。如扬雄的《甘泉赋》描写郊祀仪态则张大其势，表现出既隆重又崇高的气象：

其相胶葛兮，猋骇云讯，奋以方攘；骈罗列布，鳞以杂沓兮，柴虒参差，鱼颉而鸟昕；翕赫曶霍，雾集蒙合兮，半散照烂，粲以成章。于是乘舆乃登夫凤皇兮翳华芝，驷苍螭兮六素虬，蠖略蕤绥，漓虖幓纚。帅尔阴闭，霅然阳开……据軨轩而周流兮，忽軮轧而亡垠。翠玉树之青葱兮，壁马犀之瞵㻞。金人仡仡其承钟虡兮，嵌岩岩其龙鳞，扬光曜之燎烛兮，垂景炎之炘炘，配帝居之悬圃兮，象泰壹之威神。

赋写成帝幸甘泉宫求子嗣，但文中却多及武朝，如所言“金人”即铜铸人像，乃霍去病讨匈奴休屠王获其祭天金人，武帝以为神灵，列于甘泉宫以承露的故事。又如其《河东赋》在大肆渲染祀礼形态，如“于是命群臣，齐法服，整灵舆，乃抚翠凤之驾，六先景之乘，掉奔星之流旃，彏天狼之威弧。张耀日之玄旄，扬左纛，被云梢，奋电鞭，骖雷辎，鸣洪钟，建五旗”之后，复转入有关祀礼意义的探寻：

登历观而遥望兮，聊浮游以经营。乐往昔之遗风兮，喜虞氏之所耕。瞰帝唐之嵩高兮，眽隆周之大宁。汩低回而不能去兮，行睨垓下与彭城。濊南巢之坎坷兮，易豳岐之夷平。……敦众神使式道兮，奋《六经》以摅颂。隃于穆之缉熙兮，过《清庙》之雝雝；轶五帝之遐迹兮，蹑三皇之高踪。

追溯“虞氏”“帝唐”“隆周”“豳岐”等所谓“往昔之遗风”，以梳理尧、舜、周文的治道传统，来对应“郊祀”所内涵的神道意义。

由于汉人倡导“郊大于庙”的尊天意识并结合其超越“皇族”的

王治传统，所以也决定了赋家描绘郊礼的博大气象与治道原则。汉人先承秦祀，后转法周祀，试图建立汉祀，“郊大于庙”的提出与此相关联。而董仲舒这种重“郊”的理想，实与其倡导的《春秋》“王法”论融为一体，如其《春秋繁露·王道篇》云：“春秋何贵乎元而言之？元者，始也，言本正也。道，王道也。王者，人之始也。王正则元气和顺，风雨时，景星见，黄龙下；王不正，则上变天，贼气并见。”这一内含天道与人道的王法到《汉书·儒林传序》论六艺之言而明春秋大义尤为详尽：

《六艺》者，王教之典籍，先圣所以明天道，正人伦，致至治之成法也。周道既衰，坏于幽、厉，礼乐征伐自诸侯出，陵夷二百余年而孔子兴，以圣德遭季世……究观古今之篇籍，乃称曰：“大哉，尧之为君也！唯天为大，唯尧则之。巍巍乎其有成功也，焕乎其有文章！”又曰：“周监于二代，郁郁乎文哉！吾从周。”于是叙《书》则断《尧典》，称乐则法《韶舞》，论《诗》则首《周南》。缀周之礼，因鲁《春秋》，举十二公行事，绳之以文武之道，成一王法。

所谓“王教典籍”“至治成法”“其有文章”“郁郁文哉”既是王道正则的礼法典章，又是汉人继周行道的王法。而汉史载文所继尚言传统与其“一王法”的结合，凸显的正是大汉文法的规则。这种“王法”引领“郊祀”的政教功能，也使汉赋家对郊礼的书写融入大一统的京都题材中。如张衡《东京赋》论郊祀之义：

及将祀天郊，报地功，祈福乎上玄，思所以为虔。肃肃之仪尽，穆穆之礼殚。然后以献精诚，奉禋祀，曰允矣天子者也。乃整法服，正冕带，珩紞纮綖，玉笄綦会。……清道案列，天行星陈。肃肃习习，隐隐辚辚。殿未出乎城阙，旆已反乎郊畛。盛夏后之致美，爰敬恭于神明。

这段描写在赋文中是继“世祖忿之……共工是除”“逮至显宗，六合殷昌”之后，相继讴歌其元会、郊祀诸礼，作者束以“夏后之致美”，取义《论语·泰伯》:“子曰：禹，吾无间然矣，菲饮食而致孝乎鬼神，恶衣服而致美乎黻冕。”“敬恭于明神”，则取义于《诗·大雅·云汉》:“敬恭明神，宜无悔怒。”其中的“王治”精神是显而易见的。

根据汉史记载，汉人郊祭之礼地位的提升，并未代替皇室的庙祭，而且在西汉后期还出现了一历时数朝的庙议之争。因为伴随昭、宣时期朝廷上下对武帝政策的批评，宣帝有立“武庙”之诏，至元、成之世出现朝议与争端，其中一聚焦点就是对“武庙”立与毁的讨论，虽然元帝“永光五年制书，高皇帝为汉太祖，孝文皇帝为太宗。建昭五年制书，孝武皇帝为世宗。损益之礼，不敢有与”(《汉书·韦贤传》)，成、哀时期庙议仍在继续，虽然最终还是维持了元、成不毁武庙的决议，但其影响极大，这也引起了赋家的参与与记述。其中最典型的是扬雄《长杨赋》与杜笃《论都赋》的相关描绘。而研读两赋，虽对武帝功绩颇多推崇，却是以“颂”为“讽”。如《长杨赋》记述云:

其后熏鬻作虐，东夷横畔。羌戎睚眦，闽越相乱。遐萌为之不安，中国蒙被其难。于是圣武勃怒，爰整其旅，乃命票、卫，汾沄沸渭，云合电发，猋腾波流，机骇蠭轶，疾如奔星，击如雷霆，砰轒辒，破穹庐，脑沙幕，髓余吾，遂猎乎王廷……

赋文固然多赞美武帝抗匈功绩之词，但赋家创作动机则在于“藉翰林以为主人，子墨为客卿以讽”，其中内含了对缺欠仁德的穷兵黩武行为的批评。同样，杜笃的《论都赋》写武帝朝时也不吝颂赞之词：

孝武因其余财府帑之蓄，始有钩深图远之意，探冒顿之罪，校平城之雠。遂命骠骑，勤任卫青，勇惟鹰扬，军如流星，深入匈奴，割裂王庭，席卷漠北，叩勒祁连，横分单于，屠裂百蛮。……非夫大汉之盛，世藉雍土之饶，得御外理内之术，孰能致功若斯。

而赋家紧接着历述西京政史，谓之“创业于高祖，嗣传于孝惠，德隆于太宗，财衍于孝景，威盛于圣武，政行于宣、元，侈极于成、哀，祚缺于孝平”，其中却不乏历史的反讽之意。

正是在以武帝为议论中心的关乎庙祭与政事之间的“颂”与“讽”，使赋家的关注点将西汉政史学者如董仲舒、司马迁推重的郊祭思想，转向东汉时对汉统政治与汉礼建构的普泛的认可，最突出的就是对汉明帝“永平制礼”推崇与颂扬。明帝永平制礼是对大汉继周德教传统的弘扬，落实到礼乐制度的建构，又具有建汉统明汉礼的代表性，在某种意义上兼取郊祭与庙祭。明帝继位后就通过宗祀光武帝于明堂、仿效周文王建灵台以明光武受命、建光武之世祖庙与高祖庙并尊，将光武帝打造为东汉受命之祖而获得相对西汉的一定独立性，这也影响到当朝郊祀礼仪的变化，即南郊配祀高祖并不受重视，并决定了完成于明帝朝的班固《东都赋》丝毫不及南郊礼。究其因在汉礼之南郊因白虎观会议发生了极大变化，诚如《白虎通》所载言“何以知帝亦称天子也？以法天下也。《中候》曰：‘天子臣放勋’”，郊祀礼的正名与法统具有了更为重要的历史性的意义。于是围绕永平制礼，傅毅《七激》托玄通子曰：

汉之盛世，存乎永平，太和协畅，万机穆清。于是群俊学士，云集辟雍。含咏圣术，文质发蒙。达羲、农之妙旨，照虞、夏之典坟。遵孔氏之宪则，投颜、闵之高迹。推义穷类，靡不博观。光润嘉美，世宗其言。

这已将西汉后期儒生对郊庙问题的讨论，转向对永平制礼意义的讴歌。同样，班固在《东都赋》中假东都主人言于西都宾以“建武之治”“永平之事”为话题，至永平制礼谓：

至乎永平之际，重熙而累洽。盛三雍之上仪，修衮龙之法服。铺鸿藻，信景铄，扬世庙，正雅乐。……惧其侈心之将萌，而怠于东作也。

针对元、成时庙议之争，班固《汉书·韦贤传》援引其父说作概括：“司徒掾班彪曰：汉承亡秦绝学之后，祖宗之制因时施宜。自元、成后学者蕃滋，贡禹毁宗庙，匡衡改郊兆，何武定三公，后皆数复，故纷纷不定。何者？礼文缺微，古今异制，各为一家，未易可偏定也。考观诸儒之议，刘歆博而笃矣。”正因“礼文缺微”，班固赞述永平制礼多言“郊”而罕及“庙”。如果对应张衡《东京赋》有关“祀天郊，报地功”的描写，可见东汉赋家已改变西汉如扬雄郊祀题材赋的专项书写，成为对王统与俭德的宽泛赞美，而“郊大于庙”超越皇室的天下观对郊礼的提升，仍于中起着重要的作用。

04

天地之中

汉赋京都书写思想

汉代京都赋今存作品包括残篇有杜笃《论都赋》、傅毅《洛都赋》《反都赋》、崔骃《反都赋》、班固《两都赋》、张衡《二京赋》。考其创作背景，内含东汉王朝建武初定都西京、东京的争议，如杜笃上赋之奏言："皇帝以建武十八年二月甲辰，升舆洛邑，巡于西岳……是时山东翕然狐疑，意圣朝之西都，惧关门之反拒也。客有为笃言：'彼埳井之潢污，固不容夫吞舟；且洛邑之渟瀯，曷足以居乎万乘哉……'笃未甚然其言也，故因为述大汉之崇，世据雍州之利，而今国家未暇之故，以喻客意。"继后，班固《两都赋序》亦云："臣窃见海内清平，朝廷无事，京师修宫室，浚城隍，起苑囿，以备制度。西土耆老咸怀怨思，冀上之睠顾，而盛称长安旧制，有陋洛邑之议。故臣作《两都赋》，以极众人之所眩曜，折以今之法度。"缘此，《文选》"京都赋"类首篇班固《两都赋》李善注："自光武至和帝，都洛阳，西京父老有怨，班固恐帝去洛阳，故上此词以谏。和帝大悦也。"这些说法有一定的历史依据，但考虑到赋家创作假托其词的特征，“定都”说法也只是引端，其京都书写所呈现的真正史观，是执天地之中彰显的汉统问题。这也是张衡《东京赋》所称述的“是以论其迁邑易京，则同规乎殷盘；改奢即俭，则合美乎《斯干》；登封降禅，则齐德乎黄轩”，“合美”与“称德”才是创作的思想旨归。

赋家的“执中”思想早在西汉游猎赋题材中就有体现，其中有关东南西北与上下左右的书写方法，即内含一“中”字。而执中观念的天学依据，突出表现于司马迁以“究天人之际”为述史宗旨的《天官书》。观其“中宫”与“二十八宿”两则言说，涵括了官制象天、尊君意识与画野分州的治国理念。对应司马相如写“天子游猎”赋对天子苑囿“上林”的描写，程大昌《演繁露》卷十一所言“亡是公赋上林，盖该四海言之。其叙分界，则曰‘左苍梧，右西极’；其举四方，则曰‘日出东沼，入乎西陂，南则隆冬生长，涌水跃波，北则盛夏含冻裂地，涉水揭河’”；梁玉绳《史记志疑》卷三十四认为“上林地本广大，且天子以天下为家，故所叙山谷、水泉，统形胜而言之”，其所谓“该四海”与“统形胜”，“该”与“统”的主导是王权中心意识。同样，在西汉的郊祀赋题材创作中，扬雄《甘泉赋》对“太一”的礼赞，如“钦柴宗祈，燎熏皇天，招摇泰一。举洪颐，树灵旗，樵蒸焜上，配藜四施，东烛沧海，西耀流沙，北爌幽都，南炀丹厓”等，也是通过天中描写反映王朝中心思想。与之相比，东汉京都赋的书写，将天中意识与地缘政治结合，以成就儒生政治之“六艺”思想及汉礼建构为核心的执中之道。考查“执中”治国的政治理念，出自《尚书·大禹谟》：“人心惟危，道心惟微，惟精惟一，允执厥中。”伪孔传曰：“危则难安，微则难明，故戒以精一，信执其中。”同于此理，《论语·尧曰》开篇云："咨！尔舜！天之历数在尔躬，允执其中。四海困穷，天禄永终。"据宋人王应麟《汉志考》卷一《周礼·大司徒》"建邦之土地之图"载："汉萧何收秦图籍，以知天下阨塞广远，至后汉乃有司空郡国地图。"而"京都"处"舆图"之中，使京都赋提升了《左传》"天子守在四夷"的观念，譬如张衡《西京赋》中借凭虚公子言"夫人在阳时则舒，在阴时则惨，此牵乎天者也。处沃土则逸，处瘠土则劳，此系乎地者也。惨则尠于欢，劳则褊于惠，能违之者寡矣。小必有之，大亦宜然。故帝者因天地以致化，兆人承上教以成俗，化俗之本，有与推移。何以核诸？秦据雍而强，周即豫而弱，高祖都西而泰，光武处东而约，政之兴衰，恒由此作"，在说明地缘政治的"西而泰""东而约"的区分后，复于《东京赋》宣示"守位以仁，不恃隘害"的人地关系，以洛阳的"处中"呈示"宅中而图大"的地理优势与政教思想。

从天中、地中到执中，东汉京都赋家的大汉继周思想很大程度决定于当时"周礼学"的兴盛。《周礼》卷一《冢宰》首句就是"惟王建国"，据贾公彦注："惟受命之王乃可立国城于地之中。必居地中者……据郑此言，则文、武所居，为非地中，政教不均，故居地中也。"京都赋的书写突出天子"上法斗极"的形象，成就顺天行政的象征意义，表达的是天子施政的合法性。如果说西汉赋家多因缘其阴阳灾异为特色的社会政治批判，如《汉书·鲍宣传》鲍氏谏书"天下乃皇天之天下也，陛下上为皇天子，下为黎庶父母，为天牧养元元……夫官爵非陛下之官爵，乃天下之官爵……治天下者当用天下之心为心，不得自专快意而已也"，以示天心之公正，而对王政颇多现实的讽谏，则东汉京都赋于王政之统与德的塑造，更多天意的涂饰。本于"上法斗极"，可观赋家的描写：

清　袁耀　汉宫春晓图

方躬劳圣思，以率海内，厉抚名将，略地疆外，信威于征伐，展武乎荒裔。若夫文身鼻饮缓耳之主，椎结左衽鐻鍝之君，东南殊俗不羁之国，西北绝域难制之邻，靡不重译纳贡，请为藩臣。（杜笃《论都赋》）

寻历代之规兆，仍险塞之自然。被昆仑之洪流，据伊洛之双川。挟成皋之岩阻，扶二崤之崇山。砥柱回波缀于后，三涂太室结于前。镇以嵩高乔岳，峻极于天。（傅毅《洛都赋》）

上贯紫宫，徘徊天阙。握狼狐，蹈参伐。陶以乾坤，始分日月。观三代之余烈，察殷夏之遗风，背崤函之固，即周洛之中。兴四郊，建三雍，禅梁父，封岱宗。（崔骃《反都赋》）

由于关注天中的神圣性生发出执中的政教观，东汉京都赋又向两方面衍展，一是在赋中王权空间中的书写往往罗列以象征着君权神授的祭天大典，彰显天意。如班固《东都赋》云“圣上亲万方之欢娱，又沐浴于膏泽，惧其侈心之将萌，而怠于东作也”，于是“昭节俭，示太素”。行政之“节俭”与天宇之“太素”结合，构成某种神旨。如果我们再品读张衡的《东京赋》，几乎是由一系列的祭典构成，其中包括元会、郊祀、宗庙、籍田、大射、大阅、大傩等，其中有关郊祀则于“祀天郊，报地功。祈福乎上玄，思所以为虔。肃肃之仪尽，穆穆之礼殚。然后以献精诚，奉禋祀，曰允矣天子者也”的祭典过程中体味在天意喻示中的礼乐与人事。二是在赋中以祥瑞之象隐喻天子执中而具有和合天人的力量，可备“六合殷昌”的超凡力量。例如张衡《东京赋》写道“于斯之时，海内同悦，曰：吁！汉帝之德馨，侯其祎而！盖蓂荚为难莳也，故旷世而不觌，惟我后能殖之，以至和平。方将数诸朝阶”，于汉帝之德，饰以瑞应之草，《文选》薛综注：“蓂荚，瑞应之草。王者贤圣，太平和气之所生，生于阶下，始一日生一荚，至月半，生十五荚。十六日落一荚，至晦日而尽，小月则一荚厌不落，王者以证知月之小大。尧时夹阶生之，谓不世见。故云难莳也。”李善注：“《田俅子》曰：尧为天子，蓂荚生于庭，为帝成历。《后汉书》班固议曰：汉兴以来，旷世历年。”其以蓂荚出现在洛阳，乃感应“侯其祎而”的汉帝之德，其中赞美的东京之治，也涂饰了一层上天嘉奖的神谕。

在东汉京都赋执天之中的思想影响下，一些专题赋篇也同样依据一圣地，构设想象中的天中。例如李尤的《函谷关赋》：“惟皇汉之休烈兮，包八极以据中。”《辟雍赋》：“卓矣煌煌，永元之隆，含弘该要，周建大中。”《东观赋》“览三代而采宜，包郁郁之周文”，或险关，或太学，或宫观，亦假借自然世界的“据中”，喻示人文精神的执中德政。又如黄香的《九宫赋》，依据汉代《易》纬“九宫八卦”及“太一”为中央宫以行“九宫”说，陈其词曰：“翳华盖之葳蕤，依上帝以隆崇。握璇玑而布政，总四七而持纲。”这其中所述“璇玑布政”，是汉赋执中思想之天心与王政的凝合，这也开启了后世赋创作的一个重要题材，迨至清代康熙十八年（1679）“御试博学鸿词于保和殿，授彭孙遹等五十人侍读、侍讲、编修、检讨等官”（《清史稿·圣祖本纪一》），试赋题即为《璇玑玉衡》。由此再回看前引李尤《辟雍赋》赞美“太学”，延展于“乾坤所周，八极所要，夷戎蛮羌，儋耳哀牢。重译响应，抱珍来朝”，如果结合相如所述天子“上林”的“该四海”的意义，又可发现东汉京都赋一个创作主旨，即王政中心的朝贡思想。典型的描述如班固《西都赋》所谓“盖以强干弱枝，隆上都而观万国也。……其中乃有九真之麟，大宛之马，黄支之犀，条支之鸟，逾昆仑，越巨海，殊方异类，至于三万里”。同样，张衡在《西京赋》中称赞“方今圣上，同天号于帝皇，掩四海而为家，富有之业，莫我大也”，于《东京赋》则谓：“惠风广被，泽洎幽荒，北燮丁令，南谐越裳，西包大秦，东过乐浪，重舌之人九译，佥稽首而来王。”考查汉代中外贸易主要通道有“西域道”“南海道”“永昌路”“东海路”等，交往频繁者如中亚、西亚的大宛、大月氏、康尼、安息；大秦及南亚的身毒、天竺、缅甸；

明　佚名　丝路山水地图

海东与南海的朝鲜列岛、三韩、日本列岛及东南亚的越南、马来、印尼诸国。如此广袤而频繁的国际间交流，使产生于先秦的天子“君临四海”的理想成为汉人京都赋描写的现实情景，这种以天中思想主导的地缘政治与文化和合，也衣被后世，影响深远。

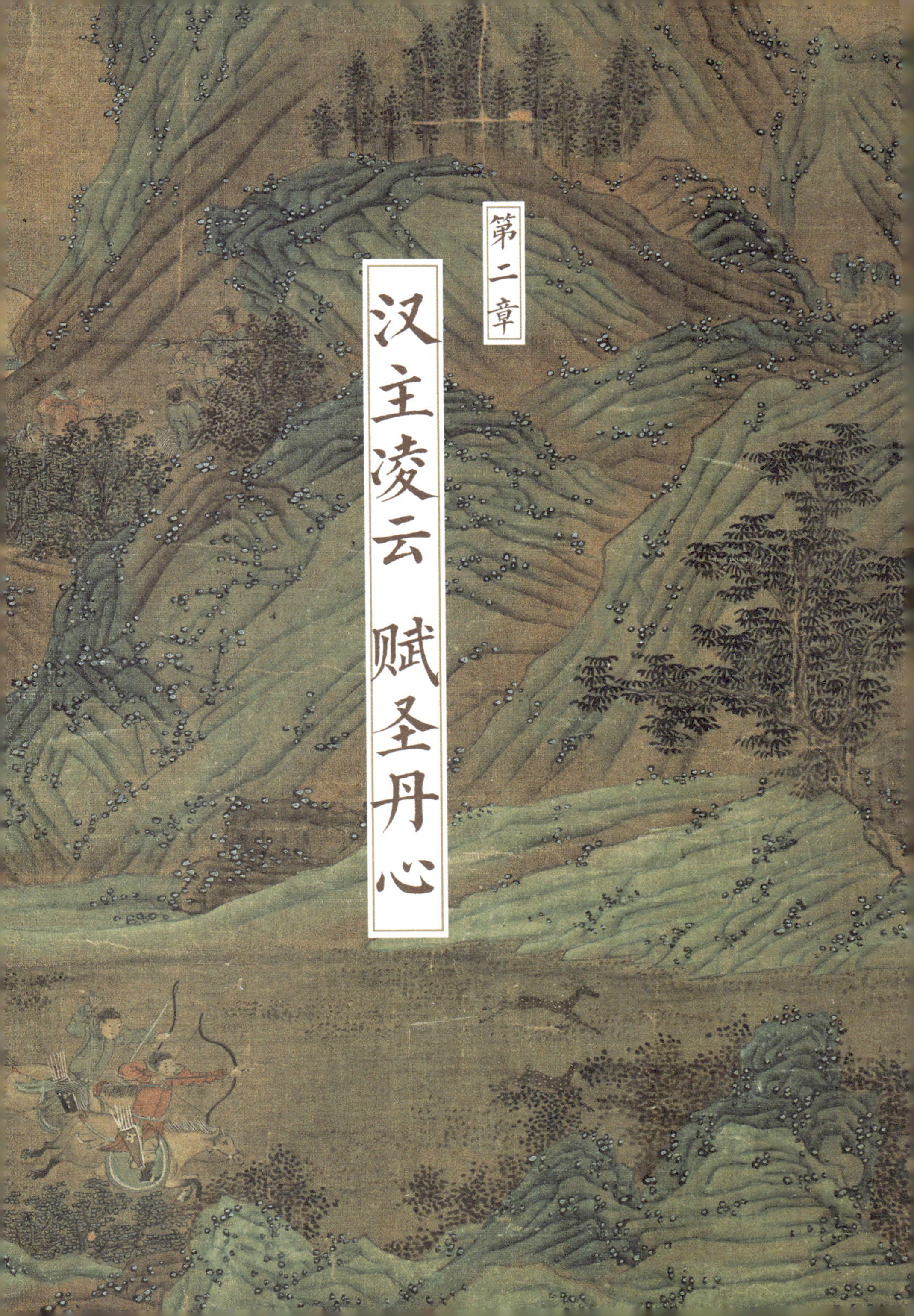

第二章 汉主凌云 赋圣丹心

赋体写作在不断的传承过程中形成了人们公认的经典，其中司马相如的作品由词章、思想到文本，形成了赋创作史的典范意义。在其经典的形成过程中，又潜隐着汉代经学与辞赋的关联与互动，从而完成其由“辞宗”到“赋圣”的历史建构。在追奉相如赋的视域中，经典也并非仅是一种形而上的思想标识，而往往具有更多文学性的趣味话语，例如“文园病”与“凌云笔”。由“文园病”联系到相如《美人赋》的创作主旨，以及“琴挑文君”的传说。至于“凌云笔”，源自其《大人赋》创作使汉武帝读后有“凌云之意”，于是后人所尊奉的“凌云笔”，则隐藏了一条由读者转向作者的线索，相如的“凌云赋”又与唐代徐寅赋的“锦绣堆”，形成赋史上的两个重要视点。

01

经典初成

词章·思想·文本

相如赋作为经典的初成，在西汉末到东汉间，重点是扬雄向慕相如作品进行的拟效，与班固评价相如“辞宗说”的提出。探究其根源，又在相如所处的特定时代与其传奇的经历。唐代相如县令陈子良于贞观元年撰《祭司马相如文》云：“终倦梁园之游，还悦临邛之客。杨意为之延誉，王孙以之开筵。弹琴而感文君，诵赋而惊汉主。金门待制，深嗟武骑之轻；长门赐金，方验雕龙之重。”其中“弹琴”与“诵赋”，一指琴挑文君，一指献赋汉廷，就后者言，又包含了相如由轻“武骑常侍”而为天子宾客的“言语侍从”，与离开梁国（梁园）而献赋朝廷的经历。

对此赋献汉武帝的过程，可以“三惊（悦）”为主构，成为汉史相如传记的书写线索，或称相如赋入宫廷的浓墨重彩之处。据《史记·司马相如列传》记述，相关文本如次：

上读《子虚赋》而善之，曰：“朕独不得与此人同时哉！”得意曰：

元　李容瑾　汉苑图

"臣邑人司马相如自言为此赋。"上惊，乃召问相如。

相如曰："有是。然此乃诸侯之事，未足观也。请为天子游猎赋。"……奏之天子，天子大悦。……赋奏，天子以为郎。

相如拜为孝文园令。天子既美子虚之事，相如见上好仙道，因曰："上林之事未足美也，尚有靡者。臣尝为《大人赋》，未就，请具而奏之。"……天子大悦，飘飘有凌云之气，似游天地之间意。

据刘知几《史通·序传》记载，该传文字是相如"自叙"，所谓"降及司马相如，始以自叙为传，然其叙者，但记自少及长立身行事而已"。倘依此说，可知相如颇自诩其献赋经历，并将自己的创作与武帝的鉴赏结合在一起，形成某种意义的经典"自构"。

于是从传记所述，相如在梁王菟园写赋的经历仅"相如得与诸生游士居数岁，乃著《子虚》之赋"一笔带过，而将他写赋的第一鉴赏人付诸武帝。这也形成相如赋经典初成的第一个层面，就是对其"词章"的赏识。因为武帝对相如创作《子虚》等三赋的认知，以及引起的"惊悦"，无非是对其词章的惊艳。如武帝"读《子虚赋》而善之"，相如自谦"未足观"；武帝读"天子游猎之赋"，以至"大悦"；又读《大人赋》乃有"凌云之气"，实缘相如所说的"尚有靡者"，其意正在因文辞所构建的篇章与气象。这种对相如赋文辞的评价，也影响到汉人的相关批评，例如《汉书·地理志》载曰：

景、武间，文翁为蜀守，教民读书法令，未能笃信道德，反以好文刺讥，贵慕权势。及司马相如游宦京师诸侯，以文辞显于世，乡党慕循其迹。后有王褒、严遵、扬雄之徒，文章冠天下。

这段话有两个视点：一是“游宦京师”，标志了相如创制宫廷赋的完成；二是其显名的原因，是“文辞”或“文章”的“显于世”而“冠天下”。这也决定了“文辞”是相如赋成为经典的基本要素。

对相如赋作正面评价的最初话语是司马迁附于《司马相如列传》的“太史公曰”，其推述《春秋》《易》《大雅》《小雅》之义并称“合德一也”之后，即谓：“相如虽多虚辞滥说，然其要归引之节俭，此与《诗》之风谏何异？”继此语后的“扬雄以为靡丽之赋，劝百而讽一，犹骋郑卫之声，曲终而奏雅，不已戏乎”一句话，当属后人传抄时将《汉书》语窜入，乃对史迁说法的演绎。如果对应《史记》本传中记述相如奏“天子游猎赋”时的文字中已有的“其卒章归之于节俭，因以风谏”说法，以及《史记·太史公自序》所说作相如传记之由“《子虚》之事，《大人》赋说，靡丽多夸，然其指风谏，归于无为”，显然，“靡丽”文辞只是书写载体，而其旨在于思想上的“讽谏”，这也构成相如赋经典化的第二个层面。由此启导，“讽谏”说成为历代论赋的一个主要范畴，甚或是赋论的一条批评主线。如汉末荀悦撰《两汉纪》，于《孝武皇帝纪》中多引相如事，其旨归则是“《子虚》《上林》皆言苑囿之美，卒归之于节俭，因托以讽焉”。

到了西汉末年的扬雄，一则拟效相如，擅为赋之丽辞；一则又特别强调赋的“讽”，从而凝合文辞与思想为一，论其关键，在落实于赋之“文本”的思考，这也是相如赋初成经典的第三个层面。首先看扬雄对相如赋“丽辞”的态度，一则如《汉书·扬雄传》所载“（相如）作赋甚弘丽温雅，雄心壮之，每作赋，常拟之以为式”；又扬雄《与桓谭书》认为“长卿赋不似从人间来，其神化所至邪”；一则如《法言·君子》所言“文丽用寡，长卿也”，这使其对丽辞的态度存在龃龉或矛盾的现象。再看对相如赋“讽谏”的批评，一则如《汉书·扬雄传》赞曰称其“辞莫丽于相如，作四赋”，而于本传中记述创作四赋的动机，又是“奏《甘泉赋》以风”“恐后世复修前好，不折中以泉台，故聊因《校猎赋》以风”“上《长杨赋》，聊因笔墨之成文章，故藉翰林以为主人、子墨为客卿以风”等，以确认赋之“讽”的功用，一则又在《法言·吾子》中以两则“或问”的答疑，质疑赋的“讽谏”，即：

或问：“吾子少而好赋。”曰：“然。童子雕虫篆刻。”俄而，曰：“壮夫不为也。”

或问：“赋可以讽乎？”曰：“讽乎！讽则已，不已，吾恐不免于劝也。”

这显然使“赋”与“讽”又产生了矛盾。如果对应《汉书·扬雄传》引雄自序语“雄以为赋者，将以风也，必推类而言，极丽靡之辞，闳侈钜衍，竞于使人不能加也，既乃归之于正，然览者已过矣。往时武帝好神仙，相如上《大人赋》，欲以风，帝反缥缥有凌云之志。由是言之，赋劝而不止，明矣”，其矛盾的聚焦点又在相如赋。于是扬雄的习丽辞而反丽辞，赞赋讽而疑其用的双重矛盾，又聚合成词章（丽辞）与思想（讽谏）的矛盾，而这种矛盾的批评蓝本恰是以相如赋为代表的写作文本。

值得注意的是，扬雄论相如赋的“讽”凸显出的思想矛盾，如既反对其“文丽用寡”与“劝而不止”，又提出了赋的“丽则”“丽淫”说，并将相如归于前者，认为“孔氏之门用赋也，则贾谊登堂，相如入室矣”(《法言·吾子》)，这又将司马迁所提出的“讽谏”说泛化为孔学或经义，且开启了后世评价相如赋却拘守经学（如《诗》）的法门。

02 经典向背

经学与辞赋

继扬雄之后，东汉以降有关相如赋的认知，基本上以文本为对象，结合词章与思想将其赋作旨归于“有用”与“无用”之文的讨论，构成了其经典化过程中的论说龃龉，并导致评价之向背。这种批评现象在班固的言说中有典型的体示，如其《汉书·叙传》说明撰相如传之由云：“文艳用寡，子虚乌有，寓言淫丽，托风终始，多识博物，有可观采，蔚为辞宗，赋颂之首。”再结合其《司马相如传》“赞曰”引述扬雄“丽靡之赋，劝百而讽一，犹骋郑、卫之声，曲终而奏雅”，《扬雄传》“赞曰”所述“辞莫丽于相如，作四赋，皆斟酌其本，相与放依而驰骋云”，其重“文艳”与“丽辞”，故赞曰“辞宗”，又责其“用寡”，故抑之为“郑、卫之声”，集中体现了对相如赋的态度纠结于词章与思想的矛盾。这种重其词而寡其用的批评，在王充、张衡等人的笔下又兼括相如和扬雄，如王充《论衡·定贤》：

以敏于赋颂，为弘丽之文为贤乎？则夫司马长卿、扬子云是也。文丽而务巨，言眇而趋深，然而不能处定是非，辩然否之实。虽文如锦绣……无益于弥为崇实之化。

又如张衡《东京赋》云：

相如壮《上林》之观，扬雄骋《羽猎》之辞，虽系以“隤墙填堑”，乱以“收置解罘”，卒无补于风规，祇以昭其愆尤。

其形成对相如作品为代表之赋体的反思，这也构成了后世相对固定的批评模式。

对相如赋这种矛盾的评价，形成两种指向，一是由对丽辞的赞述引导出有关赋体的批评，一是由对“用寡”的反思引导出经学致用观对赋创作的介入。如果说最初的评价如史迁的“讽谏”说只是简单的经义观的呈现，那么后世相如赋经典化，经学致用思想的整体介入已然成为共识。换言之，相如赋在漫长的经典化过程中，其中的向背，经学与辞赋的关系既为其“梦魇”，亦为其“锁钥”。

考察经学介入相如赋的经典化，大体有三种方式：其一，承续史迁评相如赋同于《诗》之“讽谏”，以经学化的《诗》衡“赋”，形成以《诗》“义”衍成赋“体”的批评线索。这一取《诗》义之“用”而为论赋之“体”的转变，比较明显的体现于晋人皇甫谧撰写的《三都赋序》。在序中，论者一方面称颂“至于相如《上林》，扬雄《甘泉》……初极宏侈之辞，终以约简之制，焕乎有文，蔚尔鳞集，皆近代辞赋之伟也”，一方面又追溯其源：“诗人之作，杂有赋体。子夏序

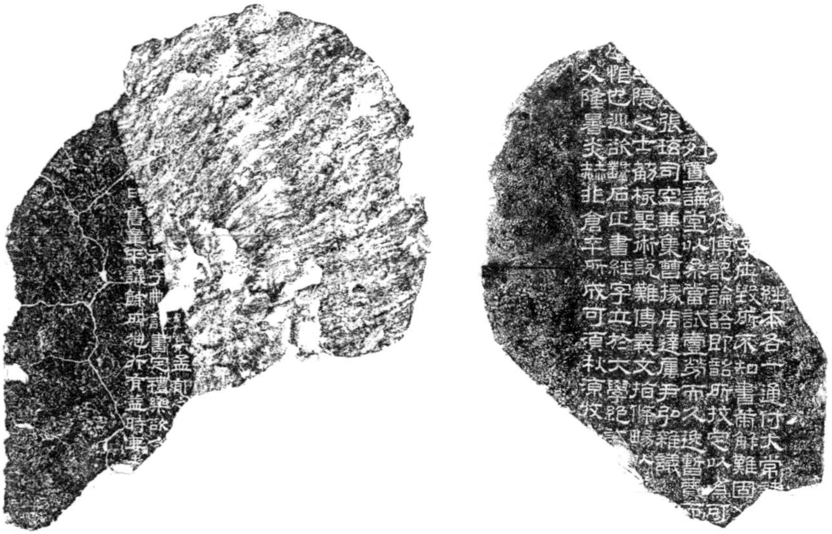

汉　蔡邕　熹平石经后记残石拓片

诗曰：一曰风，二曰赋。故知赋者古诗之流也。”如此将《诗序》所称之“赋”归于创作之“体”，到刘勰《文心雕龙》中有关相如赋的评论，已融契无间。在刘氏集中论赋的《诠赋》中，其论汉赋十家并列举“相如《上林》，繁类以成艳”的代表性时，有着两点有关赋体的提示：一则是“京殿苑猎，述行序志，并体国经野，义尚光大”的时代精神（大汉帝国），一则是《诗》学的经义阐释，即《诠赋》开篇的话题：

诗有六义，其二曰赋。赋者，铺也，铺采摛文，体物写志也。……《传》云：登高能赋，可为大夫。……刘向云明不歌而颂，班固称古诗之流也。

此杂糅《诗大序》《诗传》《汉志》《两都赋序》语，终归一个指向，即由《诗》义而为赋体。这种对赋体的认知，虽然并不仅属于对相如赋的评价，但在此赋本体之认知的前提下，其以《诗》义诠解赋的经学化意义，已不言而喻。也因此，以《诗》义评相如赋成为经典化话语中或臧或否的共识。

其二，为提升司马相如的历史文化地位，视其为“经师”，实以经学济补辞赋，以助力其赋学的经典化。较早提出这一问题的是三国蜀人秦宓有关相如受“七经”说，其论见载《三国志·蜀书》卷八《秦宓传》：

蜀本无学士，文翁遣相如东受七经，还教吏民，于是蜀学比于齐、鲁。故《地理志》曰：“文翁倡其教，相如为之师。”汉家得士，盛于其世。仲舒之徒，不达封禅，相如制其礼。夫能制礼造乐，移风易俗，非礼所秩有益于世者乎！

汉代以经学为盛，或谓之一代学术，然汉史如《史记》《汉书》却多为赋家立传，胜过经师，这也引起后世尊经学者的质疑，如清人唐晏在《两汉三国学案序》中说：“汉史于司马相如、扬雄、张衡、蔡邕之伦其为传也，赋词铭赞，累牍连篇，而于经学诸儒反不能表彰一字。此所以来后人‘汉儒说经而经亡’之诮也。”出于这层思考，视“雕虫篆刻”的赋作为经典的道路自然多有障碍，于是相如受“七经”并为之“师”的说法虽汉史无载，却得以流行，成为其提升赋学地位不可或缺的一环。

以孔学彰显经义，突出相如赋的功用，实将汉人辞赋“讽谏”说加以泛化，而依附于经学。

其三，到了宋代，尊经以重赋的思潮尤盛，这又成为相如赋经典化过程中一突出现象。而其中最典型的是林光朝有关相如“赋圣”说的提出。林氏之说见载《朱子语类》：

林艾轩云：“司马相如赋之圣者。扬子云、班孟坚只填得他腔子，如何得似他自在流出！左太冲、张平子竭尽气力又更不及。”

对此朱熹颇多引述，却质疑“相如之文能侈而不能约，能谄而不能谅”，“特《长门》《哀二世》二篇为有讽谏之意”（引自王应麟《汉制考·汉艺文志考证》）。林光朝与朱熹皆为宋代理学（经学）代表性人物林、朱的具体意见虽有相左处，但均属因“尊经”“尊圣”而“尊赋”（或“轻赋”）。

从宋人林光朝提出“赋圣”说，再到明人王世贞对“赋圣”的解说，这其间又有着由经学致用向赋体本义的转变，如追溯到汉代，相如赋之经典化更为宏观的是呈示了一条由“辞宗”到“赋圣”的历史线索。

03 经典构建 从『辞宗』到『赋圣』

由于被经学化的《诗》的参与，无论是“古诗之流”，还是“六义之一”，赋之“用”与“体”均无可回避的烙上这一厚重的印记，相如赋的经典化也是如此。只是以《诗》为代表的经学思想对赋的约制，出现了从汉人偏重于功用到魏晋以后兼及于体义的发展，这直接影响着历史上对相如赋接受与评判的态度。既然是“经典”，必具有权威性与至高性，也必然需要一些特定的称号冠诸其身，在相如赋被经典化的过程中，最耀眼的称号就是从“辞宗”到“赋圣”，其中内涵着既相近而又大不同的历史性的构建。

诚如前述班固在《汉书·叙传》中首倡相如是“蔚为辞宗，赋颂之首”，但同时又批评其“文艳用寡”“寓言淫丽”，这亦如其《离骚序》既赞屈原“其文弘博丽雅，为辞赋宗”，又怨其人“露才扬己”“忿对不容”，其语“非法度之政，经义所载”，可见贬其人在“用”，赞其文在“辞”。继此，虽“辞宗”一词也多泛用，或论屈原，或论宋玉，或论张衡，但更多的指向在相如的赋作。如刘勰《文心雕龙·才略》所言相如赋“洞入夸艳，致名辞宗”，常璩《华阳国志》又谓“长卿彬彬，文为世矩。……上《大人赋》以讽谏，制《封禅书》，为汉辞宗”，或溢出赋域，而兼及其他文辞。由此可见，所谓“辞宗”，主要是限于修辞而论，其“丽雅”“夸艳”，以及“文为世矩”，无不如此。与之相类的论述如曹丕《典论·论文》所云“优游案衍，屈原之尚也；穷侈极妙，相如之长也”，此比较屈、马，其意略同；又如葛洪《西京杂记》载述“司马长卿赋，时人皆称典而丽，虽诗人之作不能加也。扬子云曰：‘长卿赋不似从人间来，其神化所致邪？’子云学相如为赋而弗逮，故雅服焉”，比较扬、马，指的也是赋文的典丽。同于此理，胡直《果州正学书院记》认为“司马相如工丽藻，以蛊人心，为古今作俑”，从反面印证其“辞宗”的意义，取的也是“丽藻”的词章。王若虚《谬误杂辨》借相如《大人》一赋，质疑道：“盖武帝好仙，而相如所陈，皆飞腾超世之语，适当其心，故自有凌云之气。而学者多以为文辞可以凌云，何也？”此借汉武帝“好仙”的本事批评后世以“文辞”可“凌云”之虚，实际上已内涵了人们的认知已视“凌云”转“好仙”为“文辞”，因修辞而奉相如赋为“辞宗”的共识已蕴涵于中。

与“辞宗”的提法不同，宋代林光朝提出“赋圣”一词，虽然依附于经义观而来，但这一新称号却喻示了相如赋的至尊地位，而经过宋、元两代学者的辨体思维，特别是明人对“赋圣”说的阐发，基本上取代了泛修辞意义的“辞宗”，而生发出具有赋之“体义”的价值。由于“赋圣”的至尊意义，在其说提出前已有类似的说法，如魏收《魏书·文苑传序》认为“汉之西京，扬、马首称；东都之下，班、张为雄伯”，“首称”实具开创性。又如宋人李焘《新修四斋记》称述司马相如“文章冠天下”、郑少微《悯相如赋》赞“韪长卿之绝尘，邈下视于屈、宋。……奋翼巴庸，前无古人”，其“冠天下”与“绝尘”，也喻含了开创性与至尊地位。只是明代学者继承宋、元时期的辨体思潮，尤其是赋域的“祖骚宗汉”说，将“赋圣”落实到体义作纯粹赋学批评的开解，并将相如赋经典化的价值取向推到了极致。在明人诸多类似的说法中，王世贞的论述最具典范性。其于《艺苑卮言》卷二中明确指出：

屈氏之《骚》，骚之圣也。长卿之赋，赋之圣也。一以风，一以颂，造体极玄，故自作者，毋轻优劣。……宋玉深至不如屈，宏丽不如司马。

如何确认“长卿之赋，赋之圣也”，王氏从两方面加以阐说，一则评其创作而兼及文辞与思想，所谓“运笔极古雅，精神极流动，意极高，所以不可及”；一则出于批评观而言及作赋之原则，并引相传为相如“答盛览问作赋”语佐证以发解：

语赋，则司马相如曰：“合綦组以成文，列锦绣而为质。一经一纬，一宫一商。此赋之迹也。赋家之心，包括宇宙，总览人物，斯乃得之于内，不可得而传。”……作赋之法，已尽长卿数语。大抵须包蓄千古之材，牢笼宇宙之态。其变幻之极，如沧溟开晦，绚烂之至，如霞锦照灼，然后徐而约之，使指有所在。

关于冠名相如的“赋迹”“赋心”说，见载《西京杂记》卷二盛览“尝问以作赋”，王世贞似无意辨其文献归属的真伪，却属意于此则文献的赋史价值，有着佐证其“赋圣”说不可取代的理论献益。由此推演，这又不仅属于相如赋的认知，而是对以相如创作为代表的汉赋（乃至赋体）的义理阐释。虽然，一如“辞宗”的说法尝被泛属多人，“赋圣”也有归属屈原、宋玉的说法，如谢榛《四溟诗话》说“屈、宋为词赋之祖”，程廷祚《骚赋论》则认为“赋何乎始？曰：宋玉”，因为“宋玉赋穷造化之精神，尽万类之变态，瑰丽窈冥，无可端倪。其赋家之圣乎”。或明确反对“赋圣”名号归相如，如王之绩《铁立文起》论“古赋”认为“我以屈原为赋之圣，或以推司马长卿，谬矣”。

其说对举屈、马，尊屈而抑马，乃为前人常语，并无创思，其稍赞相如《长门》“以意胜”贬抑《子虚》《上林》“靡丽无情之词”，也是承袭朱熹的说法。王氏继明人之后，仅取林光朝语而于明代“赋圣”说的解读只字未提，实无建树，但他所强调“称圣”之“意”则不乏启迪。换言之，比较林光朝与王世贞的“赋圣”说，除了前者依附经义，后者言说赋体，还应关注相如“赋圣”说完成的两个取向。

第一个取向是“圣”的集成与开创的文章意义。对“圣”的解释，《孟子·尽心下》谓“大而化之之谓圣”，《万章下》云：“伯夷，圣之清者也；伊尹，圣之任者也；柳下惠，圣之和者也；孔子，圣之时者也。孔子之谓集大成。”考查宋人称赞杜甫为“诗史”“诗圣”，一则源自江西诗派推尊“一祖三宗”之“祖”，此含开创性意义；一则取意中唐元稹《唐检校工部员外郎杜君墓系铭》赞语，“至于子美，盖所谓上薄风骚，下该沈宋，古傍苏李，气吞曹刘，掩颜谢之孤高，杂徐庾之流丽，尽得古今之体势，而兼今人之所独专矣”，而取其“集大成”之义。与之相应，是宋人提出相如“赋圣”说，至明人从赋体的意义成就其说。

其泛论如宋人丁谓《大蒐赋序》:“司马相如、扬雄以赋名汉朝，后之学者多规范焉，欲其克肖，以至等句读、袭征引，言语陈熟，无有已出。观《子虚》《长杨》之作，皆远取旁索灵奇瑰怪之物，以壮大其体势，撮其辞彩，笔力恢然，飞动今古，而出入天地者无几。”具体论述，则可参见祝尧《古赋辨体》评述相如《子虚赋》时兼及汉大赋的写作云:

取天地百神之奇怪，使其词夸；取风云山川之形态，使其词媚；取鸟兽草木之名物，使其词赡；取金璧綵缯之容色，使其词藻；取宫室城阙之制度，使其词壮。

所言“夸”“媚”“赡”“藻”“壮”，皆缘修辞技巧而呈示的艺术风格，也是汉赋家共通的语言形态，但若综会其理，这又显然如元稹之称杜诗，具有集大成的开创性意义。

第二个取向是“赋圣”的祖骚而宗汉的历史意义。古代赋学的批评经历了多次变迁，元代祝尧《古赋辨体》于赋学论著明确提出的“祖骚宗汉”说，是具有赋史之总结与开辟意义的。如其书之卷三《两汉体上》云:

古今言赋，自骚之外，咸以两汉为古，已非魏晋以还所及。心乎古赋者，诚当祖骚而宗汉，去其所以淫而取其所以则可也。

又于评述相如《上林赋》时再提宋人首肇之“赋圣”说:

艾轩以为圣者，则以其运意犹自然，而辞未失于太过。若于此体会，则古人之赋，固未可以铺张侈大之辞为佳，而又不可以刻画斧凿之辞为工，亦当就情与理上求之。

这是站在“宗汉”的高度对相如赋经典化的认同，尤其是所言“就情与理上求之”，是融会前人有关词章与思想的探讨，更是对此歧义的双重纠正，即宗汉不仅在文辞，又不囿于经义，而是基于赋之体义的“情”“理”“辞”的适度与至境。继祝尧之后，明人吴宗达《赋珍叙》论两汉之赋云：

西京之文，号为尔雅，而掞藻宣华，特赋为甚。投湘问鹏之外，似已不免作法于奢，然鲜丽少俳，从横多致，于长卿见风雅之遗焉。子云逊美，所称神化所至，不从人间来者也。东京递降，性情远于雕镂，体裁弊于声律。

比照汉赋诸家，其谓“长卿见风雅之遗”虽非美誉，但“宗汉”（尤其是西汉赋）且视相如赋为汉体之尊，也是显而易见的。然则相如赋有惊汉主之篇，也有自抒情怀之意，而其与汉主之关系，或在即离间，典型的就是“文园病”，内涵了盛世文章中的文人自守。

04 《美人赋》与『文园病』

司马相如曾以《子虚》《上林》《大人》三篇赋作而三度震惊“汉主”，又以《长门赋》复得“千金”之重，以《哀秦二世赋》讽“秦政”以喻“汉政”，皆闻名赋坛，至于其《美人赋》一篇，属意为何，颇有疑义，且成一流传久远的公案。据葛洪《西京杂记》卷二记载：长卿素有消渴疾，及还成都，悦文君之色，遂以发痼疾。乃作《美人赋》，欲以自刺，而终不能改，卒以此疾至死。文君为诔传于世。

将“美人”落实为卓文君，赋意为“自刺”，缘由在相如患“消渴疾”（糖尿病）。因《美人赋》不载汉代史书，《文选》未收，赋文初见唐人类书《艺文类聚》与《初学记》，收载北宋发现之《古文苑》，故作者真伪在龙蛇间。然学界亦多考实之论，如简宗梧先生《〈美人赋〉辨证》（收录于《汉赋史论》）从音韵学考述其为西汉之文法，即为一例。当然，对《西京杂记》所载相如为此赋的动机，简文也不以为然，可是相如之“病”，却于史书有证。

晋　顾恺之　女史箴图

有关相如“病”，《史记·司马相如列传》有五处记述，其一，“梁孝王来朝，从游说之士齐人邹阳、淮阴枚乘、吴庄忌夫子之徒，相如见而说之，因病免，客游梁”；其二，“临邛令缪为恭敬，日往朝相如。相如初尚见之，后称病，使从者谢吉，吉愈益谨肃”；其三，“长卿谢病不能往，临邛令不敢尝食，自往迎相如”；其四，“其进仕宦，未尝肯与公卿国家之事，称病闲居，不慕官爵”；其五，“相如既病免，家居茂陵。天子曰：‘司马相如病甚，可往后悉取其书；若不然，后失之矣。’使所忠往，而相如已死，家无书”。可见“称病”“病免”乃至“病死”，“病”成了书写相如人生的常用词，而最后一则“家居茂陵”，指相如“拜为孝文园令”后的经历，因此相如病在后世也就习称“文园病”。如“我惭衰病似文园”（陈镒《次友人见寄》）、“我抱文园渴”

（边贡《答罗兖州》）、“一自文园移疾后，遂令玄草出人间”（徐中行《哭梁公实》）、“仆抱文园之疾”（张居正《与吴川楼给谏》）等，皆以“文园病”自拟与自嘲。最有意思的是徐珂《清稗类钞》记载洪钧贪恋美色而死的趣事，几乎是《西京杂记》所述的翻版：

有傅彩云者，久著艳名，一曰曹梦兰，苏州名妓也。年十三，依姊居沪。吴县洪文卿侍郎钧初得大魁，衔恤归，一见悦之，以重金置为篷室，待年于外。祥琴始调，金屋斯启，携至都下，宠以专房。文卿持节使英，万里鲸天，鸳鸯并载……俄而文园消渴，竟夭天年。

相如贪“文君”之色而“亡”，洪钧贪“彩云”（或“梦兰”）之色而“亡”，况且“祥琴始调”，也是摹写相如“琴挑文君”故事。所不同者在于相如留下了文案，就是《美人赋》。

这篇署名相如的《美人赋》究竟与“文园病”有否关联，还是应阅读该赋的文本。今存赋文大体可分为两节，赋首“司马相如美丽闲都”到“臣弃而不许”为前节，主要是相如对梁王辩解自己“不好色”的缘起，并以东邻之女“望臣三年”“臣弃而不许”事情加以说明；从“命驾东来，途经郑卫”到赋末为后节，通过主人公在“上宫闲馆”经历“美人”挑逗而坚拒的叙述，得出“不好色”的结论。仅此，就有两点与《西京杂记》所述不符：一是该赋书写“客游梁”之事，故有答“梁王问”，而相如“琴挑文君”史事在“梁孝王卒，相如归，而家贫，无以自业”之后，二是全赋写“不好色”，与好色“自刺”内涵不符。当然，赋家可以假托为词，交错时空，以致有戴仲纶之惊呼“长卿长卿，据尔所言，鲁男子不啻也。其在卓氏前邪，后邪？由前则行不掩言，由后则言不顾行”（邓伯羔《艺彀》卷上），然勘进于赋旨，宜观赋中最重要的一段描写：

途出郑卫，道由桑中，朝发溱洧，暮宿上宫。……臣排其户而造其堂，芳香芬烈，黼帐高张。有女独处，婉然在床。奇葩逸丽，淑质艳光。睹臣迁延，微笑而言……玉钗挂臣冠，罗袖拂臣衣……于是寝具既设……女乃弛其上服，表其亵衣，皓体呈露，弱骨丰肌，时来亲臣，柔滑如脂。臣乃脉定于内，心正于怀，信誓旦旦，秉志不回，翻然高举，与彼长辞。

这是假托赋者对“梁王问”的话语，所叙自投“艳网”，又“高举”“长辞”，这种既非人性，又不合逻辑的自述之词，实则是对前人诗赋创作的摹写与夸饰而已。

如果追溯此赋渊承，前人多谓取法宋玉《讽赋》与《登徒子好色赋》，论其“好色”旨意，其创作更近于后者。宋玉《好色赋》收载《文选》，赋中不仅如写宋玉“体貌闲丽”及叙事谓“东家之子”“登墙窥臣三年”的模式完全为《美人赋》取法，而且前引《美人赋》一段描写，书写思想及方式也完全等同《好色赋》中“章华大夫”的言说。

比较而言，《美人赋》临色诱写得更暴露些，然其所述男女遇合的发生地“桑中”与“上宫”源自《诗·桑中》“期我乎桑中，要我乎上宫”，与《登徒子好色赋》的“郑卫溱洧”属同一区域。而对“桑中”“溱洧”诗的名义，毛诗序一谓“刺奔”，一谓“刺乱”，皆与以“郑风”为代表的情诗相关。于是再拓展来看宋玉《高唐》与《神女》两赋“云梦”情事及人神遇合的描写，诚如《墨子·明鬼》所谓“燕之有祖，当齐之有社稷，宋之有桑林，楚之有云梦也”，就是闻一多《高唐神女传统之分析》考证的祭祀生育女神的圣地。

正因为“志在女”所显示的“奔会不禁”的情之原欲，以及与以孔子为代表之道德家批评“郑声淫”的礼教精神，构成了后世仿效“春祭”遗俗之作品的内在矛盾，形成某种欲说还休，或戛然而止的写作特征。《美人赋》的“女”之情态与“臣”之高举，既荒悖，又滑稽，但却合理地表现了“两个极端”的有机统一。所以在该赋之前，有“高唐”“好色”诸赋，之后诚如王楙《野客丛书》所列“蔡邕又拟之为《协和赋》、曹植为《静思赋》、陈琳为《止欲赋》、王粲为《闲邪赋》、应瑒为《正情赋》、张华为《永怀赋》、江淹为《丽色赋》、沈约为《丽人赋》，转转规仿”，加之张衡《定情赋》、蔡邕《检逸赋》与陶潜《闲情赋》之同类作品，写作宗旨无非是“荡以思虑，而终归闲正”（《闲情赋序》）。

回到《西京杂记》的“自刺”说，记述者以为相如刺而未休，以致于死，于是“文君为诔”。考文君《司马相如诔》初见明人梅鼎祚编的《西汉文纪》，作者难为信谳，诔文中写道“忆昔初好兮，雍容孔都；怜才仰德兮，琴心两娱；永托为妃兮，不耻当垆；生平浅促兮，命也难扶”。文字杂取于《史记》本传及《玉台新咏》中的《琴歌》，然“雍容孔都”与“怜才仰德”两句，或可折射出《美人赋》中的“文园病”。考《史记》本传所述相如五次“病”例，关乎人生行为和情感者主要有二，一则“因病免，客游梁”，导源其因，在相如不满意当时的工作，即传中所谓“事孝景帝，为武骑常侍，非其好也。会景帝不好辞赋”，这是相如一生的心病，或谓“士不遇”情怀，也是古代文人的通病。如果说体现于《美人赋》中，则如其间“女乃歌曰”所唱的歌词：“独处室兮廓无依，思佳人兮情伤悲。有美人兮来何迟？日既暮兮华色衰，敢托身兮长自思。”这种怀才不遇的心病，在相如被委派作“孝文园令”尤为明显，他的《大人赋》与《长门赋》中也无不包含了这种心态的书写与隐喻。二则“称病闲居，不慕官爵”，其“病”在有良知的文士不能与俗浮沉的幽兰白雪的情怀，以及与世道龃龉的冷落与悲凉，这是汉赋家对屈原辞赋中“宁昂昂若千里驹”“宁与骐骥亢轭”“宁与黄鹄比翼”而不“与鸡鹜争食”（《卜居》）之精神的传递，在《美人赋》中则体现于对相如“美丽闲都”的形容，与赋者“鳏处独居”“莫与为娱”的自怜或自诩，所谓“韩囚而马轻”（《文心雕龙·知音》），堪称其“自洁”与“不遇”的一体化的写照。

读《美人赋》，倘着相于“好色”，则如吴子良所说“宋玉《讽赋》……大略与《登徒子好色赋》相类，然二赋盖设辞以讽楚王耳。司马相如拟《讽赋》而作《美人赋》，亦谓臣不好色，则人知其为诬也”（《荆溪林下偶谈》卷三），若不限于“好色”与否，又如诸论家将此赋归于宋玉《讽赋》旨趣，而另有深意在。近人金秬香认为：“是赋首言臣非好色之徒，及慕义东来之故；中乃用宋玉《讽赋》之意，抚《幽兰》《白雪》之曲，摹玉床横陈之词，其词丽以淫；末言‘臣乃气服于内……’，谐戏中又说得极庄雅。……太史公《相如传赞》曰：‘相如虽多虚词滥说，然其要归引之节俭，此与《诗》之风谏何异！’旨哉斯言。”（《汉代词赋之发达》第九章《汉代词赋之种类·抒情类》）如此评说，或得正解。只是赋中寄“讽”，为何要以男女为喻，或许人云“万恶淫为首”（《增广贤文》）？抑或孔子所言“吾未闻好德如好色”（《论语·子罕》）吧。当然，“桑林”文学的摹写所形成的传统力量并导致的赋文模式化，这也算是赋坛一“病”，然在情色与乐教之间所渗透的作者怀抱，却不乏新义而可供寻绎、玩味。

05 『凌云笔』与『锦绣堆』

在第十二届国际辞赋学术研讨会，笔者的开幕式致词诵小律一章：“黄鹤觅仙踪，宾朋兴味浓。凌云编赋迹，锦绣织芳容。佛郭三千界，巫山十二峰。赓歌神女曲，体物豁心胸。”这次赋会由湖北大学与三峡大学联办，且逢第十二届，故以“巫山十二峰”喻意，或谓诗中之“警策”句，然其用典说赋，则在颔联。“凌云”即“凌云笔”，指盛汉司马相如的赋，“锦绣”即“锦绣堆”，指晚唐徐寅的赋，而在文学史上极具形象性与经典性的“凌云”“锦绣”二词指向作家个人，皆在赋域，耐人寻思；而两词形容之差异在赋史上的体现，则尤具深意。

有关“凌云”本事，见载《史记·司马相如列传》：“相如拜为孝文园令。天子既美子虚之事，相如见上好仙道，因曰：‘上林之事未足美也，尚有靡者。臣尝为《大人赋》，未就，请具而奏之。’相如以为列仙之传居山泽间，形容甚臞，此非帝王之仙意也，乃遂就《大人赋》。……天子大悦，飘飘有凌云之气，似游天地之间意。”唐初相如县令陈子良撰《祭司马相如文》用两句话概括相如一生际遇，即“弹琴而感文君，诵赋而惊汉主”，而相如赋“惊”汉武帝有三次，初以《子虚赋》，继以“天子游猎之赋”，复以《大人赋》，并成就其“凌云笔”的传奇。刘勰《文心雕龙·风骨》谓“相如赋仙，气号凌云，蔚为辞宗，乃其风力遒也”，实以“凌云”标榜相如赋的超俗成就。以致后世延伸其说，广其域而通谓诗文之才，例如“庾信文章老更成，凌云健笔意纵横”（杜甫《戏为六绝句》之一）、“纵横自有凌云笔，俯仰随人亦可怜”（元好问《论诗》）等，均取意宽泛。尽管从接受史的角度看“凌云笔”，释义有多重取向，如文学禀赋、创作想象、翰墨丹青、神来之笔，甚至政治才情、君臣际会诸端，然其发端于赋才，如谓“赋有凌云之称”（江淹《别赋》）、“杨意不逢，抚凌云而自惜”（王勃《滕王阁序》）、“相如空有凌云笔，谁解黄金买赋看”（王旭《雨夜同赵君宝赋》）等，皆归于相如赋。当然，这也可提升于赋体的典范思考，如谓“赋要凌云，文如翻水”（洪希文《踏莎行》），“赋”“文”比较，实明“体”义。

“锦绣堆”原典出自五代王定保《唐摭言》卷十：“谢廷浩，闽人也。大顺中颇以辞赋著名，与徐寅不相上下，时号‘锦绣堆’。”谢氏与徐寅皆闽（福建）人，为同时辞赋家，赋风相近，但因谢赋不存，以致在赋史上多以“锦绣堆”拟状徐寅的赋，其名号亦渐归之。如浦铣《历代赋话》卷六引刘后村《徐先辈集序》云：“唐人最重公赋，目为‘锦绣堆’。日本诸国至以金书《人生几何》《御沟水》《斩蛇剑》等篇为屏帏。”此言徐赋在海外的影响，可证“锦绣堆”喻赋的褒赏之意。然则以“锦绣堆”称徐赋，又与司马相如具有遥协的双重意蕴：一是以“锦绣”说赋，源自《西京杂记》中“相如曰”所谓“合綦组以成文，列锦绣而为质，一经一纬，一宫一商，此赋之迹也”。二是相如“凌云”赋“惊”汉主，有君臣际遇内涵，于是徐寅“锦绣”赋也被涂抹了际遇色彩。如《东坡志林》有则记载："徐寅，唐末号能赋。谒朱全忠，误犯其讳。全忠色变……寅欲遁去，恐不得脱，乃作《过太原赋》以献。"对此本事，浦铣《历代赋话》又引述"后村跋语"，以为"徐先辈唐末擢第，不肯仕朱梁（朱全忠即后之梁太祖朱温），归死于莆。其墓只书'唐徐先辈'，与朱文公书'晋处士陶潜'何异？"由此认为"《志林》语恐不足信"。尽管徐寅献赋的历史真实性有质疑，但从宋人的记述，其以赋赎"过"而邀"赏"，实与徐寅赋在当时的影响力有关。据史载，徐寅早年好乡前辈（福建莆田）欧阳詹、林藻、林蕴诗文，中唐昭宗乾宁二年进士，其赋作因词藻华美，音韵铿锵，以致家家传书，"长安纸价为高三日"。由此可见，徐寅与相如虽生异代，赋重当时，却是相同的。只是值得注意，《史记》载相如"凌云"赋使汉主"大悦"，是武帝读其全篇后的感动与迷狂，而《东坡志林》载徐寅赋令朱温"大喜"，聚焦点则在赋中某句，这或许正是从赋史视域看"凌云笔"与"锦绣堆"的一大关节。

从古人有关评价相如赋与徐寅赋的论述，也可看出些许端倪。如评相如赋谓"文艳用寡，子虚乌有，寓言淫丽，托风终始，多识博物，有可观采，蔚为辞宗，赋颂之首"（班固《汉书·叙传》）、"相如《上林》，繁类以成艳"（刘勰《文心雕龙·诠赋》），无论褒贬，均着眼于功用、博物与繁类。而评徐寅赋的创作特点，如《四库全书总目》录馆臣语谓"句雕字琢，不出当时程式之格，而刻意锻炼，时多秀句"、李调元《雨村赋话》卷三论赋体偶对时举徐寅《斩蛇剑赋》"磨霜砺雪兮，荧煌错落。伊逐鹿之英圣兮，有斩蛇之锋锷"语，评谓"全从字面取巧，乾符、咸通之间，风尚如此，而世运亦靡靡日下矣"，锻炼秀句与字面取巧，成为其或褒或贬的视点。

回到"凌云"赋的创作及文本，我们可以看到相如三"惊"汉主的系列是由诸侯赋（子虚）到天子赋（天子游猎）再到游仙赋（大人），而其文本也是由自谓“未足观”（子虚）到“推天子”之苑囿（上林）之可观，再到令天子飘若“凌云”的《大人赋》，尽管论家皆有“因以讽谏”说，但其描写则表现出宏大的气象。以《大人》为例，正因相如说“列仙之传居山泽间，形容甚臞”，所以赋中尽力书写“帝王之仙意”，于是开篇谓“世有大人兮，在于中州。宅弥万里兮，曾不足以少留”，视域极其宏阔而空灵，而继谓“大人”（喻帝王）之仙游，阵容豪华，扈跸如云，其遍历名山大川，遇仙姝，采灵物，餐饮芳香，随观万象，可谓极尽描绘之能事。

如果说“凌云”赋之词章偏在繁类成艳，才气重在呈示气象，则“锦绣”赋的词章着力点却在具体的雕镌，才情更多用于技法。徐寅赋堪称典型。徐寅赋作虽然也颇具思想性，如对末世政治的讽喻，其《寒赋》仿效宋玉《风赋》，以“战士之寒”“农者之寒”“儒者之寒”构篇，讥嘲大王的“寡人今日之寒”；又对末世人生的伤感，如李调元《雨村赋话》卷九引《偶隽》谓“晚唐士人作律赋，多以古事为题，寓悲伤之旨，如吴融、徐寅”。但观其赋作形式，多为律体，论其艺术，其脍炙人口者多为“秀句”。如其名篇《斩蛇剑赋》写汉史，开篇所言“磨霜砺雪”数语，已“全从字面取巧”（李调元语），其间论理，如谓“得非秦毒之奢，变作长蛇，汉德之俭，化为长剑。奢以俭陷，蛇以剑斩”，对仗工稳，立意警策。当然，徐赋遣词造句，多刻意锻炼，如“储晶蓄素，刮银兔之秋光；矗浪凝波，刷金乌之画形”“琼窗而鳌顶均岫，绮栋而壶中借云”“露洗霜融，涵虚湛空”（《鲛人室赋》），句雕字琢，因匠气而损匠心。这，正是“锦绣堆”之评的双面刃，褒贬均存其间。

从文学的创作共性来看，“凌云笔”重在对才情与想象的赞许，“锦绣堆”重在对华丽词藻的评说，不限于诗文或辞赋，然落实于具体作品，相如《大人赋》的仙游题材与徐寅《斩蛇剑赋》等赋的历史题材，却是两者不同评价的一大原因。当然，我这里想补充说明的是，以相如赋与徐寅赋为标识，将“凌云”与“锦绣”归之赋域，显然又与汉大赋与唐律赋的“体类”差异有关，就其创作方式，则有所呈示：首先，词章之表达不同。赋是修辞的艺术，这是任何赋体（散体、骈体、律体等）所共有的，然汉大赋的词章在“繁类成艳”，寄托于全篇的宏大书写，相如的《子虚》《上林》《大人》无不如此。这也是汉代作为宫廷言语侍从的赋家写作铺陈大赋的共同特征，即以词章构建气象。随着社会的变迁，魏晋以降在野文人赋的兴起，“置片言以居要，乃一篇之警策”（陆机《文赋》）的秀句、字眼，渐成包括辞赋创作的审美标准，尤其是唐代兴起的律赋进入闱场作考功之用，考试官“入眼青”的秀句更加得到赏鉴，如李程《日五色赋》因“德动天鉴，祥开日华”的发端“警策”而得高选，就是典型的例证。赋家秀句的积叠，自然形成了“锦绣堆”。其次，才学的彰显不同。“赋兼才学”（刘熙载《赋概》），是赋家的秉赋，也是赋体的特性，观才学也成为赋学批评的一大要点。然比较而言，班固论相如赋的“多识博物，有可观采”，是对赋呈博物（繁类）而见才学的笼统评述，汉大赋的才学最突出的就是“体国经野，义尚光大”（刘勰语）的书写。不同的是，唐宋批评家对律赋尤其是闱场律赋之才学的认知，恰恰是在细微的描写，如郑起潜《声律关键》论宋人闱场律赋的“琢句”，以为“前辈一联两句，便见器识”。由此，又能推演而观汉大赋与唐律赋法式的重点不同，概括而言，“凌云笔”的词章与才学的展现在于篇法，内涵有物、有序的义法，“锦绣堆”之于词章与才学，多呈现于句法，侧重在宣示技法。

“凌云笔”与“锦绣堆”各有胜义，但把两者联系在一起，又多了一层赋史的意味，其中也说明了以“凌云笔”为象征的汉赋的巨大影响力。

第三章 写物图貌 蔚似雕画

赋与诗的一大区别，在体物与缘情的不同体义与趣味，这就是陆机《文赋》所说的“诗缘情而绮靡，赋体物而浏亮”。由于赋重体物，从而构成其承载中国古代物质文化的写作特征，其中包括写物与图貌、场阈与景观、实像与虚体的诸多创作问题。刘勰《文心雕龙·诠赋》论赋体云：“写物图貌，蔚似雕画”，于是汉赋与汉画的关联，赋体与绘画的对应，形成另一面的文化艺术现象。历史上大量的赋图与图赋的涌现，比如《上林图》与《上林赋》、《赤壁赋》与《赤壁图》等等，在构成赋体语象经典的同时，又形成了赋画图像的经典。

01 构象

写物与图貌

汉赋是一种以语象呈现物态的审美文献，其为汉帝国开辟一广大的“物象”世界的同时，也丰富了繁缛汪秽的“语象”世界与美轮美奂的“图像”世界，是“写物”决定“图貌”的创作特征。然观汉赋因“物”成“貌”，绝非单纯的物态罗列，关键在由“物象”营构“事象”，以成就既“随物赋形”的笔法，又“体国经野”的气象。对此，可引述前人两则话语以证其义。一则是西汉扬雄在《法言·吾子》中的对问语：

或问：“君子尚辞乎？”曰：“君子事之为尚。事胜辞则伉，辞胜事则赋，事辞称则经。”

扬雄取法孔子“质胜文则野，文胜质则史，文质彬彬，然后君子”（《论语·雍也》）的文质观以论辞与事，其与《法言》同篇之“悔赋”思想有关，是对当时赋之“虚辞滥说”的反省，并以“事辞称”之经典为价值取向。然其以“事”救“辞”，宜为两点思考：一是扬雄对赋的反省，在于物态呈虚辞而少事实，是有创作的针对性；二是扬雄的反思同时亦为构建，是对赋家主观意图中创作事功的提升，也是对赋体因“物态”呈“事象”的赞述。

另一则是清人张惠言《七十家赋钞目录序》以“言”明“赋”说：

言，象也，象必有所寓。其在物之变化：天之漻漻，地之嚣嚣；日出月入，一幽一昭；山川之崔蜀杳伏，畏佳林木，振硪溪谷；风云雾霿，霆震寒暑；雨则为雪，霜则为露；生杀之代，新而嬗故；鸟兽与鱼，草木之华，虫走蚁趋；陵变谷易，震动薄蚀；人事老少，生死倾植；礼乐战斗，号令之纪；悲愁劳苦，忠臣孝子；羁士寡妇，愉佚愕眙。有动于中，久而不去，然后形而为言。

赋家呈“象”，读者观“象”，张惠言所说“物之变化”之理，可知“物”必化“事”，方呈赋意，所以观“物象”为表，观“事象”为本，这与赋写“物”因“事”而成“理”的创作契合。而“事象”在汉赋中的呈现，又有着特定的秩序，既是“图貌”的法则，又属“雕画”的艺术。

汉赋尤其是体物大赋，其构象的意义在“义尚光大”，闻一多以司马相如《上林赋》为例，以为“它的境界极大。……凡大必美”（郑临川《闻一多论古典文学》）；张世禄《中国文艺变迁论》说“吾国文字衍形，实从图画出，其构造形式，特具美观。词赋宏丽之作，实利用此种美丽字形以缀成”，皆取其“图貌”之大观。当然，读汉大赋的美，应该大中见小，其构象法首在由无数“个像”组成宏大的画面。先看汉赋的“个像”图貌，大抵皆以形象加动作营构。试举数例如次：

若乃盼睐生姿，动容多制，弱态含羞，妖风靡丽。皎如明魄之升崖，焕若荷华之昭晰。调铅无以玉其貌，凝朱不能异其唇。胜云霞之迩日，似桃李之向春。红黛相媚，绮组流光，笑笑移妍，步步生芳。两靥如点，双眉如张，颓肌柔液，音性闲良。（班婕妤《捣素赋》）

骥騄之乘，龙骧超摅，腾虚鸟踊，莫能执御。于是乃使王良理辔，操以术教，践路促节，机登飙驱。前不可先，后不可追。逾埃绝影，倏忽若飞。（傅毅《七激》）

昔师旷三奏，而神物下降，玄鹤二八，轩舞于庭，何琴德之深哉！（马融《琴赋》）

第一节文字的描绘堪称一幅完整的“美人图”，由于隶属于幽怨题材，所以取静态貌，又与傅毅《舞赋》中的“郑女”动态形象不同。第二节描写骏马风采，所述“骥”指赤骥，“騄”指騄駬，皆良马，名列周穆王八骏中，此以神物（神话传说）彰凡像（出行或狩猎之马），也是汉赋形象书写惯例。第三节写师旷奏乐，以“玄鹤”“轩舞”衬托，使形象更具画面感。值得注意的是，这些汉赋作品中的“个像”营构，可与汉画像石（砖）上的相对图像参读，例如四川雅安高颐阙的《师旷鼓琴图》，画面就与马融赋的描写相近。尽管汉赋的语象难以全仿图像，如张彦远在《历代名画记》中引《广雅》“画，类也”、《尔雅》“画，形也”等释义后认为“记传所以叙其事，不能载其容，赋颂有以咏其美，不能备其象”，但如谢赫所言绘画“六法”中的“应物象形”

汉　彩绘陶持盾武士俑

与“随类附彩”，与语象的对应最适宜的只能是赋体的“写物图貌”与“随物赋形”。

汉赋“个像”图貌，皆融织于作者营构的“事象”中，所以比较而言，其图貌以构象的特色，更多体现于“组像”的展现。这又呈现于多种模式，常见者为两种：一是横向罗列，属平面构图，具有极强的方位感，如汉代京都赋的城市规模与宫殿布局，以及大赋中其上、其下、其左、其右的书法，均属此类。而在一些具体描写中如司马相如的《上林赋》对天子“上林苑”中“山水”“鸟兽”“果木”“人物”诸类，即用此法构象。

宏观玄览，犹如鉴赏一幅园林植物图。二是纵向序列，这在汉人的游猎赋中有关“狩猎”的描写最为典型，他如张衡《西京赋》写京都平乐观前的“百戏”，列出节目程序表，包括“举重”“爬竿”“钻刀圈”“翻筋斗”“硬气功”“手技”“双人走绳”“化装歌舞”“幻术”“杂技”“魔术”“驯兽”“马戏”等一系列的表演，其在呈示“类”的文物系统的同时，也给读者如同阅览连环画的感受。与“个像”相比，“组像”的场景与气势显得壮浪博丽，这也是大赋最擅长的写物图貌的表达。王延寿赋写图画而撰《鲁灵光殿赋》谓“图画天地，品类群生。杂物奇怪，山神海灵。写载其状，托之丹青。千变万化，事各缪形。随色象类，曲得其情”，实有由个像而绘饰成组像之大观。与此相应，明人王绂《书画传习录》认为“古人能事施于画壁为多……其作画障，均属大幅，亦张素绢于壁间，立而下笔，故能腾掷跳荡，手足并用，挥洒如志，健笔独扛，如骏马之下坡，若铜丸之走板。今人施纸案上，俯躬而为之，腕力掉运，仅及咫尺”，其说或可对理解汉赋构象的“巨丽”有所借鉴。

02 设色

场阈与景观

古人评赋，尝喻以丹青，如孙月峰评张衡《西京赋》“缀以二华”一段：“句锤字炼，铸成苍翠之色。”然“色”字或可二解，一解色彩，如《考工记》“画缋之事杂五色”、《说文》“绘，会五彩绣也”；一解物态，“色”与“空”对，《虞书》“山龙华虫作绘”即是，画事之“随类附彩”在某种意义上与赋事之“随物赋形”是相通的。从“读”赋（语象）到“观”赋（转换为图像），从创作论的意义来看，正是汉赋家通过语言的描绘设置的场阈与呈现的景观，以融织其物态与色彩。

汉赋对场阈的设置与其描写物态的类型化有关，例如“祭祀宴饮”“狩猎弋射”“宫室建筑”“车驾出行”“乐舞百戏”等，而赋家正是通过对这些场阈中物态与事件的描摹与刻画，为读者呈现可观的景象。以“狩猎弋射”为例，其场阈的展开同样内涵了诸多“个像”，例如写“田猎”则“手熊罴，足野羊”（《上林赋》）；写“渔猎”则“罔玳瑁，钩紫贝”（《子虚赋》）；写“弋射”则“弋高鸿，挂白鹄”（《西京赋》)；写“猎人”则“詹公沉饵，蒲且飞红”(傅毅《七激》)，且借动词串联物象以构成动态的景观。当然，这些运动着的物象在赋家笔下更多通过场阈的展开以连缀出宏阔的景观。如《上林赋》有关“天子校猎”的一节狩猎场景的描绘：

流离轻禽，蹴履狡兽。轊白鹿，捷狡兔。轶赤电，遗光耀。追怪物，出宇宙。弯蕃弱，满白羽。射游枭，栎蜚遽。择肉而后发，先中而命处。弦矢分，艺殪仆。然后扬节而上浮，凌惊风，历骇猋，乘虚无，与神俱。躏玄鹤，乱昆鸡。遒孔鸾，促鵕鸃。拂翳鸟，捎凤凰。捷鹓雏，揜焦明。道尽涂殚，回车而还。

宋　佚名　上林瑞雪图

虽然赋中的描写颇多相像，但其生动的画面感仍给人以视觉的清晰度与冲击力。与之不同，《子虚赋》中“乃相与獠于蕙圃”是写夜间弋射景观，别开生面。“獠”，《文选》李善注“猎也”，《汉书》颜师古注引文颖曰“宵猎为獠”，以明古人夜间行猎的习惯与趣味。再看赋文描写的“婴姗勃窣，上乎金提。掩翡翠，射鵕鸃。微矰出，孅缴施。弋白鹄，连駕鹅。双鸧下，玄鹤加”，其弋射所获之翡翠之鸟、五彩鵕鸃、白鹄、野鹅、鸧鸹、黑鹤等众多禽类的画面，又透露出弋射行为的特殊性，即“用弓发射木弋，由木弋牵带很细的绳索在空中缠缚飞禽，目的是把那些体大、飞行较慢的候鸟水禽如天鹅、大雁、野鸭子等活捉”，可见赋家不乏想象的述词中仍多真实事象的再现。

场阈的布置决定于赋家对类型描绘的选择。比如班固的《西都赋》在某种程度可以说就是一整幅“长安图志”，倘分解其画幅，又由各种类型化描写构成多幅场阈图，其中涵括地理位置、城市布局、市场富庶、都市人物、京畿郊域、群体建筑、宫殿构造以及佐命之臣、典籍之府、著作之庭、美人风姿等等，无不由一幅幅可视的景观以呈现整体而宏大的书写。由于汉赋是仪式化的文学，所以对汉王朝礼事描写时往往不是完全的写实，而是一种礼仪的构建。如张衡《东京赋》描写天子郊祭祀天之礼：

及将祀天郊，报地功，祈福乎上玄，思所以为虔。肃肃之仪尽，穆穆之礼殚。然后以献精诚，奉禋祀，曰：“允矣，天子者也。”乃整法服，正冕带。珩紞紘綖，玉笄綦会。火龙黼黻，藻繂鞶厉。结飞云之袷辂，树翠羽之高盖。建辰旒之太常，纷焱悠以容裔。六玄虬之奕奕，齐腾骧而沛艾。

“祀天郊，报地功”，即祭祀天地。李善《文选》注引“《白虎通》曰：‘祭天必在郊者，天体至清，故祭必于郊，取其清洁也。’《周礼》曰：以正月上辛，郊祀。告于上帝，祭天而郊，以报去年土地之功”。可知这既是对汉廷郊祭之礼的实写，也是对古代禋祀（《周礼·春官·大宗伯》：“以禋祀昊天上帝。”）传统及礼仪形态的描述。在此过程中，包括礼仪所用之物如法服、冠冕装饰、次车翠盖、仪仗之马匹等，所行之事如将祭神的牲体与玉帛置于柴上，燃柴烟气上升，表示告于上天等，更重要的行礼之庄严气象，威仪肃穆，然后经精彩的乐舞表演后，群神出现，再开启祭祀天地大典的景观：“元祀惟称，群望咸秩，扬槱燎之炎炀，致高烟乎太一。神歆馨而顾德，祚灵主以元吉。”其营造的祭神氛围所产生的震慑观众的效果，已超过了描写礼事本身。当然在宏大的书写中，赋家也根据场阈与氛围对景象描写有所选择，再如张衡《南都赋》对祭祀活动中之“享（飨）礼”的一段描写：

若其厨膳，则有华芗重秬，滍皋香秔。归雁鸣鵽，黄稻鲜鱼，以为芍药。酸甜滋味，百种千名。春卵夏笋，秋韭冬菁。苏蔱紫姜，拂彻膻腥。酒则九酝甘醴，十旬兼清。醪敷径寸，浮蚁若萍。其甘不爽，醉而不酲。

赋写作者家乡，也是东汉光武帝的龙兴之地，固然也不脱都市赋“其山”“其水”类的排列描述，然这节文字本事为“享祖厨膳”，视点则在对南阳庖厨美食的夸许与赞誉。其中的“物象”以连贯书写之法作罗列展示，诸如华芗产的黑黍，滍水出的粳稻，肥美的大雁，细嫩的鵽鸟，黄稻和鲜鱼，调味的芍药等，酸甜滋味，百种千名；又有春季

汉 彩绘雁鱼铜灯

的小蒜，夏天的竹笋，秋天的韭菜，冬季的蔓菁，以及桂荏、茱萸和紫姜，除膻腥，增美味；加上纯清的水酒，浓醇的米酒，浮沫如萍，有着甘不伤人、醉不病人的奇效。这既是享祖（神）描写的一个片版，也是为观众展现的一幅令人目不暇接的美食图。

赋似图画的一个描写原则就是构象，包括物象（体物）与事象（叙事），尤以物态展现为本，所以刘熙载《赋概》比较诗与赋的不同点时说“赋取穷物之变”“赋起于情事杂沓，诗不能驭，故为赋以铺陈之”。换言之，赋宜展示事物，诗宜表达情声，诗之所长，或亦赋之所短。

缘此，朱光潜《诗论》第十一章《赋对于诗的影响》提出了这样的看法:“赋大半描写事物，事物繁复多端，所以描写起来要铺张，才能曲尽情态。因为要铺张，所以篇幅较长，词藻较富丽，字句段落较参差不齐，所以宜于诵不宜于歌。一般抒情诗较近于音乐，赋则较近于图画，用在时间上绵延的语言表现在空间上并存的物态。诗本是‘时间艺术’，赋则有几分是‘空间艺术’。”所谓“空间艺术”，是称述赋体“蔚似雕画”的另类说法而已。然则应为注意的是，在不宜展示的情感

汉　庖厨俑

与声音方面，赋家却尝以形象化与对象化的方式加以呈现，也堪称扬“长”避“短”的设色之法。试观三则赋例：

其始起也，洪淋淋焉，若白鹭之下翔。其少进也，浩浩溰溰，如素车白马帷盖之张。其波涌而云乱，扰扰焉如三军之腾装。其旁作而奔起也，飘飘焉如轻车之勒兵。（枚乘《七发》）

孔雀集而相存兮，玄猨啸而长吟。翡翠胁翼而来萃兮，鸾凤翔而北南。……白鹤噭以哀号兮，孤雌跱于枯杨。日黄昏而望绝兮，怅独托于空堂。悬明月以自照兮，徂清夜于洞房。援雅琴以变调兮，奏愁思之不可长。（司马相如《长门赋》）

详观夫曲胤之繁会丛杂，何其富也。纷葩烂漫，诚可喜也。波散广衍，实可异也。……尔乃听声类形，状似流水，又象飞鸿，泛滥溥漠，浩浩洋洋，长矕远引，旋复回皇。（马融《长笛赋》）

第一则写“水”的动态，赋家通过“拟物”与“拟人”使之形象化，以取得可“观”的审美效果。第二则写“佳人”的情怀，由期盼到失望，却以色彩众多的物象起烘托作用，以强化平面构图的可“观”性。第三则写悠扬波荡的“笛声”，以“纷葩”“波散”“流水”“飞鸿”加以拟象，使难以捉摸的“时间”艺术转换为“空间”的景观。

03 夸饰

实像与虚体

古人论画，常言“有象”“无形”，如朱景玄《唐朝名画录序》谓“移神定质，轻墨落素，有象因之以立，无形因之以生”；论赋也有“实像”“虚像”说，如唐人无名氏《赋谱》云“有形像之物，则究其物像”“无形像之事，先叙其事理”。读汉赋，既多实像，亦皆虚体，实像在写物，虚体缘夸饰，故其构象风采正介乎实像与虚体中。因其夸饰，葛洪《抱朴子·外篇·钧世》有谓“《毛诗》者，华彩之辞也，然不及《上林》《羽猎》《二京》《三都》之汪秽博富也。……同说游猎，而叔畋、卢铃之诗，何如相如之言上林乎？并美祭祀，而《清庙》《云汉》之辞，何如郭氏《南郊》之艳乎”；因其夸饰近“虚”，左思《三都赋序》又批评汉人“侈言无验，虽丽非经”。其实，从赋、画互文来看，汉赋创作之妙，正在虚实之间。

汉赋因写物图貌，所以有大量的物象，构成名物实像系统。例如写外来新鲜事物，则有“九真之麟”“条支之鸟”“黄支之犀”“大宛之马”等，写宫室则有“昭阳”、“幽闼”（西京宫门）、“倾宫”、“凤阙”等，写景致则有“上林”“云梦”等，写神物则有“飞黄”（神马），写动姿则如“夭矫”（猿猴腾跳状），呈实像犹如绘画之写真。在这一点上，汉赋的写法与后世画论的说法也有相通处。如郭熙《山水训》中论画“水”的方法时指出：

水，活物也。其形欲深静，欲柔滑，欲汪洋，欲回环，欲肥腻，欲喷薄，欲激射，欲多泉，欲远流……欲挟烟云而秀媚，欲照溪谷而光辉，此水之活体也。

对读司马相如《上林赋》写“水”之形状：

丹水更其南，紫渊径其北。终始灞浐，出入泾渭。酆镐潦潏，纡余委蛇，经营乎其内。荡荡乎八川分流，相背而异态。东西南北，驰骛往来。出乎椒丘之阙，行乎洲淤之浦，经乎桂林之中，过乎泱漭之野。汩乎混流，顺阿而下，赴隘陿之口，触穹石，激堆埼。沸乎暴怒，汹涌彭湃……

赋文除了对水的“实像”绘形描摹，还通过“出”“行”“经”“过”等动词的点化，将其“活体”之状加以形象地展示。

在视觉的意层上，图像偏实，语象多虚，这是文学与绘画的差别，但画师绘图，也力求空灵以见意趣，这也与汉赋描写“夸饰”以呈像有着共通的艺术造境。如写狩猎，司马相如《子虚赋》中楚王行猎“专诸之伦”一节，有“雷动飙至，星流电击”，“获若雨兽，掩草蔽地”的夸张，是以“虚”体“实”，彰显猎物时的惨烈场面。又如《上林赋》

写“离宫别馆”是“弥山跨谷”，“俯杳眇而无见，仰攀橑而扪天。奔星更于闺闼，宛虹拖于楯轩”，是“实”像“虚”化，起到惊人眼目的效果。这在赋家笔下有时用借景的方式来实施，如王延寿《鲁灵光殿赋》写殿室实景“层栌磥垝以岌峨，曲枅要绍而环句。芝栭欑罗以戢孴，枝樘杈枒而斜据”，就包括了诸多建筑构件：栌，斗拱，柱子顶上承托栋梁的方木；枅，柱上的横木；芝栭，梁上绘有芝草的短柱；枝樘，梁上交叉相撑的斜柱。而写到灵光殿的整体形象时，则借用了山势形态有关的形容词汇：

瞻彼灵光之为状也，则嵯峨𡾊嵬，峞巍𡾰㠑。吁可畏乎，其骇人也。迢峣倜傥，丰丽博敞。洞轇轕乎，其无垠也。邈希世而特出，羌瑰谲而鸿纷。屹山峙以纡郁，隆崛岉乎青云，郁坱圠以嶒竑，崱繒绫而龙鳞。汩硙硙以璀璨，赫燡燡而烛坤。状若积石之锵锵，又似乎帝室之威神。崇墉冈连以岭属，朱阙岩岩而双立。

其中出现如“磥垝”“岌峨”等大量山、石旁的文字，是借“山”写“殿”的别样手段，也是假虚写实以拓境的写作方法。这在汉赋家表无形之“像”时加以拟象的写作中也常见，如写“音乐”之庄肃或优美，试观赋例如次：

妙雕文以刻镂兮，象巨兽之屈奇兮，戴高角之峨峨，负大钟而顾飞。美哉烂兮，亦天地之大式。（贾谊《簴赋》）

于是繁弦既抑，雅韵乃扬。仲尼思归，《鹿鸣》三章。《梁甫》悲吟，周公《越裳》。青雀西飞，别鹤东翔。饮马长城，楚曲明光。楚姬遗叹，鸡鸣高桑。走兽率舞，飞鸟下翔。感激兹歌，一低一昂。（蔡邕

《弹琴赋》)

其中或拟物，或拟人，或兽走之迅疾，或鸟飞之低昂，将虚体实像化，本质上仍是赋家拟“画”写作的造诣。

如此以“实”写“虚”，在汉赋创作中可于多视角观其图貌之法。如写“神游”，张衡《思玄赋》中一段写道：“出紫宫之肃肃兮，集太微之阆阆。命王良掌策驷兮，逾高阁之锵锵。建罔车之幕幕兮，猎青林之芒芒。弯威弧之拨剌兮，射嶓冢之封狼。观壁垒于北落兮，伐河鼓之磅硠。乘天潢之泛泛兮，浮云汉之汤汤。”赋中连用了“紫宫”“太微”“王良”“驷”“罔车”“青林”“威弧”“封狼”“壁垒”“北落”“河鼓”“天潢”等星座名，将虚构的神游编绘成星际观览的历程。又如难以图示的“情感”，王粲《登楼赋》写销忧骋情时，外在的可观之景是“挟清漳之通浦兮，倚曲沮之长洲。背坟衍之广陆兮，临皋隰之沃流。北弥陶牧，西接昭丘。华实蔽野，黍稷盈畴”，展示了一幅宽广、欣荣与生机的画面；写倦归愁情时，外在的可观之景是“步栖迟以徙倚兮，白日忽其将匿，风萧瑟而并兴兮，天惨惨而无色。兽狂顾以求群兮，鸟相鸣而举翼。原野阒其无人兮，征夫行而未息”，铺陈的是一幅萧索、困顿与惨淡的图像。

汤垕《画鉴》论山水画云“山水之为物也，禀造化之秀，阴阳晦冥，晴雨寒暑，朝昏昼夜，随形改步，有无穷之趣，自非胸中丘壑汪洋，如万顷波者，未易摹写”，其中也内涵了实像与虚体的关系。王世贞《艺苑卮言》论汉大赋云“作赋之法，已尽长卿数语。大抵须包蓄千古之材，牢笼宇宙之态。其变幻之极，如沧溟开晦；绚烂之至，如霞锦照灼，然后徐而约之，使指有所在”，以“赋迹”说“赋心”，写照外物，正在胸中气象。

04 赋『象』三观

孔子论诗以“兴、观、群、怨”，读赋尤在“观”，观“才学”与“风采”，才学源自赋家，风采见之赋文，所以观赋奥妙，要在赋之风采呈现的“象”。清人张惠言《七十家赋钞目录序》以“言”之本说“赋”，认为:“言，象也，象必有所寓。……有动于中，久而不去，然后形而为言。”赋者呈“象”，读者观“象”，略举其要，可述三端：

一曰观“事象”。考古人论赋，或如汉人谓之“感物造端”，或如晋人谓之“体物浏亮”，似乎呈象以“物”为本，可称“物象”，此亦张惠言所说“物之变化”，然细察其理，“物”必化“事”，方呈赋意，所以观“物象”为表，观“事象”为本。扬雄《法言·吾子》有段关于辞与事的问对：

或问:“君子尚辞乎？”曰:“君子事之为尚。事胜辞则伉，辞胜事则赋，事辞称则经。”

扬雄取法孔子“质胜文则野，文胜质则史，文质彬彬，然后君子”（《论语·雍也》）的文质观以论辞与事，其中正与《法言》同篇之“悔赋”思想有关，是对当时赋之“虚辞滥说”的反省，并以“事辞称”之经典为其价值取向。然其以“事”救“辞”，又宜为两点思考：一是扬雄对赋的反省，在于物态呈虚辞而少事实，是有创作针对性的。二是扬雄的反思同时也是构建，是对赋家主观意图中创作事功的提升，且必然影响到后世赋论家对赋体因“物态”而呈“事象”的赞述。这也源于赋“物”因“事”而成“理”的创作本原。而“事象”在赋体的呈

汉　鸡犬画像砖

现，又有着特定的秩序，张惠言所述之赋“象”实与其治《易》学的思想相通，当今治赋学者，多有以《易》“象”拟赋“象”，并以《易》之方位列象拟喻赋体的聚类与聚象，以成就其如《西京杂记》引“相如曰”的“赋家之迹”（一经一纬）、“赋家之心”（包括宇宙）的空间呈象意识。同样，《尚书》对事物的描述也多有方位特征的书写，如《禹贡》铺写“九州”的地理、水道、田土、物产等，《顾命》铺写礼仪、时令、天象等，与司马相如《子虚赋》中的“其山”“其土”“其石”（类别）“其东”“其南”“其高”“其埤”“其西”“其中”“其北”“其上”“其下”（方位）有着共同之处，只是赋家更注重“物”态的“事”化。

二曰观“仪象”。赋家写作，固然以铺陈为“形”，以讽颂为“义”，然其描绘方式，却具有仪式化的特征，故其观“象”，常在仪象。这又可从“礼”与“戏”两方面呈现。清人袁栋《诗赋仿六经》说“诗赋等文事略仿六经……赋体恭俭庄敬似礼”，虽属喻词，但亦不乏赋体的创作意义。以汉代为例，赋家多隶职礼官（言语侍从），所叙赋事，亦多天子礼事，而礼的书写，内涵的是“礼义”，呈示的则是“礼仪”。如司马相如《上林赋》“天子校猎”一段，描绘的是校猎礼的仪式，张衡《东京赋》“祀天郊”一段，描绘的是祭天礼的仪式，班固《东都赋》“春王三朝，会同汉京”一段，描绘的是朝正礼（外交宾礼）的仪式。试观张衡所述“祀天郊”的过程：

及将祀天郊，报地功，祈福乎上玄，思所以为虔。肃肃之仪尽，穆穆之礼殚。然后以献精诚，奉禋祀，曰：“允矣，天子者也。”乃整法服，正冕带。珩紞纮綖，玉笄綦会。火龙黼黻，藻綷鞶厉。结飞云之袷辂，树翠羽之高盖。建辰旒之太常，纷焱悠以容裔。六玄虬之弈弈，齐腾骧而沛艾。

其中所写的“肃肃”“穆穆”与“翠羽”“辰旒”等，均为天子行郊祀礼的仪象。又如扬雄《甘泉赋》的写作，本事在成帝祭祀甘泉以求子嗣，其义理在作者赋序中所称之“讽”，然而观其书写内涵，如甘泉宫之高崇一节：

大厦云谲波诡，摧巍而成观，仰挢首以高视兮，目冥眴而亡见。正浏滥以弘惝兮，指东西之漫漫，徒回回以徨徨兮，魂固眇眇而昏乱。……金人仡仡其承钟簴兮，嵌岩岩其龙鳞。扬光曜之燎烛兮，乘景炎之炘炘。配帝居之县圃兮，象泰壹之威神。

与其说写实，不如谓之观仪更为恰当。章太炎认为“写都会、城郭、游猎、郊祀之状……极赋家之能事”，其文章的经纬组织与现实的礼仪形象，应该是共呈而融织的。观仪的本质还是观德，如扬雄描写天子游猎的仪象后，即转向“立君臣之节，崇圣贤之业”（《羽猎赋》）的思考，然“德”又见乎“仪”，繁缛的仪节必有丰富词语予以再现，此亦赋体创作繁类成艳的重要原因。

由于观“礼”在“仪”，赋家对仪象的描绘也就有了很大的戏剧的成分。明末费经虞《雅伦》卷四《赋》中，就内含了对汉大赋写作类若编撰剧本的意义。就赋家写作方式言，如司马相如答汉武帝问“请为天子游猎赋，赋成奏之”，于是“上许，命尚书给笔札”，退而写赋，耗时甚多，犹如编写剧本，再呈“上”以表演（诵读）。就赋体写作形式言，复如“相如以‘子虚’，虚谈也，为楚称；‘乌有先生’者，乌有此事也，为齐难；‘无是公’者，无是人也，明天子之义。故空藉此三人为辞，以推天子诸侯之苑囿”（《史记·司马相如列传》），虚构人物，演绎故事，后世大赋模仿其制，似征实，皆如“戏”。就赋文描写言，如张衡《西京赋》写天子平乐观行迎宾礼仪，着重在“角抵之戏”的系列表演，其中包括举重、爬竿、钻刀圈、翻筋斗、硬气功、手技、双人走索、魔术、幻术、化装歌舞、驯兽、马戏，以及大型多幕歌舞、杂技、幻术综合表演（鱼龙曼延）等，其游戏色彩十分浓厚，然究其本，仍在彰显天子礼仪，所呈示的也是“仪象”。

三曰观“气象”。刘勰说赋“蔚似雕画”，彰显画面，实质是彰显赋所展示的宏大的形象，而形象又需气象的撑拄，方能成就其壮丽的篇章。考查赋体气象，又突出于“骋势”与“行气”两个方面。刘勰《文心雕龙·定势》认为，有“势有刚柔”“如机发矢直，涧曲湍回”的自然之势，有“循体而成势”“圆者规体，其势也自转；方者矩形，其势也自安”的“文章体势”，然其“形生势成”的由天地自然之“势”到文章经营之“势”，正蕴蓄了“随物赋形”的体义。落实到赋域，所骋之“势”实由“聚象”及“寓象”而来。沈德潜《赋钞笺略序》以为：“两汉以降，鸿裁间出，凡都邑、宫殿、游猎之大，草木肖翘之细，靡不敷陈博丽，牢笼漱涤，蔚乎巨观。”因绘饰事象与仪象而呈“巨观”，既是赋家敷采之功，也是批评家论赋“势”的外在光华。

赋体在绘“象”与骋“势”间，如何缘“势”以明“象”，观历代的赋学批评，往往重在一“气”字，即行气于中，方能聚群象（物象）于一象（赋象），变呆板的“死相”为生机勃郁的“活相”。所以赋家之“骋势”，必待其积气、养气以“行气”，方能使赋势蓄积而得以伸展。明人陈山毓编古赋选《赋略》，其《序》云：

夫穴蚓哀吟，蟪蛄长噪，率由气至而鸣，或引之长也。作者气一不至，正使玄黄粲烂，亦何足赏？窃以为气厚故不匮，气伸故不住，气旺故不衰，气贯故无迹。作者之气，正可引读者之气，而使不歇，自然行挟风云，字洒珠玉。若乃气一不至，则使读之者索然自尽，声不能高，而气不能扬。……斯则气由胸臆，不关篇章者也。他如相如献《吊》，骏足驰阪，势自千里，而倏然驻足，怒气有余，是亦微透斯妙者矣。

所言“气厚”“气伸”“气旺”“气贯”，均须“行气”，方能“微透斯妙”。耐人寻思的是，作者之气，“气由胸臆”，然必待“读者之气”，由“观”方得其气象，这才是创作论与鉴赏论相合而得审美的趣味。清人缪润绂论律赋也说“欲行气者，亦还于吟讽诵习间求之”，其中自有一“观”字在。

宋人项安世说：“尝读汉人之赋，铺张闳丽，唐至于本朝未有及者。盖自唐以后，文士之才力尽用于诗，如李杜之歌行，元白之唱和，序事丛蔚，写物雄丽，小者十余韵，大者百余韵，皆用赋体作诗，此亦汉人之所未有也。”“铺张闳丽”呈现的“气象”，“相如赋”与“子美诗”分处两朝而构成汉赋与唐诗的经典，论其相承，“观诗”尤在“观赋”。

05 《豳风图赋》与『古诗之流』

班固《两都赋序》开篇即引述“赋者，古诗之流也”，将赋体与《诗》三百篇结缘，并成为后世赋学批评的一条主线。然“流”有二义，一则流裔，有传承或支流的意思；二则流别，即类别或同类的意思。结合《汉书·艺文志》“儒家者流”“道家者流”，第二“义”更为切合，说明汉人眼中赋与《诗》是同类的。当然，汉人的《诗》与赋的同“类”意识是从功用上来讲的，这从史迁评司马相如赋“虽多虚辞滥说，然其要归引之节俭，此与《诗》之风谏何异”（《史记·司马相如列传》）、扬雄称“诗人之赋丽以则”（《法言·吾子》）到班固所谓“或以抒下情而通讽谕，或以宣上德而尽忠孝……亦雅颂之亚”，已明此传统。但观其“讽谏”“丽则”“雅颂”，秉承《诗》之传统，亦多为抽象之词。如何以赋体书写《诗》的传统而使之具象化，则见载于后世的赋家创作，其中颇有以题“图”的方式呈现，最具代表性的就是《豳风图赋》。

元　林子奂（传）　豳风图卷

据马积高主编《历代辞赋总汇》的收集，清人有律体《豳风图赋》五篇，分别是彭邦畴（以“七月之诗，风化所由”为韵）、杨棨（以“所其无逸，乃亦有秋”为韵）、钱福昌（以“周公陈王业之艰难”为韵）、赵新（以“先知稼穑艰难”为韵）、浦曰楷（仅存摘句）的作品。为说明问题，先录几则赋文如次：

万古农桑之计，七篇衣食之谋。……看挥洒兮淋漓，画工克绚；信谋猷之具备，穑事维艰。方今圣天子万几兢业，九宇乂安，宸念时廑夫宵旰，民情悉泯夫暑寒。俗劝则农桑克务，恩覃而雨露承欢。人安耕凿之天，不知不识；帝策治平之业，其慎其难。（钱福昌《豳风图赋》）

昔者元公初基，冲王当宁。宴处宫廷，不分禾黍。……恐忘后稷之勤，将坠公刘之绪。乃作《豳风》一篇，使瞽矇朝夕讽诵于王所。后世令主，古训有思。……遂召画工而图此，示艰难不可以不知。其

图乎农事也……其图乎蚕事也……披此图也……如见豳馆之几筵，如遇豳民之陇亩。……今考为此图者，前有阎立本之妙墨，后有赵孟頫之笔道。塔什不花，册并流播；林君子奂，卷亦长留。此由元英宗之留心稼穑，明宣德之寄意田畴。然岂若我皇上不待箴警而自关民瘼，郅治永著于千秋。（杨棨《豳风图赋》）

若夫豳风之有图也……谁欤作者，司马绍先阎立本而传；亦有继乎，林子奂为赵孟頫之亚。莫认寻常藻绘，须知意重心长；未谙家室绸缪，请鉴笔耕墨稼。（赵新《豳风图赋》）

风以达情，图维徵实。目击而存，心藏于密。抚兆姓而忧勤，摹一篇而继述。在治忽观古人之象，创始有虞；先稼穑知小民之依，如陈《无逸》。……别有深心，董策贾书之旨；群推妙手，曹衣吴带之风。（彭邦畴《豳风图赋》）

上引赋文，可谓同心而异词，同心者均在《豳风》“诗”与“图”之本义，即知稼穑艰难；异词则从不同的侧面演绎其“诗·图”故事。

在赋中，赋家反复提及“今圣天子”“我皇上”等对今上赞语，正是赋家致用观的借古以喻今的写作特征。落实到赋文所叙之《豳风图》，清人作赋以颂德的一个历史节点，正是乾隆帝曾令沈源、唐岱合笔《豳风图》一轴、郎世宁、沈源、唐岱绘《豳风图》一轴，以及周鲲画、张照书《豳风图》一卷。此外，又有《御制豳风图并书》一册，有梁诗正题跋谓“既以积岁之功为诗经全图，复念《豳风·七月》陈王业之艰难，所言农夫女红，趋世附时，勤力务本，尤为亲切有味”。由此可见，《豳风图》历朝均有绘制，而在赋史上一直到清朝才出现多篇《豳风图赋》创作，与乾隆《御笔诗经图》及对《豳风》诗的赞述有极大的关联。

于是由清人上溯前朝，《豳风图》的制作成为《诗经图》中的一重要题材。前引杨棨赋文中“前有阎立本之妙墨”与赵新赋文中“司马绍先阎立本而传”的相关描述，所展示的正是这一图绘的历史。据相关史料记载，晋明帝司马绍有《豳风图》，继后唐人阎立本绘制其图（见张彦远《历代名画记》），南宋马和之与元人林之奂的《豳风图》最为著名。马图取材《七月》诗，分十七段，十七个情节，画幅中央为农耕者，右幅则在秀丽风景中，有劳作者，有游走山水者；左幅则有奏乐赏音，饮酒怡情的场景，呈现出宏大的农蚕耕织图画（大都会博物馆、故宫博物院均有收藏）。林图两卷，由“七月流火”等五部分组成，有解缙、张肯、申时行、凝远等人题跋，卷首有乾隆御笔“王业始基”四字。至于《豳风图》的传播，如《元史·高宣传》载英宗时“塔失不花以《豳风图》呈进”、明朝《宣德实录》载“上阅赵孟頫《豳风图》，遂赋长律一章”，《明史·辑略》载宋濂“上《豳风图》，皇太子览而善之”

等，在上引赋文中均有形象的描述。其中杨赋中所述“元英宗之留心稼穑，明宣德之寄意田畴”，以及对当朝皇帝的颂赞，均在治政者“寄意田畴”而“留心稼穑”，这是“王业始基”的大事，所以赋家的讴歌与画家的绘饰，其关键还在《豳》诗本身的价值。

《豳风》七篇，分别是《七月》《鸱鸮》《东山》《破斧》《伐柯》《九罭》《狼跋》，《七月》居首，最为要紧，以致后世绘《豳风图》，多为《七月》图（如马和之）。有关《豳风·七月》的创作背景及思想主旨，《诗·豳风·疏》引《毛序》：“陈王业也。周公遭变，故陈后稷先公风化之所由，致王业之艰难也。”所言“周公遭变”，指周公因管、蔡流言，辟居东都事。“陈王业”，则指周公辅佐年幼之成王，劝其戒逸勤农以固本的意旨。又，《汉书·地理志》载：“昔后稷封斄，公刘处豳，太王徙岐，文王作酆，武王治镐，其民有先王遗风，好稼穑，务本业，故《豳》诗言农桑衣食之本甚备。”又据《史记·刘敬传》“公刘避桀居豳”，可知《豳风》诗直接公刘传统，而构建周人开辟之“好稼穑，务本业”之“大业”。此外，《后汉书·王符传》引《潜夫论·浮侈篇》：“明王之养民也，爱之劳之，教之诲之，慎微防萌，以断其邪。《七月》之诗，小大教之，终而复始。由此观之，人固不可恣也。”李贤注：“《七月》诗，《豳风》也。大谓耕桑之法，小谓索绹之类，自春及冬，终而复始也。”此解《七月》诗意，亦传承汉人尊奉周公作《七月》之诗的经义思想。对此，王安石《诗义钩沉》有较为形象的说法：“仰观星日霜露之变，俯察昆虫草木之化，以知天时，以授民事。女服事乎内，男服事乎外。上以诚爱下，下以忠利上。父父子子，夫夫妇妇，养老而慈幼，食力而助弱，其祭祀也时，其燕飨也节，此《七月》之义也。”这又由《七月》一诗，推扩于天地人伦之节度，已具社会教化的普遍意义。因此，历代画师绘饰与大臣进呈《豳风图》，乃至皇帝（如元英宗、明宣宗、清高宗）对“图”的重视甚至题咏，虽个中不乏图画形象演绎与展示诗意的艺术性，如“群推妙手，曹衣吴带之风”（彭邦畴《豳风图赋》），然其主旨，仍在对上讽颂其勤政爱民，对下则重劝课农桑。而围绕《豳风图》的赋家创作，不仅以为图示“王政”较“瞽箴”“矇诵”更为形象而直接，而且无不阐明“莫认寻常藻绘，须知意重心长”（赵新《豳风图赋》）的治国理政的深意。与《豳风图》类似的还有大量的《农桑图》的绘制，所以清人浦曰楷于《豳风图赋》称述“桑柘树人家之外，果然极意描摹；瓜壶悬耳目之前，偏觉神传阿堵”的同时，黄爵滋《农桑图赋》叙写“披从宋殿阶前，耕夫宛若；展向汉宫池上，织女肖之”，强调“岂不以民生是计，国政攸关”。可知无论是图像，还是语象，所呈现的旨趣，仍不脱离《诗》义的本根。

在读《豳风图赋》时，又会发现其中与《无逸图》的关联，如杨棨赋说《豳风图》的绘事“比宋璟之无逸图而尤觉周详”，彭邦畴赋说“先稼穑知小民之依，如陈无逸”，前述唐玄宗时宋璟“手写《无逸》，为图以献”（王应麟《玉海·艺文》）本事，后述历代《无逸图》及所本《尚书·无逸》的主旨，即“周公曰：君子所其无逸，先知稼穑之艰难”。同样，在题写《无逸图》的赋作中，也提及《豳风》，如“《豳风》之诗，表里乎《无逸》”（方回孙《无逸图赋》）。于是《诗》之《七月》与《书》之《无逸》在画师与赋家的笔下，有了共同的旨意，所谓“契《七月》之精蕴，领《无逸》之真诠”（沈鲤《嘉禾赋》）。只是在赋史的取意上，《豳风图赋》较《无逸图赋》（陈普等作）更多一层，即“古诗之流”。《豳风图》的功用何在？彭邦畴在赋中申述“别具深心，董策贾书之旨”，指的是董仲舒所上之策，贾谊所陈之论，皆与

《豳风》所及“王政”相埒，是王朝立国安民之本，然引入赋域，显然并非仅如汉人所明示的“讽谏”、“雅颂”或“诗人之赋”那样的抽象，而是在赋作中也有具体而微的呈现。如扬雄《长杨赋》事述汉成帝元延二年冬“行幸长杨宫，纵胡客大校猎”(《汉书·成帝本纪》)，开篇寄“讽”，假“子墨客卿”问“翰林主人”谓:“盖闻圣主之养民也，仁沾而恩洽，动不为身。今年猎长杨……此天下之穷览极观也。虽然，亦颇扰于农民。……外之则以为娱乐之游，内之则不以为乾豆之事，岂为民乎哉！”另如张衡《二京赋》写正月“农祥晨正”“天子籍田”，二月“出行东岳，劝勉耕稼”，以及授时顺乡、用财取物的叙写，皆系乎农时“月令”。由此描写，可知汉代赋家在“体国经野”的宏大书写中，其中之“讽”或“颂”，多契合于《七月》之诗的“稼穑之艰难”，是类属“古诗”思想的真切写照。

从批评的视阈来看，赋论有着由抽象到具体、由取义返文本的变化。例如刘勰《文心雕龙·诠赋》谓汉代赋家“枚乘《菟园》，举要以会新；相如《上林》，繁类以成艳；贾谊《鹏鸟》，致辨于情理；子渊《洞箫》，穷变于声貌；孟坚《两都》，明绚以雅赡；张衡《二京》，迅发以宏富；子云《甘泉》，构深玮之风；延寿《灵光》，含飞动之势”，论述十家，虽列篇名，乃举要之义，评骘风格，极为抽象。然到唐宋以后，如赋格、赋话以及大量的赋选评点的出现，其批评观无不落实到具体“篇章”甚至“句意”。因为汉人重视的是“赋做什么”，魏晋以降始谈“赋是什么”，唐宋时代由闱场试赋之引导而为“赋怎么写”，继此的明清时代多立足于“赋怎么写”而示范以“赋是什么”的经典(作品文本)。由此再看从“古诗之流”的抽象言说到《七月》具体篇章的“图”与“赋”说，其中正经历了这一“经典”化的过程。

06 汉赋与汉画

汉代骋词大赋作为赋体的代表，其体式有两个显著特征，一是“体国经野，义尚光大”，故包罗万象，气势恢宏；二是“铺采摛文，体物写志”，特别重“物类”意识，故能昭物取象，以夸饰描绘见长。所以刘勰《文心雕龙·诠赋》强调赋体“写物图貌，蔚似雕画”，朱光潜《诗论》进而认为诗歌类似音乐，辞赋近于图画，具有一定的“空间艺术”。由此考述汉赋与汉画的创作关联，突出表现在赋写图画与图证赋文两端，其中汉赋的描写对图像的呈现，则具有更为广泛的书写及批评意义。

赋写图画源自东汉辞赋作家二王（王逸、王延寿父子）的言说与写作。王逸的《天问章句叙》追溯屈原作品《天问》中的有关图像描写，认为：“见楚有先王之庙及公卿祠堂，图画天地山川神灵，琦玮僪佹，及古贤圣怪物行事。周流罢倦，休息其下，仰见图画，因书其壁，呵而问之，以渫愤懑，舒泻愁思。”这是赋写图画的考源，其中有两个视点：一是“见楚有先王之庙及公卿祠堂，图画天地山川神灵，琦玮僪佹，及古贤圣怪物行事”，这一记述中的所历所见，乃观图；二是“呵而问之”即呵壁问天，缘于“仰见图画，因书其壁”，乃由观图到写图。至于汉赋写汉画，王延寿《鲁灵光殿赋》描写西汉恭王刘余所存旧宫室壁画，最为典型。该赋本着“物以赋显，事以颂宣”的思想，说明赋作描写“图画天地，品类群生，杂物奇怪，山神海灵，写载其状，托之丹青。千变万化，事各缪形。随色象类，曲得其情”的创作特色。对照《鲁灵光殿赋》的“序”与“文”，序所言“观艺于鲁”，其“艺”不仅包括宫室本身，亦于其赋中所述相关，也就是其中描写的“云楶藻棁，龙桷雕镂”之飞禽走兽、奔虎虬龙、朱鸟白鹿、狡兔猨狖，以及“胡人遥集于上楹”等，实乃图画之像。如此描写正可比拟王逸《天问章句叙》所述“古圣贤、怪物行事”与“琦玮僪佹”的“天地山川神灵”，体现于赋文之“五龙比翼，人皇九头”“伏羲鳞身，女娲蛇躯”“忠臣孝子，烈士贞女”“连阁承宫，驰道周环”“渐台临池，层曲九成”等等，这既是真实的书写，也是汉人重视赋图关联的历史语境。

就创作论来看，汉赋与汉画的互通决定于赋家对朝廷礼仪的描绘，汉大赋的主要创作类型如游猎、郊祀、京都等，所书写的内涵均属汉代朝廷的天子礼。由于赋写礼事而呈现于礼仪，其赋作与画像形成了异质同构的联系。这又突出表现于两个方面：其一，汉大赋“体国经野”的描绘与其重仪式的图案化特征，代表了汉人绘画与辞赋“天人合一”的宇宙观。例如长沙马王堆汉墓出土的一幅巨型帛画对天上、人间、地下的构图描绘，所表现的现世与来世，神话与物态，与汉人郊祀赋的神境、游猎赋的场景、京都赋的物态的全方位呈现极为相似。这种宏阔气象在汉赋中实属常见，如司马相如《上林赋》中有关鸟兽草木、山川形势、游猎场景，班固《西都赋》中有关未央宫等西京宫室的群体构建，张衡《西京赋》中有关平乐观百戏表演的场景，又无不与T形帛画的平面构图与再现场景有关视觉同感。其二，汉赋写作类聚事物的特征，与汉代大量的汉画像石（砖）也可作形象互证。尽管汉大赋作为宫廷文学，砖石画像多属中下层民俗创作，但其时代的艺术共性则很明显。张道一《汉画故事》曾将汉画分为“人事故事”“神话故事”与“祥瑞故事”，兼括汉代历史、神话与民间信仰，这些类型的描写在汉赋中均有呈现。如果将汉赋与汉画石的艺术主题结合起来考虑，或有互仿与共生的性质，诚如美国学者米歇尔所说的“把图像当作视觉性、机器、体制、话语、身体和喻形性（figurality）之间的一种复杂的相互作用”。

从汉画像石的图像看汉赋的语象，其创作形态的类似性更多地体现在物象与主题，这与“赋者，言事类之所附”（曹丕《答卞兰教》）相关。以写作主题呈现物象来看，汉赋与汉画的类比性突出表现于“祭祀宴饮”“狩猎弋射”“乐舞百戏”“宫室建筑”“车驾出行”等方面。例如游猎描写，司马相如《上林赋》的动作描写与场景再现，就与1992年陕西省榆林市红石桥乡古城界村出土东汉墓门楣两端的狩猎图（《中国画像石全集5·陕西山西汉画像石》）类似。该图以山林为主，其中有鹿、猪、牛、兔、骆驼，呈惶惶奔逃之状，所绘饰的飞禽走兽，姿态各异。猎手荷筚、执戟，策马飞奔，张弓追射，各具风姿。画面中间为车骑出行，一轺一辎，前两导骑，后两从骑，轺车与辎车之间有十骑吏相随，也与赋文描述相同。这种构象（像）的形似特征，与山东省嘉祥县满硐乡宋山村北出土的宋山小石祠基座画像，微山县两城镇出土的狩猎·车骑出行画像石，亦相契合。又如汉代风俗有关的“方相氏”行大傩仪戏，在汉赋中出现甚多，如张衡《东京赋》的

汉　车马出行画像砖

描写："尔乃卒岁大傩，殴除群厉。方相秉钺，巫觋操茢。侲子万童，丹首玄制。桃弧棘矢，所发无臬。飞砾雨散，刚瘅必毙。煌火驰而星流，逐赤疫于四裔。然后凌天池，绝飞梁。捎魑魅，斮獝狂。斩蝼蛇，脑方良。囚耕父于清泠，溺女魃于神潢。残夔魖与罔像，殪野仲而歼游光。八灵为之震慑，况鬾蜮与毕方。度朔作梗，守以郁垒、神荼副焉，对操索苇。目察区陬，司执遗鬼。京室密清，罔有不韪。"作者在赋文中浓墨重彩地描绘了方相氏手持斧钺，男巫、女巫手执扫帚，众童子跳着万舞，头裹红头巾，身穿黑衣服，在方相氏和巫觋的带领下，以桃弧、棘矢射杀厉鬼，最后持炬火，逐疫鬼投洛水中，使不复度还等情节，并以桃木作木偶，以郁垒、神荼执苇索捕捉漏网的鬼，以祈盼宫廷王室的安宁与社会的平安。"傩"是上古时期用来驱逐瘟疫与厉鬼的一种禳祭活动，《周礼·方相氏》载周代宫廷傩祭活动"方相氏掌蒙熊皮，黄金四目，玄衣朱裳，执戈扬盾，帅百隶而时难（傩），以索室驱疫。大丧，先柩。及墓，入圹，以戈击四隅，驱方良"。先秦文献中有春傩、秋傩、冬傩的记载，尤以冬傩为最，又称大傩。方相氏是先秦时期傩祭中假扮傩神的人，面目狰狞。到汉代傩戏仍盛行，《后汉书·礼仪志》载“先腊一日，大傩，谓之逐疫。其仪：选中黄门子弟年十岁以上，十二以下，百二十人为侲子。皆赤帻皂制，执大鼗。方相氏黄金四目，蒙熊皮，玄衣朱裳，执戈扬盾。十二兽有衣毛角。中黄门行之，冗从仆射将之，以逐恶鬼于禁中。……因作方相与十二兽舞”。这种仪式表演同样呈示于汉画，现仅存前引洛阳烧沟61号西汉墓画“方相氏图”（局部），贺西林《古墓丹青——汉代墓室壁画的发现与研究》认为画面上的伟岸怪物就是行傩仪时的方相氏，怪物手臂上两人是伏羲、女娲，手托日月，是主宰阴阳的象征。驱除灾害，祈求福祥，成了汉赋与汉画文图共生的主题。

汉人虽然没有以图绘赋的创作，但以汉代帛画与砖石画图案对应汉赋“写物图貌”的特征，也具有一定的以图证赋的意义。后代出现的汉赋图像，如晋人戴逵的《南都赋图》，刘熙载《艺概·赋概》即谓“戴安道画《南都赋》，范宣叹为有益。知画中有赋，即可知赋中宜有画矣”。又如自晋人卫协作《上林苑图》，继后南宋赵伯驹绘《上林图》、明仇英摹写《上林图》（附文徵明楷书《上林赋》），题咏《上林图》的诗文也随之而出，如胡敬品读“《上林图》卷”即谓“绢本，青绿画，洪波巨浸，层峦叠嶂，瑶林琪树，杰阁飞楼，其间士卒车旗，分写校猎上林始终次第。首写岩松磵屋中，坐子虚、乌有、亡是公三人，为斯赋缘起。次写紫渊丹水，跳沫腾波，鳞族则蛟龙赤螭，羽族则驾鹅属玉之伦，游翔乎上下。次写离宫别馆，弥山跨谷，紫茎翠叶，缘陂丛生。次写蜺旌云旗，天子校猎，奉辔参乘，千官景从。次写七校纷陈，易舆而骑，骑射之士，撞钟伐鼓，角走射飞。次写张乐层台，青

汉·方相氏驱疫画像砖

琴宓妃之徒，靓妆便嬛，更侍迭奏。次写解酒罢猎，返旆平皋，农郊耕牧，方兴原隰，龙鳞方田，如罫白云，回合红櫊，碧榭缥缈，在溪山烟霭之间”（《胡氏书画考三种》之《西清札记》卷二“十九日癸酉”条）。其中说明图画的场景，正是赋文语象的图写，这也是汉赋与绘画的关联与衍展。

回到刘勰的汉赋“蔚似雕画”说，通合于他的“立赋之大体”，即“如组织之品朱紫，绘画之著玄黄”，结合其论绘语如“写气图貌，既随物以宛转”（《文心雕龙·物色》），并及文章与图画的关系如“绘事图色，文辞尽情”（《定势》）、“立文之道，其理有三：一曰形文，五色是也”（《情采》），其中“随物”“图色”与“形文”，均与赋体符契。后人评点汉赋的写作特色，亦尝以绘法说赋，如于光华《文选集评》中的“赋篇”评点，孙月峰评张衡《西京赋》“缀以二华”一段云“句锤字炼，铸成苍翠之色”；何焯评王延寿《鲁灵光殿赋》“俯仰顾盼”一段云“乃就中之所见详写之，先结构，次雕镂，次图画也”；方伯海同评前赋云“即象以求理，象明而理亦明”，或言“苍翠之色”，或言“雕镂”之功，拟绘画以评汉赋，则非常明显。如此以“绘”论“赋”批评观的形成，究其根本，仍在汉赋创作与图像意识相契合的基本特征，那就是以构象之法写物与图貌，以设色之法写场阈与景观。明人王世贞《艺苑卮言》论汉赋说“作赋之法，已尽长卿数语。大抵须包蓄千古之材，牢笼宇宙之态。其变幻之极，如沧溟开晦；绚烂之至，如霞锦照灼”（《艺苑卮言》卷二）；近人张世禄《中国文艺变迁论》说“吾国文字衍形，实从图画出，其构造形式，特具美观。词赋宏丽之作，实利用此种美丽字形以缀成”，皆取“图貌”之大观。所以我们品读汉赋与汉画，宜乎大中见小，明辨其构象法是在由无数“个像”组成的宏大图景。

07 《上林图》与《上林赋》

明人仇英的《上林图》是对司马相如《上林赋》的摹写，赋的“蔚似雕画”的场景描写得到图像的对应展示，相对而言，图的场景也多为赋的局部复现。当然，赋与画二者的场景对应，也绝不仅是复制，而是内含赋家与画师的各自创造。概括地说，赋家是以自我的眼光（假托赋中人）审视自然物象与图像，进行选择、刻画与描述；画师同样以自我的眼光（借助画中人）审视文字（文本）中的语象与图像，进行摹写、提炼与展示。这里存在着一个非常重要的接受方法问题。例如诗赋家从“语象”的视角对《上林赋》的接收，常忽略赋作对自然图像的表现，而更重于语象之“义”的衍展。试举元人祝尧对《子虚赋》《上林赋》赋文的评述：

当讽刺则讽刺，而取之风；当援引则援引，而取诸比；当假托则假托，则取诸兴。（评《子虚赋》语）……古人之赋，固未可以铺张

明　仇英（传）上林图卷

侈大之辞为佳，而又不可以刻画斧凿之辞为工，亦当就情与理上求之。（评《上林赋》语）

此评在以比、兴之法抽绎其情与理，故轻赋迹而重赋心。而画师的接受则不然，首取在“象”而非“义”，所以常忽略（或不可表现）赋家铺张扬厉之辞章内在的情与理，而更关注赋家对自然物象的关注，并借助其语象再转译为图像。所以从《上林图》看《上林赋》，赋家与画师审美的对接点在一“观”字，如果说孔子论诗之“兴、观、群、怨”，“诗可以兴”偏重于语象的内在义理，则“诗可以观”即可借助于“赋可以观”的审视眼光，只是这一“观”字更多体现于图像意识。而回到《上林赋》的描写，赋家由发端之“子虚”“乌有”“亡是公”的对话转向上林之“水”（八川分流）与“山”（崇山矗矗）的夸赞，在进入全赋主旨的一静（宫室描写）一动（校猎描写）的景境时，中有一段过渡文字，以展开全景画面，颇为重要。其云：

于是乎周览泛观，缜纷轧芴，芒芒恍忽。视之无端，察之无涯。日出东沼，入乎西陂。其南则隆冬生长，涌水跃波……其北则盛夏含冻裂地，涉冰揭河……

可以说一“观”（览）既是《上林赋》的转折点，以导向于主题的描写，也是《上林图》的视域焦点，从而揭开了一幅幅转译语象的画面。由此切入，我们读赋与图，也就可以看到二者的异同。

就其相同点而言，赋与图的浓重之笔均落实在两方面：一是静态的描绘，即苑囿与宫室。赋语对“上林苑”的描绘，采取实象与想象结合的方法展开，在实象中，诸如草木花卉、飞禽走兽、楼台宫室以及犬马与人物等，虽有夸张，然皆清晰明豁。如写宫室：

于是乎离宫别馆，弥山跨谷。高廊四注，重坐曲阁。华榱璧珰，辇道纚属。步櫩周流，长途中宿。夷嵕筑堂，累台增成，岩窔洞房……

其中“弥山跨谷”虽不乏夸张描写，然其实物摹写，也是赋体的征实特征的表现。而赋中想象的描绘手法，则更体现在“左苍梧，右西极”“缜纷轧芴，芒芒恍忽，视之无端，察之无涯”的东、西、南、北全方位的虚写，这就是宋人程大昌说的“亡是公赋上林，盖该四海言之”的道理。二是动态的描绘，最具代表性的是“天子校猎，乘镂象，六玉虬……弓不虚发，应声而倒”的一段书写，其中包括诸如“车骑雷起，殷天动地”的狩猎阵容、“先后陆离，离散别追”的狂奔兽群与“搏豺狼，手熊罴”的格掠收获的动态场景。对照仇英《上林图》的绘饰，其对山川、草木、鸟兽均以实象勾勒，其中如“离宫别馆”，除了长卷中断的狩猎场景，占驻了多数的画面，并用远近高低各不同的视角距离以展其“弥山跨谷”的观感。对动态的校猎场景的处理，通过五个画面展示，分别是出行仪仗、狩猎场面、钟鼓游乐、猎罢归营与突出天子乘辇图像，使长卷的故事达到高潮。至于赋笔的诸多虚写，图中则同样采取疏笔虚写的方式，以远山云天与水波映衬的效果，使画面拓展得更为广阔而无限。

就其不同点而言，赋家与画师之“观”有很大差异。概括地说，赋家的视点是受语象的时序制约，所以上林之“巨丽”是由“八川分流”（地形）、“崇山”崔巍、周览四方、“离宫别馆”、动植物产、“天子校猎”以及崇礼明德（历吉日以斋戒）等七大场景次第开展，其中如“校猎”一事，又由仪仗出行、射猎过程、猎罢游乐与酒酣沉思诸场景因时序而变化，起到转折其义与深化主题的作用。与之不同，画师的“观”点重在通篇画幅的一体展示，减少了赋文的时序制约，而着力于空间的呈示。对此，《上林图》采取了两种处理方式：

一是选择。这种方式也导致了图文比较的两种结果：其一，因选择而割弃无法表现的场景，如赋文中的“八川分流”，尤其是对水流“汹涌澎湃，滭弗宓汩”一大段有关流向与水声（如“汹涌”为流向，“澎湃”为水声）的描写，图面仅以水波曲笔显示，结果只能以抽象替代形象。如此图像的平面处理以及画师的无奈选择，造成了赋中大量的生动语象丢失。其二，因选择而突出重点场景，使图像较语象更为简洁明了，主题突出，令读者易于聚焦。如《上林赋》开篇大段的山水草木与鸟兽的文字，则被《上林图》融织于整体画面中，而赋文经大量描写才引出的“离宫别馆”与“天子校猎”，在图像中的第一、第二场景就已出现了类似的描写，且图像的八个部分（十幅片断画面）绝大多数绘饰行猎情形，使整卷画面围绕“天子校猎”展开，于是在某种意义上画师更加接近与强化了《史记》原始文本所记述的“请为天子游猎赋”的主题与意旨。

二是聚象，或可谓之合意与合图。再以狩猎场景为例，赋文中“天子校猎”的描写是一前后有序的流程，包括扈从仪仗、狩猎车骑、搏格猛兽、径峻赴险、越壑厉水、发弓猎获等连续的动作与场景。而以“辽宁本”《上林图》为例，画师仇英将这一复杂的流程与众象汇聚一幅图（第七幅画面）中，采用三层构图法，即最底层画面是众骑士射杀猎物（对应赋文“弓不虚发，应声而倒”），中层画面是狩猎队伍在行进与奔突，上层画面则有四人用担架抬着猎物，并点缀以几位旁观者。值得注意的是三层画面并非简单的分割，而是通过山林行径的弯曲回旋自然区别，形成一有机的整体。同样，如此聚象之法体现于《上林图》的全幅画面，也使品读赋文时容易产生的时序断续与片断割裂之现象得以解消，从而达到将山水与人物融会贯通的阅读效果。

从文学批评的意义来看，中西学者对诗、画态度则大同小异，如清人叶燮《赤霞楼诗集序》云：

吾尝谓：凡艺之类多端，而能尽天地万事万物之情状者，莫如画。彼其山水、云霞、林木、鸟兽、城郭、宫室，以及人士、男女、老少、妍媸、器具、服玩，甚至状貌之忧离欢乐，凡遇于目，感于心，传之于手而为象，惟画则然；大可笼万有，小可析毫末，而为有形者所不能遁。

吾又以谓，尽天地万事万物之情状者，又莫如诗。故彼山水、云霞、人士、男女、忧离欢乐等类而外，更有雷鸣、风动、鸟啼、虫吟、歌哭、言笑，凡触于目，入于耳，会于心，宣之于口而为言，惟诗则然；其笼万有，析毫末，而为有情者所不能遁。

其论诗与画之同，为其大要，然则以“有形者”状画，而以“有情者”状诗，且将“声响”之描写归于诗而阙于画，已内涵两种不同艺术形态的差异。对此，德国学者莱辛《拉奥孔》探讨诗、画差异更为明确，即把“诗”为代表的文学称为“时间艺术”，把“画”为代表的造型艺术称为“空间艺术”，并作出诸如“生活高出图画有多么远，诗人在这里也就高出画家多么远”的价值判断。尽管诗与赋的语象在表达方式与程度上或有所差异，如刘熙载说的“赋起于情事杂沓，诗不能驭，故为赋以铺陈之。斯于千态万状，层见迭出者，吐无不畅，畅无或竭”，换句话说，即赋的“蔚似雕画”使其语象更接近于图画，然毕竟诗、赋均属语言的艺术，所以《上林赋》与《上林图》在表现方法自然有所不同。如赋文中的天子校猎的时序是“背秋涉冬”，赋图则与之不同，其因有二：一是全图采用绢本青绿，设色华浓，其与祝寿之章有关，故无经秋历冬之萧瑟之状；二是时序变迁在同一设色的长卷中无法展示，此亦如叶燮所言“雷鸣、风动、鸟啼”易见于诗而不易成于画的道理一样，具有图像表达的局限性。同样，赋图中如对行猎、射杀、收获在同一时空的表现，使读者的眼光聚焦于纷繁复杂的场景，又是赋文无法表述的。

相比之下，一些具体的场景的再现，《上林图》采取了与赋文相同的白描手法，如游乐一段，赋文描述有“撞千石之钟”“树灵鼍之鼓”，赋图则在画面中分别描绘了撞钟与击鼓的形象与动作。又如赋文中描述的猎罢行礼一节，即“历吉日以斋戒，袭朝服，乘法驾，建华旗，鸣玉鸾，游于六艺之囿，驰骛乎仁义之涂”云云，以彰显王者的“隆德”形象，所以赋图的卷末场景正是宫室帝王与群臣“坐而论道”画面，且以山峦间巍峨的宫殿建筑群为映衬，展现的也是天子肃穆庄严的气韵。

而赋法与画法的关联，还宜关注赋体与画体，仇英《上林图》所摹写的对象是汉代骋辞大赋的典范，所以采取“大设色”法以呈示大气象。对此，可引元人陈绎曾《汉赋法》所论：

> 汉赋之法，以事物为实，以理辅之。先将题目中合说事物一一依次铺陈，时默在心，便立间架，构意绪，收材料，措文辞。布置得所，则间架明朗；思索巧妙，则意绪深稳；博览慎择，则材料详备；锻炼圆洁，则文辞典雅。

因为大赋体式重在“事物”，要在“铺陈”，而妙在“布置”，才使杂沓情事与千态万状宏整呈示，且有条不紊，表现出“体国经野，义尚光大”的态势与气象。

09 牛赋、牛图与牛图赋

辛丑牛年，应约撰《金牛赋》，观牛像抵角逞力，奋蹄前行，因感“牛之为物，魁形巨首”，且“既有舐犊之深情，更为耕稼之良耜”，于是历述“老子青牛，过函谷而成文；田单火牛，守即墨以披靡；孔明木牛，出祁山乃安边；鞭春土牛，迎东郊之寸晷；吴月牛喘，燮阴阳之职修；牟然牛鸣，抵隆曦以见喜”以铺陈其词，用“青牛”“火牛”“木牛”“土牛”“喘牛”及“耕牛”诸历史典事彰显其义。于是考察历代牛赋，归于“鸟兽”类，虽不及诸如龙、马、凤、龟、白鹿、白鸟（雉）等那种神圣的“祯祥”意味，然“牛”之为物，驯然躬耕，傲然角立，却更富有立足于土地的力量和精神。而与牛赋“蔚似雕画”的描写相匹配，历代亦不乏塑造“牛”形象的图画，尤其围绕一些“牛图”书写的牛图赋。

据《历代赋汇》的收录，时间较早的赋作是南朝陈臧道颜的《驶牛赋》，其写用牛拖犁，歌颂的是耕牛造田的功绩，并与马、兔的敏速

汉　彩绘陶牛

加以比美，所谓“良牸擢足于双岛，名骏叠迹于左右”，“名参飞兔，价齐骥騄”。相比之下，唐人柳宗元的《牛赋》写牛耕之功及其他用，更为著名。如赋由“若知牛乎”的问名开篇，继写“牛之为物”的形体与“牟然而鸣”的声响，再落笔于“抵触隆曦，日耕百亩”的耕田犁地之功：

往来修直，植乃禾黍。自种自敛，服箱以走。输入官仓，已不适口。富穷饱饥，功用不有。陷泥蹶块，常在草野。人不惭愧，利满天下。

至于“皮角见用，肩尻莫保。或穿缄縢，或实俎豆”，以为“物无逾者”，内涵了与他物比较的意义。特别是作者在赋中对比“牛”与“羸驴”“驽马”，认为“不如羸驴，服逐驽马。曲意随势，不择处所。不耕不驾，藿菽自与。腾踏康庄，出入轻举。喜则齐鼻，怒则奋躏。当道长鸣，闻者惊辟”，可见不同的生活态度，不同的作为贡献，既针砭世俗，讴歌理想，还蕴涵了自己的傲岸与高洁的心态。这也就引发了赋末的叹息：“牛虽有功，于己何益？命有好丑，非若能力。慎勿怨尤，以受多福。”该赋虽或寓言，但因成于作者谪居永州后，所以论者或谓写“牛”乃柳宗元的自喻，对此章士钊《柳文指要》则认为以“牛”自喻反不及是喻“王叔文”更贴切。章氏引赋中“人不惭愧，利满天下”，宜指改革的领袖人物，而“子厚不肯为己夸张到此”；又引“皮角见用，肩尻莫保”语，以为“子厚虽见羁囚，究亦不达此一绝境”。无论是自喻，还是他喻，柳宗元赋“牛”已不限于形象与功用，而具有了象征意义。苏东坡谪贬海南，见地方人杀牛祭祀，特别书写柳氏《牛赋》赠给琼州僧人道赟，“使晓谕其乡人之有知者”（《书柳子厚〈牛赋〉后》），以改其陋习，这也可见该赋影响之一斑。

在牛赋作品中，有描写牛之种类的，如刘宋时人孔宁子的《牦牛赋》，所云“遁绵野于岷隅”产地与“茸长牦之鬖鬖”的形象，属咏物体。有借旧典发挥现实境遇或心志的，如唐人黄滔的《误笔牛赋》、王履真的《目无全牛赋》，用王献之“失笔误点”与庄子“庖丁解牛”的典故，皆应试之作，殊无深意。宋人梅尧臣有篇《问牛喘赋》，借“牛”说事，颇有意趣。该赋题材用《太平御览》卷四引应劭《风俗通》“吴牛望见月则喘，彼之苦于日，见月怖喘矣”的典事，以及《世说新语·言语》“臣犹见牛，见月而喘”的说词，既兼含借指天气酷热与遇到类似事而胆怯的双重意蕴，又别开思路，转指为事者授时行政的要则，与知民疾苦的重要性。如赋从“客有感前史问牛喘”发端，继谓“若乃当春而暖，是为行夏令而火侵于木，时则有雨水不降，草树早落，火讹相惊，疾疫多作。故丞相当是月而见牛喘，恐天令之愆错”，以警戒行政者，方能顺适自然，达到“元化日调，万汇时若”。

稽考为数并不太多的牛赋作品，唐宋时期居要，而继汉画像砖石的耕牛图像，画师的牛图也是在唐宋时代兴起，并影响后世的。列举其中有名者，如唐朝宰相韩滉的《五牛图》、戴嵩的《斗牛图》、宋朝李公麟的《牛图》、李唐的《百牛图》《风雨牧归图》、毛益的《牧牛图》、明朝张路的《老子骑牛图》、清朝杨晋的《石谷骑牛图》、石涛的《对牛弹琴图》，以及近代画家如潘天寿的《耕罢》、李可染的《犟牛图》、齐白石的《放牛图》等。人们为何喜好绘牛，基本有一共识，诚如李可染所说的“牛也，力大无穷俯首孺子而不逞强，终生劳瘁，事

唐　韩滉　五牛图卷

人而不居功，纯良温驯，时亦强犟，稳步向前，足不踏空，形容无华，气宇轩昂”，故“崇其性，爱其形，故屡屡不厌写”。而对具体的牛图，前贤评述亦多，如韩滉的《五牛图》，是中国十大传世名画，少数几件唐代传世纸绢画作品真迹之一，也是现存最古老的纸本中国画。画幅中五头牛从右至左一字排开，各具状貌。一俯首吃草，一翘首前仰，一回首舐舌，一缓步前行，一在荆棵蹭痒。整幅画面除最后右侧有一小树外，未设其他的背景，独立观赏，每头牛各自成章，分别是棕色老牛、黑白杂花牛、深赭色老牛、黄牛，还有第五匹牛，络首而立，体态丰厚，凝神若有所思，双眼流露出倔强的个性。元代画家赵孟頫题《韩滉五牛图卷》谓“五牛神气磊落，稀世名笔也”；明代书画家李日华《六研斋笔记》认为其图“虽着色取相，而骨骼转折筋肉缠裹处，皆以粗笔辣手取之，如吴道子佛像衣纹，无一弱笔求工之意，然久对之，神气溢出如生，所以为千古绝迹也”。又如吴其贞《书画记》评李唐《风雨牧归图》则着重其细节，特别关注画中“有一牛乘风而奔，气韵如真，为神品”。这些画作中的牛虽与前述牛赋没有联系，但观其“牛”之品相、秉性，则非常相近。而这种互为在明清时期出现的题写牛图的赋作，才彰显了其间具体的联系。

观牛图赋的书写，有的我们明确其有专指的，如明朝李日华的《五牛图赋》与高岱的《青牛度关图赋》；有尚不清楚具体题那一幅牛图的，如明朝马中锡的《出关图赋》、王直的《雪中散牧图赋》与清朝的薛于瑛的《题牧牛图赋》。这其中有的是应制之作，类同闱场赋敷衍而成，如王直的《雪中散牧图赋》实假牛图以“颂圣”，如谓“原物性之能遂，非得主其畴依”，“今天子受明命……使林林之生息，皆欣欣而乐康”，“兹圣德之统御，欲追配于有虞”等等，自喻“林林生息”，具体就是

明　张路　老子骑牛轴

群“牛”之物性，而歌颂皇帝统御之“天德”，牧民之功勋，其中虽有希望当朝统治者追奉前圣的意味，别无他喻，也缺少审美价值。他如马中锡的《出关图赋》，很明显是某幅老子骑青牛出函谷关图的题写，因未见序跋说明，不能确指，观其赋文，也多泛泛，如其中描写的“紫气浮而前驱兮，青牛驾而德车”“中国固亦乐境兮，至人随寓而土安”，“夫尼父不陋于九夷兮，被荒戎而既序”，其间虽有儒道交通、华夷乐序的思想，作为题图赋，似嫌空洞。相比之下，较有价值的牛图赋是对历史名画的题写，这也呈现出两种现象，一是过去的旧画，一是当朝的新绘。例如李日华高度评价唐“五牛图”，其《五牛图赋》显然是题写此历史名画的作品，如果对应韩滉画作，李赋是对其生动绘笔与牛像造型的形象再现。兹录赋中的一段描写文字：

意汶阳之辍耕，遂散牧乎桃林。鼻串已脱，尺箠不临。蹄不磨莹，角无楅衡。咸消摇以恣适，胡踔藉而逐群。其静也，突乎晚峰之遮映；其动也，涌乎远浪之伏兴。碎云断霭，毛色缤纷。树抵山踬，股脚交撑。将逃焰于临淄之郊，抑避斗于汉江之津。舌垂渚莲，目耀岩星。……昔之擅此者有劳唐臣，驱伏箱而济国；今之衮美者昭代才彦，喜游刃而披襟。

所言“唐臣”，宜指韩滉，而今“才彦”，则多有对名图的追仿之作。赋中“其静也”“其动也”的形象描绘，以及“树抵山踬，股脚交撑”的动态展现，给人以如观其图，如入其境的感受。而对当朝新绘的描写，高岱的《青牛度关赋》自序其撰作之由谓“友人何子振乡有张史所绘《青牛度关图》，索余咏歌其事，余感而为之赋”云，“张史”即张姓画师，所题咏的疑为明人张路的传世经典，被称之为《老子骑牛图》的绘作。考高岱乃钟祥人，嘉靖年间进士，张路乃汴梁人，生活于天顺到嘉靖年间，其人物画师法吴伟，山水画师法戴进，以画工细腻见称。高赋从儒学思想入手，如赋序说“老氏之学与吾儒立言虽殊，然要其竟归大较亡相远也，其牴牾支离，则末流之弊”，融合儒道，赋中充斥了义理之学，比如“启玄关之秘绪，垂大训于五千”，“虽尼父之天纵，亦心折于犹龙”等。不过赋中描写，仍可见到题画的景致，即老子骑青牛之征旅及故事：

于是谢簪瞰，乘青牦，渡河谷，趣西陲，瞻华岳而于迈，至散关而栖迟。忽灵氛之烨烨，符太史之奇占。乃关尹之遘止，御道周而欵延。

其自然跋涉中隐含着隐逸之趣，这也是题图赋者的发挥，个中的人格与口味，既是对绘者笔韵的赞赏，也是对自我的某种期许。

与中土牛图赋相应，古代域外汉文化圈中的文士亦有所作，如朝鲜文化中对“牛”情有所钟，在《韩国文集丛刊》收录的题图赋中，也有两篇牛图赋，分别是署名沈义的《画二牛赋》(《大观斋乱稿》卷一）与赵缵韩的《春郊牧牛图赋》(《玄洲集》卷十三)。两赋虽题牛图，却注重遣词用语，造境甚佳。沈赋题写的是“二牛图”，如其描述：

其一春垄之上，暮溪之边。风日清和，碧草芊绵。……其一郊坛之路，阡陌之陬，金梏牵鼻，玉索笼头。

写“劳逸异态，闲忙殊形”，且“不知何牛之可乐，何牛之可悲”，既有情趣，也有寓意。赵赋开篇就造一清丽之境“郊如掌，草似茵。中一川，左右山。浓霞破兮浮未高，暾上岑兮鸧鹒鸣。彼谁子发黄而衣青兮，睡牛背兮过桥行”，童子牧牛之状，跃然纸上。赋继续写：

尔乃叱上堤，鞭入烟，沿涧吟，度陇眠。晴褊袒，雨笠蓑，黄昏笛，夕阳笳。时逐队兮隔溪呼，又斜风兮三两歌。

牧牛之动态与意境，又活泼再现。合观沈、赵二赋，有两点通合处，一是好用中国古代诗文旧典，如沈赋“箕颍之清风飒爽”，写景物而寓以高士许由的隐逸典事，赵赋“人来问酒家，遥指杏花村者耶？夜深叩角歌，重到葛洪川者耶”，前用杜牧《清明》诗句，后则兼取宁戚《放牛歌》与葛洪《抱朴子・博喻》“庭燎之耀辉，则奇士叩角”的典故。二是将牛图归向宋人李公麟，如“吾将求龙眠而广描”（沈赋）、“余乃近而摩挲兮，乃知龙眠之所摸”（赵赋），前者所写或即龙眠之“牛图”（二牛）摹本，后者宜为一种象征，是东土人对李公麟白描之画的膺服。

牛勤劳、倔傲、平实、顽强，又亲近自然，时而奔放，并汇成一种“牛”的精神，这是图与赋作者的共识，也是阅读者的感受。

09 两幅图赋：『流民』与『耕织』

在辞赋史上有很多题图赋，其中围绕《流民图》写作的《流民图赋》与围绕《耕织图》写作的《耕织图赋》，堪称一对创作实践，以相反相成的方式复写“经义”，展示历代王朝重农固本的思想。

题图赋的对象是图画，考查《流民图》与《耕织图》的绘制，均成于两宋时期。《流民图》系宋神宗朝光州司法参军郑侠所绘，这其中还包括了一幅画打败一位宰相的传说。据《宋史·王安石传》记载：熙宁七年（1074）春，天下久旱，饥民流离，帝（神宗）忧形于色，对朝嗟叹，欲尽罢法度之不善者。安石曰：“水旱常数，尧、汤所不免，此不足招圣虑，但当修人事以应之。”帝曰：“此岂细事？朕所以恐惧者，正为人事之未修尔。今取免行钱太重，人情咨怨。”于是郑侠上疏，绘所见流民扶老携幼困苦之状，为图以献，并奏曰：“旱由安石所致。去安石，天必雨。”慈圣、宣仁两太后流涕谓帝曰：“安石乱天下。”帝亦疑之，遂罢相。于是人谓郑侠为旧党唆使，

宋　郑侠　流民图（局部）

其《流民图》也成了党争的工具。这里有两点可加以说明：其一，图像的直观性对视觉的冲击力远大于文字，两太后流泪与神宗因疑而罢王安石相位，当与该图的画面展示的流民凄惨形象及境遇相关。其二，天灾大旱是事实，画面之流民的流离失所“困苦之状”自然是写实，所以后世续绘此图以及题图歌咏者却鲜有拘于“党争”之说，而均体现于哀惜民生的主题。

存世较早的《耕织图》是南宋高宗朝临安府于潜县令楼璹所编制的图集，共 45 幅图画（耕图 21 幅，织图 24 幅），每图均配以其自撰的五言八句诗以述其义。又据王应麟《困学纪闻》载“仁宗宝元初，尝图耕织于延春阁”，可知在楼璹之前已有《耕织图》的绘制。而此图谏上与劝下的双重功用，正切合于赋家以“赋”继“诗”的颂上德与抒下情的美刺观。

汉　彩绘陶仓

赋体创作彰显“图物品貌”（刘勰《文心雕龙·诠赋》），观清人四篇《流民图赋》，皆以画面的形象为主构，以表达对流离之民的同情与以农为本之耕织文明的赞美。试观盛徵璵《啸雨草堂集》卷七所载的《郑侠绘流民图赋》，该赋开篇介绍历史本事与写作情氛，即“有光州司法参军郑侠者，届秩满入京，指洛阳而就道。周览郊衢，遍寻村堡。野馆春残，荒原秋老。日黯黯而云愁，风萧萧而叶槁……爰寓目而生悲，辄忧心之如捣”；继而描述画面中的图像：

其绘之为图也：或曳菅鞣，或拥絮被，或操竹箄，或携土蒉；或剥其肤，或灭其鼻，或跛其足，或挛其臂；或半途而弟妹重逢，或分道而妻孥竟弃；或涉水而沾濡，或登山而颠坠。前有伏莽之兵戎，后有食人之魑魅。

赋中排列的十二个“或”字，又分人物穿戴操携、形体残态、亲人遇合与艰困行径四层面，平面再现画中“流民”的人像与事象，然其表情动作，艰难困苦，更能“曲尽形容”，既是画面的生动描摹，也是赋家的笔力所致。有此描摹，方有继后对画者及画作的评价：

其纸笔方拈，丹青是托。洒泪点兮斑斓，和墨痕而错落。椎髻蓬头之状，描摹曲尽形容；风沙霾曀之天，点染别成邱壑。独运精心以构象，毫端自具神通；直凭只手以回天，腕力何虞薄弱！

正因其“椎髻蓬头之状，描摹曲尽形容”，才能达到“独运精心以构象，毫端自具神通”的境界。赋家对图画的赞美，是基于对“流民”的同

元　程棨（传）　摹楼璹耕作图卷（局部）

情与"失时"的讽喻，完全离开了《宋史》所载郑侠呈图的狭隘意图，以及其所谓"党争"的实际功用，而回馈给读者的只是哀惜民生之多艰的普遍意义。

马积高主编《历代辞赋总汇》收录清人《耕织图赋》15 位作者，15 篇赋，分别是黄达、顾堃、吴廷燮、陈沆、蔡家玕、陆桂林、吴大昌、李文安、黄士瀛、姚济雯、赵新、毕子卿、邓方、严炯、袁杰。另有李恩绶《楼璹上耕织图赋》一篇叙述宋人楼璹上《耕织图》本事。李赋为律体，以"玉音嘉奖，宣示内宫"为韵，指明楼璹上图本事，故于序中先述图画之兴，再写上图原由："唐内殿无逸图，玄宗代以山水，开元、天宝治乱之所由分；宋内阁耕织图，哲宗亦易以山水，宝元、元符勤怠所由判。……璹以高宗中兴之初，念农夫蚕妇之所苦，制为二图，并系以五言诗……南渡之君臣，如勤求民瘼，岂有沉溺湖山，储藏翰墨，而蹈道君之覆辙乎？"楼璹以唐代"天宝"、北宋之"元符”及“靖康之耻”为教训而上图，李恩绶复以南宋君臣“沉溺湖山”为教训而作赋，书写兴亡的主旨非常明显。于是在赋中再三致意：

斯时值宋之南渡也，高宗方将求民瘼，矢德音。以性情为耕耨，以仁义为织纴。……其图乎耕事也，桑鸠载听，秧马频牵。戴笠荷蓑而不息，涂足沾体而堪怜。浸种年年春雨棠榆之社，入仓处处秋风穲稏之天。……然则有斯一图，既治乱之机寓其中，亦观省之法存乎内也。

授时种作，勤耕趣味，既在画师一图之间，又在自然陇亩之际。读清人围绕《耕织图》而创制的十余篇《耕织图赋》，除黄达一篇为古赋，余皆律赋，观其“官韵”用字，可知大义，如吴廷燮赋之“耕织是务画图传之”、陈沆赋之“先知稼穑之艰难”、黄士瀛赋之“敦俗劝农桑”、严炯赋之“于潜作令耕织绩图”、袁杰赋之“衣食本原民生至计”等，无不明本事，阐义理，以赞述耕织稼穑之要务。

虽然清以前也有类似的赋作，如明人何孟春的《晚耕图赋》等，但作为“耕织图”题材的群体赋作，仍在清代，其因是清圣祖康熙帝曾亲为《御制耕织图》，如连瑞瀛《豳风图赋》序称“圣祖廑念民依惓惓”，再于赋文推衍“灵苗秀发，当知稼穑艰难；瑞茧香凝，须识蚕桑利倍”之义。颂今德在于继传统，试观蔡家轩的《耕织图赋》，其开宗明义即谓“古王者政勤无逸，念切知依。元辰耒耒，上巳蚕祈。风粟则万方玉食，龙裳则五色云辉。俗劝农桑，下枫陛宽仁之诏；图呈耕织，洞茅檐作息之微”，关键词在“图呈耕织”与“政勤无逸”。于是赋家在赋的收束处再致意“从此丰衣足食，合吹豳祭蜡以兴谣；岂徒摛藻扬芳，谱秧马缫车而入画”，讽荒怠而颂勤德，致用思想彰明。当然，忆往是为了咏今，讽旧是为了布新，所以清人同题创作更多的是“颂圣”。如吴廷燮赋首彰“六府之修，谷为最重；五官之职，衣亦匪轻。揆厥本原，固王道所自始；究其美利，实斯民所由生”，耕织即民生，民生即王道，讽颂之义，由兹而起。因此，作者继后赋颂当朝云：

> 于时帝沛恩膏，天敷甘澍。秋获非遥，春耕是务。主伯偕来，亚旅毕赴。望曙光而遽动，策他柳岸乌犍；当午日而犹勤，飞起水田之鹭。……观条桑于蚕月，缅想西陵；按时省于春耕，惟咨保介。睇绣错之江山，识天成之图画。

此承历代赋中“省耕”“籍田”之义，颂扬帝德，假题图而明旨趣。

在诸家赋作中，或如李恩绶赋序称“唐内殿无逸图”，或如蔡家轩赋称“合吹豳祭蜡以兴谣”，皆意指《无逸》与《豳风》，至于陈沆赋以“先知稼穑之艰难”为韵，则取词《尚书·无逸》，其官韵字尝与《无逸图赋》《豳风图赋》共用。又如杨棨《豳风图赋》所言“盖比宋璟之《无逸图》而尤觉周详，与楼璹之《耕织图》而堪永久”，可知同类题材中，有因《无逸图》而作之《无逸图赋》、因《豳风图》而作之《豳风图赋》，与围绕《耕织图》而作之《耕织图赋》属同类作品，皆指向于《诗》《书》“经义”，共呈“俭德”与“勤耕”的王政主旨。如宋末陈普《无逸图赋》云：

> 维叔旦相厥孤宅洛，后归政，初虑君德之不勤，乃《无逸》而为书。远引商哲，近陈祖谟，进艰难之药石，攻耽乐之痈疽。……万世

之龟鉴……有若臣璟，图而献之。……出入起居，莫不观省。……遗虎患于渔阳，溅鹃血乎峨嵋。……后人哀之而不鉴之者多矣，周公岂我欺也哉！

图示《尚书·无逸》周公戒成王之“俭德”，与赋题图而引起“君德之不勤”的鉴戒，尤其是批评唐玄宗沉湎山水而“遗虎患于渔阳，溅鹃血乎峨嵋”，也成为清人如李恩绶《楼璹上耕织图赋序》所称“玄宗代以山水，开元、天宝治乱之所由分”的拟效蓝本。而清人创作的多篇《豳风图赋》，又与《耕织图赋》相同，乃同一文化背景下的王政书写。再看清人钱福昌《豳风图赋》中的一段话语：

万古农桑之计，七篇衣食之谋。……看挥洒兮淋漓，画工克绚；信谋猷之具备，穑事维艰。方今圣天子万几兢业，九宇乂安，宸念时廑夫宵旰，民情悉汜夫暑寒。俗劝则农桑克务，恩覃而雨露承欢。人安耕凿之天，不知不识；帝策治平之业，其慎其难。

并列“治平之策”与“耕凿之天”，于“颂圣”当朝的敷衍词藻间，也不乏警戒之意。这一点也是与《耕织图赋》主旨相同的。

古代的农业文明本身就是一幅男耕女织的画卷，中国学人倡言的“一农不耕，民有为之饥者；一女不织，民有为之寒者”（《管子·揆度》）、“帝亲耕，后亲蚕”（《吕氏春秋·孟春纪》）、“衣食之道，必始于耕织”（《淮南子·主术训》）、“匹夫之力，尽于南亩；匹妇之力，尽于麻枲”（《盐铁论·园池》）、“生民之术，要当稼穑而食，桑麻以衣”（《颜氏家训·治家》），既是现实的理性思考，也是理想的政治态度。

孟子说的“五亩之宅，树之以桑……百亩之田，勿夺其时”(《孟子·梁惠王上》)，其与历代诗人如陶渊明的“秉耒欢时务，解颜劝农人；平畴交远风，良苗亦怀新”(《癸卯岁始春怀古田舍》)、范成大的“昼出耘田野绩麻”(《夏日田园杂兴》)，也是治平思想与田园情趣的契翕。作为题图之文，《流民图赋》与《耕织图赋》所再现的“流民”疾苦之像与“耕织”田园之境，寄托美刺，正从对立统一的视点对王政之本与耕织文明的诗性诠释。

10 『赤壁』赋图意亦奇

苏轼在中国历史上是位全才式的人物，他不仅诗、书、画均有建树，而且就文学一端来说，其诗、词、文、赋各体创作都成就不凡，而且具有开创性的意义。他写有两篇《赤壁赋》，一般称前、后《赤壁赋》，两篇赋是作者在宋神宗元丰五年（1982）七月和十月，两次游览黄州赤壁矶所作，当时作者正经历“乌台诗案”（元丰二年）不久，被贬谪在黄州团练副使任上，他的人生是困顿的，但他的赋作却是旷逸的，这也成为后世追慕苏轼其人及文的重要原因。有关《前赤壁赋》，据历史记载，是苏轼在阴历秋七月与道士杨世昌同游赤壁矶，追忆三国故事，感慨系之，而成此名篇。

我们先读几节文字，也是赋的几个重要层次：

壬戌之秋，七月既望，苏子与客泛舟，游于赤壁之下。清风徐来，水波不兴。举酒属客，诵明月之诗，歌窈窕之章……

于是饮酒乐甚……客有吹箫者，倚歌而和之，其声呜呜然，如怨如慕，如泣如诉……

客曰："'月明星稀，乌鹊南飞'，此非曹孟德之诗乎？西望夏口，东望武昌。山川相缪，郁乎苍苍。此非孟德之困于周郎者乎？……况吾与子渔樵于江渚之上，侣鱼虾而友麋鹿，驾一叶之扁舟，举匏樽以相属……"

苏子曰："客亦知夫水与月乎？逝者如斯，而未尝往也。盈虚者如彼，而卒莫消长也。盖将自其变者而观之，则天地曾不能以一瞬。自其不变者而观之，则物与我皆无尽也，而又何羡乎……"

先说明时间、地点，再转入情景、作为（饮酒、诵诗），继而写"吹箫客"，引发出"悲声"，再由"客"的问话，追述三国故事，束以"苏子"的回答"客"话语，抒发人生的感慨。赋"体"所重在"物"与"事"，而观苏赋中，只是引发或虚拟，其实写是由"情""景"生发出的"理"与"意"。所以说这篇赋是写景赋，写情赋，写意赋，都可以，或者说，苏赋是通过景与情来喻"理"取"意"，寄托人生情怀。

赋中写景，以时间为序，由清风与水波过渡到明月与山峦，再过渡到水天之际，视角由下往上，由近而远。其写情，则从两方面展开：一写幽伤之情，即由"客有吹箫者"引起，依声画形，以"呜呜然"的箫声，构画出"如怨如慕，如泣如诉"的"孤舟之嫠妇"。一写旷达之情，即忆三国英豪，当年功勋，已消逝于历史烟云，转写自己与客"渔樵于江渚"，"侣鱼虾而友麋鹿"，驾一叶扁舟，举匏樽相属，虽以"哀吾生之须臾"，"托遗响于悲风"以衬托，然其宽阔的胸怀，已与"清风徐来，水波不兴"的自然景象融为一体。至于写意，赋中相对突出于“主”与“客”的对话，也就是“客曰”和“苏子曰”的两段文字。“客”以三国英雄如曹操“破荆州，下江陵”时“酾酒临江，横槊赋诗”的气象，对应因“周郎”而赤壁之败，感叹吾生须臾，长江无穷。“苏子”则以“水”“月”之喻，以“变”与“不变”喻示人生哲理。

该赋采用借物传意之法，融织大量的物象于书写中，构成特有的语象系统。我们阅读《赤壁赋》中的物象，极为丰富，举其要者，有苏子、客、舟、赤壁、清风、水波、酒、月、东山、斗牛、白露、水光、一苇、桂棹、兰桨、洞箫、乌鹊、曹孟德、夏口、武昌、周郎、荆州、江陵、舳舻、旌旗、江渚、扁舟、匏樽、盏、肴核、杯盘等。这又可引申出动作语象，如泛舟、酾酒等；引申出时间语象，如壬戌、七月等；引申出声音语象，如歌、吹洞箫等；引申出象征语象，如幽壑潜蛟、羽化登仙等。比较而言，《后赤壁赋》也采用这种方法，物象极繁多，例如雪堂、临皋、二客、黄泥之坂、霜露、木叶、人影、明月、赤壁、江流、断岸、巉岩、草木、山谷、舟、孤鹤、道士、羽衣等，同样也可引申出动作语象，如步、归、行歌等；引申出时间语象，如是岁、十月、良夜等；引申出声音语象，如长啸、山鸣谷应等；引申出象征语象，如栖鹘之危巢、冯夷之幽宫等。但与前赋记述作者与道士杨世昌游赤壁不同，《后赤壁赋》记述与两友（一是杨世昌）同游，转实游为梦境，如赋中写道：

是岁十月之望，步自雪堂，将归于临皋。二客从予，过黄泥之坂。霜露既降，木叶尽脱。人影在地，仰见明月……

于是携酒与鱼，复游于赤壁之下。江流有声，断岸千尺，山高月小，水落石出。……予乃摄衣而上……二客不能从焉。……予亦悄然而悲，肃然而恐，凛乎其不可久留也……

时夜将半，四顾寂寥，适有孤鹤，横江东来，……须臾客去，予亦就睡，梦一道士；羽衣蹁跹，过临皋之下，揖予而言曰："赤壁之游乐乎？"问其姓名，俛而不答。呜呼噫嘻，我知之矣，畴昔之夜，飞鸣而过我者，非子也耶？

赋写时、地、景、情，其"携酒"与"观月"，亦以情、景明"理"述"意"，实与前赋相同，不同者在后赋束以"梦境"，显得更为空灵。按题材说，《赤壁赋》属纪游赋，但作者却写得如此惝恍迷离，确与前人纪游不同。宋人唐子西《语录》说，历代的赋作，只有"东坡《赤壁》二赋，一洗万古，欲仿佛其一语，毕世不可得也"，其指向在立意之奇。

在赋史上，苏轼的《赤壁赋》和曹植的《洛神赋》特别受到历代画师的关注，其"赋图"的绘制极多。曹植的赋因顾恺之《洛神赋图》而增大知名度，并成为绘画史关注的重点，而苏轼的赋在写好不久，就有了同是北宋人的乔仲常画的《后赤壁赋图》，历代绘作数量却远胜过《洛神赋图》。据不完全统计，从北宋到晚清现存相关《赤壁图》，约有 120 余幅，而后世拟效的文字作品（赋作）数量之多，也是其他作品罕与比较的。于是综观围绕苏轼前、后《赤壁赋》的图像绘制与语象拟效，其中内涵的写意赋与文人画的创造，不仅是中国绘画史的一个聚焦点，也是辞赋创作中值得思考的问题。

赋作与赋图，具有交互呈现的审美意义。通过历代画师在《赤壁图》的画面构设与意象聚焦，可以增添对苏轼赋作本身的审美认识。考查历代《赤壁赋图》，较著名的如传说北宋乔仲常的《后赤壁赋图》

宋　乔仲常　后赤壁赋图卷（局部）

（或认为明人作）、南宋李嵩的《赤壁赋图》、马和之的《后赤壁赋图》、金朝武元直的《赤壁图》、元朝赵孟頫的前后《赤壁赋图》、明朝文征明、董其昌的《赤壁图卷及楷书》、文嘉的《赤壁图并书赋》、清朝任颐的《赤壁赋诗意图》等，图画多对应赋作语象，以择取具体物象而呈现全幅意境。如《前赤壁赋图》以“舟”“人”为中心，山、水、树为背景，于画幅上端绘月轮，上云影纹，下水波纹；或突出峭壁，急流，以壮其势；所不同者在舟中人或有不同，如武元直的《赤壁图卷》仅四人，而明人仇英的《赤壁图》则绘有五人，包括艄公一人、童子一人、主客三人。《后赤壁赋图》与前图相同处在“月”“舟”“人”等物象，如“乔图”所绘月光下的赤壁矶，舟、人饮酒之状可见；又如“马图”，“舟”占中心画面，计六人，分别是主客三人、艄公一人，船头二人（或为童子）。后图与前图不同的地方，在于画幅上突出“雪堂”

（庭院）、“孤鹤”（飞凤），以及“入梦”情境的图案化（人伏雪堂入梦状），这也是根据赋文的绘制。就《后赤壁赋图》而言，也有繁简不一：如“乔图”几乎是全面摹写赋文描写，只是将故事的时序变为连环式的空间展示。如该图从左到右分成几节画面：先是水边五人（主客、童仆、船夫等），次则桥、水、石、柳诸景，复则庭院、主、妇、童子及马厩；又山石与水流，岸石上坐客三人，旁立一僮仆，水边摄衣而上者一人（为主人）；又转一画，即赤壁矶边行舟，计五人，遥观飞凤（孤鹤）天来；又雪堂景象，三人居内，摹写入梦状；门外独立一人，对应孤鹤，具象征意义。从简者如元人吴镇的《后赤壁图》，竖幅，赤壁矶巨石占半幅，下绘舟、人诸景，巉岩壁立，给人以突兀而耸目的感受。又如清人钱杜的《后赤壁赋图》，画图是三面环山，一面临水，有船泊岸，一人独立石上，水上飞鹤突显，简笔勾画，仅用少数几个物态表现赋的意旨。

对照赋文与赋图，意象的聚焦都是通过物象的描绘呈现的。但品读赋文中大量的物象，画家取之于图幅又有着自己的呈现方式，例如择取法，就是选择重点物象绘于画幅，例如《前赤壁赋图》中的“月”“舟”“人”“酒”与“石壁”“树木”，是以几个典型的物态展示全幅画的动态，也就是以“应物象形”的方式聚焦意象而构设画面。这种方式的优点是重点突出，形成视角的冲击力，然无法展示的则是赋文中物象因时序变迁的流动性。例如赋中的“举酒属客”“饮酒乐甚”“举匏樽以相属”到“相与枕藉乎舟中”，都离不开“酒”的物象，但纵览赋文，却经历了由“清风徐来，水波不兴”的初游，到渐有“遗世独立”感受而伴以舷“歌”的情境，再到对曹孟德“酾酒临江，横槊赋诗”的历史回顾，以致最终用“水与月”之喻达致人生哲理的思考。而这些赋文描写中“酒”的变化，在诸图中只能通过人物的形态作定格式的表达，很难看到故事的演变与情感的起伏。因此，我们读赋文，与看赋图，对理解苏赋的意境，宜去其相妨，得其相益，方能互文而彰显。

“赤壁”的拟效，不仅在赋图书写，还有很多围绕《赤壁赋》的文字摹写。这又表现在两方面：一是后人写赋摹仿苏赋，例如金人赵秉文的《游悬泉赋》，赋题似与“赤壁”无关，然观其开篇谓“庚午之岁，九月既望，赵子与客游承天之废关，置酒乎妒女之侧”，继后描写的“千山苍苍，素月如拭”，“既而叹曰”，“少焉”，“二客”等语象，摹仿甚至套用苏轼《前赤壁赋》词语、情境，至于赋末的“赵子曰”所述，完全是摹写《赤壁赋》中“苏子曰”而成，以“水”与“月”之喻变换成“见”与“闻”之理而已。二是用赋体题写《赤壁赋图》，例如清人沈治泰的律体《赤壁图赋》，其中“赤壁”景观、苏赋情境、图写物象、读图韵致，以及赋者的人生感慨，有着多层次的阅读趣味。这类赋中有自然之“赤壁”，历史之“赤壁”，苏赋之“赤壁”，赋图之“赤壁”与读图赋中的“赤壁”的多重组合，“赤壁”之“意”，因为后人不断地摹写，而显得更为奇特了。

第四章 江山一统 气象万千

有一种习惯的说法，赋体为汉朝“一代之胜”，这实际上只是依据文体或文类的一种理解，至于汉赋创作的时运与文心，却绝非其说可涵盖了的。我们阅读汉大赋作品，每篇就是一个宏大的文化工程，例如汉赋笔下的“朝正”（亦称“元会”）礼，就是汉代天子礼仪文化的展映，也是当时国际交流的文化呈现。也正因此，赋与“行人”有着不可分割的联系，从历史言，春秋时的赋诗言志，说明了“诗赋之学，出于行人之官”，从现实言，外交官交聘时作赋亦职之所守。至于汉代“献赋”与唐宋“考赋”，以及由此发生的诸多故事，实与文化制度相关。

01 辞赋的时运与文心

诗赋作家的书写，均契合时代脉搏，比较而言，诗作所含文化精神多具追溯的特征，如诗人多尊奉“诗骚传统”，即使被奉为“古今隐逸诗人之宗”（钟嵘《诗品》）的陶渊明，唐宋诗人无人敢说超越，王维、孟浩然、储光羲等仅是模仿，苏东坡“和陶”亦乃拟效。而赋则不同，作家更喜欢驻足当代，持进化观，显示文化的超越性。例如晋人左思撰《三都赋》就批评汉赋四大家司马相如、扬雄、班固、张衡的写作“于辞则易为藻饰，于义则虚而无征”（《三都赋序》），唐李白在《大猎赋序》中也批评相如《上林赋》的气象“龌龊之甚”，宋周邦彦《汴都赋》称“而此汴都，高显宏丽，百美所具，亿万千世”，元黄文仲《大都赋》谓“大元之盛，两汉万不及”，后世如法炮制，一代胜过一代。也正因为赋家创作的当代性特征，所以与时代的文化思想最为切近，甚或可谓是其学术思潮的文学化书写。试以汉、晋、唐、宋辞赋创作为例，恰恰体现了汉赋尊“礼”、晋赋崇“玄”、唐赋重“律”、宋赋尚“言”

的特征。

汉赋尊“礼”，突出在骋辞大赋的三类题材，分别是“游猎”“郊祀”与“京都”，尤其是京都题材赋中所包含的除“游猎”“郊祀”之外，尚有“朝正”“迎宾”“大傩”“宴享”等礼仪的描写，均为汉廷“天子礼”的展示。例如司马相如《上林赋》中有关“天子校猎”，摹写的是汉天子游猎礼；扬雄《甘泉赋》《河东赋》叙述皇帝祭祀“太一”“后土”，也属于汉天子郊祀礼的范围。再以班固《东都赋》中的“朝正礼”（即“元会礼”）的描写为例，“是日也，天子受四海之图籍，膺万国之贡珍，内抚诸夏，外绥百蛮。尔乃盛礼兴乐，供帐置乎云龙之庭，陈百寮而赞群后，究皇仪而展帝容。于是庭实千品，旨酒万钟，列金罍，班玉觞，嘉珍御，太牢飨。尔乃食举雍彻，太师奏乐。陈金石，布丝竹，钟鼓铿鍧，管弦烨煜……”，其中迎宾的百戏表演，又见于张衡的《西京赋》，包括：“乌获扛鼎”（举重表演）、“都卢寻橦”（爬竿）、“冲狭”（钻刀圈）、“鷰濯”（翻筋斗）、“胸突铦锋”（硬气功）、“跳丸剑之挥霍”（手技）、“走索上而相逢”（双人走绳）、“总会仙倡，戏豹舞罴。白虎鼓瑟，苍龙吹篪。女娥坐而长歌，声清畅而蜲蛇。洪涯立而指麾，被毛羽之襳襹”（化装歌舞幻术）、“鱼龙曼延”（大型多幕歌舞、杂技等）、“奇幻倏忽，易貌分形；吞刀吐火，云雾杳冥；画地成川，流渭通泾”（魔术、幻术）、“东海黄公，赤刀粤祝”（驯兽）、“百马同辔，骋足并驰”（马戏）等，这既是赋作的刻画，也是朝会礼为“天下之壮观”的情景再现。汉赋创作为什么以礼仪书写为中心，与汉人礼教思想的建构有关。这可从两个层面说明：第一点是“天子礼”的构建。汉代初年朝仪礼法多承秦制，引起文、景之世有关礼仪制度的争论，直到武帝时尊儒术，备礼乐，改历法，立正朔，制

汉　彩绘陶乐舞俑

订郊祀诸仪，始定汉天子礼制。这其中一个节点是由“秦政”返“周政”，而周朝的仪礼（汉称“士礼”），仅“有卿礼二，士礼七，大夫礼二，诸侯礼四，诸公礼一。而天子礼无一传者”（王应麟《玉海》引刘歆语），所以天子礼的真正构建在秦汉大一统的时代。又因秦世无文，礼仪文化的兴盛却在汉代，赋家正是以文学形式彰显其礼仪思想的群体。同时，汉代赋家多为“郎官”，伴随皇帝行礼如仪，这也引出第二点，就是制礼作乐与赋体的兴盛。对此，班固《两都赋序》指出：“大汉初定，日不暇给，至于武、宣之世，乃崇礼官，考文章，内设金马、石渠之署，外兴乐府协律之事，以兴废继绝，润色鸿业……故言语侍从之臣……时时间作。”刘勰《文心雕龙·时序》也明确认为“孝武崇儒，润色鸿业，礼乐争辉，辞藻竞骛”；明末学者费经虞进一步说“汉兴，学者修举文辞。至于孝武，升平日久，国家隆盛，天子留心乐府，而赋兴焉”（《雅伦》卷四）。这些都充分说明汉赋之兴与礼乐制度的关联，汉人作赋，多涵“礼”义，今读汉赋，应观“礼”学。

晋赋崇“玄”，无疑与魏晋玄学的兴起有关。《世说新语·文学篇》刘孝标注引《续晋阳秋》论汉赋与魏晋诗歌说：“自司马相如、王褒、扬雄诸贤，世尚赋颂，皆体则《诗》《骚》，傍综百家之言。及至建安，而诗章大盛。逮乎西朝之末，潘、陆之徒虽时有质文，而宗归不异也。正始中，王弼、何晏好《庄》《老》玄胜之谈，而世遂贵焉。”此就玄言诗而论，但也说明了由汉至晋文学创作的文化背景之变化，就是由礼学转向了玄学。沈约《宋书·谢灵运传论》也说“有晋中兴，玄风独振，为学穷于柱下，博物止乎七篇，驰骋文辞，义单乎此”，即以《老》《庄》为例，阐发当时文学的“玄风”。而这种玄风不限于诗域，更明确地体现于辞赋写作。对此，刘勰在《文心雕龙·时序》中云“自中朝贵玄，江左称盛，因谈余气，流成文体。是以世极迍邅，而辞意夷泰；诗必柱下之旨归，赋乃漆园之义疏”。可以说，当时的“三玄”（易、老、庄）在赋创作中均有呈现，如《嘉遯赋》之于《易》理，《玄览赋》之于《老》学，而更突出的是《庄子》“逍遥”义在晋赋中的书写，也就是赋乃“漆园之义疏”的意思。所谓“逍遥”，晋人的解释是：“夫大鹏之上九万，尺鷃之起榆枋，小大虽差，各任其性。苟当其分，逍遥一也。然物之芸芸，同资有待，得其所待，然后逍遥耳。惟圣人与物冥而循大变，为能无待而常通，岂独自通而已。”（刘孝标《世说新语·文学》注引向秀、郭象注《逍遥义》）所谓“当分”“任性”，关键在适性自然，是晋人解《庄》的要义。试以张华《鷦鷯赋》为例，该赋取词及义于《庄子·逍遥游》有关“尧让天下于许由”一段叙述，如许由回答帝尧：“子治天下，天下既已治也。而我犹代子，吾将为名乎？名者，实之宾也，吾将为宾乎？鷦鷯巢于深林，不过一枝；偃鼠饮河，不过满腹。归休乎君！予无所用天下为！”赋中写道：“巢林不过一枝，每食不过数粒。栖无所滞，游无所盘。匪陋荆棘，匪荣茝兰。动翼而逸，投足而安。委命顺理，与物无患。伊兹禽之无知，何处身之似智。不怀宝以贾害，不饰表以招累，静守约而不矜，动因循以简易，任自然以为资，无诱慕于世伪。”其“鷦鷯”之喻仅属宾词，关键主词是“予无所用天下为”语，这正是赋写“庄语”的“委命顺理，与物无患”的“任自然”之理，是超然物外的逍遥之境。由于玄言入赋，使晋人用赋又多呈现于“谈赋”的形态与“咏物”的题材。刘勰在提出“赋乃漆园之义疏”前，有谓“因谈余气，流成文体”，这也包括“谈赋”之风。《世说新语·文学篇》中有多则谈赋记录，例如“庾子嵩作《意赋》成，从子文康见，问曰：‘若有意邪，非赋之所尽；若无意邪，复何所赋？’答曰：‘正在有意无意之间。’”其中不乏玄义。对应庾阐的《闲居赋》“体散玄风，神陶妙象。静因虚来，动率化往。萧然忘览，豁尔遗想”，气味相投，应契无间。我们再看刘勰在《文心雕龙·诠赋》论魏晋咏物赋“草区禽族，庶品杂类，则触兴致情，因变取会，拟诸形容，则言务纤密；象其物宜，则理贵侧附”。“物宜”与“理”之“侧附”（从旁附会，有所寄托），为其要点。我们读晋人咏物赋，如孙楚《雁赋》云：“有逸豫之隽禽，禀和气之清冲；候天时以动静，随寒暑而污隆。……迎素秋而南游，背青春而北息。溯长川以鸣号，凌洪波以鼓翼。任自然而相佯，穷天壤于八极。”又《雉赋》云：“体冲和之淑质，饰羽仪于茂林。斑五色之文章，扬嗷嗷之清音。设密网于岩阿，飞轻激之云浮。上无逃而弗获，下无隐而不搜。遂戢翼以就养，随笼栖而言归，恒逍遥于阶庭。”其中的“任自然”与“恒逍遥”，既是“雁”与“雉”的“物宜”，更是“侧附”的生存之“理”，寄托适性逍遥的自然意趣，既是《庄》学趣味，也是玄言意旨。所以读晋人赋，是应参融玄义去理解的。

唐赋重“律”，可以律赋的形成为典型。尽管据清人王芑孙《读赋卮言·审体》论唐赋所述“总魏、晋、宋、齐、梁、周、陈、隋八朝之众轨，启宋、元、明三代之支流，踵武姬、汉，蔚然翔跃，百体争开，昌其盈矣”，但作为一代赋体的特色，律赋堪称时代的标志。唐代律赋的形成，源于两端：一是以“赋”取士制度的实施，即“唐以诗赋取人……假物喻理，声谐字协”（叶适《习学记言序目》卷四七《皇朝文鉴·律赋》）；“自唐迄宋，以赋造士，创为律赋，用便程式”（孙梅《四六丛话》卷四）。二是赋体自身的变迁，如徐师曾《文体明辨序说》云：“三国、两晋以及六朝，再变而为俳，唐人又再变而为律。”因为律赋讲求“声谐字协”，所以应运而生一批教示闱场的“赋格”类工具书，今存唐人无名氏的《赋谱》为其成果。作为工具书的《赋谱》，既有技术的示例，也具规范的意义，如分句法为“壮”“紧”“长”“隔”“漫”“发”“送”等，其中“隔句”分“六体”，即“轻、重、疏、密、平、杂”。又作解析：“赋以隔为身体，紧为耳目，长为手足，发为唇舌，壮为粉黛，漫为冠履。苟手足护其身，唇舌叶其度；身体在中而肥健，耳目在上而清明；粉黛待其时而必施，冠履得其美而即用，则赋之神妙也。”可见其技艺间，也具备了整体性的意识。以汉唐盛世为例，如果说汉代是文学的草创期，则唐代是文学的整合期。所谓“江左宫商发越，贵于清绮，河朔词义贞刚，重乎气质”（魏征《隋书·文学传序》），“观文教于六经，阅武功于七德，台榭取其避燥湿，金石尚其谐神人，皆节之于中和，不系之于淫放”（李世民《帝京篇序》），实为这种思想的表述。而在其整合与规范中，内含一个“律”字。在中国古代刑律史上，唐律最为完备。唐代四种法律统称“刑书”，据《新唐书·刑法志》载“唐之刑书有四，曰：律、令、格、式”，分述其义，唐人用“文法”概括法律，李林甫等撰《唐六典》“凡文法之名有四（即律、令、格、式）”，“律以正刑定罪，令以设范立制，格以禁违正邪，式以轨物程事”。史家考述唐律，也认为“古之为国者，议事以制，不为刑辟，惧民之知争端也。后世作为刑书，惟恐不备，俾民之知所避也。其为法虽殊，而用心则一”（《新唐书·刑法志》），唐人定刑以格律，是其整饬社会秩序的基本形态。而用“文法”概括法律，又与“赋法”相通，唐人论赋的格、法、式归于“律”，其以“律令”衡“辞赋”，是非常明显的。以“律”观“赋”，诚为读唐赋的一大要则，源自文化制度的变迁。

宋赋尚“言”，构成宋人以文为赋与赋好议论的基本特征。从宋文赋来看，元人祝尧出于“祖骚宗汉”的赋学观，批评“唐宋间文章，其弊有二：曰俳体，曰文体”，并以欧（阳修）、苏（轼）的《秋声》《赤壁》赋作为例，认为“以文体为之，则专尚于理而遂略于辞、昧于情”（《古赋辩体》卷八）。而由此批评，适反证宋人创“文体”赋以擅“议论”的创作。如欧公的《秋声赋》，其“夫秋，刑官也，于时为阴。又兵象也，于行为金。是谓天地之义气，常以肃杀而为心”一段，诚为论“秋”之文。又如苏公的《前赤壁赋》，其“客亦知夫水与月乎？逝者如斯，而未尝往也；盈虚者如彼，而卒莫消长也。盖将自其变者而观之，则天地曾不能以一瞬；自其不变者而观之，则物与我皆无尽也”一段，又是自然与人生哲理之论。而从宋赋好议论来看，又不限于“文赋”，其于闱场律赋的写作，也改变了唐人的芊绵清丽，而为横骛别趋的议论。例如范仲淹的省试之作《自诚而明谓之性赋》开篇即谓“圣人生禀正命，动由至诚。发圣德而非习，本天性以惟明”，首解《礼记·中庸》“自诚而明谓之性”义，与周敦颐《通书》阐发《中庸》“诚者，天之道也；诚之者，人之道也”的思想相类，通观全赋，俨然一篇言说性理的论文。宋代到神、哲时期出现闱场考试“经义”与“诗赋”之争，但其调和之论恰在“以言取人”。如李焘《续资治通鉴长编》卷三六八引录刘挚语：“诗赋之与经义，要之以实，皆曰取人以言。”而宋人为何重言，我们又可以参读司马光的《谏院题名记》推述宋代设“谏院”重“言官”的意义，所谓“居是官者，当志其大，舍其细。先其急，后其缓，专利国家而不为身谋”。正因宋置言官，倡直言，影响了整个宋代文风的走向，宋人科举首重策论，宋赋无论文体或律体均好议论，与此尚言风习相关，自有其文化与制度的背景。研讨宋赋的义理或风格，宜乎于尚“言”而得其旨趣。

由汉“礼”晋“玄”唐“律”与宋“言”探寻辞赋的变迁与发展，或可于“赋兼才学”之“学”有另一番的理解。

02 说汉赋的『曲终奏雅』

对汉赋的评论，扬雄有“曲终奏雅”说，言载《汉书·司马相如传》：“司马迁称‘……相如虽多虚辞滥说，然其要归引之节俭，此亦《诗》之风谏何异？’扬雄以为靡丽之赋，劝百而讽一，犹骋郑卫之声，曲终而奏雅，不已戏乎！”很显然，从“骋郑卫之声”到“曲终而奏雅”，彰显出由“谑”到“庄”、从“淫”归“雅”的思路。这则评论司马相如赋的话，不仅影响到人们对汉赋文本与结构的认知，而且成为对赋体价值评判的重要标准。

为什么要“曲终奏雅”？关键在赋的“讽谏”。扬雄如此评价相如，后人又批评他的赋作“曲终奏雅，不免于劝”（林駉《古今源流至论·后集》卷六《谏诤》），观扬雄赋，如《汉书·扬雄传》引雄自叙谓“奏《甘泉赋》以风（讽）”“上《河东赋》以劝”“因《校猎赋》以风”“上《长杨赋》……以风”等等，形成了人们观念中汉赋“虚辞”为体（主体部分）与“讽谏”为用（结尾部分）的矛盾。后世沿用“曲终奏雅”说，或泛言，取褒义如“其风旨有足取者，虽谓曲终奏雅，亦无不可”（《四库全书总目》卷一百四十唐崔令钦《教坊记》）；取贬义如“卒章乃陈警戒之言，故其言易入也。后之为辞赋者，或窃取其义，而学者以曲终奏雅、劝百讽一讥之，是不知其得古诗人之遗意也”（范处义《诗补传》卷二十五评《大雅·常武》）。或专论，有论学“庶几曲终奏雅之意尤善”（朱熹《晦庵集》卷四十《答何叔京》），有论史“曲终奏雅，逆取顺守”（谷应泰《明史纪事本末》卷十六“燕王起兵”），有论文“然启末多进规之语，犹有曲终奏雅之意”（《四库全书总目》卷一百四十宋姚勉《雪坡文集》评《贺丞相贾秋壑启》语），有论词“含情托讽，所谓曲终奏雅者耶”（陈世崇《随隐漫录》卷二）。有的重政术而轻艺文，谓“始谈艺文，终于政术，正犹曲终奏雅，神融意畅”（娄坚《学古绪言》卷二十《尊经阁夜话述》）。

上引诸例，仅能表明“曲终奏雅”说影响深远，至于汉赋为什么要采用“曲终奏雅”的方式，则不甚了然。因此，落实到汉赋的文本，须解决两个问题，一是“曲终奏雅”是否仅属于相如的赋？二是用此方式讽谏无效导致“劝百讽一”为何赋家依然如此？

第一个问题显然是否认的。可以说这是辞赋创作的一大传统，其与相如赋书写模式最相近且多为其效仿的枚乘大赋体《七发》，就是曲终奏雅的典型。《七发》写“楚太子有疾，而吴客往问之”，并以“客曰”为发端，分叙“听琴”“饮食”“车马”“游观”“田猎”“观涛”“奏方术之士”七件事，极尽铺陈描写，最终以“奏方术之士”明其功效：

于是太子据几而起，曰：“涣乎若一听圣人辩士之言。”涊然汗出，霍然病已。

从构篇来看,《七发》中“游宴”“校猎”及至“论道”而“醒悟”,几乎为相如《子虚赋》的摹写形制。赋由“楚使子虚使于齐”开篇,以“子虚”对“齐王”问展开,其中包括描述范围、地形物产、校猎、装饰、美色等等,然后导向对方的醒悟,即“于是王无以应仆也”。这又逗引起齐臣“乌有”的反击。迨至与《子虚》联篇的《上林》,复假“亡是公”代表天子使臣反击齐、楚,又对天子之苑囿“上林”大加描绘,同样描写如范围、水势、山势、泛览、校猎、装饰、酒乐以及崇儒、听政等等,最终归于醒悟。其中《上林赋》描写天子游猎,借“亡是公”言,针对楚臣“子虚”、齐臣“乌有”有关“云梦之泽”与“东海之滨”的夸饰,而展示天子“上林苑”之壮丽的。赋家铺陈天子游猎之盛况后,最后的叙写是:

若夫终日驰骋,劳神苦形,罢车马之用,抏士卒之精,费府库之财,而无德厚之恩。务在独乐,不顾众庶,忘国家之政,贪雉菟之获,则仁者不繇也。从此观之,齐楚之事,岂不哀哉!……夫以诸侯之细,而乐万乘之所侈,仆恐百姓被其尤也。

这表面上以天子游猎之壮丽压制诸侯之嚣张,然其用心则在讽喻“万乘之所侈”,谲谏生意,正是曲终奏雅之法。

有趣的是,相如赋中楚臣申论导致“齐”之醒悟,齐臣申论又导致“楚”之醒悟,而天子之臣申论,最终导致齐、楚醒悟,即“于是二子愀然改容,超若自失,逡巡避席曰:鄙人固陋,不知忌讳,乃今日见教,谨受命矣”,这是一种曲终奏雅。而赋中另一层面的奏雅则在楚、齐臣自我夸耀,实为“反讽”,天子之臣夸耀“天子之囿”,也是

汉　彩绘陶乐舞俑

如此，赋写天子“游宴”“女乐”之后，转笔写道“于是酒中乐酣，天子芒然而思”，这种自省，恰是赋家“奏雅”之妙思。这种隐喻之讽，暗含其间，不易被读者觉察，也是导致“劝百而讽一”的原因。相如其他赋作如《大人赋》的“劝而不止”，《美人赋》面对情色诱惑束以“心正于怀，信誓旦旦，秉志不回，翻然高举，与彼长辞”，无不由谐入庄，祛邪归正。

汉赋的曲终奏雅，基本上有着强烈的主观意识与教化思想，譬如扬雄批评相如赋“曲终奏雅”，自己摹仿相如所作“四赋”也不例外：

天阃决兮地垠开，八荒协兮万国谐。登长平兮雷鼓磕，天声起兮勇士厉，云飞扬兮雨滂沛，于胥德兮丽万世。(《甘泉赋》)

敦众神使式道兮，奋六经以摅颂。隃于穆之缉熙兮，过《清庙》之雝雝；轶五帝之遐迹兮，蹑三皇之高踪。既发轫于平盈兮，谁谓路远而不能从。(《河东赋》)

（子墨客卿听翰林主人最后一段有关“朝廷纯仁，遵道显义”的言说后）再拜稽首曰：“大哉体乎！允非小人之所能及。乃今日发曚，廓然已昭矣。”(《长杨赋》)

乃祗庄雍穆之徒，立君臣之节，崇贤圣之业，未皇苑囿之丽，游猎之靡也。因回轸还衡，背阿房，反未央。(《校猎赋》)

这是四篇赋的收束语，对照赋文之铺陈描绘，无不曲终奏雅。其如《校猎赋》以秦之“阿房”与汉之“未央”二宫相比，隐喻“亡秦”教训，正起着收拾淫放，归于雅正之效。

其他汉赋家如孔臧的《谏格虎赋》以“下国之君顿首悔过”收篇，王褒《洞箫赋》以“系曰”之“乐不淫兮”收篇，班彪《北征赋》以“乱曰”之“夫子固穷”收篇，傅毅《舞赋》以“节乐养神”收篇，反正赋文，逆取其义，构成“虚辞滥说”与“曲终奏雅”的对立。至于东汉兴起的京都大赋，或末尾点明主旨，如杜笃《论都赋》以“客以利器不可久虚，而国家亦不忘乎西都”为结，以彰汉光武帝“升舆洛邑，巡於西岳”而不忘西京之眷怀；或末尾咏歌颂德，如班固《两都赋》之“系诗”五章，以赞东京礼制之盛；或末尾以颂寄讽，如张衡《二京赋》之假“客”听罢“安处先生”的长篇大论后的觉悟与自悔，以隐写赋家安不忘危，乐以寄忧的心志。

元　张渥　九歌图卷（局部）

相比之下，也有赋作同此模式，却无上述强烈的“讽”“劝”对比的政教意识。例如王延寿《鲁灵光殿赋》“乱曰”的“彤彤灵宫……瑞我汉室”的一段颂德文字，是对赋文的总括，其《梦赋》写梦境恐怖之状，末之“乱曰”以“老子役鬼为神将，传祸为福永无恙”等消释神怪语作结，也没有明确的讽谏与教化思想。既然这些赋作未必是献给君王而起讽谏作用，却为何效仿曲终奏雅模式？这将引出我们所说的第二个问题，即赋家寄讽无效为何仍曲终奏雅？还是让我们回到汉人谈赋语境吧。

班固《两都赋序》引述旧语“赋者，古诗之流”后有长篇文字论赋，其中两则尤为重要：其一，“武宣之世，乃崇礼官，考文章，内设金马、石渠之署，外兴乐府协律之事，以兴废继绝，润色鸿业”；其二，“言语侍从之臣，若司马相如……日月献纳。……盖奏御者千有余篇”。又，《汉书·艺文志·诗赋略》后序引《传》曰“不歌而诵谓之赋”后

亦多论述，其论赋史则谓：“大儒孙卿及楚臣屈原离谗忧国，皆作赋以风，咸有恻隐古诗之义。其后宋玉、唐勒，汉兴枚乘、司马相如，下及扬子云，竞为侈丽闳衍之词，没其风谕之义。”

汉人是以《诗》为中心的经学语境论赋，对赋体艺术或许有所遮蔽，然而对汉赋源起与功用则不乏启迪，其中关涉到汉赋“曲终奏雅”产生之背景，可作三点思考与阐释：

一曰“献赋辞”。献“赋”的本质是献“辞”，这源于古代的祭祀与聘问礼的“赋物”与“赋辞”。考“赋”之本义，如《诗·大雅·烝民》“明命使赋”，毛传：“赋，布也。”见诸《书》《礼》《左传》《国语》，或作“敷”“铺”，“声近而义同”（王念孙《广雅疏证》卷三），乃赋物、赋事之谓。然则无论祭、聘之礼，赋物与事必“赋辞”彰其义，以祭礼为例，其赋物以媚神，赋事以理神（陈述义理），赋辞以娱神。比如《尚书·金縢》载周公旦代武王受过祈神吁福之“策祝”之辞，就是先献“璧与珪”诸宝物，继则阐明祭事，然而铺陈武王的天责，周公旦自己的材艺，以求神以娱神，祝辞最后道破本旨：

呜呼！无坠天之降宝命，我先王亦永有依归。今我即命于元龟。尔之许我，我其以璧与珪，归俟尔命；尔不许我，我乃屏璧与珪。

屈原改造楚祝而成《九歌》之辞，如《湘君》《湘夫人》祝祀神主时采用大量的情境描写，收尾皆束以“时不可兮骤得，聊逍遥兮容与”语，以明主题心志，也是这样的描写方式。当赋辞用于君臣之间、邦交之际时，则由“娱神”转向“娱人”，战国间的聘辞、隐语实为典型。尤其是“隐”与“赋”的关系，所谓“荀赋”五篇，均以“遁辞以隐意”的描写方式，达到“谲譬以指事”（刘勰《文心雕龙·谐隐》）的功用，如《礼赋》“爰有大物，非丝非帛，文理成章”之谜面，“王曰”一段之解“谜”，为赋辞主构，末句束以“致明而约，甚顺而体，请归之礼”之谜底，其言说方式谓之汉赋“曲终奏雅”先声，未尝不可。朱光潜《诗论》第二章《诗与谐隐》说隐语是赋的源头，不无道理。而汉赋家作为“言语侍从之臣”，献纳赋章给君王是其职守，所以赋辞娱君、讽君，“颂上德”易，“抒下情”难，于是采用“谲谏”之法，以为隐讳，“曲终奏雅”既是无奈之笔，也是智慧的选择。赋家献辞，得其意则所谓“体国经野，义尚光大”（《文心雕龙·诠赋》），失其旨则常怨其献赋者之身份，“为赋乃俳，见视如倡”（《汉书·枚乘（附皋）传》），扬雄“悔赋”累及“曲终奏雅”，与此相关。

二曰“陈礼乐”。汉代的献赋制度源自武帝“崇礼官”“定郊礼”及“立乐府”，与《两都赋序》可相对应的文献是《汉书·礼乐志》：

“武帝定郊祀之礼……乃立乐府，采诗夜诵，有赵、代、秦、楚之讴，以李延年为协律都尉，多举司马相如等数十人造为诗赋。”考查献赋与礼乐的关系，又可分两端：一是制度，汉宫廷赋家多职“郎官”，与乐府员相类，皆属“内官”系统，侍从皇帝行礼而献赋，如扬雄所上《甘泉》等“四赋”皆“从上”行礼“还奏”之篇；二是思想，赋家职责在礼乐，却身为内官，既要献辞取娱君王，又要以“乐者，所以象德也；礼者，所以闭淫也。……哀乐之分，皆以礼终”（《史记·乐书》）的观念与方法谏讽君王，这也是汉赋出现“虚辞滥说”与“曲终奏雅”矛盾的原因之一。

具体分析，落实于“礼”，汉代赋家献奏大篇，多是对“天子礼”（如郊祀礼、太一礼、元会礼、狩猎礼等）的描写，孔子所谓“郁郁乎文哉，吾从周”（《论语·八佾》）即指周礼，“礼”必彰“文”，刘勰说“孝武崇儒，润色鸿业；礼乐争辉，辞藻竞骛”（《文心雕龙·时序》）亦此理，故赋家描绘礼仪，必然文彩竞骛，滥说虚辞，也是难免。而礼仪必归于礼义，关键在示“德音”（《礼记·乐记》：“德音之谓乐。”），赋家驰骋辞章，闳衍博丽，所谓“大奢侈”，然最终归之“节俭”“民本”，束以雅正语，表达的是赋家心中的礼德观。

落实于“乐”，一在于赋与乐府制度的关联，一在于赋的“不歌而诵”其实也是声诗乐语的一种变迁。先看“奏雅”之“雅”，本义是乐器，用以节舞。《礼记·乐记》：“讯疾以雅。”郑玄注：“雅，亦乐器名也。”孔颖达疏：“舞者讯疾，奏此雅器以节之。”雅乐、雅正，都是这种雅器的引申。再看汉代的乐府大曲，因受楚辞乐调影响，前有“艳”，后有“趋”“乱”，起于乐音，归于乐教。在楚辞诸篇中，如《离骚》篇末“乱曰：已矣哉”一段，洪兴祖注“乱者，乐节之名”；《抽思》篇末“乱曰：长濑湍流”一段，洪兴祖注“总理一赋之终，以为乱辞云尔”(《楚辞补注》)，因乐言辞，可窥一斑。而与汉代大曲同属乐府的献纳之赋，或以辞结，或以乱止，采取曲终奏雅之法，既合乐理，又彰礼义，是赋家身居礼职，思合乐教的一种思想情怀与书写方式。刘勰《诠赋》论赋“乱以理篇，写送文势”，正与曲终奏雅义同，是通乐理而明礼义的词章学的解读。

三曰“明《诗》志”。汉人对赋体所要求的“古诗之义”，专指《诗经》，意在“用”，而非“体”。因此，近人林纾评《文心雕龙·诠赋》的“赋者，铺也，铺采摛文，体物写志也”，取用纪昀的说法，“一立赋之体，一达赋之旨。”(《春觉斋论文·流别论》)换言之，汉廷文学侍从献赋欲“达赋之旨”，必先“立赋之体”，即“铺采摛文”，以尚“辞”而见“义”。然赋家因“辞”达“意”之法，一则继承《诗》教传统以讽喻为思想主旨，一则充分发挥词章的作用达到娱戏的功能，这使赋家的谲谏思想与创作方式只能集中体现于“曲终奏雅”。如此在献赋制度下完成的文体形态，已成为一种创作模式，在后世失去宫廷文学侍从地位的文人赋作中，仍起着主导作用。在西汉，司马相如、扬雄的大赋创作，无不是献赋制度的产物，所以也无不表现出曲终奏雅的创作特征。到了东汉中后期，宫廷文学侍从地位失落，即使长篇大赋，也多非献纳之用，如张衡的《二京赋》，但观其赋末收束，一仍曲终奏雅法则。如《西京赋》以“方今圣上……徒恨不能以靡丽为国华，独俭啬以龌龊……岂欲之而不能，将能之而不欲欤”的质疑，兴起东汉王朝之遵礼制而行俭德；《东京赋》复以“而今而后，乃知大汉之德馨，咸在于此”总括其词，曲终奏雅，与扬、马的献赋之章同埒。这种风习甚至在后世文人短篇小赋中也保留其迹象，如陶渊明《闲情赋》用“十愿”写纵放之情，以致萧统认为“白璧微瑕者，惟在《闲情》一赋”(《陶渊明集序》)，然赋篇则以“尤《蔓草》之为会，诵《召南》之余歌”之雅音收束，又引发清人阎若璩的感喟“始知终归闲正，曲终奏雅之旨”(《潜邱札记》卷六《与戴唐器书》)。

汉赋“曲终奏雅”之法，成为赋体文学的一种惯用书写模式，但在扬雄看来却与“劝百讽一”等观，这一与多的关系是褒义词又含贬义，也只能归咎于“赋体”与“赋旨”的内在矛盾了。

03 赋家笔下的朝正礼

古人有文本“六经”之说，赋体与“礼”的关系最密切，从赋的发生背景言，如刘勰《文心雕龙·时序》谓“孝武崇儒，润色鸿业，礼乐争辉，辞藻竞骛”；从赋的创作风格言，袁栋《诗赋仿六经》说“赋体恭俭庄敬似《礼》”（《书隐丛说》卷十一），赋之与礼，似非偶发之谈。我们读作为“一代文学之胜”的汉大赋，不难发现，其中多是对汉天子礼的叙写与演绎，如司马相如的《上林赋》描写天子游猎之礼，扬雄的《甘泉赋》描写天子祀“太一”之礼，邓耽的《郊祀赋》描写天子郊祀礼等，而一篇赋作描写天子诸礼时，显然首在“朝正”礼，以张衡《东京赋》为例，赋中描述天子礼，首“朝正”，次“郊天”，继则“籍田”“大射”“大阅”及“大傩”诸礼事。至清人陈元龙编《历代赋汇》之“典礼类”，观其体例，也是首“朝正”（朝会）而后其他。

汉赋描写朝正礼最详细的当数张衡的《东京赋》。据杨宽《中国古代都城制度史研究》考论，“西汉以前都城布局坐西朝东，……以东向

汉　“千秋万岁”瓦当

为尊”，而东汉洛阳建城一改前此坐西朝东为坐南朝北，其因有二，一是推行尊崇皇权的礼制，以南向为尊，应对皇帝南郊祭天礼义，即“兆于南郊，就阳地也”（《礼记·郊特牲》）；二是地理方位，洛阳都城北宫南向有德阳殿与“平乐观”，能展示皇帝朝正时会宾客之盛大礼仪，对此，另一赋家李尤就有《平乐观赋》的描述。回到张衡赋，先看对朝正礼的描绘：

孟春元日，群后旁戾。百僚师师，于斯胥洎。藩国奉聘，要荒来质。具惟帝臣，献琛执贽。当觐乎殿下者，盖数万以二。

尔乃九宾重，胪人列，崇牙张，镛鼓设。郎将司阶，虎戟交铩。龙辂充庭，云旗拂霓。

夏正三朝，庭燎晢晢。撞洪钟，伐灵鼓，旁震八鄙，軯磕隐訇，若疾霆转雷而激迅风也。

是时称警跸已，下雕辇于东厢。冠通天，佩玉玺，纡皇组，要干将，负斧扆，次席纷纯，左右玉几，而南面以听矣。

然后百辟乃入，司仪辨等。尊卑以班，璧羔皮帛之贽既奠，天子乃以三揖之礼礼之，穆穆焉，皇皇焉，济济焉，将将焉，信天下之壮观也。

赋家写礼，多描绘礼仪，所谓朝正礼，亦即“元会仪”，故铺采而藻词。上引赋文，首段写参加元会礼的宗室、诸侯、使者、官员，达万人以上的规模；次段写仪仗排场，文武并列，龙凤呈祥；三段写朝正礼开始之状，以钟鼓震其声威；四段写天子南向受礼，呈朝仪之盛况；末段写众员朝贺，执贽以献，天子揖让，以示礼德。

由张赋之描写，可述者有三：第一，天子何以重“朝正”，这与汉人重王朝立命的“三统三正说”有关。所谓“建正”，要在“建德”。汉人尊《春秋》，《春秋》经文首句即“春，王正月”，董仲舒《春秋繁露·三代改制质文》释云：“王者必受命而后王。王者必改正朔，易服色，制礼乐，一统于天下。”天子受命，诸侯于岁首正月朝见天子，即《左传》文公四年所言“诸侯朝正于王”，清人刘文淇《春秋左氏传旧注疏证》释曰“以正月朝京师”。民间俗语有“一年之计在于春，一日之计在于晨”，而王者“改正朔”意亦同此，在用事、立功与建德。第二，朝正之礼，内含朝贡之事。朝贡为古礼，在汉代例证尤多，如“政教得人，慕义而贡献”（《汉书·匈奴传》）、“四夷来宾，……使驿不绝”（《后汉书·东夷列传》），于是朝贡之义有二，一则贡物，一则德化。对此，汉赋中描写也多，如“九真之麟，大宛之马，黄支之犀，条支之鸟，逾昆仑，越巨海，殊方异类，至于三万里”（班固《西都赋》），此贡物之例；“惠风广被，泽洎幽荒，北燮丁令，南谐越裳，西包大秦，东过乐浪，重舌之人九译，佥稽首而来王”（张衡《东京赋》），此德化之效。第三，作为天子礼的朝正，可谓是国家形象的展示，所以班固在《东都赋》中也称颂“春王三朝，会同汉京。是日也，天子受四海之图籍，膺万国之贡珍，内抚诸夏，外绥百蛮。……陈百寮而赞群后，究皇仪而展帝容”，所谓“皇仪”与“帝容”，在某种意义上等同于张衡赋所说的“天下之壮观”。

这又出现另一现象，赋家写诸侯朝天子礼固然源自“朝正”，但并不局限于“建正”之正月朝礼，而取义更广的“朝会”（春朝）与“王会”，如晋人王沈的《正会赋》写的是朝正，傅玄的《朝会赋》则用《礼》书“春见曰朝”“时见曰会”义，而唐人谢观的《周公朝诸侯于明堂赋》与元人李廉的《王会图赋》，又指的是周公建朝礼故典。“王会”是《逸周书》的篇名，记述了周公建王城（洛邑）后大会诸侯，于是创奠朝仪与贡礼之事，所以柳宗元《古今诗》追述云“南宫有术求遗俗，试检周书王会篇”。

其实，汉人赋篇对天子礼的描绘，既与“三统三正说”相关，又切合于“五德终始说”，而“汉德”又具有反正“暴秦”而上继“周德”的意义，这就是班固《东都赋》中“究汉德之所由”而说的“诵虞夏之《书》，咏殷周之《诗》，讲羲文之《易》，论孔氏之《春秋》”，以及清人李光地《读〈通鉴纲目〉》所说“莽后仍为汉，汉后不为周耳，实即以汉继周，有何不可”（《榕村语录》卷二十一）。于是后世赋写朝正、朝会或王会，除了如“考夏后之遗训，综殷周之典制，采秦汉之旧仪，肇元正之嘉会”（傅玄《朝会赋》）、“齐八荒于蕃服兮，咸稽首而来王”（王沈《正会赋》）的宽泛礼赞，又增添了追述周公制朝礼之“德”的历史记忆。如谢观写的律赋《周公朝诸侯于明堂赋》，全篇摹写周公的明堂之制、朝令之仪，所述公、侯、伯、子、男之行礼阶位及蛮貊毕至之情形，显然是影写历史，假周德以喻当世。

周公“王会”之礼的历史影写，到《历代赋汇》卷四十七所收元人李廉与龚璛的两篇《王会图赋》的书写，又有了另一番景象。这两篇赋与前人写朝正礼的文字不同，是属于“题图”赋。李廉的赋前《序》文载：“颜师古请如周史臣集四夷朝事为王会，编写图以示后，作王会图。乃命阎立本图之，以形容万国朝贡之象，彰有唐教化之效。”考《旧唐书·南蛮西南蛮·东谢蛮》记载：“贞观三年，元深入朝，冠乌熊皮冠，若今之髦头，以金银络额，身披毛帔，韦皮行縢而著履。中书侍郎颜师古奏言：‘昔周武王时，天下太平，远国归款，周史乃书其事为《王会篇》。今万国来朝，至于此辈章服，实可图写，今请撰为《王会图》。’从之。”后人歌咏其史事，如梅尧臣“王会图中陈璧马，汉宫仪里湿旂常”（《元日阁门拜表遇雪呈永叔》）、赵翼“仙韶乐奏班行肃，王会图成版宇恢”（《八旬圣寿》之六），皆泛指朝会以歌颂帝王功德。然纵观史籍所载与前引赋序所述，阎立本绘《王会图》又称《四夷朝会图》，而赋家欲彰“有唐教化之效”，这其中又内涵着双重摹写：一是唐代画家阎立本图写唐世，却隐示“周礼”，一是元代赋家文摹“阎图”，又着眼当世。且观赋文，如李廉摹写图中万邦朝贡之人云：

彼其金齿断龋，环耳玲珑，迤逦而阶进者，非交趾夜郎之遗賨乎；

翠发鬈茸，绿睛转红，俯伛而欲前者，非铁勒颇超之裔戎乎；雉鬟生风，左衽并臂，此吐蕃之长部西极而并至者邪；裘氈点雪，帽茸飞霜，此鞣鞈之酋领北国而又卫者邪。

各色人等，竞现画图，倘对照阎图与李赋，显然图像较为简单，而语象则更为丰富多彩。尤其是对读者的理解，图像更多的是展示，而语象兼及于解释，所谓“交趾”“夜郎”“西极”“北国”云云，以极明晰的指示性，在拓开语象空间的同时，也揭示了更为广远的画幅。至于赋写外邦之人的形象与佩饰，更是光怪陆离，有极强的画面感。如谓：

或驾象兮侏儒，或蒙璆兮蘧蒢，或织皮兮昆仑，或卉服兮东隅，或额金兮项环，或足贝兮膺珠，或披赤罽，或负氍毹，或剑兮吴钩，或刀兮锟鋙。

寥寥数语，却用十个“或”字展示，汇融十种形象（或佩饰），体现了大唐帝国“九天阊阖开宫殿，万国衣冠拜冕旒”（王维《和贾至舍人早朝大明宫之作》）的现实与气象。

当然，自司马迁评司马相如汪洋闳肆之赋作“归引之节俭”而“与《诗》之风谏”无异（《史记·司马相如列传》），赋之“讽”与“颂”成其功用之两端。由此再看上引李廉赋的书写，他在大量画面感的描绘与赞述《王会图》之后，笔锋一转，以“夫何师古以六经之学，乃区区于一图，侈王会以荡君心”语寄讽唐朝，以逾越“唐典”而追寻“周礼”之义；但作者接着复以“曲终奏雅”的方式歌颂“今上”，即以“方今重熙累洽，握符阐珍，以大一统之规模，极大九州之经纶，际天所覆。极地之蟠，虽涂山之会不足以拟盛，合宫之朝不足以等伦”来束篇，又越唐、汉、周而勘究朝会之“本”，赋家之志，是媚上谀圣，还是焕发时代精神，又是可以商榷的。

有趣的是，赋算一种有“进化”质的文类，或许因重物态与气象，其创作内涵也是主张“法后王”，这在历代写朝正的赋作中同样得以彰显。汉赋中描写朝正礼的，代表作家有班（固）、张（衡），然皆在“两都”（或“二京”）的“东都”（《东都赋》与《东京赋》）中，尤其是对汉明帝“永平”礼治的赞美，表现出惩前朝之奢侈而观当朝之威仪以“昭德”的书写方式。后世传承其法，如唐人穆寂、王起同题闱场八

汉　迎客图画像砖

韵赋《南蛮北狄同日朝见赋》(以“渡泸款塞，咸造阙庭”为韵)，因官韵字所规制，内涵诸葛亮渡泸“七擒孟获”故事，然薄“古”而厚“今”，却为其鲜明主旨。如穆赋以反彰正，所谓“迩无不宾，鄙周宣勤乎薄伐；远无不服，笑诸葛矜于渡泸”，轻诋周宣王与诸葛亮，为的是表彰当世朝会礼的赫然盛德。

宣扬武力统疆，歌咏礼德御宇，所言唐尧虞舜，龙章兽舞，均为假托之词，颂述大唐朝贡礼仪与礼义，乃为赋作旨归。宋初文彦博如法炮制，写作《诸侯春入贡赋》也充满了“圣启洪绪，君临溥天，侯国之辨方有要，王春之入贡昭宣”“惟王建国，我则叙五等于域中；与物为春，我则任九贡于天下”类赞语，可以说是这一题材的思想传承。

倘若我们对读唐人赋中贬抑前人的自诩，与元人赋中贬抑唐人的自诩，“朝正礼”在赋家笔下的辉煌又有了点反讽的意味。

04 行人与赋

刘师培在《论文杂记》中说："诗赋之学，亦出行人之官。盖赋列六艺之一，乃古诗之流。古代之诗，虽不别标赋体，然凡作诗者，皆谓之赋诗，诵诗者亦谓之赋诗。"行人即外交使臣。其说虽称春秋时行人交接邻国"赋诗言志"，非述赋体，然谓"六艺之一""古诗之流"，又与赋之渊源有关联。故而从溯源意义上讲，汤炳正、赵逵夫两位先生曾分别撰写《"左徒"与"登徒"》《左徒·征尹·行人·辞赋》文章，以考述战国楚臣屈原作为行人好为赋的原由，这也印证了前人"行人之术，流为纵横家"（刘师培）、"纵横者，赋之本"（章太炎）的说法。缘此，笔者曾写《从"行人之官"看赋之源起暨外交文化内涵》一文，于学理探讨赋的起源，对行人之赋的写作特征与鉴赏趣味，却罕言及。其实，历史上行人写赋为一普遍现象，这既与赋之源起相关，更能彰显赋体的风采与意义，而行人赋创作本身又曾为赋坛呈示一道亮丽的景观。

宋　郭熙　行旅图

考查行人与赋，大体可分为春秋时邦国间行人“赋诗言志”与后世“行人写赋”两类，而行人写赋又因国家版图与意识的变化，又分为分裂期的外交用赋与统一期的外交用赋，前者最典型的是南北朝时期国别间行人作赋，后者如明朝时董越出使朝鲜而撰《朝鲜赋》、湛若水出使安南而撰《交南赋》。尽管溯赋史源头，或称述屈原曾为行人之职而尚辞令始作赋，然屈赋之作本身与“行人”之“行”没什么关系，所以以外交使臣之“行”而为赋，当始于南北朝。如历史上极重“赋才”的魏收出使途中所作《聘游赋》，堪称一篇行人赋。

据史载，魏收与温子升、邢劭并称“北地三才子”，他曾语人“会须能作赋，始成大才士。唯以章表碑志自许，此外更同儿戏”，可见其对写赋的自诩程度。而在他的赋作中，除有《南狩赋》《皇居新殿台赋》及《怀离赋》等寄托美刺讽诵抒怀之意，享名甚著者就是他由北魏出使南朝梁国途中所写的《聘游赋》。《北史·魏收传》记述其事：“收兼通直散骑常侍，副王昕聘梁。昕风流文辩，收辞藻富逸，梁主及其群臣咸加敬异。……在途作《聘游赋》，辞甚美盛。”该赋以一“聘”字而与其他“游观”类赋区分，标明为行人交聘之作。遗憾的是这篇赋作亡佚，仅有史臣所言“辞甚美盛”四字可供意会。因此，在赋史堪称典型的行人赋作，当数明朝董越的《朝鲜赋》与湛若水的《交南赋》。

明朝交聘，使臣对赋的重视是互为的。如《明史·文苑传》记述当朝的“江南才子”桑悦“在京师，见高丽使臣市本朝《两都赋》，无有，以为耻，遂赋之”。如果说汉代文士的“两都”赋作写的是西安与洛阳，虽中有朝贡礼仪，然与行人无直接关联，那么桑悦此赋则描绘当朝“两都”（北京与南京），且写作动因在外国使臣“市赋”，显然与行人关系密切。如桑赋述“北都”，开篇谓“闻北之为都，宿属于箕，地名幽州，神尧之圣域，召公之贤丘”（《北都赋》），以张其地势，以明其圣统；述“南都”有谓“细论藩屏，则天设雄堑，表以钟山，裼以长江。……挟以石头，秦望之蔓丽；带以后湖，元武之汪洋”（《南都赋》），又以虎踞龙盘之势张扬金陵气象，眩于使臣，彰显国威。与之不同，董越于明孝宗弘治元年“以右春坊右庶子兼翰林院侍讲，同刑科给事中王敞使朝鲜，因述所见闻以作此赋”（《四库全书总目》），故其《朝鲜赋》乃出使期间所作，既属史臣之记录，又属文士之宣扬。对此创制，董越于赋《序》中自述：“予使朝鲜，经行其地者浃月有奇，凡山川、风俗、人情、物态，日有得于周览咨询者，遇夜辄以片楮记之，纳诸巾笥……意盖主于直言敷事，诚不自觉其辞之繁且芜也。”如此长篇巨制，搜材必丰，曹虹先生有专论考述该赋之正文及自注资料来源，分“有参考图书资料者”“有直书亲见目睹者”“有询问当地知情者”，并谓朝鲜李荇等增修《新增东国舆地胜览》在“国都”条下全录董赋，其价值可见。

行人赋作，以纪实为功，所以观《朝鲜赋》中描写，彰显于“形势”与“物态”两端。如述形势，首在赋的开篇有关地理胜迹的描绘：

睠彼东国，朝家外藩，西限鸭江，东接桑暾，天池殆其南户，鞢鞨为其北门。八道星分，京畿独尊，翼以忠清、庆尚、黄海、江原，义取永安，意在固垣，平安地稍瘠薄，全罗物最富繁。其袤也，道里二千，延则加倍；视古也，国封二三，今则独存。盖惟不蹈前人之覆辙，所以独蒙昭代之深恩也。

朝鲜作为明朝的藩属国，董赋所述形势仍不出古代天子的朝贡体系，要在物贡与德化。如谓“川浴同男，邮役皆孀，始则甚骇于传闻，今则乃知已更张。岂亦以圣化之所沾濡，犹如汉广之不可方也”，传闻与亲见，其间移风易俗，是典型的德化思想。然贡物必重物态，所以赋中有关描写尤多：

禽多雉、鸠、雀、鹦，兽多麋、鹿、麞、麅，错则昆布、海衣、蛎房、车螯，鱼则锦纹、饴项、重唇、八稍。鲤鲫随川，泽皆可以操；鹳雀在庭，院多见有巢。似蛤决明，味独甘于海错；如拳紫蕨，美独胜于山肴。至若异产川陆，分馥兰皋，则有笔管酸浆，紫芹白蒿。水蓼之芽，当归之苗，松肤之饵，山参之馐，皆可为俎，皆可荐醪。果则……皮则……花则……草多……树多……其种类不同，而为用亦各有适也。

至如山珍、海贝，遍寻罗列，以明异域之珍奇，物态之广博。当然，行人赋在珍重异国自然与社会的同时，时刻不忘宣示上国的天威。如湛若水于明武宗正德七年奉召出使安南，所谓“奉命往封安南国王”（《交南赋序》），故作赋时更多地展示主国对藩国施恩化德的心态。如赋中叙写交南旧事云：

维彼交之蕞尔兮，北五管而越南裔；际尉陀之七郡兮，汉九郡而同置；凭都卢于天末兮，望越裳乎海际。南迤逦兮占不劳，西联属兮滇溟之尾。派诸葛之渡泸兮，州炎汉之经始；李唐承乎厥后兮，恢都护之府治。……马援立铜柱之磷磷兮，厌欃枪乎南天。

追述交南历史，不忘彰显马援平南“立铜柱”与诸葛亮七渡泸水“擒孟获”的功绩，所以观其作赋主旨，仍是传统朝贡之武力统疆、礼德御宇的思想。

以明人董越与湛若水两赋为例，其写作手法基本传承汉晋时期的京都赋与述行赋。行人赋与述行赋同一“行”，所以赋家的笔下景随步移，皆以观象以叙事。所不同者，述行赋是域内游观，且多数为流迁之行，故睹物思归，颇抒离乡之愁绪；行人赋内涵出使任务，具有宣威海外的思想，其在域外游观，却更多猎奇的性质。然无论域内行，还是域外行，行必有“归”，或归乡，或归国，其中归心最为重要，如果说述行赋的归心更多地体现于乡愁，那么行人赋的归心则强化了政治的实用意义，董越作赋述行要在回国后“备于咨询”，诚为明证。于是行人赋在某种意义上又与京都赋相应契。因为京都赋述天子之所居，必含朝贡内容，而行人赋乃朝贡行为实施之记录，搜访外邦之物态、风情、民俗、制度，也是为了彰显“上国”气象而达到“体国经野，义尚光大”（刘勰《诠赋》语）之目的。

既然行人赋与京都赋有相类似的描写，不由地使人联想到班固《两都赋序》之“古诗之流”说，联想到李善注班赋引《公羊传》语“京师者，天子之居也。京者何？大也。师者何？众也。天子之居，必以众大之辞言也”。如何以“众大之辞”张大“古诗之流”，或于方法亦有考量，孔子说“诗可以兴，可以观，可以群，可以怨。迩之事父，远之事君，多识于鸟兽草木之名”（《论语·阳货》），博物之名，诗赋相通，但若从兴、观、群、怨看行人赋类同京都赋，恐怕“众大之辞”，只重在一“观”字。

一曰“观物”，诚如魏裔介《删后诗序》所言：“学士大夫，登高作赋，遇物能名，其足供輶轩之采者正不乏耳。”而行人赋观物之传统，正缘自京都赋的朝贡描写。如班固《两都赋》写外邦贡物有“九真之麟，大宛之马，黄支之犀，条支之鸟”，史书即有诸多载录。如《汉书·西域传》：“武帝始遣使至安息……以大鸟卵及黎靬眩人献于汉。”“（大）宛王蝉封与汉约，岁献天马二匹。汉使采蒲陶、目宿种归。”《西京杂记》卷二：“武帝时身毒国献连环羁，皆以白玉作之，马瑙石为勒，白光琉璃为鞍。……自是长安始盛饰鞍马，竞加雕镂。……后得贰师天马，帝以玟瑰石为鞍，镂以金银鍮石，以绿地五色锦为蔽泥，后稍以熊罴皮为之。”除了武、宣盛世朝贡频繁，后世传承，也络绎不绝，如《史记·大宛列传》张守节《正义》引《汉书》“条支出师子、犀牛、孔雀、大雀（鸵鸟），其卵如瓮。和帝永元十三年，安息王满屈献师子、大鸟，世谓之‘安息雀’”，即东汉外邦贡物实录，亦与班（固）、张（衡）京都大赋中的描写相吻合。清代四库馆臣谓董越《朝鲜赋》“所言与《明史·朝鲜传》合”，可见其观物记事，也是实录。这种传统始终存在于有关朝贡与物的赋作中，如唐人王起《朔方献千里马赋》、宋人司马光《交趾献奇兽赋》，以及清人纳兰性德的《自鸣钟赋》与李光地的《眼镜赋》，或叙其事，或状其物，观物之盛，亦于中可见。

二曰“观德”，或可谓“观物”为赋体之描写征象，“观德”则为其创作旨归，这在京都赋与行人赋中尤为突出。张衡《二京赋》有关“惠风广被，泽洎幽荒，北燮丁令，南谐越裳，西包大秦，东过乐浪”的描绘，是外邦观德之效。再看董越《朝鲜赋》书写的“农劝稼穑，技习工巧，官多效古，俸则给田”“国有八十之老，则男女皆锡燕以覃其恩；子有三年之丧，虽奴仆亦许行以成其孝”“乡饮严扬觯之文秩，笾豆以戒其喧闹”等，皆属明礼而观德，歌颂的仍是“以华变夷”的中土盛德。由此又可以追溯到先秦时代的“享宾”以“观德”的制度，如《左传·定公十年》录孔子语“夫享，所以昭德也”，又《左传·成公十二年》载“享以训共俭，宴以示慈惠。恭俭以行礼，而慈惠以布政”，其时邦国间“享宾”以及“赋诗言志”，除了“问君之富”（观物），更重要的是观礼与观德，刘师培说的“诗赋之学，亦出行人之官”，也应有这层含义。

十八世纪的清乾隆朝，法国传教士钱德明来华，读到乾隆帝省亲祭祖时所写的《盛京赋》，如获至宝，将其译介到法兰西，这也可算外国“行人”与“中国赋”的一则佳话。而钱德明译《盛京赋》作为“当代文学”在欧洲的传播，以及继后十九世纪以来欧美学者对中国古老辞赋的翻译与研究，这又是另一个话题了。

05 赋训『富』小议

赋之为体，昔贤考源及义，必勘“赋”字本义，其有同声假借法，如王念孙《广雅疏证》云“赋、布、敷、铺，并声近而义同”，刘勰《文心雕龙·诠赋》谓“赋者，铺也，铺采摛文，体物写志”，则已由赋“义”转向赋“体”。缘此声近义同，后人又有延展，其中一例就是训“赋”为“富”。例如清人陆次云《北墅绪言》卷四《与友论作赋书》曾提出“赋”代“志乘”之说，颇为人所关注，而在此书信中涉及“赋”“富”互训，人或罕觏。陆氏针对友人“赋者，富也”的训释，又提出“富于辞”与“富于意”，且劣“辞”而优“意”，颇有见地。然则约“辞”而富“意”，于诗体或更贴切，于赋体未必契合。

我们先看两则古人有关“赋”之训“富”的具体评说：

一则是祝尧《古赋辩体》评司马相如《子虚赋》：“取天地百神之奇怪，使其词夸；取风云山川之形态，使其词媚；取鸟兽草木之名物，使其词赡；取金璧彩缯之容色，使其词藻；取宫室城阙之制度，使其词壮。”所谓“一扫山林草野之气息，全仿冠冕佩玉之步骤”。

一则是魏谦升《赋品·宏富》:“丽辞雅义，错彩镂金。阛阓迷梦，经籍醉心。选言有路，宝若球琳。斋宫肃肃，武库森森。能读千首，博古通今。董醇贾茂，著作之林。”

合观两则评论，皆形象地描述了“赋”之于“富”的关联，其或谓“经籍醉心”以明内涵，或谓“错彩镂金”以彰形态，至于“词”之“夸”“媚”“赡”“藻”“壮”等，无不富“辞”而及“意”,“辞”与“意”乃一体之呈现，很难区分。因为赋家不富于词，又安能富于意？前述陆氏所倡约词而富意，实乃以“诗”(《诗经》为主）代“赋”批评的长期浸渎之因，故于赋训“富”之本义或有遗缺。

考“赋”之本义，周礼取用在于“田赋”(及“军赋”),即“赋敛”,敛必有物，敛必有财，施之于用，则转为“敷”(铺),敷布需物，敷必有财。倘训释以“富”,又一在征用田赋（税）以“赋牺牲”而供宗庙；一在外交礼宾以“赋物事”而通有无。先观“赋牺牲”,《礼记·月令》载:“天子乃与公卿大夫共饬国典，论时令，以待来岁之宜。乃命太史次诸侯之列，赋之牺牲，以共皇天、上帝、社稷之飨。乃命同姓之邦，共寝庙之刍豢。命宰历卿大夫至于庶民，土田之数，而赋牺牲，以共山林名川之祀。”据《左传》记载，所谓“国之大事”,就在“祀”(祭礼）与“戎”(用兵),这里所言祭皇天、上帝、社稷、山林、名川等，皆要“赋牺牲”(牛色纯者为牺，体全为牲),孔颖达疏解“牺赋”,亦以征集田赋为前提，所谓“牺牲玉帛”,是以物质为保障的。这一点正与赋创作之体物而铺采具有原始性的契合。

再看“赋物事”,最典型地体现于邦国聘礼之“问君之富”。《礼记·曲礼下》记周制聘礼云:“问国君之富，数地以对，山泽之所出。”

孔颖达疏："数地以对者，数土地广狭对之也；山泽之所出者，又以鱼盐、蜃蛤、金银、锡石之属随有而对也。"这使我们联想到刘师培《论文杂记》所说"诗赋之学，亦出行人之官"，一般理解为春秋时行人交聘赋诗言志，然若结合刘氏同书又说的"骋词之赋，其源出于纵横家"，乃源《汉志》"从横家者流，盖出于行人之官"，则又翻出一层意思，就是行人聘礼"问君之富"的物态铺陈。于是对应赋的夸饰，如司马相如《子虚赋》描写"云梦"所述"其山"（山势）、"其土"（矿产）、"其石"（玉石）、"其东"（香草）、"其南"（平原物产）、"其高燥"、"其埤湿"（蒿草）、"其西"（池塘）、"其中"（鱼鳖）、"其北"（果实）、"其上"（飞禽）、"其下"（虎豹）等等，正与《礼记》所载相埒，无非描绘物产丰富而已。

原始究本，古之宾祭礼既富物，又富辞（祝辞与辞令），"物"富方能媚神以娱人，"辞"富才能感神而动人。这又由祭祝与聘问之擅于"辞令"演进到辞赋的文本书写，而昭示其传统。所以落实到赋体创作，则表现出既富于"物"（事），又富于"辞"。观古人赋，无论浩瀚大篇的"铺采摛文，体物写志"，如汉代扬、马、班、张之游猎、京都之赋，以展现"体国经野"的气象，还是短章小制的"因变取会，拟诸形容"，如魏晋以降例如张华《鷦鷯赋》类的咏物小品，以得到"象其物宜"的精致，皆取其物质，拟其物容，究其物体，而聚其物类。于是美之则曰"写物图貌，蔚似雕画"，戒之则云"繁华损枝，膏腴害骨"（刘勰《文心雕龙·诠赋》）。由于描绘物态成为赋体传统，后人颇多就其创作而质疑，如袁枚为浦铣《历代赋话》作《序》批评《三都》《两京》诸赋"叙风土物产之美，山则某某，水则某某，草木、鸟兽、虫鱼则某某，必加穷搜博访"，可作"志书、类书读"，并推导出后世志书、类书出赋已“立可成篇”，言谈中不无轻蔑意。也有论其体制而明辨，如刘熙载《艺概·赋概》说“赋起于情事杂沓，诗不能驭，故为赋以铺陈之。斯于千态万状，层见迭出者，吐无不畅，畅无或竭”，正所谓“吞吐溟渤，黼黻云际，良金美玉，无施不可”（祝尧语），表彰的是赋家驾驭纷繁事物的能力与风采。

赋因体物叙事故富辞，“崇盛丽辞”为其特色，学者之辨，在“丽则”与“丽淫”，“丽”之取意，不可轻忽。文学必重情，而赋之言情，诚如《困学纪闻》引李仲蒙说：“叙物以言情，谓之赋情尽物也。”赋情尽物，在散体大赋创作中通过丽辞描绘，又有二法，一是“多识博物，有可观采”（班固评司马相如赋语），或感物造端，或体物言志，或体物浏亮，物因辞显；一是“捃摭经史，华实布濩”（《文心雕龙·事类》），或用语典，或用事典，要在富于“典”而观才学。不仅大赋，即如唐宋闱场考试的短篇律赋，也倡导以丽辞涵物、事。清人张世焘《味兰轩百篇赋钞序》云：“敷陈事理，兼综六义，律赋与古赋无殊。大而象纬、时令、风土、建置、兵农、礼乐，铺张扬厉，可以资经济、广学问；小而名物、象数、言情、体物，可以助穷理、博见闻。”当然，律赋极重句法，事物之美又见警策，如李调元《雨村赋话》评浩虚舟《盆池赋》“空庭欲曙，通宵之瑞露盈盘；幽径无风，一片之春冰在地”谓“细腻风光，不露刻画痕迹”（卷三），以明体“物”之妙意。集散汇总，“赋侈富丽”“赋之有声有色，望之如火如荼”（林联桂《见星庐赋话》），诚为其体貌，非其他文类可望其项背。

富物与辞，则必富材，与赋之藏蓄（敛）之本义遥协，故清人徐斗光《赋学仙丹》论储材料云：“贵收材料。于平时宜取新丽之典之出自子、史、古文，并诗话、说部中者，分类摘录备用。且古人诗歌、词调，……堂联、屏幅，果古出处，亦并取资。……及拈一题，四面八方选取，正面之料，原逢有限，妙于比类、烘衬、假借、附会之法，熟为之而巧得之。”储材需富，骋辞大赋自不待言，即科场律赋，宋人亦多夸富，如孙何《论诗赋取士》“诗赋之学，非学优材高，不能当也。破钜题期于百中，压强韵示有余地。驱驾典故，浑然无迹，引用经籍，若己有之。……观其命句，可见学殖之浅深；即其构思，可以觇器业之大小”。虽合论诗赋，然落实到具体，显然指赋而非诗。

由于富于“材”而易生零散、乱杂之弊，所以赋家又富于“形”，即重视构篇艺术。《西京杂记》引述“相如曰”有“赋迹”“赋心”之说，其在推崇“苞括宇宙，总揽人物”的“赋心”时，也重视“合綦组以成文，列锦绣而为质，一经一纬，一宫一商”的“赋迹”。读汉大赋，无论横写，如游猎题材之相如《子虚》《上林》的上、下、左、右、东、西、南、北、高、埤的描绘，还是纵写，如京都题材之班固《西都赋》有关地理位置、历史沿革、城市格局、京畿人物、群体建筑、未央主殿以及狩猎、游乐等叙述，无不以宏整之结构容纳丰富之资材。虽如即兴小篇，如欧阳修的《秋声赋》，其描绘“秋之为状”，也是从“其色”“其容”“其气”“其声”多层次、全方位地构画，具体书写，也是不厌其辞。赋体如此，故而有葛洪《抱朴子·钧世》的赞叹：“毛诗者，华彩之辞也，然不及《上林》《羽猎》《二京》《三都》之汪秽博富也。”

赋之言“富”，赋家对自己的要求并非如富家翁“富财”而敛财、炫财，而是于富物、富辞、富材、富形（体）间更重富有胸襟，富于气象，班固称赋为“雅颂之亚”（《两都赋序》），朱鹤龄说“《雅》《颂》诸诗，凡春容大篇皆赋”（《读文选诸赋》），陈山毓直谓“赋也者，篇

汉　金饼

章之象箸，而讴谣之黄钟”，雍容大雅，乃为体性。读汉代京都大赋，不仅在“九真之麟，大宛之马，黄支之犀，条支之鸟，逾昆仑，越巨海，殊方异类，至于三万里”（班固《西都赋》）的物质朝贡，而更在“惠风广被，泽洎幽荒，北燮丁令，南谐越裳，西包大秦，东过乐浪，重舌之人九译，佥稽首而来王”（张衡《东京赋》）的盛德光辉，这才是帝国书写的时代气象。

当然，赋家确实有斗“富”的习惯，与诗人相比，诗对风骚的推尊自不待说，即如陶渊明，后人评说唐人仿效也是“王右丞有其清腴，孟山人有其闲远，储太祝有其朴实，韦左司有其冲和，柳仪曹有其峻洁”（沈德潜《说诗晬语》）；赋者不同，如张衡《二京赋》说当朝“富有之业，莫我大也”，左思《三都赋》批评汉人马、扬、班、张赋“于义则虚而无征”，李白《大猎赋序》斥汉大赋是“龌龊之甚”，元代黄文仲《大都赋》开篇就说“大元之盛，两汉万不及”，贬抑前人，凸显当代，诚与时代之发展与物质的进步相关。

古人说“诗穷而后工”，于“赋”则不然。赋者，富也，无物质供其侈靡，何以谲谏？无富足与盛德可以形容，又何谓“盛世作赋”，讴歌时代呢！

06 白、苏作赋赞考赋

杭州西湖有两道贯湖而过的堤岸，一是白堤，一是苏堤，游人漫步其间，自然会想起唐、宋时期的两位大诗人白居易与苏轼。关于白堤，据史载白居易因宰相武元衡遇刺要求严缉凶手而被谪贬后，于唐穆宗长庆二年（822）任杭州刺史，于任内修筑西湖堤防，后世误传原有之“白沙堤”为“白公堤”。对此，白居易有《钱塘湖春行》诗为证：“孤山寺北贾亭西，水面初平云脚低。几处早莺争暖树，谁家新燕啄春泥。乱花渐欲迷人眼，浅草才能没马蹄。最爱湖东行不足，绿杨阴里白沙堤。”苏轼仕途颇起落，其间于哲宗元祐四年（1089）任龙图阁学士知杭州，亦于任内疏浚西湖，且在水深处建三塔（三潭印月），并筑长堤，人称“苏公堤”（简称“苏堤”），今有“苏堤春晓”一景。苏轼咏西湖诗作亦多，如“水光潋滟晴方好，山色空蒙雨亦奇。欲把西湖比西子，淡妆浓抹总相宜”（《饮湖上初晴后雨》其二），最脍炙人口。一面湖水，两道长堤，连接唐宋两大诗人，可谓天造之合，倘移置于文学江湖，对白、苏之异同或有多元视角的解读，然“一湖两堤”的偶合，只能在辞赋领域，因为在唐宋“闱场考赋”（诗赋取士）的制度下，在众人的褒贬议论间，白、苏两人无独有偶（应该没有第三）地为疏浚这片“湖水”的泥淖而构建起两道形象化的长堤，就是他们力挺闱场考赋的赋创作《赋赋》与《复改科赋》。

唐代自高宗朝闱场考“杂文”，取“一诗一赋”，开启了盛行于唐宋时代的“诗赋取士”制度。由于考赋，又需要选择适应闱场文战的赋体，由是律赋因之而兴。清人孙梅《四六丛话序》说“自唐迄宋，以赋造士，创为律赋”，偏于制度的规范；明人徐师曾《文体明辨序说》认为律赋“始于沈约‘四声八病’之拘，中于徐、庾‘隔句作对’之陋，终于唐、宋‘取士限韵’之制”，偏于赋体的变迁，然二者皆聚焦于唐宋闱场律赋，是一致的。这其中既有叙述，也有批评，尤其是对闱场考试律赋的批评，早在唐人已多有。如赵匡《选举议》批评“主司褒贬，实在诗赋，务求巧丽”，杨绾《条奏选举疏》认为自高宗朝“进士”科考杂文兼诗赋以来“积弊浸而成俗”，至于闱场赋之“偷拆经诰”（舒元舆《论贡举疏》）、“过于雕虫”（权德舆《答柳冕书》）等，其反对考赋意见无非在两端：一是反考赋之制（主司褒贬），二是反考赋之文（务求巧丽）。尽管如此，唐代考赋之大势到中唐尤甚，所谓“大历、贞元之际，风气大开……专门名家樊然竞出”（李调元《赋话》卷一），这名家中就包括尊“古”的韩愈与尚“律”的白居易。

正是在这样的背景下，白居易写出了赞美闱场考赋的律体赋《赋赋》，是由针对“巧丽”批评而赞美考赋之“文”，进而肯定当朝的考赋之“制”。先看赋首节描写：

宋　马远　西园雅集图卷（局部）

赋者，古诗之流也。始草创于荀、宋，渐恢张于贾、马。冰生乎水，初变本于《典》《坟》；青出于蓝，复增华于《风》《雅》。而后谐四声，祛八病，信斯文之美者。

先引班固《两都赋序》“赋者，古诗之流”发端，溯“赋”源于《诗》（经），以“谐四声，祛八病”将其经义传统延承至“新体”（考试律赋），为称“赋”之义奠定基调。又次节：

我国家恐文道寖衰，颂声凌迟；乃举多士，命有司，酌遗风于三

代，明变雅于一时。全取其名，则号之为赋；杂用其体，亦不出乎诗。四始尽在，六义无遗。是谓艺文之儆策，述作之元龟。

直接赞述国家考选举士，彰明赋体，其“不出乎诗”，关键在“六义无遗”，其将《诗》之“六义”引入科举律赋的评论，当算该赋的最大献益。再看末节：

今吾君网罗六艺，淘汰九流；微才无忽，片善是求。况赋者，《雅》之列，《颂》之俦；可以润色鸿业，可以发挥皇猷。

此将藻偶之赋提升到经义的高度，依据是赋属“《雅》之列，《颂》之俦”，可以“润色鸿业”与“发挥皇猷”，这也是白赋阐发律赋经义的主要观点。在经义观的指导下，才能理解其中律赋“义类错综，词采舒布；文谐宫律，言中章句；华而不艳，美而有度”的意义。清人王芑孙《读赋卮言·立意》谓：“白傅《赋赋》以立意、能文并举，夫文之能，能以意也，当以立意为先。辞谲义贞，视其枢辖；意之不立，辞将安附。”所谓文与意，只是就赋论赋，未及白赋以文（藻偶）与意（经义）兼重实为闱场赋示范，其本质是替考赋制度张本。

与唐代相比，宋代考赋之风尤甚，而争议也更为激烈，其结果是北宋年间的两度闱场“罢赋”，即神宗熙宁（四年）罢赋与哲宗绍圣（元年）罢赋。而在两度罢赋之间，恰有一段“元祐复赋”的历程。也就是说，自熙宁四年闱场罢赋，到元祐二年闱场复赋，其间达十六年之久，而自元祐二年复赋再到绍圣元年罢赋，仅有八个年头，这在唐宋考赋史上可谓“昙花一现”，然源自考赋而生产出的“元祐赋”则被南宋恢复考赋制度后视为珍品，如宁宗庆元五年颁布《三元元祐衡鉴赋》为闱场举子创作矜式，孝宗朝“乾道”“淳熙”（称“乾淳”）盛行诗赋取士，史称“小元祐”，这其中也内涵了时人对苏轼文赋的推尊。而回到熙宁罢赋与元祐复赋，其争论焦点在“经义”与“诗赋”之辨，如王安石于熙宁二年上《乞改科条制》称“先去除声病对偶之文，使学者得以专意经义”，反对意见如苏轼同年上《议学校贡举状》“得人之道，在于知人，知人之道，在于责实……自唐迄今，以诗赋为名臣者，不可胜数，何负于天下，而必欲废之”？因此，在元祐复赋期间，苏轼感奋而自创《复改科赋》以赞美闱场考赋之功用，但却归于闱场律赋创作本身，如赋文居首云：

殊不知采摭英华也簇之如锦绣，较量轻重也等之如锱铢。韵韵合璧，联联贯珠。稽诸古其来尚矣，考诸旧不亦宜乎！

此驳斥“事吟哦者为童子，为雕篆者非壮夫”之论而赞词章之丽。

其后赞美赋兼才学以明进士赋之妙道。苏赋称颂的“方圆绳墨”“声律切当”与“九经三史”等，要在两端：一是赋重词章，亦重才学，既有熔铸经史之实，又有骈四俪六之巧；二是关系到闱场赋经义命题及经与赋的融织。尽管白赋重闱场赋内涵，而苏赋更多对考赋本身的赞美，然异曲同工，为举子架设了通向仕途的桥梁。

由白、苏二赋，我们不免又生出两点思考，一是唐宋为何要考赋？对此，钱穆说过“对策多可抄袭，帖经惟资记诵，别高下，定优劣，以诗赋文律为最宜。故聪明才思，亦奔凑于此”（《国史大纲》）。可知观才学与才情，是诗赋优于策论、经义的科考选择。二是这两篇歌颂闱场考赋的作品为何是白、苏所写？科场试赋，得意者如李程赋因发端警策而得“状头”，失意者因赋文“落韵”被黜者多，如大学者欧阳修、李迪亦曾不免。而白、苏则不同，皆科场得意之人。据元稹《白氏长庆集序》记述，白居易“五六岁识声韵，十五志诗赋，二十七举进士。贞元末，进士尚驰竞，不尚文，就中六籍尤摈落。礼部侍郎高郢始用经艺为进退，乐天一举擢上第。明年，拔萃甲科。由是《性习相近远》《求玄珠》《斩白蛇》等赋，及百道判，新进士竞相传于京师矣”。这说明白氏《赋赋》之论是以其于场屋“用经艺”，擅诗赋为基础的。苏轼也是科场顺适，他于宋仁宗嘉祐二年进士及第，复于嘉祐六年应中制科，其闱场赋、论，传诵一时。不仅自身创作成为继后之闱场榜样，苏轼的学生在科场表现亦甚了得，如“苏门”文士中的秦观存有大量而精辟的论赋说律言谈（详见李廌《师友谈记》），且其闱场律赋如《郭子仪单骑见虏赋》也是惊艳当朝，被南宋孙奕奉为八韵范式，并评其中“第四韵”谓“押险韵而意全，若此乃为尽善”（《履斋示儿编》卷八《赋须韵脚意全》）。

苏轼辞赋写作在赋史上的地位，为学界公认，特别是他继欧阳修《秋声赋》之后的前后《赤壁赋》《秋阳赋》《黠鼠赋》等文赋创作，以及对后世的影响，被奉为自由才情在赋域挥洒的典范。浦铣《复小斋赋话》就曾评说：“东坡小赋极流丽，畅所欲言，而韵自从之。”也因此盛誉，或多或少掩盖了苏轼与闱场创作相关的律赋成就。李调元《赋话》卷五有两则评点苏轼律赋的话语，一则是评其《通其变使民不倦赋》：“唐制未之得也。”另一则是评其《明君可与为忠言赋》：“偶语而有单行之势者，律赋之创调。”而论及“以策论手段施之括帖”并举朱长文《乐在人和不在音赋》谓：“寓议论于排偶之中，亦是坡公一派。”字里行间，已溢透出苏氏于律赋的创造力与开新作用。与之相比，白居易享誉诗坛，在赋坛却默默无闻，近人撰述赋史，甚而只字不提（如马积高《赋史》），这或许源于尊古思想，对白氏的律赋之作不予评骘。然古人论赋，对白居易的律赋创作，还是颇多赞许，如李调元《赋话》卷三评其《动静交相养赋》“后制义分股之法，实滥觞于此种”；评其《鸡距笔赋》“不似律赋寻常蹊径，千古绝作也”；卷四评其《汉高祖斩白蛇赋》“白公之赋，传于天下”。又如王芑孙《读赋卮言·谋篇》评述白氏《射中正鹄赋》“圣人弦木为弧，剡木为矢，惟弧矢之用也，中正鹄而已矣”语，“直用原议题起，是皆变格，仍许当行”，此律赋擒题之功。王定保《唐摭言》记述白氏省试《性习相近远赋》，携之谒李逢吉，李氏正有事他往，于是“行携行看，初不以为异。及览赋尾曰：

‘噫！下自人，上达君，咸德以慎立，而性由习分。’逢吉大奇之”，此律赋收束之妙。

合观白、苏辞赋创作，似有一共同点，就是变格创新，至于其赋学素养的“当行”，又不在话下。正因此，白居易《赋赋》以“经”衡“赋”以为闱场律赋张目，苏轼《复改科赋》以“美”律体而“赞”考赋之制，自非枵腹大言，却不乏个中情怀。虽然这两篇赞美考赋的作品在白、苏赋作中算不得“上乘”，在律赋创作史上也没什么地位，但其围绕唐宋考赋制度而出现的“仅有”的赋篇，却不失为赋坛双璧。因为白、苏在赋中为文士生存与文学创作提供了历史性的拷问，即才情与制度、文心与世用的关系。后人宗仰白居易，推尊其诗文中总有些“隐逸”（中隐）的意味，推尊苏轼更在于超俗的才情，而观此两赋，似乎又读出了他们骨子里的“工具性”，这隐约可见其立足王朝而衣被后世的成功。

07 两朝孝武赋『李妃』

辞赋创作多摹拟，包括拟题、拟词、拟意，当然拟题往往包括拟词与拟意，如宋人和陶渊明的《归去来兮辞》，以及《反离骚》之于《离骚》，《反恨赋》之于《恨赋》，名“反”亦实“拟”，至于“拟”与被“拟”之“同”与“巧”，无过于汉孝武帝刘彻的《李夫人赋》与宋孝武帝刘骏的《拟李夫人赋》（全名《伤宣贵妃拟汉武帝李夫人赋》）间的有趣关联。如大汉与小宋，皆刘姓王朝，两赋作者皆刘氏，此一同；汉武帝承“孝文”“孝景”，谥号“孝武”，宋开国之君刘裕谥号“武”，是为宋武帝，而刘骏承“武帝”“文帝”，复谥“孝武”，以“孝”承续正统，则与汉孝武同谥，又一同；两位孝武帝为赋皆为吊“爱妃”之作，以帝王之尊而钟情于一“妇”，生死不渝，又一同；以“夫”悼“妇”，是谓“悼亡”，历代悼亡诗赋极多，然汉孝武之赋“写得颇亲切，为后世悼亡之作所祖”（马积高《赋史》），此开创，宋孝武虽摹写，然以帝王写悼亡赋，实为赋史之罕见，此亦同。惟汉帝所悼实为“李妃”，而宋帝所悼乃“殷贵妃”，其人虽异，其旨则同，皆为悲情之书写。

品读两赋，先当观其创作本事。

汉帝《李夫人赋》见载《汉书·外戚传》与《艺文类聚》，赋的开篇是“美连娟以修嫮兮，命樔绝而不长”，首句赞其“美”，后句哀其“命”，赞美与哀命的交织，构成了全赋“书悲”的情感主旨。所以赋中回忆旧事，以悲心营构美丽，伊人若现，栩栩如生。而赋境转入哀命，复以悲心抒写伤情“欢接狎以离别兮，宵寤梦之芒芒”“何灵魂之纷纷兮，哀裴回以踌躇”。赋文情真意切，源于赋事之悲。考刘彻一生后妃六位，分别是陈阿娇、卫子夫、李夫人、赵婕妤、王夫人与李姬，前四位史事较显，其中陈皇后被废，打入冷宫，卫皇后因巫蛊之祸自尽，赵婕妤（钩弋夫人）在武帝临终前被赐死，人无善终，情何以钟，惟李夫人虽病亡，却情得以终，最为奇特。

据《史记·佞幸列传》载：“平阳公主言延年女弟善舞，上见，心悦之，及入永巷，而召贵延年。”可知李夫人因平阳公主（武帝姊）引荐而得幸（卫子夫亦平阳公主引荐）。对此，《汉书·外戚传》记述尤详：“孝武李夫人，本以倡进。”而她的兄长李延年“知音，善歌舞”，初次被召见就起舞歌唱：“北方有佳人，绝世而独立，一顾倾人城，再顾倾人国。宁不知倾城又倾国，佳人难再得。”汉帝闻之，情绪亢奋，平阳公主说延年“女弟”（妹妹）乃善舞之佳人，于是“上乃召之，实妙丽善舞，由是得幸”。值得一提的是，中山之地在汉代与胡风交接，男子常慷慨悲歌，“多美物，为倡优”，女子“鼓鸣瑟”，“游媚富贵”（《史记·货殖列传》），所以有学者考证，中山李氏是羯胡族裔，人种肤白、高鼻、深目，具中亚美女特征，刘彻为其美貌与丽舞倾倒，与此相关（庄春波《汉武帝评传》）。

汉　俳优铜镇

相比之下，宋孝武帝的赋显然是拟作，但其托咏“李妃”旧题而赋其情事，则有着与汉帝相类似的创作内涵与情感。刘峻赋今载《宋书·孝武十四王传》，赋前有序云：“朕以亡事弃日，阅览前王词苑，见《李夫人赋》，凄其有怀，亦以嗟咏久之，因感而会焉。”对照赋文首句“巡灵周之残册，略鸿汉之遗篆”，已点明拟篇之意，然继谓“虽媛德之有载，竟滞悲其何遣”，则与赋序之“凄”字衔接，表明了全赋书写悲怀的意旨。如果对照原赋，这篇拟赋同样沿袭了赞“美”与哀“命”的抒情方式，如回忆殷妃时所写的“思玉步于凤墀，想金声于鸾阙”；

而写悼亡，则谓“竭方池而飞伤，损圜渊而流咽”“俯众胤而恸兴，抚藐女而悲生”等，凸显了对亡妃的情爱之深、之切。与汉帝仅仅爱李妃之美丽及才艺不同，宋帝与其殷贵妃的情爱可谓“尤物”异事，甚而遭到“败德”之毁。这主要表现在其初遇与悼亡两方面。所谓初遇，牵涉到殷贵妃的出身问题。《南史·后妃传》载：“殷淑仪，南郡王义宣女也。丽色巧笑。义宣败后，帝密取之，宠冠后宫。假姓殷氏，左右宣泄者多死，故当时莫知所出。”史上殷贵妃出身有两种说法，一谓殷琰女，一谓义宣女，据《南史》“假姓殷氏”，这就着实了刘骏淫乱嫡堂妹之案例，不仅“好色”而无耻（宫闱之丑），且达到“宠倾后宫”（《宋史·孝武十四王传》）的地步。这也招致后世诸如颜之推负“世议”（《颜氏家训·文章》）、赵翼“宋世闺门无礼”（《廿二史札记》）的非议，甚至与刘骏同时有诗人鲍照《采桑》诗“采桑淇洧间，还戏上宫阁”，也被视为讽其“宫闱渎乱，倾惑殷姬”（吴汝纶《古诗钞》）。

刘骏的好色、钟情以致罔顾礼数，不仅在殷妃生前处死“泄密”（指殷妃出身）者，更在“悼亡”时的逾制。据前引《南史》记载：“追赠贵妃，谥曰宣。及葬，给车、虎贲、班剑。銮辂九旒、黄屋左纛、前后部羽葆、鼓吹。”又下令建庙，并以淑仪长子刘子鸾的封号，称为“新安寺”。如此逾越规制，非议自多，结果非贬即死，而对一些哭贵妃“苦悲者”，则得“上所幸”，授官爱狎不等。而刘骏本人对殷妃之死，更是“悲不自胜”，“痛惜不已，精神罔罔，颇废政事”，以致“每寝，先于灵床酌奠酒饮之，既而恸哭不能自反”。如此伤毁，又绝非刘彻所能比肩。所以从本事来看，宋孝武拟汉孝武赋，非仅拟“悲”，实泄真“情”。合观两妃，一为“倡”，一非“伦”，皆“尤物”，且引发两帝之思念，诚非常人所比，赋心拟效，尤多神奇。而合观两赋，虽结构或有不同，如原赋由赋文与乱辞两部分组成，赋文本身较为简略，拟赋仅序语与赋文，且层次较多，然则其书悲主旨，以及“述悲”“忆旧”与“怀思”的创作思维模式，殊为一致。读汉帝之赋，其“连流视而娥扬，既感激而心逐兮”的忆旧，无非加强赋前部分“饰新宫以延贮兮，泯不归乎故乡；惨郁郁其芜秽兮，隐处幽而怀伤”与后部分“忽迁化而不反兮，魄放逸以飞扬”“思若流波，怛兮在心”的现实悲境与悼亡情怀。同样，宋帝赋中的“思玉步于凤墀，想金声于鸾阙”的忆旧，也是为了衬托赋前部分“吊新宫之奄映，喀璧台之芜践”与赋后部分“虽哀终其已切，将何慰于尔灵”的述悲之情。而如此今昔对照的书写方式，正可透视二帝对二妃超乎常例的追怀与忆念。这又可通过两赋创作之“情”的背景材料予以佐证。

宋帝对殷贵妃丧事的逾制破“礼”，实缘于“情”，这可于殷妃逝后的两件事略窥其意。据《南史·后妃传》载，殷妃“及薨，帝常思见之，遂为通替棺，欲见辄引替睹尸，如此积日，形色不异”。通替棺，就是像抽屉可随时打开的棺材，其“辄引替睹尸”以观其“美”而慰其“情”，着实有点“变态”，但却引起后人悼亡的追羡，如清人叶廷琯诗云:“更无通替能相见，落叶哀蝉一哭中。”(《读朗玉弟〈湘烟小录〉缀成韵语代写哀思》）此一事。另一事是求巫，即“有巫者能见鬼，说帝言贵妃可致。帝大喜，令召之。有少顷，果于帷中见形如平生。帝欲与之言，默然不对；将执手，奄然便歇，帝尤哽咽。于是拟《李夫人赋》以寄意”。尽管史家将求巫与作赋联系并着实，却掩盖不了所载两事均属对汉帝本事的拟效。

据《汉书·外戚传》载汉帝求巫事:“上思念李夫人不已，方士齐人少翁言能致其神。乃夜张灯烛，设帷帐，陈酒肉，而令上居他帐，遥望见好女如李夫人貌，还幄坐而步。又不得就视，上愈益相思悲感……又自为作赋，以伤悼夫人。”对照《南史》的记述，如出一辙。这有两种可能，一是唐代史臣写宋帝故事时移植《汉书》所载，略加改编；一是宋帝不仅拟其“赋”，亦效其“行”。同样是拟效而又有不同的是另一事，即刘骏“为通替棺”便于睹“尸”，《汉书》所载刘彻却是在李夫人病笃时临候（探视），欲见夫人面，“夫人蒙被”以病毁形貌拒见，所谓“上所以挛挛顾念我者，乃以平生容貌也。今见我毁坏，颜色非故，必畏恶吐弃”。一欲见其面而不得，实因李夫人讳“美”；一则抽棺睹尸，见死如生，实因宋帝之恋“美”，所以爱美之心，二帝相同，而专致之“情”，宋帝弥烈。

回到赋作文本，由于两赋主旨相同，属悼亡题材，作者身份亦同，属帝王悼亡，故原作与拟作的书写方式与情感内涵，也多相同，可视为赋史上一“姊妹”篇。但是，两赋毕竟序属两朝，文风替改，情词变迁，又多不同。胪述其要，略有三点：

首先是体裁不同。汉帝之赋为骚体，宋帝之赋则多骈化，这也是西汉与宋齐抒情赋风格的差异。由于用骚体，刘彻原作一往情深，赋文虽有层次，却难以断割，诚如明人王世贞评“骚”云：“骚览之，须令人裴回循咀，且感且疑；再反之，沉吟嘘唏；又三复之，涕泪俱下，情事欲绝”（《艺苑卮言》卷一）。缘此，这篇赋读后，觉得多平常心，少富贵意，一唱三叹，扣人心弦。而刘骏拟赋“体”近于“骈”，故重文词雕琢，句属偶对，以致赋文层次较清，因为此体“浸淫至于六朝，绚烂极矣”（林联桂《见星庐赋话》卷一），受其影响，显然用事多而抒发少。因此，比较二赋，前者以“情”胜，后者以“词”胜。

其次是技法不同。汉帝爱骚，因缘其词，故赋中以拟骚为主，所述“连娟”“芜秽”“修夜”“桂枝”“淫衍”“流视”“娥扬”“接狎”“放逸”“荒忽”等等，是虚写之法，反复致意，曲折言情。相比之下，宋帝赋重词章，多为实写，如赋中之“鸾阙”“承明”“云”“鸿钟”等，皆宫廷生活字眼，而所云“存飞荣于景路，没申藻于服车”“朝有俪于徵准，礼无替于粹图”等，也是殷妃发丧之哀荣的真实写照。由于实写物事，该赋“身份”意识浓厚，多富贵气而失平常心，反不及原作至情感人。

再者是趣味不同。汉帝之赋，从开篇之“美连娟以修嫮兮”到“思若流波，怛兮在心”，自始至终都是抒发情怀，一往直下，不可自扼。而宋帝赋开篇之“巡周灵”“略鸿汉”“吊新宫”云云，以考述明拟效，赋的收束处又多用事典，或谓“申反周乎在今”，或谓“略东门之遥襟”，虽不窒情，却以达生之理增添了“玄言”的尾巴。所以就赋的趣味而言，原作更多情趣，而拟作兼有理趣。

文虽如此，人或有异，汉帝在李夫人之后尚有赵婕妤的宠幸，当然李夫人唯一的儿子昌邑王刘髆得以善终，刘髆子刘贺承袭昌邑王，后被霍光迎奉为帝二十七日，复废为海昏侯。而宋帝在殷妃生前，是“宠倾后宫”，死后又自毁败政，且“爱冠诸子”（与殷妃有五男一女），多有封赏，迨至刘骏驾崩，前废帝刘子业为报“夺嫡之仇”，不仅泼粪孝武帝陵，而且诛杀殷妃所生子女，结局悲惨，令人叹息。然值得赞叹的是，两朝孝武皇帝的“悼亡”之赋流传至今，个中的故事与情感，巧合与拟效，可视作赋史奇葩。

08 宋太宗之『怒』与闱场赋之『变』

唐宋时代科举考文，赋先作为“杂文”之一被列入考试文体，后渐演为“诗赋取士”制度，这其间有关考赋的故事甚多，有的牵涉到对赋体创作的考量。如魏泰《东轩笔录》卷十记载了宋初太宗朝淳化三年的一场殿试情形：

> 孙何榜，太宗皇帝自定试题《卮言日出赋》，顾谓侍臣曰：“比来举子浮薄，不求义理，务以敏速相尚，今此题渊奥，故使研究意义，庶浇薄之风可渐革也。”语未已，钱易进卷子。太宗大怒，叱出之。自是科场不开者十年。

说的是因举子钱易率然成赋被黜殿廷且罢科的事件，其中宋太宗赵光义一“怒”而罢科场十年，可见其严重程度。为说明问题，先对上引文字作些解读：第一，所谓“孙何榜”指的是该榜的状元为孙何。据史载，孙何十岁识音韵，十五岁撰文已引经典博，以经史与文学驰名，与学者丁谓齐名，史称“孙丁”，两人同榜，孙为状元，丁列第四，丁心中不服，宋太宗幽默地说：甲乙丙丁，既然姓丁，中第四名也不冤，何怨之有？第二，宋代初年实行“殿试”制度，惩纠唐代礼部试座师与门生结党营私之患，所谓“自唐以来，进士皆为知举门生，恩出私门，不复知有人主”（王林《宋朝燕翼诒谋录》），而今统归“天子门生”，以致皇帝亲自拟定赋题，可见其重视程度。第三，太宗一“怒”，所述“科场不开者十年”略有失实，因为自太宗淳化三年（992）殿试进士到真宗咸平三年（1000）内出《观人文以化成天下赋》，其间不足十年，然算来整八年，也误了多少举子前程，又可见其严重程度。第四，也是最要紧的，即宋太宗对侍臣说的反对“敏速”而“求义理”，意在革除闱场“浇薄之风”。

皇帝临轩御试，何等庄肃？而当场“叱出”，又何等严厉？既有被“叱”，如钱易之难堪，就有承“幸”，如孙何中状元，前者在于悖离圣意，后者在于意会圣心。因此，多少年后孙何撰述《论诗赋取士》大加倡言：

惟诗赋之制，非学优才高，不能当也。破巨题期于百中，压强韵示有余地。驱驾典故，混然无迹；引用经籍，若已有之。咏轻近之物，则托意雅重，命词峻整；述朴素之事，则立言遒丽，析理明白。其或气焰飞动，而语无孟浪，藻绘交错，而体不卑弱。颂国政则金石之奏间发，歌物瑞则云日之华相照。观其命句，可以见学植之深浅；赜其构思，可以见器业之小大。穷体物之妙，极缘情之旨，识《春秋》之富艳，洞诗人之丽则。能从事于斯者，始可以言赋家流也。

所述“学优才高”“驱驾典故”“引用经籍”“语无孟浪”“体不卑弱”“学

殖”“器业”等等，均可对应前引宋太宗临轩之言，或可谓对宋太宗圣意的推扬与演绎。南宋学者沈作喆《寓简》引述孙何的论点以后补述“本朝以词赋取士，虽雕虫篆刻，而赋有极工者，往往寓意深远，遣词超诣”，虽视闱场赋为“雕虫篆刻”，但以“寓意深远，遣词超诣”赞述“本朝”，却遥契宋初太宗闱场一“怒”而导引闱场赋风之“变”。

宋太宗立足宋初而谓“比来举子浮薄”，既是针对当时的实况，也可联想到晚唐五代以来之纤佻靡弱的文词，甚或能上溯于有唐以来闱场之赋风。由此我们对照唐、宋闱场赋的创作风气，仍以《东轩笔录》载太宗所言及事为着眼点，略述其变化。

首先是“敏速相尚”，此乃太宗所极力反对者，然却为唐人闱场赋之得意处。试举胡仔《苕溪渔隐丛话前集·王禹玉》引《复斋漫录》的一段趣事：“《广记》云：‘唐制，举人试日，既暮，许烧烛三条……’而旧亦言举人试日，已晚，试官权德舆于帘下戏云：‘三条烛尽，烧残举子之心。’而举子遂答曰：‘八韵既成，惊破侍郎之胆。’”此虽谐谑语，然其“惊破”二字所形容的举子闱场走笔与时间（烛尽）赛跑，非“敏速”何以得成，非超级“敏速”又安能令考官“破胆”？古人论赋，有“赋兼才学”之说，然“敏速”骋才，“淹迟”见学，这早在汉赋创作中已有印证，最典型是流传后世的成语“枚速马迟”。据《汉书·贾邹枚路传》载：枚皋“为文疾，受诏辄成，故所赋者多。司马相如善为文而迟，故所作少而善于皋”。葛洪《西京杂记》卷二也有记述：“枚皋文章敏疾，长卿制作淹迟，皆一时之誉。而长卿首尾温丽，枚皋时有累句，故知疾行无善迹矣。”为什么“淹迟”反邀“一时之誉”，“敏疾”则“无善迹”，抑或如刘勰《文心雕龙·神思》评说的“枚皋应诏而成赋”与“相如含笔而腐毫”，前者销声匿迹，没有作品传世，后者却以《子虚》《上林》诸作被奉为“辞宗”“赋圣”，关键在作为一代文学的汉大赋需要宏大的书写，非耗时积学不能成，于是相如“百日成赋”与张衡“炼京十年”也成了赋家伟大的写作传统。

到了东汉魏晋以后，大量的咏物、抒情小赋创作出现，情况就大不相同了，礼仪大篇要“体国经野”，内容丰盛，而即兴小赋是“随物赋形”，所成自然敏速。唐人将赋体引入闱场，专用律体，且文本规制诚如苏轼《复改科赋》所言“铺陈八韵之旨”“字应周天之日”，即约360（周天）字的八韵赋，如此小篇，焉能作“百日”“十年”的期待，“敏速相尚”成闱场风气。如此，为何宋太宗要“怒”斥呢？除了防止举子“浮薄”，还有点制度化的变迁需要说明。唐代闱场考卷不糊名，因为录取还需看举子“素学”，故考前要“纳省卷”与“投行卷”，宋代已废卷糊名，取舍一决于闱场，这使举子的“素学”仅见于试卷，所考之赋更多地承负学问，也是顺理成章的。落实到考试文本，唐宋闱场赋也就有了明显不同。

因对“敏速”态度的差异，唐人闱场赋多“观才”，而宋人则多“观学”，这也是宋太宗自负出题“渊奥”，需要举子“研究意义”的道理。刘克庄《李耘子诗卷》比较唐宋考文曾说：“唐世以赋诗设科，然去取予夺一决于诗，故唐人诗工而赋拙。……本朝亦以诗赋设科，然去取予夺一决于赋，故本朝赋工而诗拙。”所言“本朝赋工”，正与闱场赋“研究意义”有关。由于唐人“观才”，才又在“露”，所以唐代闱场赋才华显露首在“破题”，最典型的是王定保《唐摭言》卷八所载李程闱场试《日五色赋》破题“德动天鉴，祥开日华”获得“状头”之事，以致后世反复言说，成为经典。同样，赋中佳句，亦可观其“捷才”，例如清人汤稼堂《律赋衡裁·余论》引白行简《澹台灭明斩龙毁璧赋》“纷然电散，谓齐后之碎连环；驣尔星分，同亚父之撞玉斗”、张随《上将辞第赋》“王翦请贻乎子孙，与兹难并；晏婴敢烦乎里旅，相去不遐”等警句，虽为“事对”，却意在取“巧”。如果说前人赞美“唐赋每篇必有名句”，多举如蒋防《雪影透书帷赋》之“澄碧海之波澜，皆为练色；耀书林之杞梓，尽作琼枝”、李君防《海人献文锦赋》之“临风始起，全含琪树之芳；向阙爰开，遥写蜃楼之色”类的清词丽句（孙奎《春晖园赋苑卮言》卷下），那么，宋人赋中警句则又如程杲《四六丛话序》所述“四六中以言对者，惟宋人采用经传子史成句为最上乘”，其“语典”的大量运用，已成为宋人赋（尤其是闱场律赋）以“言对”助力议论的风气。因为宋人作赋，不及唐人才情，却更重学养、器识，经史之学与圣贤之言，成为装点门面的要素，其警句如“性以诚著，德由明发”（范仲淹《自诚明而谓之性赋》）、“见圣师而由圣，当明四重以四轻；犹弓人之为弓，要在百发而百中”（楼钥《修身以为弓赋》）等，也被后人反复言说，成为新的创作经典。李调元《雨村赋话》卷五评范仲淹《用天下心为心赋》中“审民之好恶，察政之否臧”一节谓“此中大有经济，不知费几许学问，才得此境界”，“几许学问”，正是“观学”，其关键在赋家“器识”，诚与唐人好骋“才华”不侔。

这种对器识的重视也成为宋代场屋程文的共通要求，如欧阳修《归田录》记述：“真宗好文，虽以文辞取士，然必视其器识。”于是“观学”的器识也自然变成衡量闱场赋的一条重要的标准，北宋后期的“熙宁罢赋”“元祐复赋”与“绍圣再罢”，在对赋体创作的认识上均与此有关。换言之，主张罢赋者批评闱场赋拘“声病”而事“巧靡”，相反，主张考赋者又在强调赋见学问与器识。苏轼在元祐复赋期间感奋而作《复改科赋》中所言“遭逢日月，忻欢者诸子百家；抖擞历图，快活者九经三史”“巧拙由一字之可见，美恶混千人而莫违。正方圆者必藉于绳墨，定檃括者心在于枢机”，赞美赋兼才学以明进士赋之妙道，所述内涵及要求，自然也是对元祐复赋的期许与指导。为了强化闱场赋中的学问与器识，不仅影响了宋代考官多以经史命题，而且决定了当朝举子引经据典的习惯，所以叶梦得说北宋举子考赋前“无不遍读《五经》”（《石林燕语》卷八），才能走笔从容。

赋重学理，而义理需要阐发始明，于是宋人闱场赋又形成好议论之风，这正与宋太宗怒斥举子“浮薄”而提倡“求义理”桴鼓相应。李调元论宋代律赋说：“宋初人律赋最夥者，田、王、文、范、欧阳五公。……论宋朝律赋，当以表圣、宽夫为正则，元之、希文次之，永叔而降，皆横骛别趋，而偭唐人之规矩者矣。”（《雨村赋话》卷五）所言“偭唐人之规矩”，勘究其义，当如方岳《深雪偶谈》所述“本朝诸公喜为议论，往往不深谕唐人主于性情，使隽永有味，然后为胜”。这里不妨列举两则有关唐、宋试赋的记录：第一则是晚唐李玫《纂异记》中题名《韦鲍生妓》的趣闻，文载酒徒鲍生，家畜乐妓，开成初行历阳道中，遇下第东归的外弟韦生，韦有良马，鲍多畜妓，故酒间起“以妾换马”之兴，忽有两紫衣鬼乘月色来此，并论试赋之事（详后）。另一则是周密《癸辛杂识·后集》“私取林竹溪”条所载：

林竹溪希逸……凡三试，皆第四。是岁真西山知举，莆田王迈实之亦预考校。西山欲出《尧仁如天赋》立说，尧为五帝之盛，仁为四德之元，天出庶物之首，西山以此题为极大。实之云：“题目自好，但矮些个。”西山默然。林居与王隔一岭，素相厚善，省试前，林衣弊衣邀王车，密叩题意。王告以必用“圣人以天下为一家”，要以《西铭》主意，自第一韵以后皆与议定，首韵用三极一家，次韵云“大圣人之

清　梁言　观榜图

立极，合天下为一家”，四韵尧宅禹宫，大铺叙《西铭》。至是，西山局于无题可拟，乃谓实之曰：“日逼，无题奈何？”王以位下辞避，西山再四叩之不已，王久之若不得已，乃以前题进，并题韵之意大略，西山击节。

虽述“私取”，然其中有关试赋题目及立说的思考与议论，却蕴涵了棘闱赋的题、韵及义理趣味。也正因为宋人闱场赋重议论而求义理，推敲过多，加上以策论法入赋，反而伤害了赋体，杨万里嘲弄闱场赋题“自‘日五色’之题一变而为‘天地为炉’，再变而为‘尧舜性仁’，于是始无赋矣”（《周子益训蒙省题诗序》），则是由宋而溯唐的反思。

由此再看宋太宗那闱场一“怒”，以及引起的赋风之“变”，是匡正赋旨，还是坏了赋体，又耐人寻味。

09 场屋赋竞技 两鬼起吟情

在古代的文学书写中，有不少鬼是有文才的，而其中“鬼诗”则更常见，甚至有人鬼续诗的趣事。如清代褚人获纂辑《坚瓠补集》卷二“诗鬼降乩”条记述明弘治间一群文士在西湖边扶乩请仙，作诗联云“鼓振龙舟，惊起鼋鼍之窟”，乩仙对曰“火焚牛尾，冲开虎豹之关”，施典用词，皆工稳恰当。又《坚瓠秘集》卷二“洛阳士人”条载某生船头吟诗“银汉无声月正明，谁人窗下读书声”两句，一时接续不上，以致沉吟堕水而亡，于是变鬼后每晚在此水域现形，吟此两句不休，尝惊吓行人，后一官者路过，与之对吟，续诗两句“游魂何事不归去，辜负洛阳花满城”，鬼闻之而匿迹销声。相较而言，鬼作赋的故事则不常见，有者以晚唐人李玫《纂异记·韦鲍生妓》中一段有关两鬼月夜说赋事最为显白。

《纂异记》见载《新唐书·艺文志》，今不传，然此佚文辑录于《太平广记》，清人浦铣编《历代赋话续集》亦录其事。说的是酒徒鲍生殷

清　吕学　钟馗图

富而蓄妓，一次行历阳道中，于定山寺偶遇外弟韦生下第东归，因置酒与饮，鲍生羡慕韦生的良马，于是命乐妓盛妆捧酒助兴，戏谓“能以人换？”值酒阑之际，忽有两紫衣鬼在月色中来此“闻妾换马之筵”，命酒对酌，论赋且有吟作。而故事的主要构成，就是两鬼的对话。

先是论赋：一长须鬼说：“足下盛赋云：‘斜汉左界，北路南躔。白露暖空。素月流天。’可得光前绝后矣。”另一鬼对曰：“殊不见赏‘风霁地表，云敛天末。洞庭始波，木叶微脱’？”长须鬼说：“数年来在长安，蒙乐游王引至南宫，入都堂，与刘公幹、鲍明远看试秀才。予窃入文之室，于烛下窥能者制作，见属对颇切，而赋有蜂腰、鹤膝之病，诗有重头、重尾之犯。若如足下洞庭、木叶之对，为纰缪矣。小子拙赋云：‘紫台稍远，燕山无极。凉风忽起，白日西匿。’则‘稍远’‘忽起’之声，俱遭黜退矣。不亦异哉！”另一鬼对曰：“吾闻古之诸侯，贡士于天子，尊贤劝善者也。……有司考之诗赋，蜂腰鹤膝，谓不中度；弹声韵之清浊，谓不协律。……今足下何乃赞扬今之小巧，而隳张古之大体？况予乃诉皓月长歌之手，岂能欢于雕文刻句者哉！”

继而作赋：亦由长须鬼之语引起：“今珠露既清，秋月如昼，吟咏时发，杯觞间行，能援笔联句，赋今之体调一章，以乐长夜否？”另一鬼对问：“何以为题？”长须鬼说：“便以‘妾换马’为题，仍以‘舍彼倾城，求其骏足’为韵。”接着记事者述“命左右折庭前芭蕉一片，启书囊，抽毫以操之，各占一韵”。于是长须鬼先倡云：“彼佳人兮，如琼之瑛；此良马兮，负骏之名。将有求于逐日，故何惜于倾城。香暖深闺，永厌桃花之色；风清广陌，曾怜喷玉之声。”续后者是“希逸”（谢庄）与“文通”（江淹）为赋，以成就其篇章。故事的结尾是与鲍生对饮的落第韦生，发箧取红笺，跪献庑下，二公（指谢、江）大惊曰：

“幽显路殊，何见逼之若是？然吾子非后有爵禄，不可与鄙夫相遇。”又对韦生说：“异日主文柄，较量俊秀轻重，无以小巧为意也。”说完，已不知所往。

解读这段“鬼赋”故事，结穴在两鬼论赋与作赋之间的长须鬼提议作赋“以乐长夜”所说的“今之体调”，这其间内含了赋入闱场的艰辛、苦涩与科举选才的局限、荒诞，换句话说，若非自中唐以来的场屋赋竞技，也就不会有如以上故事所描述的两鬼起吟情。

故事起因在韦生“下第东归”，自唐宋以来科第试文，士人最得意的诗是“登第”（或“及第”），所谓“春风得意马蹄疾，一日看尽长安花”（孟郊《登科后》），最苦闷的无过是“落第”（或“下第”），所谓“弃置复弃置，情如刀剑伤”（孟郊《落第》）。以致人们耳熟能详的“四喜诗”与“四悲诗”末句“豹尾”亦以此情感收束。如“四喜”则谓“久旱逢甘雨，他乡遇故知，洞房花烛夜，金榜题名时”；“四悲”则谓“寡妇携儿泣，将军被敌擒，失恩宫女面，落第举子心”。正因此，韦生下第，鲍生慰酒，已铺垫了闱场试文失败的心境，尤其是中唐以后“赋体”入闱已成科举常态，所以两鬼吟赋论作在悲嗟闱场衡赋“以词害意”的同时，也为“今之体调”（闱场律赋）提供了学理的意味。

所言“体调”，首在“声调”，入于闱场，试赋之臧否取弃，往往在于“声病”。中唐以后，考场律赋一般以“八韵”（官韵）为式，所以唐宋以来名家犯韵落第者也不在少数。例如“宋济老于场屋，犹误失官韵”（李肇《国史补》）、“欧阳文忠公年十七，随州取解，以落官韵而不收”（魏泰《东轩笔录》卷十二）、“李文定公在场屋有盛名，景德二年预省试……以赋落韵而黜”（叶梦得《石林燕语》卷八），记述了宋济、欧阳修、李迪落第因“失韵”的缘故。倘考查诗赋用韵始严其律，当推南朝宋的“沈约韵”，其时诸家倡导四声八病，自作衡人皆需严格。如《梁书·王筠传》记述沈约作《郊居赋》，王筠因读对了“雌霓”之“霓”诸字音，沈约为之赞叹“知音者希，真赏殆绝，所以相邀，政在此数句耳”。由此如苛刻之“八病”，也成为唐代闱场衡赋标准之一。于是再看两鬼论赋，即以“蜂腰”“上尾”等声病所累见黜，其长须鬼以谢庄《月赋》“洞庭始波，木叶微脱”一联谓之“纰缪”，指的是每句二、四两句同声，即“庭”“波”平声，“叶”“脱”入声，所犯乃“蜂腰”之病；而所言“小子《拙赋》”中“紫台稍远，燕山无极，凉风忽起，白日西匿”，实拟江淹《恨赋》“紫台稍远，关山无极，摇风忽起，白日西匿”，其中“远”“起”二字同是上声，犯了“上尾”之病，据《文镜秘府论》所言上尾“为巨病，若犯者，文人以为未涉文途者也”，可见其被黜退之因。颇有意味的是，长须鬼是借古贤（谢庄、江淹）之作调侃其犯“声病”，除了强调“今之时调”严律的意义，是否又有对应韦生下第而给予当时闱场赋以“声”害“意”的讽喻？

就第一层意义说，唐代闱场律赋（今之体调）尤严于南朝赋律，如清人钱大昕曾举“沈约韵”与“今韵”一例谓：“唐人韵以庚、耕、清同用，青独用，相沿至今千余年矣。然青之于清实无分别，世谓今韵权舆于周、沈，而休文《郊居赋》以星、平、形、经、成、萦、青为一韵，则休文初未析清、青为二也。”（《十驾斋养新录》卷十六《沈约韵不同于今韵》）此以唐韵为分界，虽举隅，似可窥得一斑。换言之，自唐人闱场赋之“体调”重韵，后世论家尝以声韵为试赋之第一要义，如宋人郑起潜《声律关键》说“能赋者就韵生句，不能者就句牵韵”，清人余丙照《赋学指南·论押韵》说“凡赋题所限之韵，字字不可轻率押过。……押官韵最宜着意，务要押得四平八稳”，均为作赋先炼韵的要求。

就第二层意义说，与长须鬼的调侃不同，另一鬼对赋之时调上升到商榷考赋制度的正论层面，即前引“吾闻古之诸侯，贡士于天子”一段文字，以批评诗赋取士造成的“虽有周、孔之贤圣，班、马之文章，不由此制作，靡得而达”的选士大弊。如果再对照唐人如赵匡《选举议》批评当时“主司褒贬，实在诗赋，务取巧丽”、杨绾《条奏选举疏》批评考赋“积弊寖而成俗”、权德舆《答柳冕书》批评闱场赋“过于雕虫”，此鬼就闱场赋重声韵之论，又是当时人反对考赋制度的“阴间”回响。

上引这段批评考赋的“鬼话”，收束句是针对长须鬼“赞扬今之小巧，而隳张古之大体”而反诘的“岂能欢于雕文刻句者哉”？而“刻句”又确实是自唐以来闱场赋写作的一大法宝。然考诸赋史，汉魏大篇，罕论句法，自陆机《文赋》倡述“置片言以居要，乃一篇之警策”，赋体句法渐兴，而到唐人闱场赋，始开一新境。于是对照两鬼言赋，虽论韵亦以“摘句法”设词，如其引录“风霁地表，云敛天末。洞庭始波，木叶微脱”“紫台稍远，燕山无极。凉风忽起，白日西匿”等，皆赋家名句。至于长须鬼以切赋题“妾换马”所倡“彼佳人兮”一节，其中“香暖深闺，永厌桃花之色；风清广陌，曾怜喷玉之声”，亦堪称典型的辞赋骈律句法。清人汤稼堂在《律赋衡裁》卷六《余论》中列举唐人律赋名句如皇甫湜《山鸡舞镜赋》“类凤因箫感，哂鹤为琴召”、赵蕃《月中桂树赋》“谓扇花薄，如珪玷浮”、杨宏贞《隙尘赋》“疑琢玉成环，环中屑坠；若窥壶入洞，洞里云残”、张随《海客探骊珠赋》“初辞碛砾，讶潭下星悬；稍出涟漪，谓川旁月上”，以为“刻酷锻炼”“精峭取致”，此与两鬼所论及赋，摘艳于句，也是潜符默契的。

就韵生句，唐律考试多依“官韵”，长须鬼所倡依“舍彼倾城，求其骏足”为韵，所切在“妾换马”之题，这其中又透泄出闱场赋命题与切题的重要性。故事中两鬼以“妾换马”为赋题，固然承续鲍生与韦生的问对而来，然就题而论，又不乏赋坛佳趣。据《乐府解题》，古辞有“爱妾换马”，“旧说淮南王作”今不传，梁简文帝萧纲有宫体诗《和人爱妾换马》，而其故事见唐李冗《独异志》：“后魏曹彰性倜傥，偶逢骏马爱之，其主所惜也。彰曰：‘予有美妾可换，惟君所选。’马主因指一妓，彰遂换之。”而历代文人于此题，或颂或讽，吟呕不绝，其中尤以白居易、苏东坡为最。相传白居易向裴度借马，裴作诗云“君若有心求骏足，我还留意在名姝”（《答白居易求马》），名姝，或谓指白家樊素。白氏复作《酬裴令公赠马相戏》诗答：“安石风流无奈何，欲将赤骥换青娥。不辞便送东山去，临老何人与唱歌。”苏东坡有绝句《戏周正孺》谓“相如虽老犹能赋，换马还应继二生”，这或许是诗人较早将换马故事与（相如）赋结合的。到了明朝，钱文荐有篇《爱妾换马赋》闻名于世，其赋云“妾本才人，嫁于荡子”，“携素手而阑倚，既指星以设誓”，“云合则处处阳台，鸳交则时时渌水”，“奈有生之命薄，遭所欢之意徙，情不关乎一笑，志常在于千里”，写的都是离情怨绪，以佳人失恃喻士子不遇，坠入旧套，殊无新义。相较而言，《纂异记》长须鬼所吟倡并假托谢庄、江淹赓续而作的《妾换马赋》，或许是此题在赋域制作的先驱。当然，真正的赋学问题不在于此，而在于针对长须鬼言说的另一鬼的反诘，即“无以小巧为意”，此题之轻佻，恰是“小巧”之类，是宜为摒弃的。有趣的是，中唐闱场赋已惩前朝之华丽佻巧，礼部出题更多地出于经、史，而以当妾换马本事之一的白居易，后人赞美他的闱场赋也是如《性习相近远》之类，这是对唐赋竞技的认同，还是对唐人风流的反讽。

唐人闱场赋的写作是一种竞技，两鬼的论赋与作赋源自闱场文战而对律赋技法的重视，然则回到故事中的月下吟心，却在于“以乐长夜”。况赋不同于诗，难以即席成篇，宜乎苦思而作，耗时可能通宵达旦，兹两鬼不欲夺生魄而投胎，以害人为能事，而是雅擅词章，且乐长夜以不疲，也算是一段赋坛佳话了。

第五章

时运交移 景候情理

赋的形成，至汉人定于一尊，而赋的发展，又因时运交移，而有着不同时期的景候情理。这种变迁，也辐射到文化领域的方方面面。就阴阳言，曹植的《洛神赋》与柳如是《男洛神赋》的写作；就天地言，成公绥一篇《天地赋》的物理世界；就技法言，赋体谋篇与琢句的关联；就物象言，名山记忆与辞赋书写作为一个案，有关丰富内涵与趣味；就诗赋言，清人以“秋柳”为对象的诗歌与辞赋的共题分述，极含妙义。至于赋体与类书的关系而产生的赋代类书与赋写类书的文化现象，也是值得分辨与思考的。

01 『洛神』赋里辨雄雌

在赋史上，东阿王曹植《洛神赋》的书写，引来后世无穷的猜测与赓续，赓续者包括诗歌、辞赋、图像、戏剧、小说、影视等等，而在辞赋领域中则有一篇特殊的作品，就是明末河东君柳如是创作的《男洛神赋》。比较两赋，前者以男性作者写女性（女神），后者以女性作者写男性（男神），一雄一雌，皆以“洛神”为名，赋里乾坤，可辨其中趣味。

曹植《洛神赋》见载于萧统《文选》，与宋玉《高唐》诸赋并归于“情”类，当为抒情赋篇。柳如是的《男洛神赋》见载柳氏《戊寅草》钞本，陈寅恪《柳如是别传》于第三章《河东君与“吴江故相”及“云间孝廉”之关系》中全录其赋，并作解说。品读两赋，先观写作意旨，皆见于赋序。曹赋序云：“黄初三年，余朝京师，还济洛川。古人有言，斯水之神名曰宓妃。感宋玉对楚王神女之事，遂作斯赋。”这是“述行”见遇而感发，且明谓绍前人之事（楚王神女）而作。柳赋序云：“友人感神沧溟，役思妍丽，称以辨服群智，约术芳鉴，非止过于所为，盖

宋 佚名 摹顾恺之洛神赋图卷

虑求其至者也。偶来寒溆，苍茫微堕，出水窈然，殆将感其流逸，会其妙散。因思古人征端于虚无空洞者，未必有若斯之真者也。引属其事，渝失者或非矣。况重其请，遂为之赋。”作者因读友人之作而感咏其事，但其赋题及写作，很显然又是仿效曹赋并借其辞意而为。

虽然这两篇赋创作背景及内涵均有不同，然从词章与结构来看，后者对前者的模仿还是有形迹可寻。《洛神赋》的创作结构，前人对其文本的解析甚多，但最有意义的还是据说顾恺之所绘《洛神赋图》的图像展示。今人陈葆真《〈洛神赋图〉与中国古代故事画》据“辽图”

（辽宁图书馆藏）本将其图像析分五幕，分别是“邂逅”“定情”“情变”“分离”“怅归”，第一幕包括“离京”“体憩”（图像缺失）“惊艳”三情节；第二幕包括“嬉戏”“赠物”两情节；第三幕包括“众灵”“彷徨”两情节；第四幕包括“备驾”“离去”两情节；第五幕包括“泛舟”“夜坐”“东归”三情节。由于图像是对文本的摹写，赋与画的情节描绘基本可以对应，其五幕故事的演绎，也比较缜密。回到文本，《洛神赋》以“余”与“洛神”的对待成篇，然精彩描绘还是集中在对“洛神”容貌及神态的细节绘饰。如写容貌：

其形也，翩若惊鸿，婉若游龙。荣曜秋菊，华茂春松。仿佛兮若轻云之蔽月，飘飖兮若流风之回雪。远而望之，皎若太阳升朝霞；迫而察之，灼若芙蓉出渌波。……肩若削成，腰如约素。延颈秀项，皓质呈露。……云髻峨峨，修眉联娟。丹唇外朗，皓齿内鲜。明眸善睐，靥辅承权。瑰姿艳逸，仪静体闲。柔情绰态，媚于语言。

又如写神态：

于是忽焉纵体，以遨以嬉。左倚采旄，右荫桂旗。攘皓腕于神浒兮，采湍濑之玄芝。……于是洛灵感焉，徙倚彷徨。神光离合，乍阴乍阳。竦轻躯以鹤立，若将飞而未翔。践椒涂之郁烈，步蘅薄而流芳。

这是赋中第一幕中“惊艳”与第二幕中“嬉戏”的部分描写，充分展示出作者赋笔形摹与精妙刻画的工巧与神韵。

与之不同，《男洛神赋》没有如此清整的故事场景，但依据赋文的铺写，也可分为四个层次：从开篇“格日景之轶绎”到“服阳夏之妍声”为第一层次，泛写时、景，并喻人才（男神）；从“于是徵合神契”到“多溦滴于肆掩”为第二层次，写人神契合与心念向往；从“况乎浩觞之猗靡”到“遽馓暧以私纵”为第三层次，写人神交往及即离惆怅；从“尔乃色愉神授”到篇末，为第四层次，以男神之淑美之质，寄托不遇之悲。观其文本，《男洛神赋》以刻画心质为主，故其佳意主要在全赋最后一段的描写。

其中绝少形象的描写，而更多气质的刻画，尤其是借用前人句意，掺杂典故，难有观感之美。例如“协玄响于湘娥，匹匏瓜于织女”句，综会郭璞《江赋》“乃协灵爽于湘娥”、曹植《洛神赋》“叹匏瓜之无匹兮”、阮瑀《止欲赋》“伤匏瓜之无偶，悲织女之独勤”等语而成。因此，比较而言，《洛神赋》的精彩之笔多在“洛神”形态的描摹与刻画，《男洛神赋》则是对一种“内淑”品格的赞述。

尽管这两篇赋的描写有很大的不同，但从论赋的视角来看，则有两大趋同点。

一是创作旨意，引出猜测与争议。《洛神赋》的创作动机，据《赋序》说是“感宋玉对楚王神女之事，遂作斯赋”，当属仿效宋玉《高唐》《神女》而作，此一说。今《文选》李善注本于作者（曹子建）下引《记》：“魏东阿王，汉末求甄逸女，既不遂。太祖回，与五官中郎将。植殊不平，昼思夜想，废寝与食。黄初中入朝，帝（曹丕）示植甄后玉镂金带枕。植见之，不觉泣。时已为郭后谗死。……悲喜不能自胜，遂作《感甄赋》。后明帝见之，改为《洛神赋》。”此引《记》语见载郭颁《魏晋世语》、刘延明《三国略记》类小说，学者或以为后人重刻《文选》时混入（参见洪顺隆《论〈洛神赋〉》）。此引出袁熙妻后嫁曹丕为后，被郭后谗死，曹植与之有旧情故悲而作赋，此“感甄”一说。清人何焯《义门读书记》赞成萧士赟的说法，认为“感甄”是“无稽之说”，又反对《文选》列入“情”赋类，以附骥于楚人，所以他提出“植既不得于君，因济洛川作为此赋。托辞宓妃，以寄心文帝，其亦屈子之志也”。此感君不遇以寄心，又一说。历代争议，未衷一是，然纷繁之见，已知此赋主题宜然为一聚焦点。

柳如是写《男洛神赋》，虽鲜有人论及，但从陈寅恪《柳如是别传》的探讨中，其创作主旨仍可见其间有争议处。如王士禄《宫闺氏籍艺文考略》引《神释堂诗话》载：“如是尝作《男洛神赋》，不知所指为谁？其殆自矜八斗，欲作女中陈思耶？文虽杂，题目颇新，亦足传诸好事者。”此猜测为“自喻”之说。陈寅恪依据柳赋序称“友人感神沧溟”，推测“颇疑河东君此赋乃酬答卧子《湘娥赋》之作”，因据陈子龙《陈忠裕全集》本《湘娥赋》前二首乃“为友人悼亡赋”，其序称“同郡宋子建娶妇徐妙，不幸数月忽焉陨谢。宋子悲不自胜，命予为赋以吊之”。此指赋本事所在。然则“男洛神”指何人？陈寅恪则以柳如是与陈子龙的一段恋情以及相互赠答诗作为背景，如陈子龙《梦回寄柳姬》诗云“芝田馆里应惆怅，枉恨明珠入梦迟”“虚怜流盼芝田馆，

宋　李公麟　洛神赋图

莫忆陈王赋里人"，倾慕间言及"洛神"，堪称知音。又据《男洛神赋》中称赞语"骋孝绰之早辩，服阳夏之妍声"，其追摹刘孝绰与阳夏谢氏（谢灵运、谢惠连、谢朓）"幼聪慧""能属文"等，以对应《明史·陈子龙传》"生有异才，工举子业，兼治诗赋古文，取法魏、晋，骈体尤精妙"，似乎已确指赋中的"男神"指陈子龙。但是，前引《神释堂诗话》说柳如是"自矜八斗，欲作女中陈思"，也不无道理。考柳氏两度从良，前者陈子龙，后者钱谦益，其虽为女性，却不仅心比男子，还时常女扮男装，她曾从杭州赶往常熟夜访"半野堂"拜会钱谦益，投

刺曰“晚生柳儒士叩拜钱学士”，就是一派男性着装。如此看来，视《男洛神赋》中如“听坠危之落叶，既萍浮而无涯”等词语及感喟，为其自恋、自惜、自怀、自叹，亦未尝不可。

二是文本拟效，是两赋的共同特点。如果依据文本，《洛神赋》的写作很简单，其主题诚如洪顺隆《论〈洛神赋〉》所言：“作者由洛阳返东蕃，涉洛水，由洛水联想到古时流传下来有关洛神的传说，想及洛神传说而又联想到宋玉对楚王事，于是，灵感受到触发，正如后世诗人读过前代诗人《陌上桑》的作品，于是，他也来一首《罗敷行》。”受这段话的启发，我们不妨再结合《文选》“情”赋四篇，即宋玉三赋（《高唐》《神女》《登徒子好色》）与《洛神》，又构成两个摹效传统：一是“神女”系列，这除了“洛川”女神，还有《诗经》中的“汉江”女神，以及宋玉笔下的“巫山”女神，这形成了一种书写传统，这在辞赋领域尤为突出，所描写的都是女神的美妙及人与神若即若离的惆怅，构成“人神交欢”的主旨。另一是“奔女”系列，这发端于《诗》之郑卫之风及《周礼·媒氏》所记述的“仲春之月”男女“奔者不禁”的旧俗遗存，而其联络于《高唐》的神女诸赋，又诚如《墨子·明鬼》所谓“燕之有祖，当齐之有社稷，宋之有桑林，楚之有云梦也，此男女之所属而观也”。于是形成了由“郑诗”如《褰裳》等奔放的描写，到《高唐》的人神隔膜，尤其是《登徒子好色赋》中“章华大夫”的自律，完成其道德化的过程，承续的作品又有司马相如《美人赋》、陶渊明《闲情赋》以及汉乐府《陌上桑》等，《洛神赋》的男女交往及即离惆怅，显然有着这一渊久的历史印迹。

相比之下，《男洛神赋》的文本拟效比较简单，首先来自对《洛神赋》的追慕，但读其内容，却更多的是杂取《文选》赋篇的句意及词章而成。列举柳赋中用语，如“俾上客其逶轮”，取词《文选》木华《海赋》“於廓灵海，长为委输”（陈寅恪按：疑“委轮”乃“委输”之讹写）；“听坠危之落叶”，取意《文选》江淹《恨赋》“或有孤臣危涕，孽子坠心”、陆机《文赋》“悲落叶于劲秋”；“既萍浮而无涯”，取词木华《海赋》“浮天无岸”“或乃萍流而浮转”。至于前引赋中所述“协玄响于湘娥，匹匏瓜于织女”，取词意于郭璞《江赋》、曹植《洛神赋》、阮瑀《止欲赋》以及曹植《九咏》“感汉广兮羡游女，扬激楚兮咏湘娥。临回风兮浮汉渚，目牵牛兮眺织女”等，陈寅恪《别传》进谓该赋所以大量取法《选赋》，乃因“河东君受卧子辈几社名士选学影响之深”，可备一说，倘结合其对“男洛神”影写对象的追问，宜非丐词。

在辞赋创作史上，摹拟是一种写作常态，例如“京都”“游猎”“郊祀”“述行”“言志”“美丽”诸类题材，在沿承中已形成模式化特征，作家只是在旧题材中写出新精神。读曹植与柳如是的“洛神”书写，一以男性写“女神”，一以女性写“男神”，这也算是辞赋摹拟史上的一个创举。而在创作意旨的争议中，在文本拟效的路径中，我们或可产生诸多猜测与探寻，但赋家心中的“神灵”，却是真实而可感知的美好象征，也许这正是我们最不靠谱却又最有永恒意义的魅力所在。

02

分赋物理谈天地

天苍苍，地茫茫，天地如何赋说？晋人成公绥《天地赋》正是这样一篇作品，也是赋史上不多见的一篇敷演“天地”与“阴阳”的形而上的哲理赋。

该赋由宇宙混沌、阴阳并生，万物繁育总起，继以天宇星辰及祥瑞征兆，尔后按空间次序铺写山川树木、列国城邑，篇末以“敬天事地”“乾坤载生”呼应前文。全赋辞采丰赡，多用四六成文，铺写真实的物态，又时以神话传说映带其间，虽以天象为体，却有情有致，刘勰称赞其“吟咏所发，志惟深远”，又将他与左思、陆机并称，誉为“魏晋之赋首”(《文心雕龙·诠赋》)。作者成公绥，字子安，少有俊才，却有口吃病，但好音律，词赋壮丽，为当世文坛大家张华推重，叹为绝伦之人，推荐给太常，征为博士。后又任秘书郎、秘书丞、中书郎诸职，并与贾充等参订本朝法律。他除了创作该赋，还有《啸赋》享名于世，据《晋书·成公绥传》记载：他“常当暑承风而啸，泠然成曲，因为《啸赋》”。比较而言，成公绥的《啸赋》多情感的抒发，而《天地赋》则偏重自然的描绘，是篇赞美大自然的作品。

品读这篇赋，先应看作者赋前写的《序》。序文分三个层面：第一个层面是明确“赋”的功用，就是“赋者，贵能分赋物理，敷演无方，天地之盛，可以致思矣”，阐明赋的体物明理的意义，选择写“天地”，只是便于“极思”，而达到“分赋物理”的效果。第二个层面是如何赋写“天地”，就是“体而言之，则曰两仪；假而言之，则曰乾坤；气而言之，则曰阴阳；性而言之，则曰柔刚；色而言之，则曰玄黄；名而言之，则曰天地”，进一步阐发赋“物”明“理”的意义。第三个层面是赋写前人之阙，就是“历观古人，未之有赋，岂独以至丽无文，难以辞赞？不然，何其阙哉”，说明赋写“天地”，以补前人之“阙”的原因。由“序”观“赋”，作者的创作思想不仅体现在赋作的实践中，而且昭示了魏晋时期的文学思潮，落实到赋的领域，同样呈现在三个方面：

第一，赋创作的“征实”观。比如左思写《三都赋》，在序文中反对汉代赋家“于辞则易于藻饰，于义则虚而无征”，强调自己的创作是：写山川城邑，则“稽之地图”，写鸟兽草木，则“验之方志”，因为“美物者，贵依其本；赞事者，宜本其实”。同样，挚虞在《文章流别论》中批评汉代作家有“四过”，分别是：假象过大，逸辞过壮，辩言过理，丽靡过美。其致用求“实”的思想，与左思一致。所以读成公绥赋，虽歌咏虚无缥缈的天地，却力求落到实处，以剖析自然奥妙。

第二，赋创作的“明理”观。魏晋人与汉人不同，论自然好为本体探究，更重“物自体”的认知。陆机《文赋》说“赋体物而浏亮”，是对“物理”的关注与提升，挚虞说赋要“穷理尽性，以究万物之宜”

也是这个道理。所以观览魏晋赋篇，如嵇康的《琴赋》、潘岳的《闲居赋》、孙绰的《游天台山赋》，或咏物，或游观，无不象物以明理，假物以写心。成公绥赋写天地，关键也在通自然之象，明乾坤之理。

第三，赋创作题材的扩大。萧统在《文选序》中说当时的创作现象，是“纪一事，咏一物，风云草木之兴，鱼虫禽兽之流，推而广之，不可胜载”，可见魏晋以后文学创作题材的扩大。刘勰《文心雕龙·诠赋》说赋“草区禽族，庶品杂类，则触兴致情，因变取会”，指的是魏晋时咏物赋之盛。成公绥赋虽是大篇，但他说的写“天地”是补前人之“阙”，正缘于这一文学思潮的推动。

通过以上三个理论视点，再看《天地赋》的创作，同样具有征实、明理与拓展写作视域的特征。具体而论，首先是在对天地之“大美”的铺写与歌颂。闻一多曾谈司马相如及其汉赋创作，说“《上林赋》是司马相如所独创，它的境界极大”，又说“凡大必美……当时的人懂得大就是美，所以那些大赋还能受到称赏”（郑临川《闻一多论古典文学》）。汉代大赋之美，主要体现在游猎、郊祀、京都等题材，而成公绥赋写“天地”，是他的“独创”，境界也很大，所以他对自然大美描写也是值得称赏的。成公绥认为，天地为“巨丽”，而“难以辞赞”，所以想独创这一题材。因为与诗歌比较，赋体物的功能无比广大，清人刘熙载《赋概》就说“赋取穷物之变”，“赋起于情事杂沓，诗不能驭，故为赋以铺陈之”，读该赋，作者就采用“铺”的方式展开的。

全赋可分四段：第一段从“惟自然之初载”到“伟造化之至神”，叙写天地之形成。有关天地形成，《易经》有天地人“三才”之道，《老子》有“道生一，一生二，二生三，三生万物”之说，汉代张衡的《灵宪》有“太素始萌，萌而未兆”，“宇之表无极，宙之端无穷”的说法，成公绥承其说，认为“太素纷以溷淆兮，始有物而混成”，只是改以赋的语言，加以形象的表述。如先写宇宙混沌，元一茫昧；继写清浊剖分，天地形成；复写阴阳并生，万物繁育，由此而宇宙运转不息，生命肇始，于是赞叹“何滋育之罔极兮，伟造化之至神”。这俨然似一曲对天地生命发端的赞美诗。

第二段从“若夫悬象成文”到“彗孛发而世所忌”，叙写天文，如自然的“悬象列宿”，人事的“祥瑞灾异”，其中反映了人与自然的关系，也彰显了当时人对“天相”以喻“人相”的认知方式。这段描写，有关天象的知识含量极大，如“三辰”“五纬”，指日月星辰与金木水火土五大行星；“九道”“中黄”，指日月运行轨道，及古天文学想象的太阳绕地球运行的轨道；“白虎”“青龙”“玄龟”“朱鸟”，分指四方星宿，而“帝星”“紫宫”，指天上帝星居紫微垣，与大地分野对应，象征朝廷中央的权力，极似取资司马迁《史记》的《天官书》的赋语书写。当然这其中也充斥了神话，比如“望舒弭节”“羲和正辔”，分别指古神话中为月亮、太阳驾车的神灵。

第三段从“尔乃旁观四极”到“处于四海之滨”，叙写地理区划，由天地上下四方，全方位展示山川树木、列国城邑、昆仑悬圃、九州分野、奇人异事等，充分呈现了该赋博物知类的描写特征。中国古代极重“取则天象”与“画野分州”，以突出天人合人的政教功能。也因此，《周礼》论古代区域治理，首先就是“体国经野”，到了刘勰撰《文心雕龙》，在《诠赋篇》论“赋”，也首先彰显的是“体国经野，义尚光大”。由此再看该赋这段描写，正是这一思想传统的形象表述。赋中说“昆仑镇于阴隅，赤县据于辰巳”，“万国罗布，九州并列”，是早期世界观的“中国”说；“辨方正土，经略建邦。王圻九服，列国一同”，

北宋　王希孟　千里江山图（局部）

是大一统帝国的政治图像；至于如“遐方外区，绝域殊邻……栖林浮水，若兽若人。居于大荒之外，处于巨海之滨”，既有摹写《山海经》的神话传说，又是帝国统治的真实书写。

第四段从“于是六合混一而同宅”到篇末，作者归纳六合同宅，敬天事地，追踪“万物之所宗”的本质，骋放赋家“游万物而极思”的想象，以颂扬天道不息，宇宙无穷，讴歌大自然的伟力。这段文字中又有两个问题值得推敲：一是赋中忽然陡起一节，“若乃共工赫怒，天柱摧折”，引述自《淮南子·天文训》：“共工与颛顼争帝，怒触不周之山，天柱折，地维绝，天倾西北，故日月星辰移焉，地不满东南，故水潦尘埃归焉。”但作者对此提出质疑：“岂斯事之有征，将言者之虚设？何阴阳之难测，伟二仪之侈阔。”这显然是通过对传说的怀疑，以强化对大自然真实性的赞美。二是赋的收束处所言：“坤德厚以载物，

乾资始而至大。”这句话是衍说《易》“乾”“坤”卦辞“天行健，君子以自强不息；地势坤，君子以厚德载物”，这里内涵了儒家学者的情愫，那就是将自然道德化。正因如此，古人将中国文化的个人伦理推扩到家庭伦理、国家伦理、人类伦理，乃至上升到宇宙伦理。这篇赋也正是在此思想中，衍化为有思想深度的“巨丽”文章的。

在辞赋创作史上，成公绥有一突出贡献，就是较大地拓展了晋赋的题材范围，除了书写“天地”与“啸”这样的名篇，他还择取黄河、木兰、蜘蛛、螳螂、神乌等为描写对象，是位既擅长写实，又善夸饰的赋家。从《天地赋》的写作来看，又有三点值得强调：

一是“征实”。成公绥论赋，一方面认为“敷演无方”，如天地之盛，一方面又提倡“分赋物理”，以体察入微，所以他赋“天地”还是以征实为主。如写天地之存在，则有“太极”“两仪”“盈亏”“昏明”等等；

写星辰之状态，则有“三辰”“五纬”“招摇”“文昌”“紫微”等等；写地理之分布，则有“川渎”“山岳”“沧海”“悬圃”“昆吾”“寻木”等等；写神居之名目，则有“烛龙”“扶桑”“旸谷”“泰蒙”“丹炮”“空同”等等；大量的名词表实物，勾画出乾坤派生、星辰运行、地理方位、神灵居处等图式。这使我们读这篇赋，既看到天地知识系统的布局与展示，也看到作者采用大量的知识物件，构建起赋作的宏大空间。

二是“隐喻”。尽管全赋描绘天地自然，但作者却内涵对人事的褒贬，通过自然现象的正与反，寄寓隐喻之义。如叙写自然之“正”相，则谓“清浊剖兮，玄黄判离”，“星辰焕列，日月重规”，“悬象成文，列宿有章”，“帝皇正坐于紫宫，辅臣列位于文昌”，类此等等，拟状人事之安详。叙写自然之“反”相，则谓“交会薄蚀，抱晕带珥”，“蓬容著而妖害生”“彗孛发而世所忌”，“共工赫怒，天柱摧折”，“断鳌足而续毁，炼玉石而补缺”，类此等等，拟状人事之变异。老子说：“人法地，地法天，天法道，道法自然。”成公绥于赋中将人事自然化，褒贬自然，正是美刺政治，这是赋中隐含的深层意蕴。

三是“纵情”。该赋虽然写天象地貌，作者却能于词章中纵放情感，气势磅礴，仪态万千。探究其因，又有两点：一是赋体自由，句式或四言，或六言，或七言，自由挥洒。如其中“尔乃旁观四极”一节文字，多用四言，整饬而具排宕之力；“若夫悬象成文”一节文字，则多用七言，句中采用虚字以呈顿挫之意。赋中句法随情绪而变化，所以生动活泼。二是赋文征实，却穿插神话，极尽夸张之能事，虚实相生，使全赋描摹物态，而不板滞；称颂自然，更多生机。

合此征实、隐喻与纵情，方成就其对“天地”之描绘的巨丽之象，也使这篇作品成为辞赋史上赞颂自然的大美华章。

03 赋也『琢句』

赋可以宏大的描写展现其美丽，也可通过微观的刻画呈现其精彩，其中注重“琢句”就是一种方法。昔时评价诗贵“琢句”，古多名言，杜公有“为人性僻耽佳句，语不惊人死不休”（《江上值水如海势聊短述》）的自诩与“毫发无遗恨，波澜独老成”（《敬赠郑谏议十韵》）的感叹，贾岛称述“两句三年得，一吟双泪流”（《题诗后》），由句法而字眼，乃有“僧敲（推）月下门”（题李凝幽居）的“推敲”故事。由此诗人琢句炼字，颇为美谈，如王荆公的“春风又绿江南岸”（《泊船瓜洲》），据洪迈《容斋随笔》记述，其中一“绿”字，乃推敲十数遭如“入”“过”“到”“满”等而后定。观前贤言赋，以“体国经野”说大篇，以“随物赋形”谈小制，重在构篇与气象，似不经营于字句间，其实不然，赋也“琢句”。

赋家关注佳句，自魏晋始生言谈，如《世说新语·文学》记述孙绰写成《天台山赋》，出示范荣期，范读到赋中“佳句”，辄云：“应是我辈语。”这种现象到唐宋时代科举闱场试赋，从技术的层面重视句法，已司空见惯。如唐无名氏《赋谱》首言“赋句”，所谓“有壮、紧、长、隔、漫、发、送、合织成，不可偏舍”，而各类句式，又分别以前人赋句为示范。以“隔句”（有轻、重、疏、密、平、杂六类隔句）为例，其“杂隔”句有两式，其例为：

或上四，下五、七、八；或下四，上亦五、七、八字。若“悔不可追，空劳于驷马。行而无迹，岂系于九衢”，“孤烟不散，若袭香于炉峰之前；圆月斜临，似对镜于庐山之上”，“得用而行，将陈力于休明之世；自强不息，必苦节于少壮之年”……等是也。

至于论赋体事理、物像之“虚”“实”，《赋谱》也例句以示法，如论虚“无形像之事，先叙其事理，令可以发明”，举白居易《性习相近远赋》之“噫！下自人，上达君。感德以慎立，而性由习分”等句明辨其义。又如赵璘《因话录》记述唐代故事：

（裴度）贞元中作《铸剑戟为农器赋》，其首云：“皇帝之嗣位三十载，寰海镜清，方隅砥平。驱域中尽归力穑，示天下不复用兵。”宪宗平荡宿寇，数致太平，正当元和十三年，而晋公以文儒作相，竟立殊勋，为章武佐命。观其辞赋气概，岂得无异日之事！

到了宋代以后，赋家强调“琢句”成了诸多示人以写作法则的“赋格”类编撰的重要目录。今存郑起潜的《声律关键》论宋代闱场赋句：

何谓琢句？前辈一联两句，便见器识。如《有物混成赋》云："得我之小者，散而为草木；得我之大者，聚而为山川。"知其有公辅器。如《金镕在赋》云："傥令分别妍媸，愿为轩鉴；如使削平祸乱，请就干将。"知其出将入相。

无论评人还是谈赋，以"赋句"观"气概"与"器识"，才学已在其中，技法亦寓其内。再看吴曾《能改斋漫录》卷一四《记文》"赋圆丘象天"云：

内翰郑毅夫久负魁望，而滕甫元发名亦不在其下。暨试礼闱，郑为南宫第四场魁，滕为南庙别头魁。及入殿试《圆丘象天赋》……滕破题云："大礼必简，圆丘自然。"及闻郑赋"礼大必简，丘圆自然"，滕即叹服曰："公在我先矣。"

滕甫元与郑毅夫闱场较劲，而滕"叹服"郑赋之由，就在该赋的破题句。迨宋以后，此类论赋言句的评论，可谓屡见不鲜。清人浦铣《复小斋赋话》强调"赋贵琢句"。

视赋句用字，犹如诗"眼"，由模拟到创新，是赋家斗奇争巧的要诀。

一论长赋、短赋采用不同的句法，一论转韵处用虚字句法的多样性，均属写赋技法。

赋家强调"琢句"，显然源起于科举试赋重句法，于是其"琢句"的审美标准，又尝以唐人的律赋为准绳或高标。比如清人汤稼堂在《律赋衡裁》卷六《余论》中的一则评论：

唐人琢句，雅以流丽为宗，间有以精峭取致者。皇甫湜《山鸡舞镜赋》云：“类凤因箫感，哂鹤为琴召。”赵蕃《月中桂树赋》云：“谓扇花薄，如珪玷浮。”杨宏贞《隙尘赋》云：“疑琢玉成环，环中屑坠；若窥壶入洞，洞里云残。”张随《海客探骊珠赋》云：“初辞碛砾，讶潭下星悬；稍出涟漪，谓川旁月上。”刻酷锻炼，皆所谓字去而意留。

所谓“刻酷锻炼”，是对赋题之“象”观赏达致的理趣，故其继论赋之“雄浑”风格，又以唐无名氏《华山为城赋》《襄华贯洪河赋》描写为例，评曰“真力弥满，万象在旁”，皆以赋句呈现“万象”以观笔法的“真力”。这种对唐人律赋“琢句”的推崇，到明清时期又由律赋转向古赋，最典型的是清人余丙照《赋学指南》卷五《论琢句》中讨论赋家如何炼短句、长句、起结、成语及叠字句后的一段总括陈词：

赋贵琢句。律赋句法不一，唐人律赋，不必段段尽用四六句，亦有全不用者。如石贯之《藉田赋》、颜鲁公《象魏赋》是也。而最便初学者，莫如四字、六字，及四六、六四等句，酌其机调，参差用之，自能修短合度，血脉流通。然欲出语惊人，行间生色，则必加烹炼。……古人作赋，虽眼前经典语，亦极烹炼，如庾子山之“羔献冰开，桐华萍合”，唐萧昕之“草黄月季，虚正昏中”等句。

这段文字采用两扇法，分述“唐人律赋”与“古人作赋”，是以句法为例而融会古、律的具体个案。相较而言，戴纶喆的《汉魏六朝赋摘艳谱说》以“摘艳”示法，全然用汉魏六朝古赋为例说，形成用“古”范“律”的批评谱系。如论赋体短句之“炼第二字句”，戴氏摘取张衡

《归田赋》、鲍照《野鹅赋》等汉晋赋家数十联以为例证，并择示云：

此类如“云缠海岱”（按：鲍照《野鹅赋》）数联，是雄杰语；“叶断禽踪”（按：沈约《高松赋》）数联，是幽秀语；“镜带湖沼”（按：江淹《青苔赋》）数联，是秾丽语；“殿狎江鸥”（按：庾信《哀江南赋》）数联，是整饬语。至内外前后等联语，则古赋之常调耳。

摘汉晋名家赋句以示“雄杰”“幽秀”“秾丽”“整饬”的语法，既可说是以“时”（当朝闱场律体）体“古”（汉魏六朝赋），亦可谓之以“时”效“古”。对汉魏古赋的句法评点，可以于光华辑《重订文选集评》为例，如其谓：

“穷泰极侈”四字，西都一篇眼目。（何焯评《西都赋》“故穷泰而极侈”句语。）

三字句，每句看其首一字变化，极其用意也。（方廷珪评司马相如《上林赋》“生貔豹，搏豺狼”数句语。）

是千锤百炼语，虽平淡而实腴，文字须入此之境。（孙矿评《上林赋》“于是乎乃解酒罢猎”数句语。）

以上举例，都是以句法为批评单元，用“眼目”“锤炼”“用意”等评点语揭示赋作的义理趣味。

如果追溯到汉赋写作，虽然尚未有“琢句”之说，但赋家自觉运用句法的艺术，是显而易见的。赋家为何重视句法，又源自赋创作的两种必备的技能，就是“诵读”与“骋辞”。据《汉书》记载，西汉王褒在“宣帝时……诏使褒等皆之太子宫虞侍太子，朝夕诵读奇文及所自造作。……太子喜褒所为《甘泉》及《洞箫颂》，令后宫贵人左右皆诵读之”，其将诵读技能归诸赋域，包括“自诵”与“他诵”。由于注重诵读的效果，汉赋词章极多诸如“萧萧”、“骚骚”（风声）、“霈霈”、“磕磕”（水声）、“喈喈”、“噍噍”（鸟声）等象声词，至于连绵词，仅王褒《洞箫赋》一篇写乐声就有“扶疏”“潺湲”“鸿洞”“阿那”“迁延”“漂潎”等三十余例，错综其句，以助声闻，自多美感。而对汉赋的“骋辞”，刘勰《文心雕龙·丽辞篇》谓“造化赋形，支体必双，神理为用，事不孤立。夫心生文辞，运裁百虑，高下相须，自然成对。……至于诗人联章，大夫联辞，奇偶适变，不劳经营。自扬、马、张、蔡，崇盛丽辞，如宋画吴冶，刻形镂法，丽句与深采并流，偶意共逸韵俱发”；其《章句篇》复谓“昔魏武论赋，嫌于积韵，而善于资代。陆云亦称，四言转句，以四句为佳。观彼制韵，志同枚、贾。然两韵辄易，则声韵微躁；百句不迁，则唇吻告劳”，赋句功能，隐约其间。而合诵读与骋辞，又体现于听觉与视觉的双重审美。我们读司马相如《上林赋》中写“水”。

每一赋句，均以视觉形象（如“汹涌”“转腾”）与听觉声响（如“彭湃”“潎洌”）渗融一体，其尚辞之观“象”因诵读之闻“声”，更加显出句式的顿挫与篇章的博丽。元人陈绎曾《汉赋谱》论汉赋“写景物如良画史，制器物如巧工……事事物物，必须造极”，于此颇有领悟。如果由汉赋创作顺流而下，看唐宋律赋创作与批评，以及明清时期论者对古赋与律赋“琢句”的强调，赋的句法由呈示形象转向寄心义理，是创作的变迁，抑或批评的异化，均值得考察与省思。

04 名山记忆与辞赋书写

古代文学有山水比德与山水畅情的传统，赋家一则以“体国经野”的心胸关注军国大事，一则又以“随物赋形”的体性对大千世界有着具体而微的铺陈描绘，于是山水赋成历代赋家创作的一大宗。在山水赋中，山类或为赋家更多关注，这不仅在于中国古代的山岳文化气象，也与孔子的“仁者乐山”之仁德观有密切联系。至于山水赋与山水诗的区分，还是借用刘熙载的话“赋起于情事杂沓，诗不能驭，故为赋以铺陈之。斯于千态万状，层见叠出者，吐无不畅，畅无或竭”（《艺概·赋概》），赋的“感发”与诗不同，有着独特的法则与呈现，而赋家对名山记忆的书写，亦当作如是观。

在辞赋史上，较早独立写山的作品，当推班固的《终南山赋》，如谓“伊彼终南，岪巀嶙囷”，以壮其势；谓“唯至德之为美，我皇应福以来臻”，以比德颂圣；谓“荣期绮季，此焉恬心”“彭祖宅以蝉蜕，安期飨以延年”，则用高士荣启期与绮季隐处以及《列仙传》所载彭祖寿考、安期生仙化故事，书写了“终南”为高士隐处地的名山记忆。继后诗赋创作如张衡“终南太一，隆崛崔萃”(《西京赋》)、孙楚“青石连冈，终南嵯峨”、李白“出门见南山，引领意无限……何当造幽人，灭迹栖绝巘”(《望终南寄紫阁隐者》）等，显然有着班赋叙述之记忆的传承。有趣的是，辞赋书写了名山记忆，自成“山赋”系谱，而名山因辞赋书写留下的记忆，又有着“赋山”系谱的创造性。如班赋“终南”，用虚构的形式将众高士仙侣汇聚于此间，虽有影写终南仙栖传说，却更多的是因赋的创作强化了这座名山的幽隐趣味。同样，晋人孙绰以《游天台山赋》彰显于赋坛，赋写山间名物与气象并形成由“玄”入“佛”的意境，如谓“太虚辽阔而无阂，运自然之妙有，融而为川渎，结而为山阜”“仍羽人于丹丘，寻不死之福庭”“追羲农之绝轨，蹑二老之玄踪”“悟遣有之不尽，觉涉无之有间；泯色空以合迹，忽即有而得玄；释二名之同出，消一无于三幡”。其中“二名”指《老子》的“有名”“无名”，“三幡”则如《文选》李善注：“色一也，空二也，观三也。”乃佛教用语。隋唐以后，天台山的诗赋书写多与佛教“天台宗”有关，考“天台宗”传法世系虽有“东土九祖”（始祖龙树）之说，然合其名实则在陈、隋时期智顗大师住持天台山而得名。由此来看孙赋的“玄佛”记忆，显然早于“天台宗”的佛宇记忆，其中名山记忆的书写，赋家是有创作的先导性与创造性的。

当然，辞赋是词章的艺术，以摹写见功力，所以赋家形象地书写名山已有的记忆，尤为擅长。举凡三山（黄山、庐山、雁荡山）五岳（东岳泰山、西岳华山、南岳衡山、北岳恒山、中岳嵩山）与佛教四大名山（五台山、峨眉山、九华山、普陀山），无不有赋，赋又无不彰显其山之特色。孔子论《诗》，有“兴观群怨”的情志与“多识鸟兽草木之名”的知识，如果说诗之趣更多地体现于“兴”与“怨”，则赋之文尤宜于“群”与“观”，赋写名山之“观”，在“群像”，而群像之“记忆”，又由多面向展开：

或曰观景致。名山景致，各有不同，如峨眉之秀，青城之幽，黄山之奇，华山之险，武陵之怪，皆赋家所观，赋文所传。如唐人达奚眴之《华山赋》开篇即写其险峻之势：“华山为岳，群岳之群，天开厥状，神致其功。”至于具体描述，如“直上者五千余仞”“旁望群山兮尽为幽侧”“偏近日月，高谢纷崇，通天之气，成天之功”等，皆由观“险”而书“险”，“险”也成虽未亲历兹山者的景象记忆。又如“燕山八景”（芦沟晓月、金台夕照、蓟门烟树、居庸叠翠、西山积雪、玉泉乘虹、琼岛春云、太液晴波），尝为明清赋家铺写，此虽非指一山一峰之物，而是对当时京都周边景观的综合铺写，然其如清人张九钺赋中描写“西山积雪”的“寒门凝涸，关塞舄奕，香山霰堆，玉泉冰缬”一段，形象逼真，堪称典范。他如明人谢廷瓒与清人张惠言的同题《黄山赋》写“景”出“神”，体物之工，正切合山景之奇。

或曰观史迹。名山之“名”，不仅在“景”，尤在“史”，是由历史的文化积淀，而成就名山。如唐初王绩《游北山赋》，写至“信兹山之奥域，昔吾兄之所止。许由避地，张超成市，察俗删诗，依经正史。康成负笈而相继，根矩抠衣而未已。……阶庭礼乐，生徒杞梓，山似尼丘，泉疑洙泗”，以古之许由、张超、郑玄、邴原以及孔子讲学洙泗之旧史，书写与拟状其兄王通隐处北山治经授徒之新史。正是如此多重历史记忆的叠加，凸现了赋写“北山”的隐逸性与学术性。又如明人黄表卿的《九疑山赋》，全篇影写《史记·五帝本纪》“舜南巡狩，崩于苍梧之野，葬于江南九疑”故事，所以赋首即谓“龙驾不还，万世衣冠之在”，赋中所述“古者得道，帝之有虞，浮湘江而泝潇浦，登疑岭而望苍梧。洒西江之泪兮，斑斑之文竹千亩；奏南风之琴兮，戛戛之古松数株”，这既是赋家的选择，更是山灵的记忆。

或曰观佛道。我国山水文学兴盛于魏晋以后，而“山”作为意象被文士鉴赏，又与佛道之兴起相关，所谓名山古刹与道观，也成了赋家观览与书写的对象。这不仅体现于佛教四大名山的描绘中，其他名山的书写亦多此内涵。如支昙谛、王彪之、孙放的同题《庐山赋》，对其山佛寺及其僧侣集团的活动，颇有记述。唐人李德裕《望庐山赋》中说“想远公之平昔”，书写的是东晋高僧慧远住持庐山东林寺的记忆，其谓“谈精义于松间”，古本有作者自注“东林寺有远公与殷仲堪说《易》松犹在”，乃比照遁形空门（慧远）与热衷仕宦（仲堪）之人，以暗喻自己仕宦、谪贬的复杂心态。与佛事相类，仙道与名山也为赋家钟情。如吴均的《八公山赋》“维英王兮好仙，会八公兮小山”，记述了这座山与淮南王刘安的仙道因缘。他如罗浮山被称为道教第七洞天，宋代李南仲的《罗浮赋》对山势作全景式描写后，即紧扣道教宗旨而层层推演，所谓“青谷閟邃，列仙下临”“黄精白芷，蛾眉龙骨”“投金龙与玉版，指道路以交驰”“翔鸾舞鹤，绕殿紫芝，仙坛祭讫，宣室受厘”，其对罗浮山雄伟壮丽与奇诡多姿的描绘，均蕴涵于浓郁的道教文化氛围。

赋写名山，涵括甚广，然名山之中，亦有被赋家尤加推崇者，如“昆仑山”与“泰山”。记得有一年我在韩国庆州东国大学演讲，谈中韩文化中的山岳观念，如“登山”与“望山”，讲题就是从“神山”到“人（仁）山”（《论语·颜渊》：“樊迟问仁，子曰：爱人。”），昆仑，是名山中之神山，泰岱，则是名山中之仁山。明人黄谏作《昆仑山赋》，开宗明义：“瞻彼西域，猗欤昆仑，擘厚地以特起，指太清而高蹲。近玉门以设险，涌朝宗之河源。”此山为何“特起”，而傲视群岳，即在于“河源”（中华文明之源），更赖诸神的力量。据《山海经·海内西经》记载：昆仑之墟，帝之下都，百神之所在。诸如大神伏羲、西王母皆居于此，周穆王西行与屈原放逐，亦往昆仑之墟。如《离骚》“邅吾道夫昆仑，路修远以周流”、李贺《马诗》“忽忆周天子，驱车上玉昆”，追寻的正是一种神秘的生命之源。在辞赋创作领域，唐人乔潭《群玉山赋》与宋人田锡《群玉峰赋》均为律赋，前者以“廓功峻登，适招外游”为韵，后者以“玉峰耸峭，鲜洁新明”为韵，然皆以穆天子西行说事。乔赋书写“穆王与偓佺之伦，为玉山之会”，通篇仙游，归于王化；田赋末尾托穆王之言“吾愿益求贤哲，比群玉之嶙峋”以束篇，已归神氛于人伦。

于是我们发现，在诸多名山中，泰山之于“五岳”何以独尊？读元人郝经《泰山赋》或许能找到答案：“孰如兹山，中华正朔，建极启元，衣冠礼乐。”明人陈琏《登泰山赋》又将这种“建极”之崇高通过自身的游观加以形象展示：“巍乎高哉，岱宗之为山也。……纪名载籍，为群山之宗。……巍巍之高，四万余尺；齐州九点，视犹螘蛭；阴阳轇轕，日月出没；烟霞岚霭，吞吐郁勃；神奇灵异，变化莫测。”“岱宗”之“宗”，又使我想起一则传说，清乾隆皇帝某年登泰山，有感诗圣杜甫《望岳》诗“岱宗夫如何？齐鲁青未了。……会当凌绝顶，一览众山小”，想题横幅“一览众山小”，不料“一”字写得上了些，“览”又长体，于是踟蹰不下笔，文臣纪晓岚即刻解围，说“陛下登泰山而小天下”，结果乾隆改“一”为“而”，写下“而小天下”四字。孟子说孔子“登泰山而小天下”，其中内涵了泰山之尊在孔子，孔子之尊在

"梦周公"，治礼乐，构建一以德教为中心的礼仪制度，这也是郝经赋说的"建极启元，衣冠礼乐"。明人苏志乾《岱山赋》形容其峻极之势，谓"握震旦于弹丸，吞云梦之八九，瞰青畴于获麟之野，连翠屺于辨马之峰"，已暗用孔子"叹麟"之典，故复谓"埒造化而受功，德二仪而跻大"。唐人丁春泽与明人唐肃均作有律体《日观赋》，丁赋歌咏汉武帝封禅泰山，所谓"帝王御宇，立极垂统，封禅及此"，故"日象一人之德，岳是三公之名"；唐赋系歌则曰"登日观兮民乐康，帝之德兮如陵如冈"，孔子、礼乐、汉武帝"罢黜百家，表彰六经"与今王帝德又融织汇一，形成泰山之所以"尊"（中华正朔）的集体记忆。

由"神山"到"人山"，赋家之心，在观景、述史、论道的同时，也始终贯穿着一种"尊德性"的思想宗旨。从历时的视点来看，宜有时序之变迁。如西汉初董仲舒《春秋繁露·山川颂》所言"山则巃嵸垒崔，摧嵬嶵巍，久不崩陁，似夫仁人志士。……水则……得之而生，失之而死，既似有德者"，是典型的山水比德思维。到了汉末，仲长统《乐志论》描写的"蹰躇畦苑，游戏平林，濯清水，追凉风，钓游鲤，弋高鸿。……消摇一世之上，睥睨天地之间"的情志，与张衡《归田赋》描写的"仰飞纤缴，俯钓长流……极般游之至乐，虽日夕而忘劬"的趣味相类，已有了较为明显的山水畅情的审美。从某种意义讲，从汉末到魏晋山水畅情审美意趣的发展，决定了山水文学的繁盛，但同样不能忽略，从整个中国文学史的意义来看，山水文学之游观与畅情的描述中，却又始终存有比德的意味。赋家的山赋写作就是典型案例。因为，赋家无论是观景致、观史迹，还是观佛道，无不或"曲终奏雅"式的观德性，或隐述尊德性于情景间。名山记忆，于斯始得其全貌。

2016年3月间，笔者应南京市栖霞区政府所邀撰写的《栖霞山赋》

明　张宏　栖霞山图轴

建亭立碑于栖霞胜境，“藏之名山”，此之谓欤？然《栖霞山赋》的创作，实赖这座文化名山的记忆。赋中所写“万壑枫红，霜醉丹霞神韵”，是南京“秋栖霞”观红叶的景观记忆；“隋帝修文，诏修舍利之塔”是栖霞“三宝”之一“舍利塔”建造的历史记忆；“四大丛林，三论宗学”，是栖霞寺作为“三论宗”祖庭的宗教记忆，至于“地志开辟，宏图再展”，抒写的则是当今人文生态与心灵生态建设的时代精神。名山需赋，赋写名山，栖霞新赋的书写，将为这座“金陵第一明秀山”留下一段新的历史记忆。

05 诗赋联璧话《秋柳》

清代嘉、道间名士林联桂撰写《见星庐赋话》十卷，主要记述当朝馆阁赋的创作与成就，该书卷五第一则赋话云：“《秋柳》诗，王渔洋最称绝唱。而秋柳之赋，堪与渔洋诗嗣响者，则莫如吴侍御振棫之作。”首次提出诗坛前辈与赋坛同辈（林联桂与吴振棫同时，林略长于吴）歌咏“秋柳”的因缘。经查陈元龙编《历代赋汇》，清以前赋“柳”者仅有《柳赋》（王粲）、《忘忧馆柳赋》（枚乘）、《西掖瑞柳》（郭炯）、《柳花赋》（伍辑之）数篇，而赋“秋”者亦多为《秋兴》（潘岳）、《秋声》（欧阳修）、《秋色》（黄滔）、《临秋》（萧绎）、《感秋》（吴伯胤）、《秋望》（元好问）等，无一《秋柳》。再查清末署名庐江太守编《赋海大观》，则收录了清人《秋柳赋》六篇，而近人马积高先生主编《历代辞赋总汇》复增辑清人同题“秋柳”赋作计 17 篇，作者分别是：史善长、童槐、路德、赵允怀、杨昌光、吴振棫、徐宝善、张际亮、冯培元、蔡廷弼、符保森、叶兰笙、叶长龄、冯煦、秦夔扬、包国璋、张萱。读诸赋描写内容、用典用事以及创作情怀，尤其是如秦夔扬、包国璋《秋柳赋》之以“残照西风白下门”为韵、张萱《秋柳赋》以“明湖记得吟秋柳”为韵，一用渔洋诗句，一咏渔洋诗事，可知《秋柳赋》实取效《秋柳诗》而成，为清代谱写了一曲诗赋联璧的文坛佳话。

王士祯《秋柳诗》四首彰显诗坛，且为赋家取法，首在诗中所书写的情境。《秋柳诗》乃王氏 24 岁所作，据他的《菜根堂诗集序》所述“顺治丁酉（1657）秋，予客济南，诸名士云集明湖，一日会饮水面亭，亭下杨柳千余株，披拂水际，叶始微黄，乍染秋色，若有摇落之态。予怅然有感，赋诗四首”，这也是前引张萱赋以“明湖记得吟秋柳”为韵的本事。观诗内容，王士祯于诗前“并序”称：“昔江南王子，感落叶以兴悲；金城司马，攀长条而陨涕。仆本恨人，性多感慨，情寄杨柳，同《小雅》之仆夫；致托悲秋，望湖皋之远者。偶成四什，以示同人，为我和之。”诗作甫成，即邀誉当时，和者甚多，如顾炎武由京抵济，就写下了《赋得秋柳》的唱和之作。王氏序中所言“江南王子”，指梁元帝萧绎《秋兴赋》“洞庭之叶初下，塞外之草前衰”语；“金城司马”则指晋人桓温，刘义庆《世说新语·言语》载：“桓公北征经金城，见前为琅琊时种柳，皆已十围，慨然曰：‘木犹如此，人何以堪！’攀枝执条，泫然流泪。”钱大昕《晋书考异》释：“琅琊在江南之江乘，金城亦在江乘，上元北境。”而读王诗描写，确是江南风物，如第一首云：“秋来何处最销魂？残照西风白下门。他日差池春燕影，只今憔悴晚烟痕。愁生陌上黄骢曲，梦远江南乌夜村。莫听临风三弄笛，玉关哀怨总难论。”诗人在“大明湖”观“柳”却遥想“白下门”之“柳”，其中曲折，自多情愫。他如“空怜板筑隋堤水，不见琅琊大道王”（其二）、“桃根桃叶镇相怜，眺尽平芜欲化烟”（其四），书写的也是金陵故事。由此，人们对《秋柳诗》的主旨生出种种猜测，其中最代表的是吊明亡之作，甚或谓第一首追忆明太祖开国，后三首咏南明福王近事，这种触秋景而感怀前朝，观拂柳以伤逝人生的推测，也是合理的。只是结合诗作的艺术手法，所谓“句句写柳，却不见一柳字”，自然增添了诗意的隐晦与奇特。

这就应该考虑到该诗影响力的另一方面，即王士祯在清代文坛的崇高地位。值得注意，王氏诗中写尽“伤秋”愁绪，却非伤心绝望之人。他在创作“秋柳”组诗的翌年即顺治十五年，就高中戊戌进士，到康熙十七年召试懋勤殿而进入翰林院，吏部以其“诗文兼优，著以翰林官用”（《渔洋山人自撰年谱》），自此平步青云，被文坛奉为“泰山北斗”。四库馆臣有称述：“当我朝开国之初，人皆厌明代王（世贞）李（攀龙）之肤廓，钟（惺）谭（元春）之纤仄。……士祯以清新俊逸之才，范水模山，批风抹月，倡天下以‘不著一字，尽得风流’之说，天下遂翕然应之。”（《四库全书总目》）在某种意义上，《秋柳诗》正是王士祯倡导“不著一字，尽得风流”诗论思想的早期创作实践，也是后世奉为“神韵说”的诗歌典范。由此再看《秋柳诗》向有清一代馆阁赋的旁衍，显然一在王士祯入翰林院对文风改造及影响，一在诗歌的“神韵”对赋家写作特别是翰苑赋风追求清新洒脱的作用。

被林联桂称之“嗣响”《秋柳诗》“绝唱”的吴振棫之赋，恰是当朝翰苑创作，尽管赋中缺少原诗的“喻世”主旨，然其“伤秋”情怀的承继却风韵犹存。吴氏《秋柳赋》除全录于《见星庐赋话》，还见载苏舆编《律赋类纂》。考吴氏生平，亦非伤心之人，其于嘉庆十九年（1814）中甲戌进士，选庶吉士，授编修，继任云南大理知府、贵州按察史、山西和四川布政使、云南巡抚、四川总督、云贵总督等要职。

比较王士祯的《秋柳诗》与吴振棫的《秋柳赋》，虽然前者系中进士之前作，后者乃入翰苑后写，但均属“少作”，皆与平生经历没有很大的关联，所以诗与赋的传承，更多的是一种艺术的嗣响。如吴赋开篇拟效江淹《别赋》“黯然销魂”语，谓之“黯然秋光，关河欲霜；寒流森森，斜照荒荒”，写出衰秋之景，状述伤逝情怀。赋首两字用“黯然”，不言“销魂”，实隐承王士祯《秋柳诗》第一首第一句“秋来何处最销魂”，其间用心，颇为曲折。继此，赋家以“但见”二字拓开，因“情”体“物”，故云“弱缕雕黄，慵姿损绿”“翩照波而犹密，纷受风而欹斜”，亦欲写柳不著“柳”字。当然，赋家写柳，固有其赋心的传递，如赋中所谓“落木洞庭之波，枯树、江南之赋”，一用《楚辞·九歌·湘夫人》“嫋嫋兮秋风，洞庭波兮木叶下”、萧绎《秋兴赋》“洞庭之叶初下”之句意，一取庾信《枯树赋》“昔年种柳，依依汉南；今看摇落，凄怆江潭”之语境。至于言及庾信的《哀江南赋》，虽亦兼含“钓台移柳，非玉关之可望”之咏柳，然却更多在传递江南记忆，这正与王诗的伤逝情怀对接。

如果对读王诗与吴赋，赋家取法诗人又可从多层面来品玩：先是取词。如赋文“若夫宜春苑中，永丰坊里，问前度之章台，访旧时之洛里”，取诗句“若过洛阳风景地，含情重问永丰坊”（其二）；赋文“玉关则春色难寻”，取诗句“玉关哀怨总难论”（其一）；赋文“大漠嘶兮马系，残月怨兮笛沉”，取诗句“愁生陌上黄骢曲”、“莫听临风三弄笛”（其一）。至于赋中所写“秋不胜悲，树犹如此”“金门则边愁易起”“留取待归时，为君惜攀折”等，又显然取词于王诗序文“金城司马，攀长条而陨涕”及诗中有关“不见琅琊大道王”的描写。再对照其他《秋柳赋》篇章，如张萱的《秋柳赋》之“联西风白下之吟”，取词王诗“残照西风白下门”（其一）；包国璋《秋柳赋》之“惊心陌上之寒，怕听阳关之调”“树老丝拖驿店门，晓风吹乱倍销魂”，又取词王诗中“最销魂”“愁生陌上”“玉关哀怨”；路德《秋柳赋》收束语“木犹如此，奈天涯离别之情；仆本恨人，写枯树婆娑之态”，取语诗中，极为明显，而“仆本恨人”更是王氏诗序原话。

取词之间，尤多取（用）“典”，这是诗赋比读的第二层意味。王诗咏“柳”，却“不著一字，尽得风流”，其中隐含“柳典”自多，然从赋家接受来看，一曰“金城柳”。对此，蔡廷弼《秋柳赋》在“序”文中示意最明：“昔桓司马北伐经金城，见少为琅琊内史所种柳，皆已十围，攀枝援条，泫然流泪。而仆以寒毡苜蓿，老客诸侯，时维季秋，自芜城于役，东装而南，见大堤衰柳，叶叶惊飞，伊郁病身，能无感叹？”这其中固有赋家之亲历与感慨，然影写王诗“致托秋柳”及“空怜板筑隋堤水，不见琅琊大道王”的事典，又是显而易见的。可以说，正是王诗序中点明的“金城柳”典故，成为吴振棫等赋家演绎的以“伤逝”为主旨的情感寄寓，其中冯培元《秋柳赋》就以“秋犹如此，人何以堪”为韵。二曰“玉关柳”。这出自唐人王之涣《凉州词》“羌笛何须怨杨柳，春风不度玉门关”。而从王诗“玉关哀怨”到吴赋“玉关赋春色难寻”，内涵的正是这一事典的心灵传递。再如秦夔扬《秋柳赋》以王诗“残照西风白下门”为韵，其于赋序谓“金谷裁词，玉关赌唱”，赋中所抒发又尽如王诗之金陵情怅，如“朱雀桥边荒草，乌衣巷口东风”“寄语春风双燕子，重寻王谢旧朱门”，以景事衬情怀，来彰显“曲奈何兮笛里，树如此兮江干”的旨意。三曰“永丰柳”。唐代洛阳永丰坊为繁华之地，白居易曾作《杨柳枝词》赞美坊西南角垂柳，而名闻京都，王诗之“含情重问永丰坊”与吴赋的“永丰坊里”，正假此“垂柳”记忆，抒写繁华已逝的愁情与悲心。四曰“白门柳”。“白门”系刘宋都城建康（今南京）的城门，因南朝情歌多有咏叹，后代指男女

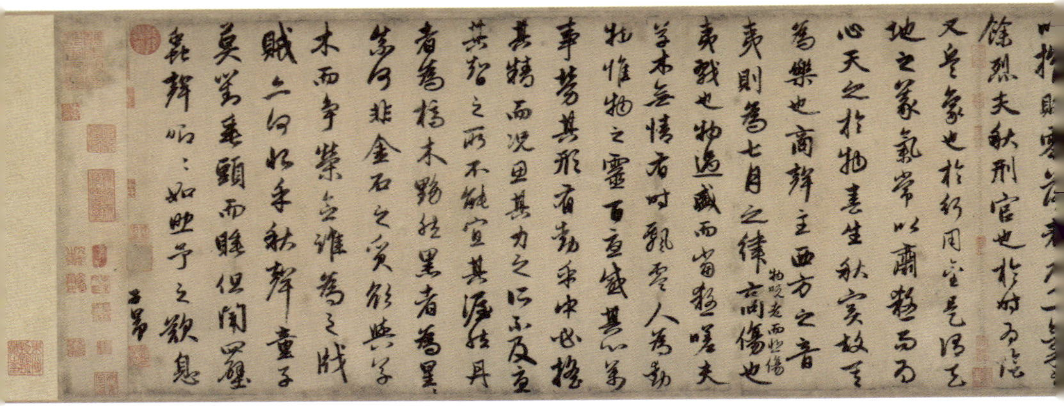

元　赵孟頫　行书秋声赋

欢会之地。李白《杨叛儿》诗云“何许最关人？乌啼白门柳”，于是白门柳亦成文人雅士惆怅感怀的事典，如清初龚鼎孳与顾媚的情事及词集《白门柳》，以及今人刘斯奋小说《白门柳》写南明旧情事，皆为典型。王诗之“白下门”以及前引张萱赋中“联西风白下之吟”，取语间自有典意在。当然，赋家取效，也有发挥，如吴赋收束语“为君惜攀折”，诚如赋文“树犹如此”，取王诗咏桓温“攀长条而陨涕”故事，然对应赋中“问前度之章台”，实又兼含另一“柳典”，即“章台柳”。据许尧佐《柳氏传》记述，唐肃宗时韩翃写给宠姬柳氏诗谓：“章台柳，章台柳，昔日青青今在否？纵使长条似旧垂，也应攀折他人手。”而这首诗假借“章台柳”意象寄托的感伤，又与王诗及诸家赋所书写的“江南记忆”组合，韦庄《台城》诗“无情最是台城柳，依旧烟笼十里堤”的“台城柳”意象，也依稀融织于诗与赋咏“秋柳”的创作之中。

当然，取词与取典，终在取意，品鉴王诗与吴赋，最醒目的是自然景象（如“洞庭落叶”）与人事典故（如“木犹如此”）的组合，构

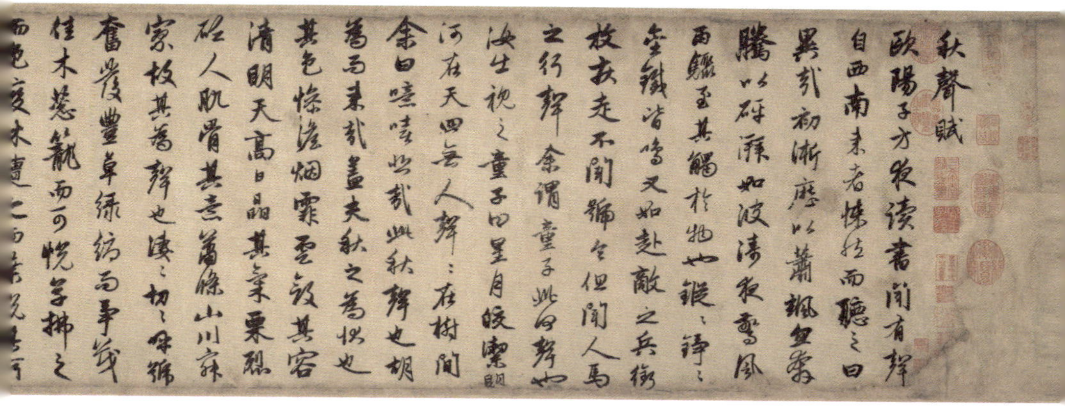

建一种新的意趣。众赋作取意王诗，结穴也在此端。不过，从赋创作史的发展看清人的《秋柳赋》写作，其中又不乏嬗变的意味。如《湘夫人》之“嫋嫋兮秋风，洞庭波兮木叶下”、《秋兴赋》之“洞庭之叶初下”，庾信《枯树赋》托语“桓大司马”的“树犹如此，人何以堪”，皆片断意象居于赋文间的展示；到欧阳修的《秋声赋》“秋”之“为状”（其色、其容、其气、其意）、“为声”的描述，是诸多意象的排列，而《秋柳赋》的写法，则是“柳”之群象的组合，归于秋景与秋心，以抒写某种人生与自然的感怀和主旨。从赋体而论，这固然与清赋（尤其是馆阁赋）创作风格相关，如林联桂《见星庐赋话》赞清代馆阁赋之“新、警、醒”（清新、警策、醒目），李元度《赋学正鹄》论赋四品，首则“清秀”，诸家《秋柳赋》写伤秋却给人以清新而洒脱的阅读快感，或源于斯。然而作为“秋柳”创作意趣，其间不执着于物象的“风流”，宜乎取意王士祯《秋柳诗》的“清新俊逸”，林联桂“绝唱”与“嗣响”之评信然。

06

《事类赋》的前因与后续

宋太宗淳化年间，博士吴淑进呈《事类赋》二十卷，十四部（天、岁时、地、宝货、乐、服用、什物、饮食、禽、兽、草木、果、鳞介、虫），一百目（如“天部”之天、日、月、星、风、云、雨、雾、露、霜、雪、雷），每子目为赋一篇，故称“一字题赋”百篇，用骈四俪六文法，“太宗嘉其精博，因命注释之，擢为水曹郎”（边惇德《事类赋序》）。在《进注〈事类赋〉状》中，吴淑自谓“伏以类书之作，相沿颇多，盖无纲条，率难记诵。今综而成赋，则焕焉可观”，说明他用“赋体”编写“类书”的缘由，用赋体是形式，编类书为根本。

考吴淑由南唐入宋，历太祖、太宗、真宗三朝，参编《太平御览》《太平广记》《文苑英华》三大书，以“词学典雅”“学问优博”著称，而这八个字正好能说明他膺负编纂《事类赋》职责的个人素养。如其“天部”之“日”“月”，“岁时部”之“春”“夏”，“什物部”之“笔”“砚”，“果部”之“桃”“李”等，乃编类书的“学问”，而读每一目之文，如《星》篇开头数语：

万物之精，上为列星，亦曰庶民之象，又为元气之英。梁沛见曹公之起，东井识汉祖之兴。认彴约兮欃枪，瞻瑶光兮玉绳。歌既称于重耀，传常闻于夜明。

李濂《刻〈事类赋〉序》谓“赋体皆俳，匪古之轨”，是指整部书皆为标准的骈赋格，即一是押韵，二是对仗，三是铺词，四是用典（句句有出处），这是作者写赋之“词学”功夫。正是这部以“赋体”为形式，以“类书”为本质的《事类赋》，其在文坛的地位与影响，却多在形式，而不在本质，也就是说具有赋史的研究价值。受这部书的影响，北宋中叶徐晋卿编撰《春秋类对赋》，也是以赋体编就一部左氏春秋词典，应该是传承吴淑的创举而为。所以合观两书，清人魏谦升《赋品·事类》云：“吴淑百篇，博采旁搜。各分门户，派别源流。此疆尔界，瓜区竽畴。狐集千腋，鲭合五侯。晋卿巨丽，类对春秋。揆厥所元，昭明选楼。”此并美吴、徐，然揆其根源，不在类书，而在《文选》所载赋篇，是颇有意味的。

当然，更重要的继作者是《事类赋》的系列创作，就是继吴淑《事类赋》后，踵事增华，赓续者有明人华希闵的《广事类赋》、清人吴世旃的《广广事类赋》、王凤喈的《续广事类赋》等。这一系列的赋体类书，功能都是“赋体类事”，究其书写的共同的特征，便是将“辞赋”的文学性和“类书”知识性凝合为一体。

于是推究《事类赋》的创作前因，自然有两个传统，一是自曹魏之初编纂我国古代第一部类书《皇览》以来的类书传统；二是自楚汉以来辞赋写作的传统，比较而言，后者尤为重要。因为这两个传统的交汇之点，在于赋体与类书编写都重在“事类”二字，如曹丕《答卞兰教》即谓“赋者，言事类之所附也”；欧阳询叙述编撰类书《艺文类聚》动机时亦谓“爰诏撰其事且文……比类相从”。由此后人反转思考，追溯渊源，故有“赋代类书”之说，例如明人艾南英言及汉赋，即以为“排比类书”(《王子巩〈观生草〉序》)，祁彪佳《远山堂曲品》评述屠隆《昙花记》传奇第四十二出的《天宫赋》，即云：“学问堆垛，当作一部类书观。”对此，还是袁枚《历代赋话序》说得更为详明：

> 古无志书，又无类书，是以《三都》《两京》，欲叙风土物产之美，山则某某，水则某某，必加穷搜博访，精心致思之功。是以三年乃成，十年乃成，而成之后，传播远迩，至于纸贵洛阳。盖不徒震其才藻之华，而藏之巾笥，作志书、类书读故也。

以“类”相从，确是汉赋创作与后代类书编纂有近似之处，其要则在体物大赋的取“类”方式。就拿汉大赋的体物描写来说，其“事类”主要体现在“词语”与“物象”。如写“水”，描写“水声”，就有“沸乎”“彭湃”“滭弗”“宓汩”“泌瀄”“逆折”“澈洌”“滂濞”“莅莅”“瀺灂”“沉沉”“隐隐”“砰磅”“訇磕”“潏潏”“淈淈”“汩濦”等；描写“水势”，就有“暴怒”“汹涌”“偪侧”“横流”“转腾”“沆溉”“穹隆”“云桡”“宛潬”“胶盭”“踰波”“趋浥”“下濑”“批岩”“冲拥”“奔扬”“滞沛”“临坻”“注壑”“瀇坠”“湁潗”“鼎沸”“驰波”“跳沫”“漂疾”等。这里采用了大量的玮字，以创造一种听觉与视觉交互的效果，其书写方式则是以类相从。再如读司马相如《上林赋》、扬雄《蜀都赋》、张衡《南都赋》等对山的描写，形容山的“高峻”，就有“巃嵸”“崔巍”“崭岩”“嶻嶭”“摧崣”“崴磈”“崇隆”“崔崒”“嵂崒”“岧岃”“崛岣”“岑崟”“峥嵘”“崔嵬”“嶕嶢”“嶢崄”“嶜岑”等二十余词语，或同形增益，或同声假借，也是通过横向的或平面的以类相从之方式实现的。在汉赋的名物系统中，还会衍生出“形容”词的系统，以凸现铺采摛文、踵事增华的文体特征。

由“物”观“事”，汉赋的描写也大多重“类”的连贯。比如司马相如《子虚赋》中“乃相与獠于蕙圃”是写夜间弋射景观，其弋射所获之翡翠之鸟、五彩鵔鸃、白鹄、野鹅、鸧鸹、黑鹤等众多禽类的画面，又透露出弋射行为的特殊性。又如张衡的《西京赋》将平乐观迎宾的百戏活动及名物“事类化”，给读者列出了节目程序表，其中包括“举重”“爬竿”“钻刀圈”“翻筋斗”“硬气功”“手技”“双人走绳”“化装歌舞”“幻术”“杂技”“魔术”“驯兽”“马戏”等一系列的表演活动，并通过大量的实物、幻物、真人、神人、道具、动作等词语的堆积，形成了纵向而连贯的“类”的名物系统。

正是有了赋代类书的创作前提，才会出现赋写类书的编纂成绩。明人陈全《刻〈事类赋〉后序》说“赋以事类名者，盖宋吴水曹所制，凡百篇，语约而事详，声谐而韵达”，彰明的是吴淑肇造此体的意义。而对照吴赋与后续之同题类书，其叙事方式及描述词章，大抵也是一致。如吴淑《事类赋》写“梅”首段云：

《诗》云：“摽有梅，其实七兮。”伊梅楠之酸酢，亦果中之嘉实。既香口而是资，亦和羹而取适。范汪啖之于盈斛，孙亮察之于渍蜜。酸不及于百人，渴尝止于三军。越使申梁国之遗，陆凯寄江南之春。柳恽之射斯妙，寿阳之妆更新。

首标经义，次叙“梅”性，再引述历史典故，以彰显其功用与趣味。

再对读清人黄葆真的《增补事类统编》中写“梅”首段文字：

> 百花头上开偏早，江北江南春正晓。水边篱落斗横斜，疏影暗香随处好。命健步而远移，且巡檐而索笑。则有孤山处士，萼绿仙人，绕花枝而吟咏，若高袂之相迎。赠一枝于驿使，分二本于园丁。艳曲歌成，美红罗之绮丽；罗浮梦断，闻翠羽之嘤鸣。

虽与前篇用典不同，格调或异，但均为协韵之赋体，诚然一脉相承，殊无差别。

如果从赋史的发展探究宋初吴淑编撰《事类赋》之因，及其对后世的巨大影响，我想以三字为要则：一曰“学”。考楚汉辞赋之产生，无论骚体之书写情绪，还是散体之展现物容，均以自我抒发为创作主体，而自东汉迄魏晋，诗赋分离方有“缘情”与“体物”之分，尤其是咏物赋的大量出现，使赋创作愈发趋向于知识化，致使有“会须能作赋，方为大才士”(《北史·魏收传》)之说。迨于唐宋考赋，闱场观学，经史命题，更次促进了赋体的技术化和学术化，于是以“学”衡赋，以“赋”称学，成为普遍的现象，且“类书”本身就是供士子取资的知识化的产物，“赋”与“类”在创作上的一体呈现，正与此发展大势相关。

二曰“词”。楚汉辞赋固然注重用词，但其抒写“诗人之志”与展现“体国经野”之象，才是主构。所以于赋体之用词方式的强调，是由郑玄解《诗》之“赋”取“直陈”义，到唐初孔颖达释《诗》“六义”以三体三用释“赋”铺之用，再到朱熹《诗集传》论“赋”所谓“铺陈其事而直言之”以彰明，而其间刘勰《文心雕龙·诠赋》之“铺采摛文”，也是典型的以“词”论“赋”的认知。这样，赋体在某种意义上成为“词章”之学，或称“修辞”技艺，其与“类书”的结合，正是用华美的词语使知识便于记诵，并产生阅读的趣味。

三曰“韵”。赋是韵文，宜为共识，然古赋创作是由“口诵”到“文本”，重在天然声律，而非后人拘泥于押韵。可以说，赋韵作为自觉的批评以指导创作，肇端于魏晋齐梁，完成于唐代科举“闱场”试赋，其间包括了韵书的编纂（如李登的《声类》、陆法言的《切韵》以及《玉篇》《唐韵》《广韵》《韵图》与《礼部韵略》）与运用，使“赋韵”由“宽松”到“严紧”，由“方音”到“官韵”，由重“节奏”转向重“韵脚”。这一趋向也导致了一种见解，就是凡合韵且铺陈词藻者即为赋，其应契于赋写类书的工程，显然易见。

回过头来再看吴淑《事类赋》与其系列编撰，正是以押韵之文、铺采之词来呈现博学之象，以编构其知识化体系即“类书”的。

倘拓开视域，观《事类赋》创作的后续，大量的遍及诸学科的类书型的赋作应运而生，例如道教的《谷神赋》《金丹赋》，医药学的《药性赋》《脉赋》，命相学的《珞琭子三命消息赋》《雪心赋》《术业赋》《金锁赋》《麻衣石室神异赋》《奇门赋》，卜筮学的《壶中赋》《九星赋》，术数学的《六壬军帐赋》《六壬毕法赋》，刑法学的《刑统赋》，年代学的《历代纪元赋》，文字学的《小学赋》，兵法学的《卫武公赋》，理学的《四书类典赋》，神话学的《山海经类对赋》等，成为中国古代赋史发展到唐宋以后一突出的现象。这些以“赋”署“体”然属于门类学知识汇集的创作，究竟算不算赋，学界一直有争论，否定者主要在质疑其“文学性”，这或许恰是袁枚在言说“赋代类书”后感叹的“今志书、类书，美矣，备矣，使班、左生于今日，再作此赋，不过采撷数日，立可成篇，而传抄者亦无有也”。其实，类书编纂以后，体物大赋并未衰歇，这是历史的状况；而以“赋”体编类书的创作，使博学与知识窒息了文学的性灵，从这一点或能反证或体味出袁枚说法的深意所在。

第六章

书写赋功 润色取美

谈论赋功，实质上是中国文化中致用精神的体现，班固《两都赋序》中说“或以抒下情而通讽谕，或以宣上德而尽忠孝”，既体恤民情，又润色鸿业。而文学即人学，赋之述人，也有“美”与“刺”两端，其中典型写作如袁宏的《东征赋》的“称人”与“罪人”，传载“世说”，既惊悚，又滑稽。由此衍展，晋人对庄子寓言的演绎，唐人对闱场以赋体文战的自诩，其“李程故事”即为个案而耐人寻味。而赋家的争胜、补续与拟效，在赋创作史上也是一种突出的现象，其与“梦文化”与“酒文化”的不解之缘，同样也彰显其取美物态的赋功。

01

赋可称人亦罪人

西汉司马相如以一支“凌云”赋笔而“三惊”汉主，被人奉为“辞宗”“赋圣”，诚赋坛后辈不可企及，尤其汉廷言语侍从地位渐次衰落，赋家的荣耀盛景不再，赋作为“一代文学之胜”已成历史，于是作为一体而汇入浩荡之文学洪流。但是，赋之于文家创作的“品牌”意识，却久久传响，余音未绝，其以赋“称人”与被“称”、“罪人”与被“罪”，又成文学史上一独特现象，其在魏晋南北朝时期尤为突出。

刘义庆《世说新语·文学》记录一则有关袁宏写《东征赋》的故事：

袁宏始作《东征赋》，都不道陶公。胡奴诱之狭室中，临以白刃，曰：“先公勋业如是！君作《东征赋》，云何相忽略？”宏窘蹙无计，便答：“我大道公，何以云无？”因诵曰：“精金百炼，在割能断。功则治人，职思靖乱。长沙之勋，为史所赞。”

陶公，指陶侃，胡奴，侃子陶范，后者因袁宏赋中没有表彰先公勋绩，竟白刃相向，致使作者“窘蹙无计”，情急中以赋中数语应对，才免了杀身之祸。其中“临以白刃”，可见赋家几乎因赋获“罪”，而“因诵曰”数语实乃“称”人之美，这其间也彰显了当时人对赋体承载家族声望与个人功德的重视。

同一则故事，刘孝标注引《续晋阳秋》却另载其人：

宏为大司马记室参军，后为《东征赋》，悉称过江诸名望。时桓温在南州，宏语众云：“我决不及桓宣城。”时伏滔在温府，与宏善，苦谏之，宏笑而不答。滔密以启温，温甚忿，以宏一时文宗，又闻此赋有声，不欲令人显闻之。后游青山饮酌，既归，公命宏同载，众为危惧。行数里，问宏曰：“闻君作《东征赋》，多称先贤，何故不及家君？”宏答曰：“尊公称谓，自非下官所敢专，故未呈启，不敢显之耳。”温乃云：“君欲为何辞？”宏即答云：“风鉴散朗，或搜或引。身虽可亡，道不可陨。则宣城之节，信为允也。”温泫然而止。

这段记述中陶范换了桓温，赋所称颂的对象也由陶侃变为桓彝，然所载大将军桓温的“泫然”又正缘赋“称”其父桓彝（曾任宣城内史）勋绩名声之美，而袁宏先谓“我决不及桓宣城”，后则诵“风鉴散朗”数语以应对，从容中也内涵着对因赋得“罪”人又将“罪”己的危惧。

对这同一故事而所述不同人物，余嘉锡《世说新语笺疏》引程炎震云：“《御览》五百八十七赋门引并及二事，皆作《世说》，盖杂以注文。”然余嘉锡不以为然，其案语云：“孝标之意，盖疑不道陶公与不及桓彝为即一事，而传闻异辞。今《晋书·文苑·袁宏传》则两事并载。

嘉锡以为二者宜皆有之。”《晋书》并载其事，也是为表彰袁宏在当时文坛的地位，同样说明了赋述功德的作用与影响。如果对照这两则文献，前者“临以白刃”，是要扼杀“赋家”，何等暴力？后者则温婉些，然“不欲令人显闻之”，又是扼杀“赋作”，对作家精神生命而言，至少也是冷暴力。勘究其本，都归咎或归功于这篇赋文，赋之“称人”与“罪人”，由此可见一斑。

赋之称人，在于可“颂”，颂则夸饰，又难免获“罪”。试看唐代史臣对庾信赋的评价：“子山之文，发源于宋末，盛行于梁季。其体以淫放为本，其词以轻险为宗。故能夸目侈于红紫，荡心逾于郑卫，昔扬子云有言：‘诗人之赋丽以则，词人之赋丽以淫。’若以庾氏方之，斯又词赋之罪人也。”（《周书·庾信传论》）其谓“夸目侈于红紫”之“罪”，表面批评的是有违赋家写作宗旨，实质归罪的恰是赋体的过度描绘。到唐宋闱场考赋，固然要颂圣。其夸饰的过分了，也遭到扼杀，如北宋熙宁间王安石罢诗赋，元祐复诗赋，至“绍圣初，以诗赋为元祐学术，复罢之。政和中，遂著于令，士庶传习诗赋者，杖一百”（葛立方《韵语阳秋》卷五）。前者批评庾赋，乃历史案例；后者杖“习诗赋者”，具现实功用，“罪”赋之酷，无过于斯。

当然，回到袁宏《东征赋》的“称人”与“罪人”，又具有魏晋时代的特征与风貌。从前引两则文献来看，赋文中一则以“精金百炼，在割能断。功则治人，职思靖乱。长沙之勋，为史所赞”称颂陶侃的业绩，一则以“风鉴散朗，或搜或引。身虽可亡，道不可陨。则宣城之节，信为允也”称颂桓彝的功勋，与当时流行的“谈赋”与“品人”相关。可以说，兴盛于东汉王朝后期的“清议”，多属品人，所谓“天下名士，为之称号”，诚如蔡邕记述当时人评士流领袖郭林宗云：“绅佩之士，望形表而影附，聆嘉声而响和者，犹百川之归巨海，鳞介之宗龟龙也。”（《郭泰碑》）迨至魏晋“清谈”，则“品人”而多及“谈文”，于是谈赋之风也就兼及评骘人物。如《世说新语·文学》载庾敳撰《意赋》事适证“言尽意”与“不尽意”之理：“庾子嵩作《意赋》成，从子文康见，问曰：‘若有意邪？非赋之所尽；若无意邪？复何所赋？’答曰：‘正在有意无意之间。’”作为元康间名士，庾敳自谓老、庄之徒，而据《晋书》本传“敳见王室多难，终知婴祸，乃著《意赋》以豁情”，可见其因“多难”、惧“婴祸”而“豁情”，以老庄自然观对待人生，消释悲哀情绪，以期于通达知化。然谈赋“在有意无意之间”，既是对“言尽意”与否的一种艺术回应，并成为赋学与玄学共存的名言隽旨，又是以赋豁情，表现出对人生的诠释。

《世说新语》中也有直接以赋评人例，如《赏誉篇》载：“许玄度言：《琴赋》所谓‘非至精者，不能与之析理’，刘尹其人；‘非渊静者，不能与之闲止’，简文其人。”许询用《琴赋》语分别品评刘惔、司马昱（晋简文帝），以“谈玄析理”的学养与能力判其特征，且助之以谈赋。还有以谈赋成公案者，如《言语篇》记述“孙绰赋《遂初》，筑室畎川，自言见止足之分”，其中寄寓自足知止的嘉遁之思。而在《轻诋篇》中，却另有一则记述：“桓公欲迁都，以张拓定之业。孙长乐上表，谏此议甚有理。桓见表心服，而忿其为异，令人致意孙云：‘君何不寻《遂初赋》，而强知人家国事？’”对此，刘孝标注引孙绰《表》语：“中宗飞龙，实赖万里长江，画而守之耳。不然，胡马久已践建康之地，江东为豺狼之场矣。”又谓：“绰赋《遂初》，陈止足之道。”由此可知，孙绰因直谏桓温于永和十二年请迁都洛阳事，遭致桓温之讥，而桓氏取资，正是孙绰《遂初赋》的“止足之道”，以彼自诩之语而反讽其未能安于隐逸、不愿世用的行径。这借赋以称人却反罪其人，确实在谈锋机趣间寓意非常。

如此谈赋品人，又出现两个面向，一是当时写赋的求实之风。观其理论，最典型的莫过于左思创作《三都赋》且批评汉人赋“于辞则易为藻饰，于义则虚而无征”，而自诩写赋“稽之地图”“验之方志”（《三都赋序》）；考之创作，典型例证可取《南齐书·张融传》所载：宋孝武帝时，张融“作《海赋》，……示镇军将军顾觊之。觊之曰：‘卿此赋实超玄虚，但恨不道盐耳。’融即求笔注之曰：‘漉沙构白，熬波出素。积雪中春，飞霜暑路。’此四句，后所足也。”用四句补写海中之“盐”，乃模拟袁宏择赋中数语以称人之法，以之征实，诚不可忽。于是引出第二个面向，即采取片语警策之法。再以袁宏赋为例，《晋书·袁宏传》记宏从桓温北征而作《北征赋》，桓温令伏滔读赋至“岂一性之足伤，乃至伤于天下”时，王珣说“此赋方传千载，无容率耳。今于‘天下’之后，移韵徙事，然于写送之致，似为未尽。”伏滔说“得益写韵一句，或为小胜”。桓温说“卿思益之”。袁宏应声续曰：“感不绝于余心，溯流风而独写。”王珣诵读品赏良久，对伏滔说：“当今文章之美，故当共推此生耳。”这般推掖，在片言警策，赋家对作品的推敲与斟酌，欲致精微。如《世说新语·文学》记载孙绰“作《天台赋》成，以示范荣期，云：‘卿试掷地，要作金石声。’……每至佳句，（范）辄云：‘应是我辈语。’”自负与他赏并见。又如作赋讳名事，说的是庾阐《扬都赋》有“温挺义之标，庾作民之望。方响则金声，比德则玉亮”句，庾亮求观其赋，但因赋中“亮”与庾亮名同，为避名讳，庾阐将亮改“润”，为押“润”韵，又改“望”为“俊”。正是字斟句酌的片言警策，方可见识袁宏诵赋句以称人的奥妙。而赋家的自重，乃

汉　“齐盐鲁豉”铭双联釉陶罐

缘自重赋风习，这也是以赋称人的一大要因。

尽管到东汉时宫廷赋家地位已经衰落，但文人重赋至魏晋南北朝而未变，所以才有魏收“会须能作赋，始成大才士”的说法。从袁宏作赋的时代大背景考察，左思创作《三都赋》因受皇甫谧的推介与奖掖，“洛阳纸贵”已是耳熟能详，同类的故事还有“都下纸贵”，亦可为证。据《世说新语·文学》载，庾阐作《扬都赋》成，呈报同族庾亮，庾亮大为其名价，称美其赋曰：“可三《二京》、四《三都》。”于是“人人竞写，都下纸为之贵”。都下，指京城，赋家争名于朝，也是重赋传统的一个写照。唐人孟棨《本事诗·嘲戏》载：“宋武帝尝吟谢庄《月赋》，称叹良久，谓颜延之曰：‘希逸此作，可谓前不见古人，后不见来者，昔陈王何足尚耶？’”陈王，即陈思王曹植。谢庄《月赋》假托曹植与王粲问对构篇，故有宋武帝之说，然其空前绝后之赞，确实沾有当时赋家自珍、自贵且自重的习气。所以，无论是以“作者”的眼光自诩，还是“读者”的眼光赏识，这种重赋风气在具体作品中的放大，才会出现袁宏赋称人与罪人的极致现象。否则，也不会出现如陶范或桓温那样计较一篇赋对其先公颂扬的要紧与珍重了。

赋为何要称人，以为颂扬的工具，这又宜考量赋的“述德”传统。如东汉时班固《两都赋序》所言“或以抒下情而通讽谕，或以宣上德而尽忠孝”，讽其败德而颂其有德，取鉴历史的述德传统是明确的。也因此，他在《东都赋》中歌颂汉明帝永平礼治谓“至于永平之际，重熙而累洽，盛三雍之上仪，修衮龙之法服。铺鸿藻，信景铄，扬世庙，正雅乐。人神之和允洽，群臣之序既肃”等，诚如王充《论衡·须颂篇》对班固赋美明帝之“德”的赞赏：“孝明之时，众瑞并至。百官臣子，不为少矣。唯班固之徒称颂国德，可谓誉得其实矣。颂文谲以奇，彰汉德于百代，使帝名如日月。孰与不能言，言之不美善哉！”姑不论王氏是否“誉得其实”，然其评赋与作家的述德指向一致。倘比较汉晋赋家之异，汉人献赋受到赏识的是帝王，如汉武帝、汉宣帝分别对司马相如、王褒赋的喜爱，故而赋的述德对象也是帝王；晋代赋家受到赏识的是士族，如皇甫谧之于左思《三都赋》、庾亮之于庾阐《扬都赋》，故其述德对象多为士族，袁宏《东征赋》对陶、桓二氏的称美即为典型。赋如果颂不得体，讽不及义，难免获“罪”，即使大赋家如扬雄也是自愧“劝百讽一”而“悔赋”终生，袁宏作赋面临的尴尬与危惧，更令人毛骨悚然。

人云“盛世作赋”，可见“颂”是赋体的一大属性，只是或在严酷的专制下，或在“临以白刃”的险象前，赋家的称人与述德，安得言而由衷，这恐怕不仅是赋家的“过”失，也是文学遭“罪”了吧。

02 『李程故事』的被经典化

唐人好诗，亦尝斗胜，曾流传“旗亭画壁”的故事，观唐人为赋，也很好胜，其中“二李”颇为典型。一位是李白，作为浪漫诗人却对自己写赋要求极高，有“焚赋”的传说。事载段成式《酉阳杂录·语资》：“白前后三拟词选（《李太白集》王琦注引作《文选》），不如意，悉焚之，唯留《恨》《别》赋。”今《别赋》不存，仅有模拟江淹的《恨赋》传世。而在《大猎赋序》中，李白一方面强调赋体“辞欲壮丽，义归博远”，一方面又嘲笑汉代的司马相如、扬雄赋作虽“穷壮极丽”，却“龌龊之甚”，其自负溢于言表。另一位则是李程，他因闱场考试律体《日五色赋》而中状头，经多年后又自诩“李程在里”而闻名赋史，且被后世反复言说，形成了这一经典化的故事。

“李程故事”见载王定保《唐摭言》卷八《已落重收》条：

贞元中，李缪公先榜落矣。先是出试，杨员外於陵省宿归第，遇程于省司，询之所试，程探鞠中得赋稿示之。其破题曰："德动天鉴，祥开日华。"於陵览之，谓程曰："公今年须作状元。"翌日杂文无名，於陵深不平，乃于故策子末缮写，而斥其名氏，携之以诣主文，从容绐之曰："侍郎今者所试赋，奈何用旧题？"主文辞以非也。於陵曰："不止题目，向有人赋次韵脚亦同。"主文大惊。於陵乃出程赋示之，主文赏叹不已。於陵曰："当今场中若有此赋，侍郎何以待之？"主文曰："无则已，有则非状元不可也。"於陵曰："苟如此，侍郎已遗贤矣。乃李程所作。"亟命取程所纳面对，不差一字。主文因而致谢，於陵于是请擢为状元。

李程，字表臣，谥缪公，于唐德宗贞元十二年进士试《日五色赋》，以"德动天鉴，祥开日华"之破题，而惊悚杨於陵，于废卷（唐人进士科考杂文一诗一赋，故谓"杂文无名"）携出而质询于主文者（考官），结果"擢为状元"。上引《唐摭言》演绎的就是这则故事。然事有后续，该书卷十三《惜名》条又载："李缪公……最中的者赋头八字曰：'德动天鉴，祥开日华。'后出镇大梁，闻浩虚舟应宏辞复试此题，颇虑浩赋逾己，专驰一介取本。既至启缄，尚有忧色；及睹浩破题云：'丽日焜煌，中含瑞光'，程喜曰：'李程在里。'"这段记述李程多年后因浩虚舟考同题而高中，进行的一场超越时空的斗胜，可谓一波三折："虑浩赋逾己"，好胜心之深；"启缄""尚有忧色"，好胜心之切；而自喜"李程在里"，好胜心得到满足的自负与舒坦，尽在其中。这则故事又被《太平广记》、《唐诗纪事》、《北梦琐言》引录，虽文字有异，大意则同。

有趣的是，李、浩之赋跨时空争胜的焦点在破题八字，李程中状元缘此，自诩斗胜缘此，后人对此故事的传诵与赞叹，亦缘于此。但由于宋人科场考赋更重内涵与义理，元、明两朝科举不考律赋，这则故事似无甚影响，迨至清人翰苑试律，追踪唐贤而兴律赋，于是诸多“赋话”批评又专注于此，这则故事被反复言说，成为唐代律赋评论中最耀眼的典范。择举四则为证：其一，吴景旭《历代诗话》之“试赋”条“吴旦生曰”：

唐时亦重破题，如李程试《日五色赋》，杨於陵询其破题，曰：“德动天鉴，祥开日华。”於陵谓须作状元。翌日无名，於陵携此赋诣主文，于是擢为状元。后浩虚舟应宏词复试此题，程虑浩愈于己，驰介取至，观浩破题曰“丽日焜煌，中含瑞光”，程喜曰：“李程在里。”

此转述《唐摭言》的两则故事，文词虽多简省，然意思尽在，强调的是律赋“破题”的重要性，而李程故事作为一个批评符号因之得以标举。其二，孙梅《四六丛话》卷四“赋话”引述李程故事，而于序中特别点明：

观其绳墨所设，步骤所同。起谓之破题，承谓之领接。送迎互换其声，进退递新其格。李程以八字致抡魁，争先一著；独孤以一联感人主，力透数重。

论律赋之法，以李程与独孤及并称，而对李的推赏亦在发端警策的“破题”。其三，浦铣《历代赋话》全引《唐摭言》中两则文献，并加“按语”（铣按）云：

《北梦琐言》，李程以《日五色赋》擢第，为河南尹。日试举人，有浩虚舟卷中行《日五色赋》，程相大惊，虑掩其美。伸览之次，服其才丽。至末韵“侵晚水以芒动，俯寒山而秀发”，程相大咍曰：“李程赋具在，瑞日何为到夜秀发？”由是浩赋不能凌迈。与《摭言》小异。

按语中引宋人《北梦琐言》，并比较《唐摭言》所载之小异，即一谓观破题，一谓观末韵，浦氏以言“破题”者为正引，言“末韵”者为补考，其从众复述之意明显，也突出了故事主旨的经典性。其四，李调元《雨村赋话》则将《唐摭言》所记两则与《北梦琐言》所记一则混合起来加以转述：

唐李程《日五色赋》起句云：“德动天鉴，祥开日华。”杨於陵深赏之。已而榜落。於陵携赋谒主司曰：“今场中有此赋，何以待之？”主司曰：“非状元不可。”於陵曰：“苟如此，已遗贤矣。”亟命取所纳卷对之，擢第一。……李缪公后为河南尹，闻浩虚舟应宏词，复试此题。颇虑浩赋逾己，专驰一介取本。既至，启缄尚有忧色，及睹浩破题云：“丽日焜煌，中含瑞光。”喜曰：“李程在里。”至末韵“侵晚水以芒动，俯寒山而秀发”，大咍曰：“李程赋且在，瑞日何为到夜秀发？”虚舟亦八韵中作手，起结数语，不逮李公远甚，固应擅美一时。

如此转录，既强化了故事的完整性，也使李程赋“破题”之经典演进于律赋创作的经典。清人只要论及律赋的“破题”，多会引述“李程故事”，正因反复言说，才使这一纪事文献成为理论批评的材料，从而完成了某种经典的构建。

李程何以因赋的破题八字成为经典，实与唐代“诗赋取士”制度相关，其中一大转折点就是适应考赋需要的技术化。这种“技术”又集中表现在三点：

一是“破题”。闱场律赋极重破题，以吸引改卷官的眼球，起先入为主之效。这一法则也影响到明清的科场八股文。丁柔克《柳弧》卷一《破承可笑》记述一位考生试“父母其顺矣乎”（语出《礼记·中庸》），破题谓：“夫父母何物也？”考卷官批：“父，阳物也；母，阴物也。阴阳相合，而生足下之怪物也。”此讥讽破题之荒唐者。与之相比，李程以八字破题，而承以“守三光而效祉，彰五色而可嘉”，既切合赋题，又弘展其义，自成佳联。我们如果将考试律赋与汉代宫廷言语侍从的“献赋”比较，汉人骋辞大赋重的是“曲终奏雅”，唐代考试律赋则重视“发端警策”。清人陆以湉《冷庐杂识》卷六《赋重发端》谓“试赋最重发端”，他除了重复“李程故事”，并举“唐宋人所作”如白居易《性习相近远赋》“噫！下自人，上达君，咸德以慎立，而性由习分”、宋祁《王畿千里赋》“测圭于地，考极于天。风雨之所交者，道里之必均焉”，以及清人蔡寿昌《白桃花赋》“竹外水滨，春风写神。呼之欲出，此中有人”诸赋发端，赞其警策。宋人郑起潜《声律关键》记述宋代考赋“认题”，总结出“八字包题”“四句分题”“布置难题”“挑斡题字”诸法，清人王芑孙《读赋卮言·谋篇》又有“虚起”“实起”“考辨体起”“论赞体起”“序记体起”“疏释体起”“原议体起”等正变格例，又从批评的视阈考释试赋破题之要。然概述其因，考赋有时间限制，故擒题发端，最为重要；因篇章限制（短篇），故开篇明义，至为关键；被命题限制，倚题破承，警切生新，自占闱场先机。李程赋以“八字包题”，与唐人同题创作者如湛贲的“圣日呈规，至德所加”，崔护的“阳精之瑞兮，惟瑞之嘉”比较，意旨相近，但前者立旨宏阔，境思开张，词采优胜，被树立为经典，不无道理。

二是“句法”。楚汉辞赋，重在谋篇，鲜论句法，自魏晋以降，如陆机《文赋》所倡“置片言以居要，乃一篇之警策”，赋家也渐重警句、秀句。唐人律赋，尤精心于句法之营构。唐代无名氏《赋谱》论赋句“有壮、紧、长、隔、漫、发、送”等，以为“不可偏舍”，宋郑起潜《声律关键》谓“何谓琢句？前辈一联两句，便见器识”，甚至通过范仲淹的《金镕在赋》中“傥令分别妍蚩，愿为轩鉴；如使削平祸乱，请就干将”之警句，推知其“出将入相”。清人余丙照《赋学指南·论琢句》说“赋贵琢句，律赋句法不一，唐人律赋……能修短合度，血脉流通。然欲出语惊人，行间生色，则必加以烹炼”，浦铣《复小斋赋话》以唐人张仲素《管中窥天赋》“月既满而犹亏，日将中而如昃”句为例，赞美其“加以锤炼，便觉出色”。李程《日五色赋》篇幅很小，秀句甚多，尤其是破题之“德动天鉴，祥开日华”，也是秀句在发端。略举其要，先在声调谐和，即前句“仄仄平仄”，后句则“平平仄平”。次在偶对工整，以“德”对“祥”明其义，“天鉴”对“日华”切其景，一“动”一“开”，又由内致外，正心而拓境。后在主旨明确，“德”字明义理，“祥”字开气象。短短八字，确有高屋建瓴之势，视界宏阔之象。

三是“颂圣”。赋与颂，在汉代常互称，如王褒《洞箫赋》或亦称“颂”，然考诸创作，西汉赋家多重“讽喻”，如司马迁《史记·司马相如列传》称相如赋同于“《诗》之风谏”，至东汉渐重颂扬，如班固《两都赋序》称赋“雅颂之亚”。这种由“雅”“颂”体而转向直接“颂圣”，至唐代闱场考赋已成普遍现象。因为科举考试，为的是求功名，谋官职，无论应试举子还是阅卷官，谁愿担讽毁朝廷的风险而以赋寄讽呢？“颂圣”自然成了考赋的选择，也是录取的标准之一。如此我们再看李程赋首两句“德动天鉴，祥开日华”，堪称唐代版的“东方红，太阳升”。因为这篇八韵赋的官韵就是“日丽九华，圣符土德”，因朝代转换，五德终始，唐为“土德”，故赋中充斥着“昭夫土德，表王气于皇家”“德之交感，瑞必相符”“设象以启圣，宣精以昭德”，以及“太阶平”“王道正”“符君道”等颂扬词语，其结语“惟天为大，吾君是则”，正对应破题之语，以完成通篇颂德的写作程式。值得玩味的是，唐人应试律赋“颂圣”是以“颂德”为主，尚有汉人赋“观德”与“昭德”之余风，到清代因“当时之议，必谓翰林非谏官，不宜越职言事”（惠周惕《志壑堂集序》），作为御用词臣的翰林院学士，无论入馆试赋，还是中考大考，仅成弄臣文翰而已，赋作收束，多是千篇一律的“我皇上”如何如何伟大的“颂圣”陈套。当然，倘能雅致而美丽地取悦圣心，诚为词臣的追求。从这层意义思考清人赋话借古以喻今的言说，其对李程赋的赞誉与认同，是有致用功效的。

如此，“李程故事”的被经典化，是赋创作与批评的堕落还是提升，又值得商榷了。

03 《庄子》『鹪鹩』的赋文演绎

庄子以寓言说义理，故古代诗文引《庄》及以其寓言形象为题材者多，赋域亦然。比如宋初太宗朝淳化三年的一场殿试，皇帝自定试题《卮言日出赋》即用《庄》典，并对身边的侍臣说“比来举子浮薄，不求义理，务以敏速相尚，今此题渊奥，故使研究意义，庶浇薄之风可渐革也”（魏泰《东轩笔录》卷十），以“渊奥”二字喻之，其重视程度可见。在《庄子》书中，寓言托“物”尤多，且偏爱禽鸟，历代赋家多加以演绎，如李白之《大鹏赋》赞其“六月一息，至于海湄”“缤纷乎八荒之间，掩映乎四海之半”的宏大气象，而张华的《鹪鹩赋》则不侔，咏颂的是《庄子》中的“微禽”，以致当时就有“形微处卑”“无智足贵”（傅咸《仪凤赋序》）的讥议，然与李赋歌咏“大鹏”以纵放其才情相比，张赋之体物言志，假“鹪鹩”之微以喻理，其于《庄子》思想旨趣之演绎，或许更有值得品鉴的地方。

张华《鹪鹩赋》见载《晋书》本传，赋前无序，萧统《文选》卷十三录于赋之“鸟兽”类，赋前有序，对赋意的阐发甚为清晰。序云：

鹪鹩，小鸟也，生于蒿莱之间，长于藩篱之下，翔集寻常之内，而生生之理足矣。色浅体陋，不为人用，形微处卑，物莫之害。繁滋族类，乘居匹游，翩翩然有以自乐也。彼鹫鹗鹍鸿，孔雀翡翠，或凌赤霄之际，或托绝垠之外，翰举足以冲天，觜距足以自卫，然皆负矰婴缴，羽毛入贡，何者？有用于人也。夫言有浅而可以托深，类有微而可以喻大。

前贤对这篇赋的解读，偏重两点，一是名物，如“鷦鷯”为何？于是有了微小黄雀、工雀、桃虫、女工，巧妇，女匠、桑飞等名称。二是写作背景，《晋书·张华传》记载：张华“初未知名，著《鷦鷯赋》以自寄。……陈留阮籍见之，叹曰：‘王佐之才也！’由是声名始著。”所述《鷦鷯赋》因受到阮籍的赞赏而闻名，亦如左思《三都赋》受到皇甫谧等推重而“洛阳纸贵”，诚魏晋时代文名显微赖士族推介之惯例，然谓“未知名”时而作此赋，史著中或有不同记载，如《文选》李善注引臧荣绪《晋书》：“(张华)少好文义，博览坟典，为太常博士，转兼中书郎。虽栖处云阁，慨然有感，作《鷦鷯赋》。”以为作者显贵后而作此赋。至于史载张华“博物洽闻，世无与比”，虽有其撰《博物志》为证，然对这篇赋的理解，也属泛泛，并无助益。所以品读此赋，还是赋序所说的言“浅”托“深”、类“微”喻“大”为要则，与其未知名或显贵时作，并没有太大的关系，因为赋是对《庄子》中之“物象”(或“意象”)的演绎。

由此来看赋文对“鷦鷯”之形态及质性的描写：

巢林不过一枝，每食不过数粒。栖无所滞，游无所盘。匪陋荆棘，匪荣茝兰。动翼而逸，投足而安。委命顺理，与物无患。伊兹禽之无知，何处身之似智。不怀宝以贾害，不饰表以招累，静守约而不矜，动因循以简易，任自然以为资，无诱慕于世伪。

刘勰《文心雕龙·才略》云："张华短章，奕奕清畅，其鹪鹩寓意，即韩非之说难也。"考《韩非子·说难》，意在游说人主之难，假喻龙喉下有逆鳞，触犯会杀人，人主亦有逆鳞，故不可触犯。刘勰这里说的只是就赋中喻有才易触罪之意予以比拟，乃与《说难》意有相通，如其颂述"短章"，也是取意陆云《与兄平原书》"张公文无他异，正是清省无烦长，作文正尔自复佳"，说的是为文之法。所以论张赋之义理，仍在《庄》学系统。张赋叙述鹪鹩"巢林"一节文字，取词及意都在《庄子·逍遥游》有关"尧让天下于许由"一段叙述，其中许由回答帝尧的文词是：

子治天下，天下既已治也。而我犹代子，吾将为名乎？名者，实之宾也。吾将为宾乎？鹪鹩巢于深林，不过一枝；偃鼠饮河，不过满腹。归休乎君，予无所用天下为！

理解《庄子》这段文字，其中"鹪鹩""偃鼠"之喻，属宾词，关键主词是"予无所用天下为"一语，是超然人外与物外的逍遥之境。文中托词许由以"鹪鹩""偃鼠"自喻，以"深林""河"比喻天下，以"不过一枝""不过满腹"比喻适性而止，不可多外求，都是这个道理。也因为张赋演绎《庄》意，故赋中也不乏引《庄》文字，如写鹪鹩之"微禽”的“摄生而受气”，取词于《秋水》之北海若曰“而吾未尝以此自多者，自以比形于天地而受气于阴阳，吾在于天地之间，犹小石小木之在大山也，方存乎见少，又奚以自多”。而在赋的末尾，作者发挥议论并再阐文章之主旨云：

阴阳陶蒸，万品一区，巨细舛错，种繁类殊。鹪螟巢于蚊睫，大鹏弥乎天隅。将以上方不足，而下比有余。普天壤以遐观，吾又安知大小之所如。

赋中“大鹏”句用《逍遥游》“鹏之徙于南冥也，水击三千里”；“以上方不足，而下比有余”句，李善注引《庄子》“长者不为有余，短者不为不足”，以明其本原。

如果推衍《鹪鹩赋》中的《庄》旨，自然不限于赋文中取《庄》之词，而更在取意。勘究《庄》旨，论赋中取意，撮发其要，在两个关键字：第一个字是“用”。读赋中有关“小”（微）与“大”之辨，无非在“用”。因此，张赋赞颂鹪鹩之“微禽”，常用大物（美禽与猛禽）以反彰正。如赋述美禽如“孔翠”（孔雀、翡翠），“无罪而皆毙”，猛禽如“海鸟鶢鶋”，却“体大妨物”，反不及“兹禽”（鹪鹩）“不怀宝以贾害，不饰表以招累”，这正是庄子倡言的“无用之用”。如果对读《庄子·逍遥游》中有关惠子提出“大瓠”无用而“掊之”，庄子答以“宋人善为不龟手之药”的故事，与惠子提出一种“大树”（樗）以为“大而无用”，庄子答以“狸狌”与“斄牛”之别，说明善用不如无用之理。对比两则寓言，前者在如何“用大”，后者在“用大”不如“无用”，所以论辩中，惠子以“拙于用”嘲笑庄子，反被庄子解嘲，以“用大”与“无用”两个层面，以去“聋”去“瞽”去“蓬之心”，使惠子陷于“拙于用”的尴尬境地。回观张华赋的描述，“小”与“大”之辨并不要紧，关键是解消“用”与“无用”的表象，以自足的随遇而安，彰显“微禽”的全身与全德，就是“任自然以为资，无诱慕于世伪”。从这层意义来看，臧荣绪《晋书》说张华“栖处云阁，慨然有感”而撰此赋，似较唐臣房玄龄等所编《晋书》谓“初未知名”而作，更接近于赋意与赋境。

这又引起笔者想探讨的该赋阐发《庄》旨的第二个字：“物”。所谓“用”与“无用”，必托身在“物”，这也是作为咏物之作《鷦鹩赋》最值得揣摩的趣味所在。在《庄子》众寓言中，一切“物”都在“游”，意臻于“逍遥”之境，然如何得以逍遥，必赖思维之方法，这就是“齐物”，诚如《秋水》中假北海若语：“以差观之，因其所大而大之，则万物莫不大；因其小而小之，则万物莫不小；知天地之为稊米也，知毫末之为丘山也，则差数睹矣。”换言之，倘以大欺小（因小事大），以强凌弱（因弱畏强），安能有片刻之“逍遥”？缘此，庄子故作小、大之辩，以“泰山为小”“彭祖为夭”为说词，破除“物执”与“我执”，以达忘我适性的境界。正缘此理，当时围绕张赋引发一场赋坛有关“体物”创作的争论，反对者如傅咸的《仪凤赋》与贾彪的《大鹏赋》，如贾赋《序》云“余览张茂先《鷦鹩赋》，以其质微处亵，而陋以远害。愚以为未若大鹏栖形避远，自育自全”。而赞成者则如张望《鷦鹩赋》对“鷦鹩之小鸟”“率性命之开放，独遨逸而获全”品性的讴歌，王徽《野鹜赋》对此小鸟“遵时弄音”“心矜远野”的歆羡，这既与《鷦鹩赋》一脉相承，也是魏晋时期咏物赋的创作新潮和主流。推测这一思想的成因，宜在玄学思维对《庄》学“齐物”观的推重与再阐。因为在庄子“齐万物”“等大小”的同时，他为了自标清贞，高扬人格，张大“游”的精神，又尝在寓言中反复赞美“鲲”“鹏”“鹓雏”（鸾凤之属）类神奇伟岸的“美禽”，而贬斥“蜩”（蝉）“鷽鸠”“斥鴳”“鸱鸟”类的微细凡庸之“陋禽”，这不仅是庄子思想的内在矛盾，也是与当时以大小慧凡之物区分人格高低贞秽的思维相关。与之不同，我们看两则郭象《庄子·逍遥游注》语：

夫大鸟一去半岁，至天池而息；小鸟一飞半朝，抢榆枋而止。此比所能，则有间矣；其于适性一也。（“抟扶摇而上者九万里”句注）

苟足于其性，则虽大鹏无以自贵于小鸟，小鸟无羡于天池，而荣愿有余矣。故小大虽殊，逍遥一也。（“蜩与鷽鸠笑之曰”句注）

其“适性一也”“逍遥一也”的观点，既阐发庄子“逍遥”“齐物”思想，又扬弃其以物拟人的品性划分，完成了对“禽性”的玄学解释。如此再看张赋“类有微而可以喻大”的意旨，其所赞美“鷦鷯”的“无玄黄以自贵”与“毛弗施于器用”“肉弗登乎俎味”之“陋体”，以及“其居易容，其求易给”的自足与逍遥，亦等同郭象对《庄子》玄学化的演绎，却因属文学化的创造，而呈示出更为生动的形象。

《文选》“赋类”之“鸟兽”首列贾谊《鹏鸟》、祢衡《鹦鹉》与张华《鷦鷯》三篇，然区分而论，殊为不同：贾赋托“鹏鸟”以言“不祥”之兆，颇具神氛；祢赋写外邦献贡之“鹦鹉”，尤多奇丽；而张氏笔下之“鷦鷯”，虽取资前典，却以探究物性为旨归。于是考原汉晋诗赋咏物之“变”，要在以“神物”转向“凡物”，由“虚夸”转向“征实”。汉人拟物，如歌诗之“天马”“龙蛇”，赋文之“文鹿”“大雀”，

汉　绿釉陶鸮

皆承“诗骚”之“善鸟香草，以配忠贞；恶禽臭物，以比谗佞”（王逸《离骚经叙》）的比德传统，至晋人写物，“走狗”“蜉蝣”，竞呈笔端，即如外邦所贡之奇物如“巨雀”，汉人则炫其奇彩，如谓“九真之麟，大宛之马，黄支之犀，条支之鸟”（班固《两都赋》），在张华《鷦鷯赋》中也只是“条支巨雀，逾岭自致”，以其“妨物”而无任何优越于“微禽”之处。神物，多想象物，凡物，则眼前物，赋家的咏物由“神”到“凡”，或许解构了伟大的形象，却增添了物态本身的理趣，这种由英雄时代向平凡世界的转变，也很难衡以得与失的标准，然这种现象的形成，确实内涵了赋家对《庄》学之“自适”精神的演绎，“鷦鷯”作为被选择的符号，堪称一个时代咏物文学的征象。

04 赋的补续与超越

写赋的人喜欢模仿前人作品，所谓“踵事增华”，也算文学史上一个明显的创作现象，尤其唐宋以后科举考赋，闱场同题情形尤为突出，于是由模仿以补续并超胜前人，也成为赋坛斗技的常态。早在汉人作赋时，这种现象已有所呈示，最典型的作家是扬雄。据《汉书·扬雄传》存录雄自叙谓：“先是时，蜀有司马相如，作赋甚弘丽温雅，雄心壮之，尝拟之以为式。又怪屈原文过相如，至不容，作《离骚》……乃作书，往往摭《离骚》文而反之……名曰《反离骚》。”又本传“赞曰”称：“赋莫深于《离骚》，反而广之；辞莫丽于相如，作四赋：皆斟酌其本，相与放依而驰骋云。”可见扬雄仿相如为“四赋”（《甘泉》《长杨》《河东》《校猎》）与仿屈原作《反离骚》，既仿其本，又驰骋其意与词。同样，陶渊明写《闲情赋》，于赋序亦谓“初张衡作《定情赋》，蔡邕作《检逸赋》……缀文之士，奕代继作，并因触类，广其辞义。余园闾多暇，复染翰为之”，是补续，也是自为。这种以模仿前人写赋并补益其词意者甚多，兹举两则纪事为例。

一则是南朝张融写《海赋》故事。《南齐书·张融传》记载："(融)浮海至交州，于海中作《海赋》……文辞诡激，独与众异。后还京师，以示镇国将军顾恺之，恺之曰：'卿此赋实超玄虚，但恨不道盐耳。'融即求笔注之曰：'漉沙构白，熬波出素。积雪中春，飞霜暑路。'此四句，后所足也。"这里有两点值得注意：第一点是，"此赋实超玄虚"语指西晋时木华(字玄虚)曾作史上第一篇状写大海的完整赋章，所言的"超"指超过前者，但前提是对前赋的模仿。比较两篇《海赋》，木赋首述大海之形成，并广大其象，谦卑其意，以层层比喻，夸张形容，借助神话传说，虚构异国幻境，后世评说"文甚隽丽，足继前良"(《文选》李善注引傅亮《文章志》)、"奥博详实，极赋家之能事"(章炳麟《国故论衡·文学总略》)。张赋层次清整，先绘饰大海声势，继描述海中奇鱼，又形容海上美景，再束以想象与玄理，以海上神山之景，状神奇之象以喻流心物外而"化静自清"的境界。这也牵涉到第二点，即两赋皆以"奥博详实"为赋，自隶于魏晋时代征实之文风，然何以顾恺之谓其"超玄虚"的同时，又责其"不道盐"之失，而张氏复补足"漉沙构白"四句以应对，这又说明赋家模仿前贤又欲超越的写作心态，落实到物态描写方面，也常是具体而微的。

另一则是南宋人孙因模仿柳宗元《晋问》而成赋体文《越问》的本事。孙因是浙江慈溪人，《宋元学案补遗》有传。据其《越问序》所载，一是"借楚辞体而去其羌谇蹇咤之声，仿《晋问》意而削其佶屈聱牙之制"，这说明此赋模仿《晋问》却能变其体而更其制。一是言此赋在"王公(十朋)作赋后五十七，自句章徙余姚"时作，并指出王十朋"会稽三赋"之《会稽风俗赋》(另两篇是《蓬莱阁赋》《民事堂赋》）有三遗恨，即“止及（会稽）境内山川”，未能旁及古之越境；“杂举夫秔秫桑蚕”，而未及越地特产的“金锡”“竹箭”等；又对鱼盐之利未能详述，有举小而遗大的弊病。所以对照王赋，孙赋辟有“驻跸”（叙宋高宗逃难驻绍兴）、“良牧”（歌颂“帅宪新安汪公”即汪纲的政绩）、“封疆”、“金锡”、“竹箭”、“鱼盐”、“舟楫”、“越酿”、“越茶”等专章描述，多增地方事物风俗，以补王赋之阙。有趣的是，王十朋的《会稽风俗赋》是仿柳宗元《晋问》而作，孙因的《越问》是仿柳、王两篇而为，堪称再仿之作，所以他强调的于柳赋“更其制”与于王赋“补其遗”，是再仿后的“超前”创作，尽管马积高先生《赋史》认为“孙赋则铺述各种互不连续的事物，散漫无归，故虽颇有文彩，就命意、谋篇说，则远逊于《晋问》与《会稽风俗赋》”，然其主创意图的超越，则显而易见。

上举两事，仅举隅之见，类似情况在赋创作或赋家自述中常见。比如李白创制《大鹏》与《大猎》二赋，明明效仿汉人，却偏要在自己的赋序中对汉晋前贤或“鄙心陋之”，或谓“龌龊之甚”，虽有偏颇，却内涵了赋家“超”的意识。于是在文学史上出现了一种常见现象，诗人好追慕前贤，比如视诗、骚（或“风骚”）为终极追求，即如陶渊明的诗作，后代诗论评述唐宋名家，也只说王维学陶如何，韦应物得陶几许，孟浩然习陶所成，苏东坡仿陶最肖云云，鲜有超越的期许，杜甫诗在宋以后的地位亦然。赋家则不然，其仿前而超胜的创作现象之普遍，宜有赋“体”的因素，试举其要，聊述三端：

一曰“物”，即前人如陆机《文赋》所言“赋体物而浏亮”，换言之，就是赋体书写多物态的呈现。笔者曾在《从京都赋到田园诗——对诗赋文学创作传统的思考》一文中对以汉代出现的京都赋与晋宋兴起的田园诗进行比较研究，在试图说明公元初近五个世纪文学变迁之主流时，也分析了诗与赋“体”的差异，其中如与田园诗表现于田野之景、农耕之乐、隐逸之趣、景候之序、自适之情不相同者，在于京都赋更多地描写城市建设、宗教礼仪、商业贸易、物产风俗、游艺表演等。其中“物态”书写，更接近于赋体的特征。由于物质文明的进化，使“物以赋宣”（王延寿《鲁灵光殿赋》）的创作也就天生地具备了进化与超胜的质性。略述其要，又包括事物的发展，如刘邵《赵都赋》叙述“珍玩服物，则昆山美玉，玄珠曲环，轻绡启缯，织纩绨纨。其器用良马，则六弓四弩，绿沉黄间，堂嵠鱼肠，丁零角端”，写一都之物产，意在超越前人的观物视阈。这种事物的发展，又尝通过两方面在赋中呈示：一是外物的引进，尤其表现于古代王庭朝贡体系的贡物描写。如班固《西都赋》写外邦贡物：“有九真之麟，大宛之马，黄支之犀，条支之鸟。逾昆仑，越巨海，殊方异类，至于三万里。”对此，《文选》李善注：“《汉书》宣帝诏：九真献奇兽。”晋灼《汉书注》曰：驹形、麟色、牛角。又据《后汉书·西域传》载，汉和帝时甘英出行西域，经安息、条支直抵波斯湾，所见“皆前世所不至，山经所未详，莫不备其风土，使具珍怪”。可知赋中所写，皆有史可证的新鲜事物。二是技术的发展，促进赋中物象的趋新。例如明清时代对外贸易的扩大，一些新事物、新素材进入赋家笔下，出现了一大批诸如“眼镜”“自鸣钟”“电报”等新题材的咏物赋。如晚清学者章桂馨（光绪三十年进士）的《电报赋》描述与赞美电报科技之“关山咫尺”的“夺天工之巧”，以及“一刻千程，纵声万里”之妙，也是前人赋写物态不可能及的。

二曰“京”，即以京都赋为中心的体物大篇之创制，也内涵了赋体适宜城市文学表现的特征。《四库全书总目》于“地理类”提要云“首宫殿疏，尊宸居也”，而宫殿所在乃京都，或称“京师”，班固《白虎通》释“京师”谓“京，大也；师，众也。天子所居，故以大众言之”。联系到萧统编《文选》择“体裁”与“题材”时采取“首赋”与“首京都”（以班固《两都赋》居首），既是对以京都为中心的大一统文化的认同，也是与赋体切合城市文学之描写，尤其是擅长京都书写的特色。以汉代为例，汉赋就是“众大之词”，是对国家整体形象的文学化写照，其宗旨在班固、张衡京都赋中所说的“强干弱枝，隆上都而观万国”（《西都赋》）、“惠风广被，泽洎幽荒……重舌之人九译，佥稽首而来王”（《东京赋》）的华夏中心论与万邦协和观。这其中的“物态”与“德教”，奠定了后世辞赋（尤其是体物大赋）创作由“观物”到“观德”的书写模式。这也构成了历代京殿赋的不断摹写与仿制。但是在模仿过程中，赋家又无不表现出一种“一代胜过一代”的超胜思想。这又主要呈现在两个方面：一是赋中人物的超胜。比如司马相如《子虚》《上林》赋假托人物，“子虚”“乌有”“亡是公”代表楚、齐之地与天子之都，并以“亡是公”压倒“子虚”“乌有”，影写的是汉初由藩国盛到宫廷强的政治变迁，也奠定了大赋崇当世圣王的思想基础。又如扬雄《长杨赋》写天子游猎，也采用先述“汉三帝”（高祖、文帝、武帝）再写“今上”（成帝），即“今朝廷纯仁”一节描写，如果说扬雄赋还寄有一定的讽意，则其创作模式到东汉京都赋（班固与张衡的作品），颂当世圣王之意，已非常明显。二是赋家摹写的主观超胜意图，也成为历代京都赋书写的一大思想传统。这一点在左思写《三都赋》以汉代京都赋为鹄的之批评已肇其端：“假称珍怪，以为润色，若斯之类，匪啻于兹。考之果木，则生非其壤；校之神物，则出非其所。于辞则易于藻饰，于义则虚而无征。……余既思摹《二京》而赋《三都》……美物者贵依其本，赞事者宜本其实。”（《三都赋序》）继此，如唐人李华作《含元殿赋》，序称“陋百王之制度，出群子之胸臆。非敢厚自夸耀，以希名誉。欲使后之观者，知圣代有颂德之臣”；宋人杨侃作《皇畿赋》，序称“大宋畿甸之美，政化之始”；元人黄文仲作《大都赋》，开篇即云“窃惟大元之盛，两汉万不及也”，掩压前朝，一脉相承。这种创作心态落实到“体”，实与赋文擅长描绘都市文明并喻示社会进步切切相关。

三曰“反”，这又包括赋作的模仿性以及赋家的逆向思维。赋的赓续也有类诗的，如“和赋”如“和诗”。和赋有“和圣制”，如唐太宗作《小山赋》徐充容赓和，有“侪友自相和”，如高适和李邕《鹘赋》、苏辙和兄轼《沈香山子赋》等，还有后代同题赓和且次韵的，如“宋吕纲《浊醪有妙理赋》次东坡韵；明祈顺、舒芬、唐龙诸人《白鹿洞赋》次朱子韵”（王芑孙《读赋卮言·和赋例》）。这类赓续只有模仿，没有强烈的超胜意图，故在赋创作中有类似“和赋”的一种体裁“反”，则着意持续而超越。赋之“反”体，肇自扬雄《反离骚》，继续者有皮日休《反招魂》、赵秉文《反小山赋》、徐祯卿《反反骚》、尤侗《反招魂》、汪琬《反招隐》等。读扬雄《反骚》，一则读骚感于史事，表现出对屈原尊崇、同情以至哀怨的心理，一则借史事与旧文以抒发牢愁，貌似拟作，实多创思。也正因此中寄寓了“反”（以反彰正）的逆向思维，所以后世评价亦迥异。如朱熹评扬雄谓“屈原之罪人”“《离骚》之谗贼”（《楚辞集注》），李贽则认为“《离骚》，离忧也；《反骚》，反其辞，亦其忧也，正为屈子翻愁结耳”，其作“痛原转加，而哭世转剧”（《焚书》卷五《读史·反骚》）。“反”体在赋域的创作实践，自与赋体的补续与超越潜符默契。

观历代赋家创作（尤其是体物大赋），其超胜的主观意图，常建立在贬抑前人创作的基础上，这是骨子里的“文人相轻”，还是反映时代的进步？个中理趣，亦可商榷。

05

赋梦与梦赋

辞赋作品写梦，早在屈原的《离骚》“求女”描写与《九歌》中“幻境”构设，已见端倪，然以赋写梦境且有较强故事性的，学界多以宋玉《高唐》《神女》二赋为肇始。如前赋宋玉对楚襄王问“昔者先王尝游高唐，怠而昼寝，梦见一妇人曰：‘妾巫山之女也，为高唐之客。闻君游高唐，愿荐枕席。’王因幸之”；后赋开篇谓“楚襄王与宋玉游于云梦之浦，使玉赋高唐之事。其夜王寝，梦与神女遇，其妆甚丽。王异之，明日以白玉。玉曰：‘其梦若何？’王对曰……”，这也使此两赋成为写“梦”的姊妹篇。而此梦或称“高唐梦”，或称“神女梦”，或称“巫山云雨梦”，但无论是于地域（高唐）、于角色（神女），还是于本事（云雨），此赋之“梦”与楚文学波谲云诡的神秘性，颇多认同。近遇两事，让笔者对此“赋梦”产生了意外的思考。

一件事是应四川文理学院巴文化研究院之邀，参加“巴文化与南方丝绸之路”的学术研讨，为应景提交一份发言稿，名曰：区域视野与巴文学的思考。在发言之后，又题赠巴文化研究院短律一章："楚蜀临江景，於山可采诗。汉风巴渝舞，故国竹枝词。建院弦歌盛，谈文气象丕。云台何处觅？板楯有新姿。"首言"楚蜀"，喻意巴文学与楚蜀的交互，且与"赋"相关。如蜀人司马相如作《上林赋》描写歌舞之盛之"巴渝宋蔡"，《汉书》颜师古注："巴俞之人，刚勇好武，初高祖用之，克平三秦，美其功力，后使乐府习之，因名巴俞舞。"此蜀文学中之"巴"。又，《九歌·山鬼》首句"若有人兮山之阿"，王逸章句谓："山鬼仿佛若人，见于山之阿。"（洪兴祖《楚辞补注》）"於山"即"巫山"，属古巴地，联系到宋玉两赋的"云梦之台"，其将《诗经》的"汉水女神"转移到"巫山之境"，又楚文学中之"巴"，实质上也为巴文学留下一段"赋梦"的记忆。

当然此与"赋梦"本身没什么关联，所以另一件事或能引发思考，这就是近读清人尤侗《答蒋虎臣太史书》有关宋玉两赋所述"巫山云雨"的评述。尤文开篇说"巫山云雨之事，迄今数千百年，诗人引为美谈"，并列举如"一自高唐赋成后，楚天云雨尽堪疑"诸诗句，并对此"梦"作三点考辨：其一，认同所谓"有识者"说，辨其梦非襄王，《高唐赋》之"先王"指怀王，神女若"再见梦于襄王，几乎父子聚麀，无礼实甚"。此说取资宋人洪迈《容斋三笔》卷三《高唐神女赋》"若如所言，则是王父子皆与此女荒淫，殆近于聚麀之丑矣"。其二，《神女赋》中"王梦"当为"玉梦"，所谓"一点之讹，更为玉梦无疑"，并结合宋玉另一篇《登徒子好色赋》认为："所赋东家之子，亦仿此意。"所以继谓："玉所赋者，梦也。梦生于想，想生于因，乃亦有无因无想而为梦者。……极天地间奇怪、龌龊、恍惚、颠倒之事，何所不有？而况区区一夕之欢乎？"其三，尤氏复举曹植《洛神赋》与汤显祖《牡丹亭》言“此女梦中所犯，如晓风残月”，得出高唐“赋梦”的结论：“朝云暮雨，梦固无征，即神女岂有其人，不过如子虚、亡是之流。或有所假托而名焉，如子建感甄后而名《洛神》，安知玉不感于东家之子，而借神女以发其思慕郁结乎！”其说虽多推测，也未免著相，然其假托之喻，不无佳趣。

以高唐赋梦的托喻为例，看相关的系列拟赋，如曹植的《洛神赋》，即自谓“感宋玉对楚王神女之事”，而其描述方式，虽非进入梦境，但所述“于是精移神骇，忽焉思散”而见洛神的幻境，也是非“梦”即“梦”的书写。对此类描写，或从文化传统以观觇其托喻之本，这可以闻一多《高唐神女传说之分析》为代表。闻氏从《候人诗》与《高唐赋》、“高唐”与“高阳”、“高唐神女”与“涂山氏”、“云梦”与“桑林”等多视角探寻其渊源，其中“云梦”等“桑林”说，清人惠士奇《惠氏春秋说》解述《墨子》、近人陈梦家《高禖郊社祖庙通考》、法国汉学家桀溺《牧女与蚕娘》均有详细分析，且构成诗赋创作的一大意象传统。换言之，《高唐赋》的“人神交欢”情节在闻氏看来源自先民祭祀配偶天神的一种神圣的仪式，只是通过宋玉赋的梦境描写“虔诚一变而为淫欲，惊畏一变而为玩狎，于是那以先妣而兼高禖的高唐，在宋玉的赋中，便不能不堕落成一个奔女了”。

如果我们再结合前引尤侗的说法，赋梦之女神不过是“假托其名”，“赋梦”的托喻在唐人皮日休的《霍山赋》、孙樵的《大明宫赋》假借“山神”“大明宫神”以见梦的言说中有类似描绘，这一梦喻现象还可从历代文人的“梦赋”的书写观其大略。历代以“梦”为题的赋作极多，以陈元龙《历代赋汇》收录为例，有汉王延寿《梦赋》、唐杜頠《梦赋》、蒋防《梦捧日赋》、贾餗《庄周梦为胡蝶赋》、张随《庄周梦胡蝶赋》、周繇《梦舞钟馗赋》、柳宗元《梦归赋》、宋晁补之《梦觌赋》、欧阳修《述梦赋》、明胡俨《述梦赋》、杨爵《梦游山赋》、卢楠《梦洲赋》等。

夷考古人梦赋，大体可分三类：

一曰"托梦"，这其中又分"吉"与"凶"两种，如杜頠《梦赋》所言"夫梦者……亦或不意而得，亦或因感而生，明休咎之先非，通喜怒之深情。其为吉也，悬三刀以作郡，凌八门而上征……其为凶也……"，如"吉梦"之"悬三刀"，或谓"悬刀梦"，典出《晋书·王浚传》："浚夜梦悬三刀于卧室梁上，须臾又益一刀，浚惊觉，意甚恶之。主簿李毅再拜贺曰：'三刀为州字，又益一者，明府其临益州乎？'……果迁浚益州刺史。"此吉乃升官梦兆。落实到具体赋作，如首以"梦"命赋的汉人王延寿《梦赋》，据《后汉书》本传载"曾有异梦，意恶之，乃作《梦赋》"、《水经注》卷三十八载"年二十得恶梦，作《梦赋》"，可知此赋述"凶"。赋中描写了十八种鬼怪，如"蛇头而四角，鱼首而鸟身，三足而六眼，龙形而似人"，纷扰以作祟。然合观《古文苑》所录此赋之序谓"臣弱冠尝夜寝，见鬼物与臣战。遂得东方朔与臣作骂鬼之书，臣遂作赋一篇叙梦，后梦者读诵以却鬼，数数有验"，以及赋之"乱曰"所言"齐桓梦物，而亦以霸。武丁夜感，而得贤佐。周梦九龄克百庆，晋文盬脑国以竞。老子役鬼为神将，转祸为福永无恙"，可知此凶梦当有所指，情节属虚构，并寓转祸为福之意。写吉兆的梦赋也很多，最典型的是蒋防的《梦捧日赋》，此属唐人应试律赋歌颂"祥瑞"的写作。"捧日"语本《三国志·程昱传》"表昱为东平相"裴松之注引晋王沉《魏书》"昱少时常梦上泰山，两手捧日，昱私异之，以语荀彧……彧以昱梦白太祖"，后以捧日比喻忠心辅佐帝王。观蒋赋以“神遇辉烛，兆发嘉祥”为韵，已彰其旨，而赋谓“诚发身之兆朕，符翊圣之祯祥”“常眷眷于天路，每拳拳于云表”，士子求遇之情切昭然。与王延寿赋梦述鬼“凶”不同，唐末“咸通十哲”之一的周繇《梦舞钟馗赋》（一名《明皇梦钟馗赋》）则借民间“钟馗打鬼”传说，以及唐明皇病愈后命吴道子绘《钟馗捉鬼图》的本事，叙述唐玄宗患病，梦钟馗来舞，觉而痊愈，诚为“吉梦”。赋中写打鬼之状如“奋长髯于阔臆，斜领全开；搔短发于圆颅，危冠欲坠”“顿趾而虎跳幽谷，昂首而龙跃深渊”“或呀口而扬音，或蹲身而节拍”，遣词顿挫，形象生动，然其托喻鞭挞乱世宵小之意，也是不言自明的。

二曰“述梦”，即赋家书写梦境以托喻现实情怀。这可以唐柳宗元《梦归赋》与明胡俨《述梦赋》为代表。柳赋书写谪贬永州时的思乡之情，假托梦境，先述梦魂飘游于天地间，“欻腾踊而上浮兮，俄滉瀁之无依。圆方混而不形兮，颢醇白之霏霏。上茫茫而无星辰兮，下不见夫水陆”；后写梦归故乡后所见之凄凉景象“原田芜秽兮，峥嵘榛棘；乔木摧解兮，垣庐不饰”；又束之以“魂恍罔若有亡兮，涕汪浪以陨轼”迷茫心绪，梦境与实情的叠合，已然无间。胡赋则写梦境游仙，赋中除了模仿屈原《离骚》游行笔法，如“振余袂于千仞兮，晞余发乎阳乔；升昆仑而餐玉英兮，渺瑶水之荡潏”，则多穿插神话故事，如谓“卢生去而不返兮，海若夸于河伯，陋夸父之不知止兮，哀愚公之又惑”，然结果总是“恍然乎归来兮，惟觉时之寝处，寄遐思于寥廓兮，玩孤芳而容与”的现实心境。所以这类述梦赋，情虽非一，或思乡，或游仙，所写梦境再光怪陆离，仍是“大道坦坦而无曲兮，固不越乎吾之心”（杨爵《梦游山赋》）的政教约制与言志本旨。

三曰“论梦”，是赋家通过铺陈的手法叙写历史上的“梦”与为

“梦”之理。“觉之所得者为实，梦之所得者为想，苟一慰乎余心，又何较乎真妄”（欧阳修《述梦赋》），这或许正是中国古代文人对梦之“想”的典型论述及态度。在赋域中，可以说梦赋的创作无不包涵劝戒之意与教化之理。晁补之《梦觌赋》梦述“三媪”，多秽恶之象，然观其言述，则谓“微夫周公之见兮，连若此其余衰”。这其中暗含了孔子梦周公的乐教趣味。《论语》中孔子四次提到周公，如《泰伯》“如有周公之才之美，使骄且吝，其余不足观也”，又《述而》“甚矣吾衰也，久矣吾不复梦见周公”，可见梦周公是因其才美，才美是因其制礼作乐，所以孔子梦周公是儒家的“礼制梦”。与之相应的是《庄子·齐物论》所载“庄周梦蝶”，宜为道家的“自然梦”，而庄子的梦也作为历史著名之梦而为赋家喜闻乐道。如贾餗《庄周梦为胡蝶赋》（以“昔者庄周梦为胡蝶”为韵）以“明道之枢，喻心之适”为旨，倡言“至人因兹托讽，为鱼而江湖可入，为鸟而风云可控。飘然而往，安知弃我如遗；倏尔复来，又疑与尔俱梦”，述庄梦亦含论梦之理。记得某年应邀为某干部培训班讲国学，对方要求以“中国梦”为主题，笔者忽灵机一动，列述中国古代的“四梦”，一曰“孔子梦”，乃礼制梦；二曰“庄周梦”，乃自然梦；三曰《牡丹亭》之“游园惊梦”，乃爱情梦；四曰李公佐《南柯太守传》与沈既济《枕中记》中的“黄粱梦”，乃空想梦。而孔、庄之梦，以礼制与自然撑拄起的是儒、道学术的双峰。读历代赋梦，似乎也不“超乎此心”。

回到高唐梦，无论巴蜀，还是巴楚，江山之助酝酿神奇意象，使笔者联想到前岁应约为巴中名岳撰《光雾山赋》，以为“光者硕大，呈刚健笃实之志；雾若绡縠，隐风鬟窈窕之仙”，观其景而书其文，虽未入梦，亦如梦境。于是自忖，古人的赋梦与梦赋，其“梦”不计真妄，只是托喻而已。

06 陶情适口说『酒』赋

诗酒风流，常拟状文人雅士之倜傥，而赋者言“酒”，清代小说家蒲松龄《酒人赋》开篇谓“有一物焉，陶情适口，饮则醺醺腾腾，厥名为‘酒’”，“陶情适口”，既是饮酒的基本需求，也是品酒的一种境界。记得若干年前，江苏宿迁洋河酒厂主事者来金陵，邀笔者撰《酒都赋》，刻碑立石于酒厂的泗阳基地，蔚然壮观。然赋中论酒，有“天造美禄，地洌甘晶”“五谷丰登，九州兴酿”之功德；有“粤稽酒之所兴，肇自上皇。或云仪狄，或曰杜康”之史事；复有“酒如清镜，美善分明。……水血曲骨，色香味格，化精醇而弃糟粕，知麹蘖之有殊荣”之美誉；更有“创新励志，首肇绵柔”以颂扬其“梦之蓝”系列，所谓“绵柔”，也算是先“适口”再“陶情”的创意酒品。

古人以赋体述酒，自《楚辞》已见端倪，如《九歌》之“奠桂酒兮椒浆”（《东皇太一》）、“援北斗兮酌桂浆”（《东君》），酒已被奉为美物。汉初枚乘《七发》言“楚太子”病状包括“嘘唏烦酲”，而述“饮食”之美时复有“兰英之酒，酌以涤之”，啜佳酿与害病酲，酒之于人的两面性已被揭示。这种两面性已成为历史上很多专题酒赋的创作主题，也是对“陶情适口”的实践与伤害。清人孙星衍辑《续古文苑》有初汉邹阳《酒赋》一篇，按时序应是署名最早的赋酒之作。赋中描写，除了“清者为酒，浊者为醴”类的知识介绍，其或谓“庶民以为欢，君子以为礼”以美其德用，或谓“纵酒作倡，倾盌覆觞”以讽其纵贪。围绕讽、颂两端，历代赋作说酒，又别出心裁，从多视角展开：

或调笑以陈戏谑，如扬雄之《酒赋》见载《汉书·游侠传》(亦作《酒箴》)，《太平御览》八十九引序云：“汉孝成皇帝好酒，雄作《酒赋》以讽之。”然观今存赋文一段：

汉　绿釉陶樽

子犹瓶矣，观瓶之居，居井之湄。处高临深，动常近危。酒醪不入，藏水满怀。不得左右，牵于纆徽。……自用如此，不如鸱夷。鸱夷滑稽，腹大如壶。尽日盛酒，人复藉酤。常为国器，托于属车。出入两宫，经营公家。由是言之，酒何过乎！

此非全篇，前后宜有质难之词，然观这段文字，假酒客为酒的辩护，寄讽于谐，化庄为谑。或正论以明教化，如曹植《酒赋》即于序中明言："余览扬雄《酒赋》，辞甚瑰玮，颇戏而不雅，聊作《酒赋》，粗究其终始。"所言"终始"，实用三段文字开解。首论酒之功用：

嘉仪氏之造思，亮兹美之独珍。仰酒旗之景曜，协嘉号于天辰。穆生以醴而辞楚，侯嬴感爵而轻身。其味有宜城醪醴，苍梧醥清。

次写"王孙""游侠"，"宴笑无言"之乱德，其醉态"或扬袂屡舞，或叩剑清歌，或颦噈辞觞，或奋爵横飞，或叹骊驹既驾，或称朝露未晞"，从而引出末段"矫俗先生"的正论：

噫！夫言何容易。此乃淫荒之源，非作者之事。若耽于觞酌，流情纵逸，先王所禁，君子所斥。

魏晋人好酒，然多言酒德，如刘伶之《酒德颂》，最为著名。曹植虽以才见胜，但论赋却有"辞赋小道，固未足以揄扬大义"（《与杨祖德书》）的批评，认同扬雄悔赋"雕虫篆刻，壮夫不为"（《法言·吾子》）的说法，但此赋却是针对扬雄之作"戏而不雅"而为，具有申论正体，以醪醴喻君子品德的思想作用。

或写实以谈游乐，如晋人张载的《酃酒赋》。酃酒，即酃湖之酒，是湖乡衡阳的地方特色酒，据史载司马炎建西晋朝，因于开国大典上荐酃酒于太庙，时称“国酒”，南朝盛弘之《荆州记》亦有“湘东酃湖酒，年年入贡”的记述。张赋除了有关“惟圣贤之兴作，贵垂功而不泯”的圣作之赞，以及“造酿在秋，告成在春。备味滋和，体色淳清”的酿成过程，其最突出的描写是：

于是纠合同好，以遨以游。嘉宾云会，矩坐四周。设金樽于南楹，酌浮觞以旋流。备鲜肴以绮错，进时膳之珍羞。……咸德至以自足，愿栖迟于一丘。

虽然赋者仍谈圣作，亦重酒德，然对酒助兴宾朋、遨游山水的功用和趣味之关注，又与渐次开启的魏晋风流的时代合契，较前此更趋向于文学化的新审美与新体验。

或借题以喻哲理，如苏轼的《浊醪有妙理赋》。我在前引拙撰《酒都赋》中特别提到唐宋时期的两大文豪李白与苏轼，即“太白扬觯吟醉，东坡把酒徜徉”，如果说“李白斗酒诗百篇”（杜甫《饮中八仙歌》），是酒助诗兴的代表，那么酒与赋的呈现，苏轼宜为典范。陈元龙《历代赋汇》“饮食类”共收录酒赋17篇，其中就有苏赋4篇，分别为《酒子赋》《中山松醪赋》《洞庭春色赋》与《浊醪有妙理赋》，或叙酿造，或言品类，或谈哲理。其中《浊醪有妙理赋》系作者谪居海南时所作律赋，赋文化解杜甫“浊醪有妙理，庶用慰沈淳”（《晦日寻崔戢李封诗》）诗意，重在写“酒”之神，以表现洒脱之情，旷达之性：

兀尔坐忘，浩然天纵，如如不动而体无碍，了了常知而心不用。……今夫明月之珠，不可以襦；夜光之璧，不可以餔。刍豢饱我而不我觉，布帛燠我而不我娱。惟此君独游万物之表，盖天下不可一日而无。在醉常醒，孰是狂人之药；得意忘味，始知至道之腴。

“适口”自不待言，“陶情”已在其中，赋酒之迷狂痴醉之状，浊醪妙理之趣，信笔拈来，随意挥洒，无所挂碍，而作者的政治挫折，人生忧患，亦如眼光扫空，不着痕迹。李调元《赋话》卷十谓之“穷达皆宜，才是妙理道篇，豪爽而有隽致，真率而能细入前无古人，后无来者”，堪称的评。由于这是赋酒名篇，南宋李纲复为同题“次东坡韵”之作，赋以“故我取足于心，得全于酒。内以此而怡弟昆，外以此而燕宾友。虽一杯于一石同酣适之功，又何必吸百川以长鲸之口”收束，浦铣认为苏赋“气局雄健”、李赋“词旨激昂”，并与元稹赋“体格博大”而“可为鼎足”（《复小斋赋话》下卷），读此酒赋与和作，可窥一斑。

酒有多品，赋亦随之。阅读历代酒赋，或写其种类，如元好问的《蒲陶酒赋》，于序文记叙“贞祐中，邻里一民家避寇，自山中归，见竹器所贮蒲陶在空盎上者，枝蒂已干，而汁流盎中，薰然有酒气。饮之，良酒也”，以一偶然之遇而成一佳酿品种，诚为传奇。然“蒲陶”（葡萄）与“纯白之士”（白酒）的不同滋“味”，也是赋者描述与关注的。或写其酿造之法，如元朝至正年间朱德润所写的《轧赖机酒赋》，其序谓：“推官冯仕可惠以轧赖机酒，命仆赋之，盖译语谓重酿酒也。”可知所谓“轧赖机”是译语，指重酿酒，就是现在说的蒸馏法制酒。所以与前人的写作相比，朱赋的创新之处，更多地体现于对蒸馏酒的制作设备和工艺的生动描绘。诸如“而色如酎，贮以札索麻，而气微香”“酿器扃钥之机，酒候温凉之殊”“火炽既盛，鼎沸为汤”“薰陶渐渍，凝结为炀。滃渤若云蒸而雨滴，霏微如雾融而露瀼”，多为前人未及，实属近古酿造新技术的写照。

酒为甘洌，人称美德，固为赋家所重，然“适口”在持中，“陶情”则自得，于是过量之病，谓之酗酒。缘此，读诸家酒赋，又颇多“酒病”是斥，并陈“解醒”之方。较早通篇写酒病而寄以讽世的，当是唐代陆龟蒙的《中酒赋》。陆赋开宗明义云：“书编百氏，病载千名。将有滨于九死，谅无敌于余酲。”继而从多层面书写病酒之状，如何使酒病得以“醺骨酡颜，潜销暗释”，关键还是“受教于圣贤”，而归之酒德。

与之相应的是金代赵秉文的《解朝酲赋》，其解酒病之法有二：一是物质的，如“辣蓼之和，邪蒿之酱，牛鱼之醢，鹿尾之浆，海东头鹅，安西尾羊……殿以红腊，饭以黄粱。然后煎以松风蟹眼之汤，燃以清泉黄串之香”；二是精神的，如“龙岩雪谿，擘乌丝而操翰墨；竹溪黄山，挥玉麈而谈冰霜”“笑五斗于竹林，追独醒于沅湘”，方能“辗然汗出，释然病已”。相比于赵赋的温和解醒之法，蒲松龄的《酒人赋》写解酒之方，则是奇特而畅快。试观其赋的末段文字：

有狂药下，客气粗，努石棱，磔鬡须，袒两臂，跃双趺；尘蒙蒙兮满面，哇浪浪兮沾裾；口狺狺兮乱吠，发蓬蓬兮若奴。……舌底生莲者，不能穷其状；灯前取影者，不能为之图。父母前而受忤，妻子弱而难扶。或以父执之良友，无端受骂于灌夫。婉言以警，倍益眩瞑。此名“酒凶”，不可救拯。惟有一术，可以解酩。厥术维何？只须一梃。絷其手足，与斩豕等，止困其臀，勿伤其顶，捶至百余，豁然顿醒。

蒲赋首启酒品之“陶情适口”之正音，而收束处却以小说笔法，描写“病叶狂花”的醉鬼之状，并对难以拯救的“酒凶”提出“解酩”一术，这种梃捶棒喝的作为，既轻逸，又沉重；既诙谐，又惊绝，充分揭示了作者悲世、痛世、入世、救世的激切情感与无奈心境。

赋家品酒，多尊酒德，以及对酒之功用的臧否，实与赋创作附着《诗》《书》“经义”有关。考究其源，本在《尚书·酒诰》惩殷王之乱政，故谓“饮惟祀，德将无醉”，“庶群自酒，腥闻在上，故天降丧于殷，罔爱于殷”，“惟工乃湎于酒”；其《无逸》又引周公曰：“无若殷王受之迷乱，酗于酒德哉。”而《诗经·小雅·宾之初筵》惩于酗酒，而有“宾既醉止，载号载呶。乱我笾豆，屡舞僛僛”的描写，《小雅·南有嘉鱼》明其酒德，故有“君子有酒，嘉宾式燕绥之”的赞美。如此以酒德赋酒文，意旨委实沉重，从阅读感受来讲，确实有点减损鉴赏的趣味。所以相比诸家酒赋，我觉得还是宋人的酒赋如东坡之作写得较空灵超逸，他如张耒赋酒所谓“张子晨起，落然四壁，千林霜晓，四顾寒寂。先生惘然而不自顾，视壁间若有物焉，短脰魁腹兮，长喙旁啄而椎髻上直也。虽未知其何祥，而津津然有喜色矣。于是童子趋而进曰：是有客曰麴生者，愿奉先生于顷刻”（《卯饮赋》），因理趣而造境，“适口”兼得酒味与人品，“陶情”兼有人情与酒德，“适口”即“陶情”，才有自得之义。

07 《阿房宫赋》的立意与拟效

唐人杜牧以诗闻名，赋创作仅三篇，其中《阿房宫赋》以短制发议论，气格遒劲，在赋史上独标一帜，为世所重，评为名篇佳构。然近代赋史对杜牧这篇赋的态度却看法轩轾，或对其只字不提（如铃木虎雄《赋史大要》），或对之评价甚高（如马积高《赋史》），究其因应在对赋之“体”的认知，这其中也包括《阿房宫赋》的立意与拟效。

该赋分为两大段：前段写阿房宫的兴建与焚毁，寄兴衰之理；后段发抒议论，寓伤古哀今之情。关于赋的主旨，作者《上知己文章启》自谓“宝历（唐敬宗年号）大起宫室，广声色，故作《阿房宫赋》”，其为有针对性的“警世”之作，已被论者认同。所以我们读杜牧诗如“落魄江湖载酒行，楚腰纤细掌中轻。十年一觉扬州梦，赢得青楼薄幸名”（《遣怀》），感到的是轻佻倩巧，而读其赋，则如《唐书》本传所载“刚直有气节”，“论列大事，指陈病利尤切”，这也切合他本人在《上李中丞书》自称“治乱兴亡之迹，财赋兵甲之事，地形之险易远近，古人之长短得失”，靡不毕究，表现出一种社会责任的担当。而在历代评论中，对这篇赋的评价，更关注的是“体”，这又呈现于两端：

一是唐人试赋，尤重“素学”，闱场赋与文人赋虽不同，但皆围绕制度而出现。祝尧《古赋辨体》卷七《唐体》“杜牧之”条：“牧之为举子时，崔郾试进士，东都吴武陵谓郾曰：‘君方为天子求奇才，敢献所益。’因出《阿房宫赋》，辞既警拔，而武陵音吐鸿畅，坐客大惊。武陵谓曰：‘牧方试有司，请以第一人处之？’郾谢已得其人，至第五，郾未对。武陵勃然曰：‘不尔，宜以赋见还。’牧果异等。”唐代闱场试赋以律体，然投卷观素学则不拘于体，而以立意警拔为佳，可知《阿房宫赋》实与科试有关。

二是赋出议论，与文赋体的关联。再看祝尧前书“阿房宫赋”条：“赋也。前半篇造句，犹是赋，后半篇议论俊发，醒人心目，自是一段好文字，赋之本体恐不如此。以至宋朝诸家之赋，大抵皆用此格。潘子真载曾南丰曰：‘牧之赋宏壮巨丽，驰骋上下，累数百言，至“楚人一炬，可怜焦土”，其论盛衰之变判于此矣。’然南丰亦只论其赋之文，而未及论其赋之体。”后续同类言说甚多，如戴纶喆《汉魏六朝赋摘艳谱说》辨体谓“杜牧之《阿房宫赋》‘明星荧荧，开妆镜也’等句，古赋变调”；徐文驹《松阴堂赋集序》谓“小杜之《阿房》，大苏之《赤壁》，则又有所为文赋者”；方象瑛《与徐武令论赋书》谓“《阿房》《赤壁》以记为赋，王、骆诸公以歌行为赋，虽才极横溢，揆之正体，必有未合”，皆着眼于“体”，以明唐宋所出现之文赋擅长议论的创作现象。

何以因议论而成文赋，宜从杜牧《阿房宫赋》的立意观其变体，这又需考察其对以往文本的拟效。论本事，杜赋是对汉史论秦政的拟

清　袁耀　仿阿房宫山水图轴

效。据《史记·秦始皇本纪》记载，始皇三十五年（前212），以咸阳人多，先王宫小，“先作前殿阿房，东西五百步，南北五十丈，上可以坐万人，下可以建五丈旗，周驰为阁道，自殿下直抵南山，表南山之颠以为阙。为复道，自阿房渡渭，属之咸阳”。为建此宫，前后动用70余万刑徒，以致“关中计宫三百，关外四百余”。杜赋咏史，首本史籍，影写史事，故有针对现实的“过秦”而反对奢侈的立意。

因史事而述赋，杜赋拟效赋史，又可见立意中一大传统。清人孙奎《春晖园赋苑卮言》卷上记述：“或读《阿房宫赋》至‘歌台暖响，春光融融。舞袖冷殿，风雨凄凄。一日之内，一宫之间，而气候不齐’，击节叹赏，以为形容广大如此，不知牧之此意，盖体魏卞兰《许昌宫赋》也。其词曰：‘其阴则望舒凉室，羲和温房；隆冬御絺，盛夏重裳。同一宇之深邃，致寒暑于阴阳。’非出乎此乎？”此就殿宇“广大”而言，然赋家夸饰其辞，重在个中讽意，就杜赋说，实传承汉赋中的“亡秦”教训。可以说，汉赋家的“建德”观，以及“大汉继周”的德教传统，多与惩秦亡教训相关。试观两则赋例：

越安定以容与兮，遵长城之漫漫。剧蒙公之疲民兮，为强秦乎筑怨。舍高亥之切忧兮，事蛮狄之辽患。不耀德以绥远兮，顾厚固而缮藩。身首分而不寤兮，犹数功而辞愆。（班彪《北征赋》）

秦政利觜长距，终得擅场。思专其侈，以莫己若。乃构阿房，起甘泉，结云阁，冠南山，征税尽，人力殚。……驱以就役，唯力是视。百姓弗能忍，是以息肩于大汉。（张衡《东京赋》）

对照杜赋开篇之“六王毕，四海一，蜀山兀，阿房出”的形容，赋中对“秦爱纷奢，人亦念其家。奈何取之尽锱铢，用之如泥沙”的惩戒，与汉赋之戟指“强秦”并以“阿房”为例，是一脉相承的。所不同者是汉赋借以倡汉德以讽颂，杜赋戒唐侈以尊俭德。由此来看前引杜赋体效卞兰赋，仅得其数句，而未尽其全意，古人评点所限，亦当明辨。

前人尚有杜赋取效杨敬之赋之说，如刘克庄《后村诗话》云：“樊川《阿房宫赋》中间数语，特脱换杨敬之《华山赋》尔。”如《华山赋》中“小星奕奕，焚咸阳矣”句式极类杜赋之法，尤其该赋末段议论，取“圣人之抚天下”与秦皇、汉武迷信祀神对比，以前朝训戒当世，与杜赋末段议论相埒，意绪相承，不无道理。然则刘克庄所言，实为后人效仿前人文法之一例，在此则言说前，尚有数例，如贾谊《过秦论》、枚乘《七发》。所以再举杜赋取效杨赋例，认为“未至若枚乘之纯犯前作”，以陈褒扬义。问题是刘克庄所举拟效文例，并不拘于一体，内含了文体互通现象，《阿房宫赋》戒“秦”以讽“唐”而于赋中阐发议论，也有着“破体”为文的拟效途径。

由此，读《阿房宫赋》，不仅可见其拟效汉以来赋体的创作，而且因其议论为赋，尤可窥探其拟效汉文的地方。

据《三辅黄图》记载，阿房宫“规恢三百余里”，“阁道通骊山八百余里”，可知赋中的夸饰是有前朝文献依据的。但是，赋家写阿房宫的规制，是拟状大秦帝国的声势，复以其“胜极”比照“衰毁”，所以全赋中心，则在后半部分的议论，所谓“戍卒叫，函谷举，楚人一炬，可怜焦土”，以陈涉起事大泽与项羽火烧阿房宫故事喻示兴亡教训。在赋中议论，取法贾谊《过秦论》“秦以区区之地，千乘之权，招八州而朝同列，百有余年矣，然后以六合为家，崤函为宫。一夫作难而七庙隳，身死人手，为天下笑，何也？仁义不施，而攻守之势异也”等言说，是显而易见的。如果再拓开视域，品读汉史，班固《汉书·贾邹枚路传》引贾山《至言》中的话语，却更接近杜赋的描写，宜为杜牧作赋时拟效的重要文献。兹引一则：

（秦）贵为天子，富有天下，赋敛重数，百姓任罢，赭衣半道，群盗满山，使天下之人戴目而视，倾耳而听。一夫大呼，天下响应者，陈胜是也。秦非徒如此也，起咸阳而西至雍，离宫三百，钟鼓帷帐，不移而具。又为阿房之殿，殿高数十仞，东西五里，南北千步，从车罗骑，四马骛驰，旌旗不桡。为宫室之丽至于此，使其后世曾不得聚庐而托处焉。

贾山于汉文帝朝进言“俭德”，以亡秦为教训，写阿房宫之壮丽，以及继写建驰道之壮观所谓“为驰道于天下，东穷燕齐，南极吴楚，江湖之上，濒海之观毕至。道广五十步，三丈而树，厚筑其外，隐以金椎，树以青松。为驰道之丽至于此，使其后世曾不得邪径而托足焉”，再写秦皇死葬骊山之豪奢，感叹“使其后世曾不得蓬颗蔽冢而托葬焉”，最后束以“秦以熊罴之力，虎狼之心，蚕食诸侯，并吞海内，而不笃礼义，故天殃已加矣”的议论。虽然贾山不拘于阿房宫而发论，然对比杜赋的书写，其描述、句式、感慨无不毕肖，此赋史研究者未及之处，宜为强调并加以补益。

笔者曾编选一本历代抒情小赋，自然要选录杜牧的《阿房宫赋》，并作简略评价：“这是篇兼得抒情散文的情韵和历史论文的深邃之赋作。从其内容与形式来看，有两点值得注意：一是摆脱以往宫殿赋以颂为主的创作蹊径，而变之以暴露批判，拓宽和深化了这类题材。二是赋的语言前半兼散于律，后半纯用散体，这与中唐古文运动的影响有关，可视为从唐代律赋向宋代文赋转变过程中的一篇重要作品。”这也许是取资前人优评而来，而观历代差评亦多，如祝尧谓之“议论俊发，醒人心目”，却结合宋人的文赋创作，认为“至于赋，若以文体为之，则专尚于理而遂略于辞、昧于情矣”（《古赋辨体》卷八），就“赋”而言，是否定的。《说郛》摘录《道山清话》一则：苏东坡在雪堂，读《阿房宫赋》一遍，就咨嗟叹息，至夜分不能寐，阶下二老兵听得最深刻句子是“使天下之人不敢言而敢怒”。这既说明苏轼对杜赋的挚爱，又透露出苏赋如《赤壁》者以文体为之，关键仍在好为议论。因“议论”而成“文赋”，是与唐宋时期“破体为文”的风气相关，所谓“文成破体书在纸”（李商隐《韩碑》）、“情通破体新”（韩偓《无题》），从杜甫“以诗为文”、韩愈“以文为诗”到杜牧、苏轼等以文体为“赋”，是欲打破“文各有体”的藩篱，有着共时的特征。同时，一种新体的形成，又与作者文本的拟效有关，杜牧《阿房宫赋》为强化“警世”的思想主旨，多重拟效，其中尤其是拟效汉文中的“过秦”之论，自然引议论入赋，构建新体是一方面，而文本书写的需求与效果，或许才是更为重要的。

第七章

华采弥缛　传衍后世

赋以体物见长，但其体物历史与面向亦多变化，如从汉人的“感物造端”到晋人的“体物浏亮”，从汉晋时其的感物与体物再到唐宋以后人对赋物的批评开拓，例如“象体”“比体”“实体”“虚体”“影体”等等，所谓华采弥缛，气象万千。而在具体的书写中，汉赋大制与唐诗短章对物态的描绘又有不同，前者可谓“大中见小”，后者可谓“小中见大”。而赋体华彩，传衍后世，就作家论，如淮阴“二枚”（枚乘、枚皋）的创作，与身居江南而论赋的“三刘”（刘勰、刘熙载、刘师培）之批评，先后映照；就作品论，如《世说新语》所载赋语，有关情态描写的赋篇，品评其文，耐人寻味。

01 赋『体物』史话

诗与赋的区分，最典型的无过陆机《文赋》所说的“诗缘情而绮靡，赋体物而浏亮”，其以“缘情”与“体物”标其特征，几乎为历代论赋者所接受。如继陆机之后，刘勰在《文心雕龙·诠赋》论赋之体，明确其“铺采摛文，体物写志”的功用。后世或论古赋，多重体物之效，如刘熙载《艺概·赋概》谓“赋起于情事杂沓，诗不能驭，故为赋以铺陈之。斯于千态万状，层见迭出者，吐无不畅，畅无或竭”，因为“赋取穷物之变”。或论律赋，多重技法，如范仲淹《赋林衡鉴序》所谓“取比象者，谓之体物”。到了清代，诸多赋选与赋格谈律赋（时赋）写法，多将“体物”归于技巧，如余丙照《赋学指南》将“体物”系于“论诠题”后众法则中的一项，认为“凡咏物题，最忌肤泛。然用典沾滞，毫无生动之趣，又一病也。须要细心体会，善于形容，方为写生妙手”。余氏并举当朝时赋（律体）如曹仁虎、尤侗等十余例赋的句式，为之开解，比如曹仁虎咏天竹，所谓“千丸烂漫，遥分湘女之

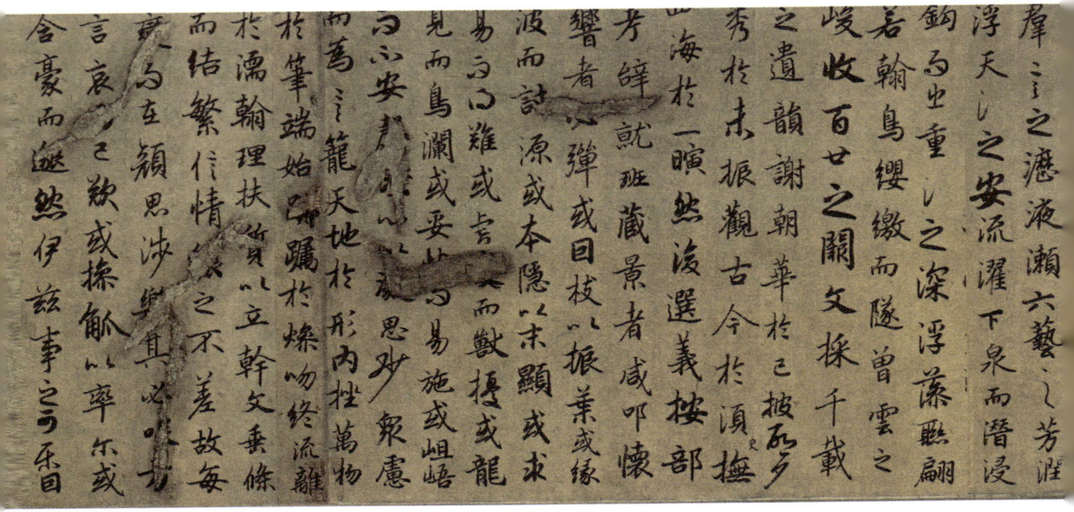

唐　陆柬之　文赋卷

斑；一簇团圞，便认鲛人之泣”（《天竹赋》），咏物而巧妙用典。又如尤侗咏春柳，所谓“三眠三起，瘦分南国之腰；一笑一颦，青人东君之眼”（《春柳赋》），咏物以形容拟人。这类具象分析，显然使“体物”之论发生了历史性的变移。

回到陆机提出赋“体物”说的语境，后人理解已发生歧异，这突出表现于是指“当时体”（“时赋”或“新体”），还是兼括“赋”体？

持前一种见解的，如明人谢榛《诗家直说》卷一认为“陆机《文赋》曰：‘诗缘情而绮靡，赋体物而浏亮。’夫‘绮靡’重六朝之弊，‘浏亮’非两汉之体”；胡应麟《诗薮》外篇卷二也指出“《文赋》云‘诗缘情而绮靡’，六朝之诗所自出也，汉以前无有也；‘赋体物而浏亮’，六朝之赋所自出也，汉以前无有也”。意思重复，都是择“浏亮”二字

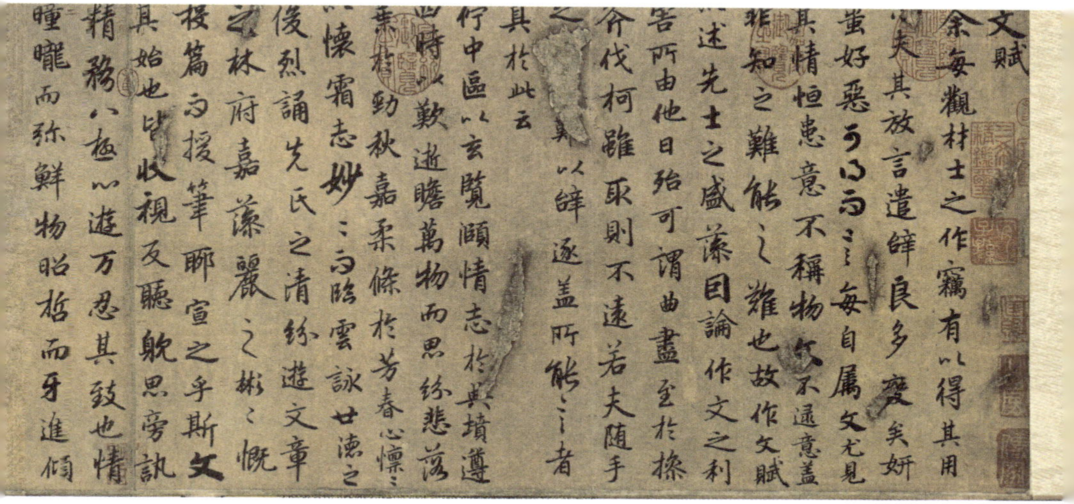

为说，解释“体物”之论，视为“六朝赋”的特色。魏谦升《赋品》也于《浏亮》一品，赞美“体物一语，士衡薪传”，同此意旨。

持后一种见解的，如上述刘勰《诠赋》论赋“铺采摛文，体物言志”，林纾《春觉斋论文·流别论》评曰：“一立赋之体，一达赋之旨。”很显然，刘勰的说法是兼括整个赋体的，而林纾的引述，以“体物”乃“达赋之旨”，思路也是一致。这又是兼括所有赋（包括汉代骋辞大赋）的认知。后世学者又更进一步，将《西京杂记》所载的“相如曰”即“合纂组以成文，列锦绣而为质，一经一纬，一宫一商，此赋之迹也。赋家之心，包括宇宙，总览人物，斯乃得之于内，不可得而传”，附着于“体物”论，例如潜兆谷《赋苑类选·例言》说“赋家之心”为“体物之宗”，乃“传心之道”，这将“体物”指向汉赋。此外，清人黄承吉《金雪舫文学赋钞序》合举陆机“体物以浏亮”与刘勰“兴情而明雅”语，视为“赋之权衡”，并谓“有寄托之赋，其义于刘意为近；有刻镂之赋，其义于陆思为先”，以内涵与风格划分，以为“寄托之赋”与“刻镂之赋”，则另辟蹊径，别为一说。

倘若说“体物”源于新体创作而形成了时代性特征，则以“体物”说涵盖全“赋”又为我们呈现出历史化的批评。而在赋论史上，却又有着以“新体”之论规范“旧体”的现象，其于“体物”之论，最典型的就是元人陈绎曾《文筌》论汉赋的“体物”法。他在其《古文矜式》论司马相如赋云：“司马相如善辞赋，长于体物：一曰实体，羽毛花实是也；二曰虚体，声色高下飞步是也；三曰比体，借物相兴是也；四曰相（象）体，连绵排双体状是也；五曰量体，数目方隅岁日变态是也；六曰连体，衣服宫室器用天地万物是也。相如尤长于相体。”又于其《汉赋制》之“铺叙”条在上述“六体”后增加一“影体”，计“七体”，并于诸体方法后，均分别加以说明。如其总论“体物”云：“体状物情，形容事意，正所谓赋。”继之较详细分述七种体物方法：

实体：体物之实形，如人之眉目手足，木之花叶根实，鸟兽之羽毛骨角，宫室之门墙栋宇也。惟天文题以声色字为实题。

虚体：体物之虚象，如心意、声色、长短、动静之类是也。心意、声色为死虚体，长短、高下为半虚体，动静、飞走为活虚体。

象体：以物之象貌，形容其精微而难状者，“缥”“烂焕乎”“浩然”“皇矣”“赫兮”“巍哉”“翼如也”“申申如也”“峨峨”“崔嵬”之类皆是也。有碎象体，有扁象体，有排象体，变化而用之。

比体：设比似以体物，如赋“云”言“羽旗”，“雪”言“璧玉”

是也。

量体：量物之上下、四方、远近、久暂、大小、长短、多寡之则而体之，其体有量本、量枝、量连、量形、量态、量时、量方，其法有数量、排量、总量。

连体：体物之相连及者。有近连，如赋“人”言“衣冠”，赋“马”言“鞍辔”“厩”之类是也；有远连，如赋“人”言“风云”，赋“马”言“舟”“海”之类是也。

影体：不著本物，泛览旁观，而本物宛见于言外。

这全然是对汉赋“体物”技艺的认知，究其根源，一在唐宋科举考赋之程文（律体）批评的技术化，一在元朝考赋“变律为古”的实用性。由此，也决定了古人对赋之“体物”的理解，既可具象到“浏亮”的新体义，也可宽泛到赋对“物态”的呈现。只是就呈现物态本身而言，赋论的走向又是由宽泛铺陈到具体技法。

于是纵览赋史有关“体物”思想的认知，又经历了由赋用之功、赋体之法到赋艺之技的变迁，这与整个赋学批评的历史演进相契合。

由于“体物”被理解为宽泛的物态呈现，赋史则潜藏着汉晋时代由“感物”到“体物”的衍化。“感物”说见载《汉书·艺文志》所称：“《传》曰‘不歌而诵谓之赋，登高能赋可以为大夫。’言感物造端，材智深美，可与图事，故可以为列大夫也。”刘熙载《赋概》将此“感物”句与《北史·魏收传》“会须作赋，始成大才士”语结合以论“才”，再与扬雄的“能读赋千首，则善为之”，以证“赋兼才学”。这种因“人”及“文”（赋）的思路，是合乎《汉志》本义的。换言之，汉人的“感物”说是“人文”兼“制度”的体现，延伸到赋域，是呈现物态以“比德”的思想，其中包括“山水”以比德，“仪象”（如朝会礼）以比德，“行为”（如游猎）以比德等等，均在赋用之功。

与之不同，陆机在晋代提出的“体物”观，与当时学术如王弼《周易略例·明象》谓“物无妄然，必由其理”的对“物自体”的关注相关，体物即体道。也因此，他的“体物”前提是“体有万殊，物无一量”的文体观，落实到“浏亮”的写作走向，与其赋写作要求如“辞达而理举”“无取乎冗长”乃至“立片言而居要，乃一篇之警策”切合，具有探寻赋体之法的特征。这种思想正切合于当时的创作风气，最典型的无过于张华《鹪鹩赋》序中所说“言有浅而可以托深，类有微而可以喻大”。这样看来，“体物”与“感物”属于不同的创作面向，有重赋用之“德”与重赋体之“物”的差异，但因赋“物”创作自身的必然联结，又得以追溯式的会融。这就是刘勰在《诠赋》中强调“体物写志”的赋旨，一则结合汉代赋家的创作，例如“相如《上林》繁类以成艳”“子云《甘泉》构深玮之风”等，一则又成就赋体，所谓“丽词雅义，符采相胜……立赋之大体”，于是无论“体国经野，义尚光大”的钜篇，还是“象其物宜”的小制，“体物”已与汉赋创作无缝对接。

自唐宋以后科举试赋，“体物”之论多趋于教示作法，渐成为赋艺之技。如李调元《雨村赋话》卷四论唐人赋作，认为：“唐人体物最工，么麽小题，却能穿穴经史。林滋《木人赋》云：‘来同避地，举趾而根柢则无；动必从绳，结舌而语言何有。’……李子卿《水萤赋》云：‘色动波间，状珠还于合浦；影悬潭下，若星聚于颍川。’字字典则，精妙无双。”体物已为写作技艺。又正唐宋试赋律体，又影响到论者对古赋作追溯式批评，陈绎曾的汉赋“七体”法才应运而生。如前述“物之象貌”与“连绵双叠体状”而构成的“象体”，又被细分作“碎象”“扇象”“排象”诸法。例如枚乘《梁王菟园赋》所写山景、树木及风物谓“西山隑隑，恤焉嵬嵬”“满庶庶焉，纷纷纭纭”“摩来幡幡”“湲浸疾东，流连焉辚辚，阴发绪菲菲”等，这属于以“排象”之法，体物状景。又如扬雄《羽猎赋》写部曲行猎以状其势则谓“鸿洞緁猎，殷殷轸轸”“缤纷往来，轠轳不绝”“汹汹旭旭”“莫莫纷纷”“沈沈容容”等，或用连绵，或用双叠，又属于“碎象”之法。再如班固《西都赋》描写宫室多用“洋洋”“汤汤”状其形，属“碎象”，但继而又在“尔乃正殿崔巍”后复用“尔乃盛娱游之壮丽”之“震震爚爚”，“尔乃期门佽飞”之“飑飑纷纷”，“尔乃移师趋险”等等，对应陈氏之说，又属于排对之“扇象”法，在赋中起到构象骋势的空间构架作用。与“象体”相应的是“比体”，譬如司马相如《子虚赋》所描写的楚王行猎，“乃驾驯驳之驷，乘雕玉之舆，靡鱼须之桡旃，曳明月之珠旗，建干将之雄戟，左乌号之雕弓，右夏服之劲箭。阳子骖乘，孅阿为御，案节未舒，即陵狡兽”，其中以“驯驳”“雕玉”喻马、车，以“干将”“乌号”夸弓戟，以“阳子”“孅阿”赞御夫，为的是让赋章更加典雅。到了汉末魏晋，赋中“比体”增多，如曹植《洛神赋》写洛神之美态，是“其形也，翩若惊鸿，婉若游龙，荣曜秋菊，华茂春松。仿佛兮若轻云之蔽月，飘摇兮若流风之回雪。远而望之，皎若太阳升朝霞；迫而察之，灼若芙蕖出绿波。秾纤得衷，修短合度。肩若削成，腰若约素”，这里连用了十个喻词（惊鸿、游龙、秋菊、春松、轻云、流风、朝霞、芙蕖、削成、约素），由形以达神。

而当“体物”在赋论家眼中全然成为写作技艺的一种方法，也就造成了“体物”论思想的泛化。宋人方逢辰《林上舍体物赋料序》认为:“赋难于体物，而体物者莫难于工，尤莫难于化无为有。一日之长，驱千奇万态于笔下，其模绘造化也，大而包乎天地。其形状禽鱼草木也，细而不遗乎纤介，非工焉能。”或大或小，无所不包，这与赋的铺陈法何异？清人万殊撰写《赋体物而浏亮赋》，其中描绘云“伊氛物之毕陈，贵曲体而勿误。思蒙翳之全消，自清华之尽吐”，也是漫无目的，缺少清晰的批评边界。直到二十世纪科学化论文撰写，于是有了对“体物”说的理论考源及界定，其言之凿凿，是发前人之未发，还是一厢情愿的索解，仍是赋学研究的悬案。或许，“体物”言赋，只是古人偶发之话头而已，并无我们想象的那么多的深意。

02 汉大赋的『见小』

刘勰《文心雕龙·诠赋》论赋说“铺采摛文，体物写志”“体国经野，义尚光大”，显然是偏重汉代骋辞大赋而言，以彰显赋家的大胸襟与大书写。这也构建了历代评汉赋“以大为美”的传统，其中最典型的是闻一多，他认为：“《上林赋》是司马相如所独创，它的境界极大。……凡大必美，其美无以名之，此太白‘白发三千丈’一句所以受评点家的密圈了。后来的《两京》《三都》诸赋，无非仿自《上林》《子虚》，由此可知在当时的人懂得大就是美，所以那些大赋还能受到称赏。”缘于语言铺张的特色撑起大的空间与境界，闻氏连带论及屈原《天问》的“大”，是“笔调变化也极尽其美”，枚乘《七发》“同样是写大的作品”，贾谊《鹏鸟赋》“为哲学的诗，意境也大”（参见郑临川《闻一多先生论〈楚辞〉（下）》）。比较赋的“大”美，诗家如杜甫“毫发无遗憾”的自诩与“花蕊上蜂须”的描写，可谓精工细微，已达极致。然诗心之细，亦复藏“大”，考其趣味，多在“小中见大”，如杜甫诗

"吴楚东南坼，乾坤日夜浮"（《登岳阳楼》），以小诗体见大气象；曾公亮诗"要看银山拍天浪，开窗放入大江来"（《宿甘露寺》），以小景致开大视野。

与之不同，汉赋"以大为美"，大而无当，易假，易空，易虚，所以到晋人反思汉大赋创作，批评意见接踵而至，如谓"假象过大""逸辞过壮""辩言过理""丽靡过美"（挚虞《文章流别论》），"于辞则易为藻饰，于义则虚而无征"（左思《三都赋序》）。这或许正是赋论家们关注赋之"铺"的一面，而忽略其"藏"的一面。因为赋铺则观其大，赋藏则觅其微，所以与诗体"小中见大"异趣，赋体更宜"大中见小"，读汉大赋当作如是观。

汉大赋的"见小"，多藏于大题材中。考察汉大赋的题材，以"游猎""郊祀""京都""述行"四类最为突出，其中前二者则是汉代"天子礼"的摹写，其聚材阔大，声势壮浪，自不待言，但观其具象描写，体微而见细，又是存于赋心而呈于赋迹，即赋事与赋物。赋事之密，已见赋物之细。而在行猎过程中，诸如"辚巨虚""轶野马""掩翡翠""射鵔鸃""弋白鹄""连驾鹅"等，也是赋事与物，合见于文词铺陈间。

汉人游猎赋的描写，其细微之处还在分类意识，其中包括如"田猎"，其方法又多采用"围猎"，《上林赋》中"于是背秋涉冬，天子校猎"一段最典型，其具体描写则有"流离轻禽，蹴履狡兽"的一节文字的绘声绘色的铺叙。又如"渔猎"，指在水中捕捉动物，其如《子虚赋》描绘楚王田猎之后，"怠而后发，游于清池""罔玳瑁，钩紫贝"的书写，既有娱戏性质，也含渔猎行为。在其他题材如都城赋中，这类描写也很多，如扬雄《蜀都赋》"若其游怠渔弋"、班固《西都赋》

“于是后宫乘輚辂，登龙舟”，都是观摹渔猎的形象记述。再如“夜猎”，《子虚赋》“于是乃相与獠于蕙圃”，獠，夜猎，所以赋文才有“摐金鼓，吹鸣籁”“击灵鼓，起烽燧”的场景与动态。至于赋中“猎人”“走兽”“飞禽”诸多形象，也是忌抽象而具体，变单调为错综。这也是赋家的粗中寓细、大中见小。

“国之大事，在祀与戎”（《左传·成公十三年》），如果说游猎赋属于“戎”（军事）的范畴，则郊祀赋显然是“祀”（祭祀），皆为大题材与大书写，然“大事”细写，诚为赋家笔法。不过赋家细写，不仅如前述的用事与物，亦在用“典”，比如引用经典以喻意，正是其微（小）言大义的表达方式。例如书写天子礼事，扬雄《甘泉赋》云：“惟夫所以澄心清魂，储精垂恩，感动天地，逆釐三神者。乃搜逑索偶，皋、伊之徒，冠伦魁能，函《甘棠》之惠，挟东征之意，相与齐乎阳灵之宫。”其中除“三神”（天地人）与“皋、伊”（皋陶、伊尹）等用典有自，《甘棠》、“东征”皆用《诗》“义”，即一取《召南·甘棠》，一取《豳风·东山》，或颂召公述职之功，或明周公东征之义；又谓“袭琁室与倾宫兮，若登高眇远，亡国肃乎临渊”，语出《小雅·小旻》“战战兢兢，如临深渊，如履薄冰”，《文选》李善注引服虔曰“袭，继也。桀作琁室，纣作倾宫，以此微谏也”；“想西王母欣然而上寿兮，屏玉女而却宓妃”，李善注“言既臻西极，故想王母而上寿，乃悟好色之败德，故屏除玉女而及宓妃，亦以此微谏也”。“微谏”亦如清人鲁琢评宋玉《好色赋》“笔力铦利，酷似《国策》，好色不淫，即所谓微刺也”（《赋学正体》卷二）之“微刺”，微意在以“颂”寄“讽”，其秉承的正是《鲁诗》的“讽谏”，赋家的隐曲微妙，尽在其中。

汉　西王母画像石

类似的用“经”词而见微意的赋作，在述行类题材中也是常见。如刘歆的《遂初赋》，刘勰谓之“历叙于纪传，渐渐综采矣”（《文心雕龙·事类》），考该赋创作之由，源自作者汉哀帝建平元年请立《左氏春秋》《毛诗》《逸礼》《古文尚书》等“经古文”，并上《移让太常博士书》而获罪于大司空师丹等权贵，于是“惧诛，求出补吏，为河间太守……徙守五原”（《汉书》本传），因作赋纪事述怀。当赋家途经古晋地时，引录《左传》事典八次，使“古典”（历史）与“今事”（现实）渗融，叙写生存状态与心理情态，极为细腻刻挚。如写“心涤荡以慕远兮，回高都而北征”至“日不悛而愈甚兮，政委弃于家门”一段，几乎句句用典，并切合地域（途经晋地）与心绪（忧心朝事），以刻画摹写。其中“执孙蒯于屯留兮，救王师于余吾”，事见《左传·襄公十七年》：孙蒯为春秋末年卫国大夫，出使途中于屯留被晋所俘；“枝叶落而不省兮，公族阒其无人”，事见《左传·昭公三年》：“叔向曰：‘晋之公族尽矣，肸闻之，公室将卑，其宗族枝叶先落，则公从之。肸之宗十一族，唯羊舌氏在而已。’”所谓无一字无来历，这在述行类赋作中如班彪《北征赋》、班昭《东征赋》与蔡邕《述行赋》均有同样的呈现，如蔡赋写到达大梁时的情形：“久宿余于大梁兮，诮无忌之称神；哀晋鄙之无辜兮，忿朱亥之篡军。”作者论及战国魏公子无忌（信陵君）“窃符救赵”事，对朱亥椎杀晋鄙而夺符的行为，用“诮”“哀”“篡”诸字眼，寄讽与谴，彰显的正是赋家引经述典的“见小”艺术。

而同样表现“天子礼”的汉代京都大赋，除了赋中大量有关都城与宫室的描写体察入微，引人入胜外，其中诸如“元会礼”“大傩仪”类礼节仪式的呈现，也是具体生动，精彩纷呈。如张衡《西京赋》中对天子迎宾仪之“百戏”表演的描述，所谓“大驾幸乎平乐，张甲乙而袭翠被”一段，气象恢弘，然写到具体表演，又是分擘细密，因微见著。张赋对角抵杂技、曼延幻术的生动记载，既完整，又细致，其人物、情节、扮演，已成为汉代最详实的戏曲史文献。

由于赋多礼仪描写，故于乐舞也有细致的刻画。写音声，既有管乐器的“笛”“箫”，弦乐器的“琴”等；写乐舞，又有长袖舞、盘鼓

汉 宴饮舞乐画像砖

舞、武舞、祭舞等。如写笛子，马融《长笛赋》写其制作装饰的过程云："于是乃使鲁般、宋翟，构云梯，抗浮柱，蹉纤根，跋篾缕，膺陗阤，腹陉阻，逮乎其上，匍匐伐取，挑截本末，规摹彟矩。夔、襄比律，子野协吕，十二毕具，黄钟为主，挢揉斤械，剸掞度拟，锪硐隤坠，程表朱里，定名曰笛。"其中悬崖伐竹、规矩尺寸、截取根稍、文火矫正，以及装饰、凿孔、涂漆等系列工序，全程再现，入木三分。于是再写笛声之美："尔乃听声类形，状似流水，又象飞鸿，泛滥溥漠，浩浩洋洋，长矕远引，旋复回皇。充屈郁律，瞋菌碨柍。酆琅磊落，骈田磅唐。取予时适，去就有方。洪杀衰序，希数必当。微风纤妙，若存若亡。荩滞抗绝，中息更装。奄忽灭没，晔然复扬。"那笛声或如流水，或如飞鸿，或如微风纤柔，或如阴阳变化，乍断复扬，其声调之奇，正在赋家化声乐为形象的功夫，方能达此佳境，而妙机其微。

赋是修辞的艺术，汉大赋的"见小"也是作者修辞的功夫。如写游猎场景"疾如奔星，击如震霆"（扬雄《长杨赋》），写跃马扬鞭"霹雳列缺，吐火施鞭"，速度与猛烈，何其形象？论其夸张，如形容甘泉宫之高峻"列宿乃施于上荣，明月才经其柍桭，雷郁律于岩窔兮，电倏忽于墙藩。鬼魅不能自逮兮，半长途而下颠"（扬雄《甘泉赋》）；论其错综，如描写游猎队伍之行进"徒车之所轥轹，步骑之所蹂若，人臣之所蹈藉"，描写狩猎后的歌舞"荆吴郑卫之声，韶濩武象之乐，阴淫案衍之音"（《上林赋》），其中"轥轹""蹂若""蹈藉"与"声""乐""音"之变化，诚勤心造境，细如丝发。这种错综之法还体现于赋家变用动词的特色，相如《上林赋》描述"八川分流"时谓"出于椒丘之阙，行乎洲淤之浦，经乎桂林之中，过乎泱漭之野"，即采用"出""行""经""过"

不同动词，以变幻读者（听者）的感受，此类词法，在汉赋中可谓比比皆是。特别关照读者的视听效果，赋家陈词也是擘肌入理，复观《上林赋》写水一段文字，皆如“沸（水声）乎暴怒（流向），汹涌（流向）澎湃（水声）”的书写模式，如果对读王维的《山居秋暝》诗中两联“明月松间照（视觉），清泉石上流（听觉），竹喧（听觉）归浣女，莲动（视觉）下渔舟”的写法，其间艺心传递，亦可品味。

读汉赋得其“大”，感受到“一代文学”的气象，然不见其“小”，却枉费了赋家的良苦用心。

03 淮阴『二枚』赋

笔者到淮安时车过“枚乘路”，而古淮阴之地又有“枚亭”“枚公河”“枚里街”等地名，一下子仿佛到了赋的故里，于是联想到前一件事，枚乘、枚皋父子的创作是对汉赋有肇造之功的，这也是赋与江苏结缘的开始。

赋话“二枚”，宜先看有关史料的载录。《汉书·贾邹枚路传》记述其本事及创作：

枚乘字叔，淮阴人也，为吴王濞郎中。吴王之初怨望谋为逆也，乘奏书谏曰……吴王不纳。乘等去而之梁，从梁孝王游。……吴王遂与六国谋反……枚乘复说吴王……吴王不用乘策，卒见禽灭。……景帝召拜乘为弘农都尉。乘久为大国上宾，与英俊并游，得其所好，不乐郡吏，以病去官。复游梁，梁客皆善属辞赋，乘尤高。孝王薨，乘归淮阴。武帝自为太子闻乘名，及即位，乘年老，乃以安车蒲轮徵乘，道死。诏问乘子，无能为文者，后乃得其孽子皋。

皋字少孺。乘在梁时，取皋母为小妻。乘之东归也，皋母不肯随乘，乘怒，分皋数千钱，留与母居。……上书北阙，自陈枚乘之子。上得之大喜，召入见待诏，皋因赋殿中。诏使赋平乐馆，善之。拜为郎，使匈奴。皋不通经术，诙笑类俳倡，为赋颂，好嫚戏，以故得媟黩贵幸。……上有所感，辄使赋之。为文疾，受诏辄成，故所赋者多。司马相如善为文而迟，故所作少而善于皋。皋赋辞中自言为赋不如相如，又言为赋乃俳，见视如倡，自悔类倡也。……凡可读者百二十篇，其尤嫚戏不可读者尚数十篇。

其中关于赋的论述，以“梁客皆善属辞赋，乘尤高”言“乘”，以“为赋颂，好嫚戏”“诏使赋平乐馆”“上有所感，辄使赋之”“言为赋乃俳，见视如倡”言“皋”。又，《汉书·艺文志·诗赋略》记载“枚乘赋九篇”，附“屈原赋”类，“枚皋赋百二十篇”（指前载“可读者”），附“陆贾赋”类，以区分“二枚”赋创作统绪之不同，然赋作数量皋多而乘少，存世者却乘赋尚有数篇而皋赋全佚。探究其因，或在传世过程中的赋史选择，对此，可以“二枚”赋与被后世奉为“赋圣”的司马相如赋作一比较。

在赋史上，素有“枚马”之称，将枚乘与司马相如并列，如陈绎曾《文筌·赋谱》论“汉赋体”以“宋玉、景差、司马相如、枚乘、扬雄、班固之作，为汉赋祖”。后世又有“梁苑赏雪”的故事，典出南朝谢惠连的《雪赋》:“岁将暮，时既昏，寒风积，愁云繁，梁王不悦，游于兔园。乃置旨酒，命宾友，召邹生，延枚叟，相如末至，居客之右。”这说的是枚、马在客游梁孝王时的“梁苑”经历，其典亦谓“梁园雪”“梁园霰”“兔园雪”“兔园赏”等。以“梁苑”为视点，枚、马游梁而境遇及评价之异同，颇值玩味：其一，谢赋谓相如“居客之右”，而《汉书》则谓“梁客皆善属辞赋，乘尤高”，高低轩轾，因时而异。其二，枚、马入梁途径，前者由吴入梁，后者由蜀往京师再入梁，相距甚远。其三，枚乘于景帝朝因不乐郡吏而“以病”辞弘农都尉，复入梁，《史记·司马相如列传》记述相如于景帝时为武骑常侍，“会景帝不好辞赋，是时梁孝王来朝”，于是追慕“齐人邹阳”“淮阴枚乘”等，而“因病免，客游梁”，其辞职方式与因爱辞赋入梁是一致的。其四，汉武帝因“闻乘名”，而以“安车蒲轮徵乘”，而武帝读《子虚赋》而倾心，但不知相如其人，后由狗监杨得意荐举始得入朝，轻重霄壤，待遇悬殊。其五，枚乘因“道死”而未能以文事彰显朝廷，相如却以《子虚》《天子游猎》《大人》赋“三惊”汉主，世荣之差别，又不能同日而语。唐人徐夤《龙蛰二首》之二谓“休说雄才间代生，到头难与运相争。时通有诏征枚乘，世乱无人荐祢衡”，以赞慕之心言枚乘，而比较枚、马，枚之命运，亦可兴不遇之叹。

“枚马”又是枚皋与相如的并称，典出“枚速马迟”，说见《汉书》称枚皋“为文疾，故所赋者多”，而“司马相如善为文而迟，故所作少而善于皋”。后人承续其说，如葛洪《西京杂记》卷三“枚皋文章敏疾，长卿制作淹迟，皆尽一时之誉。而长卿首尾温丽，枚皋时有累句，故知疾行无善迹”；刘勰《文心雕龙·神思》“人之禀才，迟速异分；文之制体，大小殊功；相如含笔而腐毫……枚皋应诏而成赋”，所论文实指赋，又有禀才之分与优劣之评。速与迟是枚皋与相如为赋的区分，二人虽皆属武帝朝的语言侍从，但其作赋情状还是有区别的。概括地说，相如上赋皆主动而为，如“请为天子游猎之赋……上许，命尚书给笔札……赋奏，天子以为郎”“相如见上好仙道……乃遂就《大人赋》”；而枚皋则不同，他受武帝宠幸，是“召入见待诏，皋因赋殿中”“诏使赋平乐馆，善之”“上有所感，辄使赋之”，多为受命而赋，宫廷赋坛地位在当时应远远高于相如。而后世的评价与历史的选择，则是另当别论的。

对比了枚、马，再看“二枚”的异同。枚乘生于淮阴，老归淮阴，其间由吴入梁，而枚皋生于梁国，从未到过淮阴，但作为“枚乘之子”，著籍淮阴当无疑义，所以都是汉初今属江苏的赋家。比较赋创作，《汉志》仅著录枚乘赋九篇，枚皋赋百二十篇，且有“不可读”者“数十篇”，相殊之甚，可知枚皋在当时赋坛成果，远非其父可比。然而，今枚皋赋一篇不存，枚乘赋则存三篇，分别是《七发》(《文选》)、《梁王菟园赋》(《古文苑》残篇)、《柳赋》(《西京杂记》残篇)，另有《临灞池远诀赋》(《文选》谢朓《休沐重还道中》诗李善注)、《笙赋》(《文选》马融《长笛赋序》引)存目。所以今天谈“二枚”赋，也仅有枚乘赋可言。

作为枚乘代表性作品的《七发》与《梁王菟园赋》，也受到质疑，一则是《七发》自为“七体”，《文选》归类即是，后人效仿，谓之“七林”，傅玄《七谟序》云：“昔枚乘作《七发》，而属文之士，若傅毅、刘广世、崔骃、李尤、桓麟、崔琦、刘梁之徒，承其流而作之者纷焉。”刘勰则入“杂文”，如谓“枚乘摛艳，首制《七发》，腴辞云构，夸丽风骇。盖七窍所发，发乎嗜欲，始邪末正，所以戒膏粱之子也”“自《七发》以下，作者继踵，观枚氏首唱，信独拔而伟丽矣”(《文心雕龙·杂文》)。清人王之绩《铁立文起》认为“枚乘《七发》，亦偶然作，原不可定为一体，我欲列之杂著中。自东汉、魏、晋诸人争拟之，俨然传记诗赋之类，必不可缺，真堪为之喷饭”，实反对《文选》列为七体，赞同刘勰的说法。一则是《文选》未收《梁王菟园赋》，后人或质疑其真伪，如王世贞《艺苑卮言》有“记者以为（梁孝）王薨后，子皋所为”；或为之辨解，如清人王芑孙《读赋卮言·导源》谓“西京则扬有《河东》，枚有《兔园》，东京则班有《终南》，张有《天象》《逸居》。《选》外犹憾阙遗”。刘勰《文心雕龙·诠赋》排列汉赋诸家，以“枚乘《菟园》，举要以会新”张其帜，刘永济《文心雕龙校释》谓“枚乘《菟园》，今存残文，复多讹夺，不易句读。然词致检炼，铸语新奇，循览可得，故曰：举要以会新”。黄侃《文心雕龙札记》为之校释原赋文，大抵可观。至于《七发》，现代学者编赋选与写赋学史，无不视其为赋，且对其开辟汉赋之境域大加称颂，这是源自文本的共识。

倘若略述枚乘赋对汉赋（尤其是大赋）的肇造之功，主要在两点：

一曰讽谏。以《七发》为例，赋中托“吴客”问“楚太子”疾为辞，通过听琴、饮食、车马、游观、田猎、观涛、奏方术之士等七事，以讽启太子，终以“妙言要道”而使之“据几而起”，霍然病愈。隋炀帝杨广《季秋观海》诗云“孟轲叙游圣，枚乘说愈疾”，指的正是针对侯王之病而陈辞。由此对《七发》之作素有两种说法，即《文选》李善注以为“乘事梁孝王，恐孝王反，故作《七发》以谏之”，朱绶认为“《七发》之作，疑在吴濞时”（梁章钜《文选旁证》引），赵逵夫《〈七发〉与枚乘生平新探》进一步以枚乘两上吴王的谏书对照赋作，坐实其讽谏吴王濞谋反动机，是信而有征的。而对《七发》的讽谏功能，前人论述甚多，当以挚虞的《文章流别志论》论述最为详备：“《七发》造于枚乘，借吴楚以为客主，先言出舆入辇蹷痿之损，深宫洞房寒暑之疾，靡曼美色宴安之毒，厚味暖服淫曜之害，宜听世之君子要言妙道，以疏神导引，蠲淹滞之累。既设此辞，以显明去就之路，而后说以声色逸游之乐。其说不入，乃陈圣人辨士讲论之娱，而豁然疾瘳。此因膏粱之常疾以为匡劝，虽有甚泰之辞，而不没其讽谕之义也。其流遂广，其义遂变，率有辞人淫丽之尤矣。”值得注意的是，汉赋的讽谏说源自司马迁《史记·司马相如列传》“相如虽多虚辞滥说，然其要归引之节俭，此与《诗》之风谏何异”，并成为赋家创作一以贯之的思想内核，而早于相如的枚乘作赋，以劝谏为主旨，开辟之功不容轻忽。

二曰骋辞。刘勰《诠赋》论赋“铺采摛文”“极声貌以穷文”“如组织之品朱紫，画绘之著玄黄”，无不以骋辞为体态。今观初汉辞赋，存世者以贾谊《吊屈》《鹏鸟》为早，然皆楚风余绪，尚无汉韵气象，迨至枚乘之《七发》多层铺写，如其“观涛”一景之骋辞，《梁王菟园赋》之用词造语，构篇规制，无不开相如大赋描绘之先河。刘熙载《艺概·赋概》认为“枚乘《七发》，出于宋玉《招魂》。枚之秀韵不及宋，而雄节殆于过之”，所谓“雄节”，正寓含了骋辞与气象。究其因，在于枚乘《七发》等作品对战国说辞如《国策》中“莫敖子华对楚威王”“庄辛谏楚襄王”的摹写与改造，是今存最初将说辞转换为赋笔的典型。于是再结合史传所载相如慕枚乘等人之创作而“入梁”，以及梁国宾客擅赋而“乘尤高”，其间的规仿及联系，也是值得关注的。

枚皋是沉沦于赋史的大家，仅《汉志》著录“百二十篇”赋，实为赋家数量之最，如“陆贾赋”类著录21家，共274篇，而枚皋一人120篇，其他20家共有54篇，堪称无人可及。从汉史记载来看，枚皋侍从武帝“诏使赋平乐馆”，也绝非司马相如献赋可比，因为平乐馆是汉廷“大作乐”之地，更是举行元会朝贡礼的处所，在汉赋中只有到东汉李尤《平乐观赋》与张衡《西京赋》中始有描写，枚皋赋的丢失，无疑是汉赋的缺失。同样，枚皋“为赋颂，好嫚戏”，是对赋体语言艺术的一种表达，他的赋作及言说之所以被后世诟病，关键在如纳兰性德《赋论》所讲“班固书称枚皋善写赋，特以皋不通经术……而皋亦自言为赋不如相如。由此观之，则知相如之赋之所以独工于千古者，以其能本于经术故也”，以“经术”代“辞赋”，正是史学家与赋论家的选择与误导。然“二枚”赋虽不同，贡献仍皆至伟。

04 《世说新语·文学》的赋篇

刘义庆《世说新语》引赋篇计十七处，外加刘孝标注文引赋篇两处，计十九处，见录《言语》（两处）、《雅量》（一处）、《赏誉》（一处）、《品藻》（一处）、《任诞》（一处）、《轻诋》（一处）诸篇，而相对集中于《文学篇》中（计十二处）。书中共涉及赋篇有屈原《离骚》、司马相如《大人赋》、曹植《铜雀台赋》、嵇康《琴赋》、左思《三都赋》、潘岳《秋兴赋》、孙绰《遂初赋》《天台山赋》、庾敳《意赋》、庾阐《扬都赋》、袁宏《北征赋》《东征赋》、王珣《经王（黄）公酒垆下赋》、束皙《饼赋》、顾恺之《筝赋》等，除引述屈原、司马相如各一处，余皆魏晋中人赋作。除正文引录，书中注引两处均在《文学篇》，分别是"支道林、殷渊源俱在相王许"条谓"《才性》殆是渊源峭、函之固"，引左思《魏都赋》"峭、函帝王之宅"；"文帝尝令东阿王七步中作诗"条，引曹植作《铜雀台赋》本事，或征名实，或言才华，于赋篇本身没有评析的意义。所以能够提供该书载记"谈赋"特色及其内涵与意义的，相对集中在《文学篇》正文引录的赋篇。

笔者尝以为《世说》中谈赋，是其时风尚所致，也是谈玄品文的附带内涵，其中的意气所寄、有意无意、高奇见贵等谈赋说词，已有学者专门探讨（参见何新文《清谈与赋谈——从〈世说新语〉看两晋士人的辞赋评论》），然落实于其谈赋涉及的赋篇，于谈玄，于赋史，尤其是变汉人赋法而呈现的魏晋风度，或可于中窥得些许趣味。兹录几则《文学篇》中述及赋篇的文字，并作疏解：

左太冲作《三都赋》初成，时人互有讥訾，思意不惬。后示张公。张曰："此《二京》可三，然君文未重于世，宜以经高名之士。"思乃询求于皇甫谧。谧见之嗟叹，遂为作叙。于是先相非贰者，莫不敛衽赞述焉。

同类记述又见《文选·三都赋序》李善注引臧荣绪《晋书》，所谓"赋成，张华见而咨嗟，都邑豪贵，竞相传写"。考究其因，一方面因《三都赋》词富才高，能经世致用，诚如《世说》同篇所载孙绰（兴公）所云"《三都》《二京》，《五经》之鼓吹"，以彰显其羽翼《五经》的功效。而更重要的一方面，可参读《晋书·张华传》所载，张华《鷦鷯赋》成，因"陈留阮籍见之，叹曰：'王佐之才也。'由是名声始著"。其中名士的推赏所构成的名士效应，以及因名士推赏引起的众人追捧的社会效应，于庾阐的《扬都赋》创作也有同样的回响。

庾仲初作《扬都赋》成，以呈庾亮。亮以亲族之怀，大为其名价云："可三《二京》，四《三都》。"于此人人竞写，都下纸为之贵。谢太傅云："不得尔。此是屋下架屋耳，事事拟学，而不免俭狭。"

"纸贵"说类同左思《三都》，典见《晋书·左思传》，其因皇甫谧的推崇，人们争抄，出现了"洛阳纸贵"的现象，这与前引《世说》"莫不敛衽赞述"说相类。而对庾阐的赋作，庾亮以亲戚之私的褒赏，谢安因前有《三都》并对赋文模拟太甚的贬抑，其中内涵家族之私与清谈评文的词锋对垒，或许正反映了当时特有的文学生态。而因《扬都赋》之作，又引出《文学篇》中的另一则记录：

庾阐始作《扬都赋》，道温、庾云："温挺义之标，庾作民之望。方响则金声，比德则玉亮。"庾公闻赋成，求看，兼赠贶之。阐更改"望"为"俊"，以"亮"为"润"云。

从其改字，既可见对家族前贤及名人的名讳忌犯，又从中又可见当时关注文本与词语的批评特征。这可对应同篇的另一则记述：

桓宣武命袁彦伯作《北征赋》，既成，公与时贤共看，咸嗟叹之。时王珣在坐，云："恨少一句，得'写'字足韵，当佳。"袁即于坐揽笔益云："感不绝于余心，溯流风而独写。"公谓王曰："当今不得不以此事推袁。"

刘孝标注引《晋阳秋》同载此事：

宏尝与王珣、伏滔同侍温坐，温令滔读其赋，至"致伤于天下"，其本于此改韵。珣云："此韵所咏，慨深千载。今于'天下'之后便移韵徙事，于写送之致，如为未尽。"滔乃云："得益'写'韵一句，或当小胜。"桓公语宏："卿试思益之。"宏应声而益，王、伏称善。

按：今存袁宏《北征赋》残篇："闻所闻于相传，云获麟于此野。诞灵物以瑞德，奚授体于虞者。悲尼父之恸泣，似实恸而非假。岂一物之足伤，实致伤于天下。感不绝于余心，溯流风而独写。"该赋末两句所加，因"天下"后改韵而导致文意未尽（后文亡佚，未知转作何韵），故"写"（泻，音"写"）字句补足。有关袁赋，另一公案是《东征赋》，也更著名，即《文学篇》所载陶范为先公勋绩竟白刃相向事，刘孝标注引《续晋阳秋》记述换成了桓温为其父桓彝说事。而有关《北征赋》这则记述，却事关当时赋重声韵与重技艺的赋风走向。如沈约《宋书·谢灵运传论》云"宫羽相变，低昂互节，若前有浮声，则后须切响。一简之内，音韵尽殊；两句之中，轻重悉异"，此总述文法；又，《梁书·王筠传》载，沈约作《郊居赋》，王筠"读至'雌霓（五激反）连蜷'，约抚掌欣忭曰：'仆常恐人呼为霓（五鸡反）'"，此具体的辨音赋韵。

庾子嵩作《意赋》成，从子文康见，问曰："若有意邪？非赋之所尽；若无意邪？复何所赋？"答曰："正在有意无意之间。"

据《晋书》本传记载："（庾）敳见王室多难，终知婴祸，乃著《意赋》以豁情。"按，庾敳为元康间名士，其谈赋"有意无意之间"，是对当时言尽意与否的一种艺术回应。在相应的作品中，如唐人谢观的《得意忘言赋》“《易》意难见，言以存之，得意之后，而言可遗。本凭诠以指昧，既达诚而去词”，是对魏晋中人因《易》的象意而引发的言意之辨的延伸。

孙兴公作《天台山赋》成，以示范荣期，云：“卿试掷地，要作金石声。”范曰：“恐子之金石，非宫商中声。”然每至佳句，辄云：“应是我辈语。”

孙绰对赋作的自诩，要在音声铿锵，这与当时赋创作注重韵律、强求语词的风气相关，而范启在用“雅音”质疑其音声的同时，却赞其“佳句”，也是与作者有着同声相应、同气相求的鉴赏趣味。而魏晋赋重“佳句”，如陆机《文赋》中所称“置片言以居要，乃一篇之警策”，也是当时风尚，蔡梦弼《杜工部草堂诗话》认为“文章无警策，则不足以传世”，并引杜甫诗句“语不惊人死不休”，说“惊人语，即警策也”，回到“我辈语”，当作如是观。

或问顾长康：“君《筝赋》何如嵇康《琴赋》？”顾曰：“不赏者，作后出相遗。深识者，亦以高奇见贵。”

这是“知音”说，并以“高奇见贵”呈示审美价值，然人们以《琴赋》为标准质疑顾恺之的《筝赋》，宜为当时某种共识。对应同书《赏誉篇》，记述了许询用嵇康《琴赋》“所谓非至精者，不能与之析理”、“非渊静者，不能与之闲止”语，分别品评刘惔与司马昱（简文帝），以谈玄析理的学养与能力判其特征，借清谈方式来谈赋以论人，可见一斑。

明　仇英　听琴图页

以上诸例，观魏晋中人的风度，其赋篇的事功、才学、词章、鉴赏以及人生，或多或少的展示了这一时代的文艺面向。分而述之，左思《三都赋》受到推赏，与其赋序中质疑汉人赋作“虚而无征”而强调“贵依其本”与“宜本其实”相关，是重视物事本真的书写。庾阐的《扬都赋》写晋室中兴，《艺文类聚》仅存残文，难窥全貌。袁宏

《北征赋》残文仅存《御览》《初学记》，未得其详。顾恺之的《筝赋》也仅有“其器也”数语，内涵君子比德思想，故难以与《琴赋》比较。所以于中抽检，当以嵇康《琴赋》、庾敳《意赋》与孙绰《游天台山赋》最能体示当时的“玄理”与“玄趣”。

嵇康《琴赋》之所以为晋人推崇，在于改变了汉人“悲声”思想而为“声无哀乐”之说，即其《声无哀乐论》所谓“哀之应感，以垂泪为贵”，“乐之应声，以自得为主”。该赋虽铺写琴材、制琴、演奏及功用，其要点在赋序所言“导养神气，宣和情志”，而如何导养与宣和，又见于赋末所云“感天地以致和，况蚑行之众类。嘉斯器之懿茂，咏兹文以自慰。永服御而不厌，信古今之所贵”，这种将琴声比拟作“状如崇山，又像流波”的自然生态与思想，与汉赋中如王褒《洞箫赋》的“知音者乐而悲之”、蔡邕《琴赋》的“哀声既发，秘弄乃开”之悲音为美，已有极大的区别。再看《晋书·庾敳传》载录的《意赋》，演绎的正是当时流行的“庄学”精神，如“至理归于浑一兮，荣辱固亦同贯。存亡既已均齐兮，正尽死复何叹。物咸定于无初兮，俟时至而后验。”；“纵驱于辽阔之庭兮，委体乎寂寞之馆。天地短于朝生兮，亿代促于始旦。顾瞻宇宙微细兮，眇若豪锋之半。……兀与自然并体兮，融液忽而四散”等，几乎可视为《庄子·齐物论》思想的赋语化。对此类创作，刘勰《文心雕龙·时序》认为：“自中朝贵玄，江左称盛，因谈余气，流成文体。是以世极迍邅，而辞意夷泰，诗必柱下之旨归，赋乃漆园之义疏。”赋演庄学，自然事实，视之“义疏”，却有扞格，远不及《世说》所载的“正在有意无意之间”的妙旨。汉赋感物，多铺写事物以比德，而魏晋中人，追寻“言不尽意”之名言，如荀粲所说“盖理之微者，非物象之所举也”，其中由“存言”“存象”到“忘言”“忘象”，是“意”经过言象而摆脱言象的抽象玄理，而“意”本身的有无，也由此生发而出，堪称言意之辨的变奏。引赋述理，自有可勘进探寻的意味。而孙绰的《游天台山赋》，也不是一般的写山赋，其中蕴涵三重意思，一则自然之山，即“峻极之状，嘉祥之美，穷山海之瑰富，尽人神之壮丽”；二则图画之山，即“图像之兴，岂虚也哉”；三则具有玄理色彩的意念之山，赋中描写的如“悟遣有之不尽，觉涉无之有间；泯色空以合迹，忽即有而得玄；释二名之同出，消一无于三幡。恣语乐以终日，等寂默于不言；浑万象以冥观，兀同体于自然”，诚然如是。考孙绰诗歌，与许询并以玄言名世，然观此赋，因览图游观，借天台之景感悟哲理，激情横溢，玄趣层出，是晋代情景理交融而达至“出有入无”精神至境的典范之作。刘熙载《赋概》批评其中谈玄文字，以为“落理障甚矣”，也是一家之言。

《世说新语·文学篇》引旧说：“王丞相过江左，止道‘声无哀乐’‘养生’‘言尽意’三理而已。”同是《文学篇》所引赋篇，回归文本，其于“声无哀乐”“言意之辨”均有形象的呈现，这作为一种赋学现象，绝非偶然。

05 情态为赋与体法

古人从文体论谈诗与赋，较早也最为著称的是陆机《文赋》所说的“诗缘情而绮靡，赋体物而浏亮”，李善《文选注》释曰：“诗以言志，故曰缘情；赋以陈事，故曰体物。”由此，人们也习惯以“情”与“物”区分诗与赋之体的差别。当然，什么文章不发乎情呢，于是又有了从文学情感论出发，以“情”为本加以区分诗与赋，比如刘熙载《艺概·赋概》认为“赋别于诗者，诗辞情少而声情多，赋声情少而辞情多”，以“声情”与“辞情”辨别诗赋异趣，不乏妙思。其实，赋之于“情”，不仅在历史上有诸多抒情赋作，还有一特异现象，就是赋家好以“情态”为赋，如江淹之《别赋》《恨赋》等，如此立题解析，于诗域也不多见。

所谓“情态”，指人心理与肢体活动的情形，而赋家则好将此情形凝定为一种样态加以描写与阐发。“情”入赋类，初见《文选》收录四篇，分别是宋玉的《高唐赋》《神女赋》《登徒子好色赋》与曹植的《洛神赋》，是写女性人物以描写丽情，而江淹的《恨赋》《别赋》则归于“哀伤类”。我们说的情态赋，在陈元龙编的《历代赋汇》主要归于“情感类”，如孙楚《笑赋》、江淹《恨赋》《泣赋》、李白《拟恨赋》、符载《愁赋》、屠隆《欢赋》等，又将江淹的《别赋》归于“怀思”类。于是再翻检马积高主编的《历代辞赋总汇》，这类专题情态赋作有50余篇之多，分别赋“笑”“悔”“恨”“别”“愁”“泣”“欢”“哀”“疑”“忧”“喜”“怒”“乐”“惜”“悲”“叹”“怨”“怀”“妒”“适”“宁”“闷”“闲”“思”以及“情”等。这类创作有两个现象，一是同题创作多，如《愁赋》就有释真观、符载、王世贞、顾景星、夏敬渠、沈赤然、熊琏、蔡廷弼、沈祥龙等同题创作。二是延伸作品多，如江淹《恨赋》，则有李白与李东阳同题《拟恨赋》、杨世熊《反恨赋》等；如以“愁”为赋，延伸赋题如《坐愁赋》（晁补之）、《四愁赋》（黄淮）、《江上愁心赋》（李纲）等，前者属于我们说的情态赋，后者则属于有特定环境与个人遭际的抒情赋。

在历代赋家所写的这类情态作品中，目前所见最早的是《艺文类聚》载录的晋人孙楚的《笑赋》。作品假托“有度俗之公子……以得意为至乐”，嘲笑其大言无状，恣睢无度的行为，然观其书写，虽残篇断简，也能看到赋法的铺陈。如谓其“交颈偃仰，推胸指掌。亢洪声于通谷，顺长风以流响。气参谭以相属，若将颓而复往。或嚬蹙俯首……或携手悲啸……或中路背叛”，并以“信天下之笑林，调谑之巨观”收束，是兼有嬉笑与讽喻的。继后撰《笑赋》者亦多，如明人谭贞良、清人袁枚、章藻功的同题创作，大体延续孙楚赋的写法。例如袁枚《笑赋》，就是通过假设“陆大夫”的“笑疾”，以讽世上各种样式的可笑之事。其中批评考据家之迷古，对皓首穷经、食古不化的“蠹鱼”所作的刻画，既真切尖辛，又诙谐含蓄。

继孙楚《笑赋》而较早写此类赋的还有梁简文帝萧纲的《悔赋》，其序引《易》“悔吝者，忧虞之象”发端，可见其有释“悔”之义，或谓由经义入手来作赋。正因如此，通观全篇，颇有理趣，而欠缺情采，但观其铺写之法，已启导后世同类赋的写作特征。如赋中叙述“默默不怡，恍有所失”，“静思悔吝，铺究前史：吊古伤今，惊忧叹杞，成败之踪，得失之理”，则历述秦皇、汉帝诸史事，以印证“悔”义。如写楚霸王项羽一则：

至于下相项籍，才气过人，拔山靡类，扛鼎绝伦，声驾盛汉，势压余秦。钜鹿有动天之卒，辕门有屈膝之宾。既刓有功之印，亦疑奇计之臣。唱鸡鸣于垓下，泣悲歌于美人。抱乌江之独愧，分汉骑之余身。

以事例证文，能增添“魂惊神爽，悔结嫌彰”的艺术效果。

将一种情态细腻而完整地描写或刻画出来，到江淹的《别》《恨》二赋既可谓肇发，又可谓集成，达到同类赋的最令人赞赏的经典化境地。《别赋》首先点破离别之情，阐明主旨，即“黯然销魂者，唯别而已矣”。复由“别虽一绪，事乃万族”荡开，分写各类别情，包括行人、居人、富贵、任侠、从军、绝国、伉俪、方外、情侣等，使之具体而形象。如写从军之“别”云：

或乃边郡未和，负羽从军，辽水无极，雁山参云。闺中风暖，陌上草薰；日出天而曜景，露下地而腾文；镜朱尘之照烂，袭青气之烟煴。攀桃李兮不忍别，送爱子兮沾罗裙。

用典于无形，抒情借词采，许梿《六朝文絜》评曰“状景写物，缕缕入情”，可谓知言。《恨赋》写法，亦类《别赋》，其中铺写历史事件以彰显诸“恨”，例如“至如秦帝按剑……若乃赵王既虏……至如李君降北……若夫明妃去时……至乃敬通见抵……及夫中散下狱……或有孤臣危涕，孽子坠心”等等，以归结于“自古皆有死，莫不饮恨而吞声”的情绪。而观其赓续之作，如李白的《拟恨赋》所谓“若乃项王虎斗……至如荆轲入秦……若夫陈后失宠……昔者屈原既放……及夫李斯受戮……或有从军永诀”，“与天道兮共尽，莫不委骨而同归”；李东阳的《拟恨赋》也是“或事几之幸会，或祸败之相寻”，“若乃国士报怨，吞炭漆身”的写法，历述恨事，以彰情思。可以说，江淹的恨、别两赋，其本凝定了情态赋的书写方法，也构成了这类赋创作的模式化特征。

此后情态赋的写作以明清两朝最多，并呈现出两种走向，一则题材的扩张，如前引已有20余题，二则系统化的展示，如清人汪绂撰写“喜”“怒”“哀”“乐”四赋，以概述人生的主要情态。其赋的铺写方法不变，而用典事以凸显情态，则各有胜意。试摘句如次：

仲舒者，仲晦也，古之自喜人也。天之生生也，地之毓灵也，苍蝇蟪蛄之营营也，是皆其自喜欤？君子之自效也，亦犹是云矣尔。（《喜赋》）

故怒之事，匪能悉数，斯怒之情，各有其故。是故有庸夫之怒，有士人之怒，有豪侠之怒，有君子之怒，有圣神之怒，有人君之怒。

(《怒赋》)

盖情或动于所感，志每嗛于相违。举所恃而或失，斯劉栗其含悲。……或含情而揾泪，或抚膺而号啼。百卉因肃然而增戚，天地亦敛咽而成凄。怅斯情其何底，惟悢悢以无涯。(《哀赋》)

富小忧小，富大忧大。声色臭味，侈不可过。少君五利，只为虚话。日夕之间，忧乐相错。是故欢多成厌，乐极生悲。言不可恒贞胜之宜，惟知足者安其所之。(《乐赋》)

此四赋皆长篇铺叙，其如前引赋铺事典以明情态，大体略同，而以上摘句如其一论“自喜”，其二排诸“怒”，其三述“哀”之本原，其四明“知足常乐”和“贫贱乐”的义理，在沿习前人的写作方法的同时，也不乏自有的体悟与造设。

回到“赋体物”与“诗缘情”的说法，赋家却偏好为言“情”之赋，刘熙载所说的赋“辞情多”，或可为之佐证。换言之，赋之言“情”，是靠多“辞”以铺陈而出，关键还在这些辞需借“事”外化以呈“象”，这才是诸多情态赋写作的体法。赋家无论是体物，还是明事，都需要呈象，辞是呈象的手段，也因此，《西京杂记》中“相如曰”述赋之笔，谓“合綦组以成文，列锦绣而为质”，刘勰《文心雕龙·诠赋》述赋之象，说“写物图貌，蔚似雕画”，张惠言《七十家赋钞目录序》论赋之物与象，认为“象必有所寓，其在物之变化”。由此，我们再看江淹的《别赋》写法，如其通过“行人”等九种离别的铺写将一种情绪样态化，以及后继作品的赓续与拟效，这种心理活动的呈象又主要有两种方式：

一是排列事象。这种排列法几乎是众多情态赋共有的写法，即《别赋》样式的“至若龙马银鞍……乃有剑客惭恩……或乃边郡未和……

至于一赴绝国……又若君居淄右……傥有华阴上士……下有芍药之诗……”。后续之作，或有自得之意，然体法样式，大致不差。如隋朝释真观《愁赋》：

若夫愁名不一，愁理多方，难得覼缕，试举宏纲。或称忧愦，或号酸凉，蓄之者能令改貌，怀之者必使回肠。尔其愁之为状也，言非物而有物，谓无像而有像……譬山岳之穹隆，类沧溟之滉瀁，或起或伏，时来时往，不种而生，无根而长。或比烟雾，乍同罗网，似玉叶之昼舒，类金波之夜上。

其“愁理多方”，故“试举宏纲”以呈象。唐人符载《愁赋》写“愁之为物”，则用另一种腔调，所谓“愁兮愁，志士蹇以徘徊……愁兮愁，静女怅其谁语……愁兮愁，边塞兮行役……愁兮愁，禁掖兮恩光……愁兮愁，春与秋兮登临……愁兮愁，往事纷其断续……愁兮愁，羁志杳而无伴”，排列事象，揭披心绪，也是如此。

二是托喻他象。观《别赋》的离情别绪，并不仅在“行人”“伉俪”等主体形象，而是更多的托喻于他象，诸如“惊驷马”“耸渊鱼”“闺中风暖，陌上草薰”“织锦曲”“回文诗”“秋月”“白露”等物象与事象，给读者以图像化与可观感。传承其法，如明代屠隆的《欢赋》，序称因冯梦龙劝其“何不为《欢赋》，悦心畅意，破彼我之烦懑，宣万物之郁塞”而为之，故赋文称“我思古人，欢情靡一”，于是托喻史事，所谓“娟娟皇娥，夜处璇闺，薄焉遵渚，帝子是依”；“秦家公主，气凌紫氛”；“越王破吴，奏凯言归”；“至若汉帝英雄，初诛项王”；“又如延年献歌，夫人初御”；“若夫太液波明，昭阳月满”；“又有征夫戍边，思妇含凄。长想忽见，远行乍归。今夕何夕，月白星辉。高堂敞兮春溶溶，朱帘卷兮秋漫漫。新婚合兮出琼珮，佳期至兮藉芳兰。金炉兮乍焰，红烛兮未残。莫不款尔弥洽，爽焉和愉。寸肠不结，双眉长舒”等，归于“知离忧之为何物，岂羡夫神仙之所居”。这全然不同于一般抒情赋中有自我的参与，乃因诠释情态，故借他象以发明。

缘此，历史上这类情态赋的有情与无情，有意义与无意义，也就颇费猜疑了。

06 赋学相承说『三刘』

闲时省检赋学史，发现“三刘”贡献特大，分别是南朝的刘勰、晚清的刘熙载及清末的刘师培，他们不仅所处地域相近，而且理论思想亦多相通。就地域言，“三刘”中刘勰侨居京口（今江苏镇江），刘熙载为江苏兴化人，刘师培为江苏仪征人，几乎处在一并不大的区域圈内。就赋学言，刘勰的《文心雕龙·诠赋》堪称历史上第一篇系统评述赋体的理论文章，后“二刘”与其理论观的切近，也首在对“文心”的认同与追踪。如刘熙载《艺概·赋概》首则言赋，所谓“班固言‘赋者古诗之流’，其作《汉书·艺文志》，论孙卿、屈原赋有恻隐古诗之义。刘勰《诠赋》谓赋为六义附庸。可知六义不备，非诗即非赋也”，对照《诠赋》开篇“诗有六义，其二曰赋……刘向明不歌颂，班固称古诗之流”一段，其取效路径可见。再看刘师培的家学背景，其祖父刘毓崧即好“龙学”，他的《通义堂文集》卷十四《〈文心雕龙〉书后》对刘勰成书时间的考证，成一家之说，而刘师培对刘勰赋学的推尊与接受，也散见于他的赋学批评的言论中。比如刘师培《论文杂记》论赋家学术根底，谓“昔相如、子云之流，皆以博极字书之故，致为文日益工，此文法原于字类之证也。后世字类、文法，区为二派，而论文之书，大抵不根于小学，此作文所以无秩序也”。对照刘勰《练字》所云“孝武之世，则相如撰篇。及宣成二帝……扬雄以奇字纂训……是以前汉小学，率多玮字……暨乎后汉，小学转疏，复文隐训，臧否大半”，将其对应汉赋创作，其渊源可知。

如果对照“三刘”赋论，其赋学观的相近处甚多，胪举其要，大体有四个方面：

一曰：究赋源。

章实斋论学，以为“辨章学术，考镜源流”，赋论史上衍展出的诸如“风谏说”“丽则说”“六义说”等等，无非是辨体而探源，这也成为古代赋学的核心问题。对此，“三刘”辨赋，指向基本是一致的。刘勰论赋源，曾综合前人“诗有六义，其二曰赋”“不歌而诵谓之赋”“古诗之流”说，提出了“体则诗、骚”的观点，即《诠赋》所云“赋也者，受命于诗人，拓宇于楚辞”。而由“源”及“流”，他认为“《离骚》之文，依经立义……所谓金相玉质，百世无匹”（《辨骚》），“逮孝武崇儒，润色鸿业，礼乐争辉，辞藻竞骛……降及灵帝……开鸿都之赋，而乐松之徒，招集浅陋”（《时序》），推尊诗骚，颇有褒贬。所以刘永济《文心雕龙校释》卷上《诠赋第八》认为“舍人论文，骚赋分篇，与刘、班志《艺文》纳骚于赋，似异实同。盖刘、班以骚亦出于古诗六义之赋，欲明其源，故概以赋名之也。舍人谓汉赋之兴，远承古诗之赋义，近得楚人之骚体，故曰‘受命于诗人，拓宇于楚辞’，盖以析其流也”，堪称精到语。因为刘勰着力在“赋”，故由源及流，然理论本义，仍在赋源。

刘熙载与刘师培的赋源说，多依循刘勰之论，只是具体而微，各有见地。如刘熙载《赋概》云："赋，古诗之流。古诗如《风》《雅》《颂》是也，即《离骚》出于《国风》《小雅》可见。"这将司马迁在《史记·司马相如列传》"赞语"所评相如赋"与《诗》之风谏何异"的赋用思想，已转换成赋体渊源的探寻。由于追踪《离骚》源于《诗》，刘熙载又从具体篇章追述汉赋的"祖骚"，所谓："长卿《大人赋》出于《远游》，《长门赋》出于《山鬼》；王仲宣《登楼赋》出于《哀郢》；曹子建《洛神赋》出于《湘君》《湘夫人》。而屈子深远矣。"汉赋"祖骚"以究源，到刘师培笔下得以具体的阐释。在《论文杂记》中，刘师培取效孙梅《四六丛话》的方法，更广泛加以梳理，即"秦、汉之世，赋体渐兴，溯其渊源，亦为《楚词》之别派：忧深虑远，《幽通》《思元》，出于《骚经》者也……"然究赋之源，刘师培又另辟蹊径，如论"诗赋之学，亦出行人之官。盖赋列六艺之一，乃古诗之流。……夷考作者之生平，大抵曾任行人之职"，又从文学制度及赋家身份着眼，自有新意。

二曰：明赋体。

魏晋是赋论明体的时代，是作家认知由汉代赋做什么向赋是什么的变化，尽管其后又经历唐宋时期的破体，元明清的辨体与尊体，但赋学"体"的意识凸显，则是这一漫长历史进程中的批评主潮。"三刘"有关赋体的言说，在诸家赋论中尤为典型。刘勰谈赋之"体"颇为宽广，如论题材，如"京殿苑猎，述行序志，并体国经野，义尚光大"；论结构，在推尊"义尚光大"的骋辞大赋的同时，又关注随物赋形的"小制"，即"至于草区禽族，庶品杂类，则触兴致情，因变取会，拟诸形容，则言务纤密；象其物宜，则理贵侧附”。但无论长篇还是短制，他论赋明体乃持一核心标准，那就是《诠赋》中强调的一段话：“丽词雅义，符采相胜。如组织之品朱紫，画绘之著玄黄，文虽新而有质，色虽糅而有本，此立赋之大体也。”如果对应刘勰在《体性》篇所论文章“数穷八体”，分别是“典雅”“远奥”“精约”“显附”“繁缛”“壮丽”“新奇”“轻靡”，再结合徐复观《〈文心雕龙〉的文体论》文中分析的，“八体”中如“精约”“繁缛”“显附”“远奥”“典雅”多源于《诗》《礼》经典，“壮丽”出自屈原《离骚》，而“轻靡”出自晋人创作，其“新奇体”始作于谢灵运，也可互证刘勰赋体论之“本”。

与刘勰的理论构建不尽相同，刘熙载在《赋概》中多出于创作论的思考，提出赋体的特性。如其谓：“赋起于情事杂沓，诗不能驭，故为赋以铺陈之。斯于千态万状，层见迭出者，吐无不畅，畅无或竭。《楚辞·招魂》云：‘结撰至思，兰芳假些。人有所极，同心赋些。’曰‘至’曰‘极’，此皇甫士安《三都赋序》所谓‘欲人不能加’也。”又云：“赋别于诗者，诗辞情少而声情多，赋声情少而辞情多。皇甫士安《三都赋序》云：‘昔之为文者，非苟尚辞而已。’正见赋之尚辞不待言也。”其以赋的“铺”与“辞”彰显其“体”的特性。刘师培多从赋源论赋体，所以在其《论文杂记》《文说》《文章原始》《广阮氏文言说》《汉书艺文志书后》等撰述间，多有论述。如《论文杂记》云：“盖《骚》出于《诗》，故孟坚以赋为古诗之流。然相如、子云作赋汉廷，指陈事物，殚见洽闻，非惟风雅之遗音，抑亦史篇之变体。”此论赋体，既重渊源，又重交互。又《文章原始》云：“西汉代兴，文区二体：赋颂箴铭，源出于文者也。论辩书疏，源出于语者也。然扬、马之流，类皆深湛小学，故发为文章，沈博典丽，雍容揄扬。”从文言、文语之辨，谈赋体由源及流之分，亦不乏精到处。

三曰：尊古制。

汉人论赋，尚无明确的“体”的意识，“辞”与“赋”常见互用，至魏晋以降，张明体义，于是有“骚汉”与“新体”之分，继后唐宋考律，又出现“古体”（以楚汉为主）与“新体”（律赋）的区别，赋学批评也呈现“尊古”与“趋时”的不同。“三刘”论赋，显然统属“尊古”一路。如刘勰《诠赋》云：“观夫荀结隐语，事数自环，宋发巧谈，实始淫丽。枚乘《菟园》，举要以会新；相如《上林》，繁类以成艳；贾谊《鹏鸟》，致辨于情理；子渊《洞箫》，穷变于声貌；孟坚《两都》，明绚以雅赡；张衡《二京》，迅发以宏富；子云《甘泉》，构深玮之风；延寿《灵光》，含飞动之势；凡此十家，并辞赋之英杰也。及仲宣靡密，发端必遒；伟长博通，时逢壮采；太冲、安仁，策勋于鸿规；士衡、子安，底绩于流制；景纯绮巧，缛理有余；彦伯梗概，情韵不匮；亦魏晋之赋首也。”论楚汉“十家”，最重汉八家的创作风格及成就，至于对魏晋诸家的评述，是追附楚汉赋家“英杰”而取意，在关注赋史于古典与新变的演进过程中确立楚汉辞赋的经典地位。

清代赋论尚时，大量赋选多为律体，包括当朝“馆阁赋”，当然其中也不乏尊古者，如张惠言《七十家赋钞》即选汉魏六朝赋以为典范。刘熙载与刘师培赋论相承，也是以尊古为旨归。刘熙载赋学大旨，基本延续元明以来的“祖骚宗汉”传统，而不及于时赋或新体。如评“骚”，其谓“叙物以言情谓之赋。余谓《楚辞·九歌》最得此诀”。又评“汉”，则谓“相如一切文，皆善于架虚行危。其赋既会造出奇怪，又会撇入窅冥，所谓‘似不从人间来’者，此也。至模山范水，犹其末事”。是其赋学尊古的具体阐释。再看刘师培《论文杂记》尊骚体之论："诗篇以降，有屈、宋《楚词》，为词赋家之鼻祖。然自吾观之，《离骚》《九章》，音涉哀思，矢耿介，慕灵修，伤中路之夷犹，怨美人之迟暮，托哀吟于芳草，验吉占于灵茅，窈窕善怀，婵娟太息，诗歌比兴之遗也。《九歌》《招魂》，指物类象，冠剑陆离，舆旌纷错，以及灵旗星盖，鳞屋龙堂，土伯神君，壶蜂雁虺，辨名物之瑰奇，助文章之侈丽，史篇记载之遗也。"此将尊古制与究赋源又凝合为一。

四曰：重鉴赏。

在赋学史上，"三刘"论赋都是颇有体悟的，这不仅体现在批评的精致，更在于对作品的鉴赏。在刘勰《文心雕龙》中，这类文字就屡见不鲜。例如："贾谊浮湘，发愤《吊屈》，体同而事核，辞清而理哀"(《哀吊》)；"夫夸张声貌，则汉初已极……枚乘《七发》云：'通望兮东海，虹洞兮苍天。'相如《上林》云：'视之无端，察之无涯，日出东沼，月生西陂。'马融《广成》云：'天地虹洞，固无端涯，大明出东，月生西陂。'扬雄《校猎》云：'出入日月，天与地沓。'张衡《西京》云：'日月于是乎出入，象扶桑于濛汜。'此并广寓极状，而五家如一"(《通变》)；"夫比之为义，取类不常……宋玉《高唐赋》云：'纤条悲鸣，声似竽籁。'此比声之类也。枚乘《菟园赋》云：'焱焱纷纷，若尘埃之间白云。'此则比貌之类也。贾生《鹏鸟赋》云：'祸之与福，何异纠纆。'此以物比理者也。王褒《洞箫赋》云：'优柔温润，又似君子。'此以声比心者也。马融《长笛赋》云：'繁缛络绎，范蔡之说也。'此以响比辩者也。张衡《南都赋》云：'起郑舞，茧曳绪。'此以容比物者也"(《比兴》)。征引赋句，以证艺趣，无不出于论者的鉴赏眼光。与刘勰相比，刘熙载、刘师培此类鉴赏文字或少，但也于论赋中见其统绪或方法。如前述刘熙载说《九歌》最得"叙物以言情"之"赋诀"，亦以赏鉴赋句成说，其谓“如‘袅袅兮秋风，洞庭波兮木叶下’，正是写出‘目眇眇兮愁予’来；‘荒忽兮远望，观流水兮潺湲’，正是写出‘思公子兮未敢言’来，俱有‘目击道存，不可容声’之意”（《赋概》）。如此以赋句证旨意，自有体悟于中。刘师培论赋源，亦及于风格品鉴，如论“班固《两都》，诵德铭勋，从雍揄扬，事核理举，颂扬休明，远则相如之《封禅》，近师子云之《羽猎》”（《论文杂记》）。又如论阮籍《东平》《首阳山》《清思》诸赋，以为“语重意奇，颇事华采”（《中国中古文学史》），语虽简，却通赋术而能明其大义。

由刘汉崛起的“一代文学之胜”的赋体，在历史的长河中有三位刘姓学者勤治此术，且意旨相近，成就突出，这也算赋坛的一段佳话了。

第八章

辞章英杰 赋体流芳

赋体流芳，关键在代不乏人的辞章英杰，有其作品炳曜史册，才能传之久远。汉赋创作，以骋辞大篇为胜，所谓“体国经野”“铺采摛文”，论其作者，又以四家（司马相如、扬雄、班固、张衡）最为著名，而考其名篇，则如王延寿《鲁灵光殿赋》亦为奇构。至于赋体的中土传扬，个案尤多，以欧公《秋声》为例，前后相续，更多妙旨。赋传外域，“泛翁”之东亚赋文，“兰芳”之南海赋作，乾隆《盛京赋》传译欧洲，中国赋风发扬而光大，可征考，亦可鉴赏。

01 汉赋四家

汉赋艺术是由大量的名家与名篇组成的。在诸多名家中，最值得推介的是“汉赋四大家”，就是西汉的司马相如、扬雄与东汉的班固、张衡，文学史简称“扬马班张”。

司马相如在历史上被称为“赋圣”，而他在辞赋创作的过程中有着“三惊汉主”的辉煌经历。据《史记·司马相如列传》记载，一惊汉主指的是汉武帝读到他写的《子虚赋》，所谓“上惊，乃召问相如”；二惊汉主指的是相如上“天子游猎赋”，赋成，“奏之天子，天子大悦”；三惊汉主指武帝好仙道，相如上《大人赋》，结果“天子大悦，飘飘有凌云之气，似游天地之间意”。后世多称有才华的妙文都说“凌云之笔”。由此三惊，可知相如赋以《子虚》《上林》《大人》为代表。同时传说他为被打入冷宫的陈皇后写的宫怨之作《长门赋》，喻示兴亡教训的《哀二世赋》，以及戒淫为主旨的《美人赋》，都是名篇。《长门赋》是司马相如抒情小赋的代表作，这其中隐藏着一个“金屋藏娇”的故事。据历史记载，汉武

汉　皇后之玺

帝刘彻六岁时，他的姑妈即长公主抱着他问想娶妻吗，又问自己的女儿阿娇好不好，刘彻回答是“好！若得阿娇作妇，当作金屋贮之”，后来阿娇就成了陈皇后。谁知好景不长，武帝登基后不久，就在姐姐平阳公主处见到了歌女卫子夫，于是移情别恋，将陈皇后打入冷宫，终身幽居在长门宫。而根据《文选》所录赋前小序称，陈阿娇失宠后幽居长门宫，遂用千金请相如代为赋，希望打动武帝，后武帝读后感动，复宠阿娇。这固然与历史事实不符，但这一愿望却成就了包括《长门赋》在内的一段佳话。正因为这篇赋描写了一位“佳人”的孤独与惆怅，真实感人，才赢得了后人的称赞，宋代词人辛弃疾《摸鱼儿》词说“长门事，准拟佳期又误。蛾眉曾有人妒，千金纵买相如赋，脉脉此情谁诉”。又据《梅妃传》的记述，唐明皇宠幸杨贵妃，梅妃被打入冷宫，曾请高力士找如相如这样的文才，买篇新《长门赋》以打动明皇的心，结果高力士惧怕贵妃，不敢答应，于是梅妃对着窗外冷月，自己写了篇《楼东赋》，抒发顾影自怜，满腹幽怨之情。这虽然是后世文人的虚构，但读相如赋中的怜悯、落寞与痛苦，确实隐含了对失志贤人的深切同情与哀怨，以致朱熹《楚辞后语》评为"此文古妙，最近楚辞"，此赋对后代宫怨闺情文学产生了巨大的影响。

扬雄以摹拟相如赋创作著称，据《汉书·扬雄传》记载，他羡慕汉代"辞莫丽于相如，作四赋"，分别是《甘泉赋》《长杨赋》《羽猎赋》与《河东赋》。这四篇赋又可分为"祭祀"与"游猎"两类，是西汉大赋创作的代表。扬雄赋除了效仿相如赋的词章华美，却更多地提倡赋的"讽谏"功能，尤其是在大量华词的铺陈后，强化了"曲终奏雅"的赋法。除了"四赋"，扬雄还创作了《反离骚》《逐贫赋》等短篇赋作，前者是骚体赋，却开启了赋史以"反"为名并取意的创作先河；后者是篇四言体"诗体赋"，也具有俗赋的特征，其对后世文章如韩愈的《送穷文》等创作也有同类题材的肇始之功。

班固和张衡都是东汉的著名学者，班固是大历史学家，著有《汉书》，张衡是大天文学家，著有《灵宪》和《候风地动仪》，而两人又是相承并起的大辞赋家。他们分别创作的《两都赋》与《二京赋》，堪称汉代骋辞大赋之最，也深刻影响了后世京都赋的写作传统。班固今存赋作九篇，其中以《两都》(西都、东都)为京都大赋创制的代表，其《幽通赋》则为其抒发个人心志的作品，而《终南山赋》则是较早的山岳赋创作，均具有较高的开创意义与艺术审美价值。值得注意的是，我们鉴赏汉代的大赋，首先要把握它的结构美，这可以班固的《两都赋》为例：该赋分为两篇，即《西都赋》与《东都赋》，既独自成篇，又合为一体。从思想、结构来看，《西都赋》可分为三部分：一是从开头到“至于三万里”，叙写长安的地理位置、山川险阻、都市宏丽、士女游侠之欢乐、封畿郊野之富庶等；二是从“其宫室也”至“非吾人之所宁”，写宫室台榭的高崇、壮丽、豪华，由群体建筑集中于昭阳殿的描绘；三是从“而乃盛娱游之壮观”到最后，写天子田猎之盛大，游览之欢娱。《东都赋》可分为四部分：一是从开头到“以变子之惑志”，上承前篇，批评西都宾矜夸而不知“汉德”，概述汉自高祖开创基业，引起下文；二是从“往者，王莽作逆”到“而帝王之道备矣”，叙写汉光武帝创业之功，于危难之际重建东汉王朝，勋绩可追前圣；三是从“至乎永平之际”到“盛乎斯世”，赞述明帝永平制礼，法度完备；四是从“今论者但知诵虞夏之书”到赋末，论王政之得失，以及长治久安的道理。而合观两篇，则《西都赋》重在讽喻，即“抒下情”之意，《东都赋》重在颂赞，即“宣上德”之意，而由“讽”到“颂”，方成完璧，即赋家的“建德”观的呈现。

张衡存赋十余篇，其中三篇作品可以说展开了他辞赋创作的三个世界，分别是“物”的世界，即《二京赋》（西京、东京）展示京都赋的风采，“玄”的世界，即《思玄赋》展示言志赋的哲理，“情”的世界，即《归田赋》展示田园赋的趣味。特别是他创作的《归田赋》，成为汉代抒情小赋的开端，深刻地影响了魏晋时代赋风的变迁与发展。关于《归田赋》的作意，《文选》李周翰注：“衡游京师，四十不仕。顺帝时，阉宦用事，欲归田里，故作是赋。”从张衡这篇赋的创作内容来看，其叙归田缘由，田园之美，游钓之乐，读书之愉，既抒发了作者对宦官干政、朝事紊乱的忧患心绪，又表现出一种希望退隐田园的理想与乐趣。而从文学价值来看，这篇赋首开田园文学创作题材，值得注意。赋中首先描绘春日如画，风和气清，草木繁茂，飞鸟欢翔，展现出大自然的美景。继写仰射云中逸禽，俯钓深渊游鱼，虚实互映，动静相渲，极尽隐居之乐趣。转写日落月升，灯下弹琴、读书、写作，恬静闲适，有悠然自得之情，又潜伏于隐居者的心境，给人以既活泼，又清静，既淡雅，又诚挚的审美感受。后代赋家如仲长统赋体文《乐志论》、张华《归田赋》、谢灵运《归途赋》，皆受其影响。至于陶、谢、王、孟的山水田园诗歌，也不乏与张衡这篇赋创作的精神投契与艺术联系。

刘勰在《文心雕龙·诠赋》中曾列举战国到两汉辞赋作者十家，分别是荀卿、宋玉、贾谊、枚乘、司马相如、王褒、扬雄、班固、张衡、王延寿，并用“致辨于情理”评贾谊的《鹏鸟赋》，用“举要以会新”评枚乘《菟园赋》，用“繁类以成艳”评相如《上林赋》，用“穷变于声貌”评王褒《洞箫赋》，用“构深玮之风”评扬雄《甘泉赋》，用“明绚以雅赡”评班固《两都赋》，用“迅发以宏富”评张衡《二京赋》，用“含飞动之势”评王延寿《鲁灵光殿赋》。可见除了“汉赋四大家”，还有很多名家名篇。列举其要，如贾谊的《鹏鸟赋》《吊屈原赋》、枚乘的《菟园赋》《七发》、王褒的《洞箫赋》、班彪的《览海赋》、刘歆的《遂初赋》、马融的《长笛赋》、王延寿的《鲁灵光殿赋》、赵壹的《刺世疾邪赋》、蔡邕的《述行赋》等。在这些赋作中，贾谊《吊屈原赋》开启“吊屈”文学传统，枚乘《七发》“观涛”一节开启描写水势的文学传统，王褒《洞箫》与马融《长笛》开启音乐赋写作传统，班彪《览海赋》开启观海文学传统，刘歆《遂初赋》开启贬谪文学传统，王延寿《鲁灵光殿赋》为题“图”创作，赵壹《刺世疾邪赋》为讽刺小赋，蔡邕《述行赋》开启“述行”主题，这不仅在辞赋史上具有开创意义，在整个文学史上也有极为重要的价值。

晋人葛洪在《抱朴子·钧世》中曾比较汉赋与《诗经》创作，认为《诗经》的描写与修辞远不及汉赋“汪秽博富”，但同时，汉人又自称“赋者，古诗之流”，这也构成了汉赋主旨节俭与用词造境博富的矛盾。刘勰说汉赋“蔚似雕画”，在这里我们也不妨借鉴古代的绘画理论来解析一下汉赋创作模式，并观察其技法与风格。比如李衎《竹谱》论画重“位置”“描墨”“承染”“设色”“笼套”，于“笼套”则谓“此是画之结果，尤须缜密”，倘若再对应国画布局的构成“引首”“画心”与“拖尾”，其“宾主”之主位如“画心”，“笼套”与“拖尾”有相近的意涵。由此我们再看汉大赋篇幅，无论片断还是整体，“画心”即为主位，构成赋文的主题（如游猎、宫室等），“拖尾”即似“笼套”，以点破赋旨，或谓“曲终奏雅”。于是聚焦汉赋画面的主题与笼套，最典型的就是《汉书·司马相如传》“赞曰”有关对司马迁与扬雄对司马相如赋的批评，即“靡丽之赋，劝百而讽一，犹骋郑卫之声，曲终而奏雅，不已戏乎”。这是基于经学化的义理批评。倘若转换视角，从“雕画”艺术来看汉赋的语象构图，那些“虚辞滥说”与“靡丽之赋”的贬抑之词，恰是赋家纵情用笔处，是创作主题的呈现，而“引之节俭”“曲终奏雅”的创作旨归，则是赋文似画的“笼套”，其所表现的教化思想难有景观可赏。所以汉赋创作主旨与修辞的矛盾，正是教化观念与审美眼光的矛盾，它不仅存在于汉赋创作的那个历史的空间，也制约着后世的汉赋批评与研究。但汉赋作为大汉气象的书写，她在那个空间留下的美丽的记忆，却是永恒的。

02 王延寿与《鲁灵光殿赋》

汉代俊才王延寿写的《鲁灵光殿赋》，是汉赋中不多见的描绘宫室殿宇的作品。王延寿这篇赋，在内容上通过对大汉开国圣史的回溯，与对殿内雕刻与壁画的流观、摹写，营构出殿宇雄奇瑰丽的神圣感；在形式上改变汉大赋繁类穷变与对称叙列的特征，代之移步换景的时间结构，给人以身历其境的阅读感受。赋家以天纵之才，挥灵动之笔，雕画图貌，赋予"鲁灵光殿"以"圣显"的文化符号，并塑造了汉室正统性的象征。

在阅读这篇赋之前，首先要了解两点：一是作者王延寿，字文考，一字子山，东汉南郡宜城人，就是今天湖北襄阳宜城，他是著名楚辞学家、《楚辞章句》编者王逸的儿子，后因渡湘水溺死，只有二十多岁。范晔《后汉书》称他"有俊才"，据说汉末蔡邕读了他的文章，为之"辍翰"；晋代的皇甫谧称赞他是"近代辞赋之伟"，南朝的刘勰在《文心雕龙·诠赋》中说他是"辞赋之英杰"。可以说，在古代，他算是位神童式的少年作家，这篇赋就是他的代表作。二是宫殿赋写作，在汉代，刘歆写有《甘泉宫赋》，李尤写有《德阳殿赋》，但都是残篇，只有王延寿的赋是全帙，所以可以称作历史上第一篇完整的宫殿赋，继后则有魏朝何晏的《景福殿赋》、唐代李华的《含元殿赋》等名篇。在汉赋中，有关宫殿的描写，多体现在京都赋中，如班固《两都赋》对“昭阳殿”的描绘，而专写一殿的赋，正是从京都赋中分流而独立的题材，所以王延寿赋，是具有开创意义的。

品读这篇赋作，首先应了解王延寿写“宫殿赋”的意义。作者在赋序的开篇就说：“鲁灵光殿者，盖景帝程姬之子恭王余之所立也。”所指恭王刘余，是汉景帝刘启的儿子，其母程姬，初封淮南，后迁徙到鲁地，谥号为“恭”。赋序接着说：“恭王始都下国，好治宫室，遂因鲁僖基兆而营焉。”这里有两层意思：一层是春秋时鲁僖公使公子奚斯，上新姜嫄的庙宇，下治文公的宫室，称赞其追尊祖德。另一层是说恭王刘余在鲁宫室的地域营建新的宫殿，但因汉代已是大一统的国家，所以鲁地所封的诸侯，只是地方小王国，故称“下国”，又接着说鲁灵光殿是“配紫微为辅”，“承明堂于少阳”，“紫微”指天宫的“紫微垣”，是“中宫”所在，“明堂”是天子或称皇帝施政的处所，因此合起来，指是都是“下国”要围绕“中央”朝廷，阐明了赋中尊天子而抑诸侯的主旨。

于是，作者又从两方面开拓，通过书写“宫殿”而尊崇“天子”。一方面是回顾历史，特别提到汉室“中微”，指的是王莽篡汉，改立“新朝”，以至西汉朝廷的“未央宫”“建章殿”等著名宫室都被毁坏，而鲁“灵光殿”虽是诸侯王国的宫室，但毕竟是西汉宫室的遗存，作为“汉宫”的象征，自然弥足珍贵。如果我们对照东汉的京都赋创作，就会发现汉人作赋有两大历史视点，即“亡秦”和“非莽”，因“亡秦”教训而尊奉“周德”，因“非莽”乱政而尊奉“汉德”。清人李光地《榕村语录》说“秦恶流毒万世……莽后仍为汉，秦后不为周耳。实即以汉继周，有何不可”。这种历史观早在汉赋的书写中就有呈现，最典型的就是杜笃《论都赋》的汉统汉德论：“昔在强秦……大汉开基，高祖有勋……太宗承流……是时孝武因其余财府帑之蓄，始为钩深图远之意……故创业于高祖，嗣传于孝惠，德隆于太宗，财衍于孝景，威盛于圣武，政行于宣、元，侈极成、哀，祚缺于孝平。传世十一，历载三百，德衰而复盈，道微而复章，皆莫能迁于雍州，而背于咸阳。”杜笃赋中继此倡言“今国家躬修道德，吐惠含仁，湛恩沾洽，时风显宣”，已点破大汉继周的建德观中两个历史节点，就是秦亡教训与王莽篡统。“过秦”是汉人继周建德的历史前提，表现于赋文中，除了司马相如《哀二世赋》明确批评“亡秦”，其他作品如班彪《北征赋》中批判蒙恬修长城劳民伤财，赵高与胡亥荒淫乱政的行为；张衡《东京赋》中写秦始皇耗天下之财力建阿房宫，以满足私欲，都是典型的例证。同样，对待王莽“篡汉”以及“莽后仍为汉”的历史现实，东汉赋家如班固《东都赋》说“王莽作逆，汉祚中缺”，张衡《东京赋》说“世祖（光武帝）忿之……共工（指王莽）是除”，也就是说，赋家重建东汉之“德”，都是通过“过秦”与“非莽”两大历史教训展开的。由此再看王延寿赋叙述的对奚斯治文公宫室，包括对西汉宫殿的衰毁的悲悯，是与这样的创作背景切切相关的。

所以从另一方面来看，该赋所针对的现实，就是通过西汉宫室的毁坏，对王莽篡政的批判，反过来赞美汉室“中兴”，亦即汉光武帝刘秀扫除群凶，衔接西汉政权，重建东汉王朝的功德。只是作者的视点在西汉的“鲁宫”，所以他通过对“汉统”的讴歌，来表达“尊王”有态度。此如赋文开篇所颂扬的“粤若稽古，帝汉祖宗，浚哲钦明”；“敷皇极以创业，协神明而大宁”；并希望“百姓昭明，九族敦序”，“永安宁以祉福，长与大汉而久存；实至尊之所御，保延寿而宜子孙”。为了强调“瑞我汉室，永不朽兮”，作者又在赋中穿插大量的祥瑞描写，这是当时流行思维，具有以祥瑞颂德，以灾异讽喻的“天人感应”的时代烙印。例如赋中写祥瑞，则有：锡介珪作瑞、据坤灵宝势、包阴阳变化、含元气烟煴、甘露下臻、朱桂黝儵、兰芝阿那、祥风翕习等等，都是汉人常提到的祥瑞征兆。又如赋中写到“天人感应”说：“其规矩制度，上应星宿，亦所以永安”，“荷天衢以元亨”，“协神道大宁”，“规矩应天，上宪觜陬”，“神灵扶其栋宇，历千载而弥坚”，把汉王朝的兴衰与上天意志紧密结合。这些说法固然蹈虚，但如果我们对照王延寿赋“汉遭中微，盗贼奔突”，与班固在《东都赋》中说的“王莽作逆，汉室中衰”，再看班固赋中对汉光武帝的歌颂，例如赋中描述的：“上帝怀而降监，乃致命于圣皇”，“圣皇乃握乾符，阐坤珍，披皇图，稽帝文，赫然发愤，应若兴云，霆击昆阳，凭怒雷震”，“立号高邑，建都河洛”，“绍百王之荒屯，因造化之荡涤”，就可以理解王延寿赋对祥瑞的描写，不过是烘托对汉统与汉德的讴歌，只是借助赋体的铺陈手法罢了。

这篇赋的另一重要价值在于赋中对图像的描写，这就是王延寿赋中说的“图画天地，品类群生”。我们先读一下这段文字：

图画天地，品类群生。杂物奇怪，山神海灵。写载其状，托之丹青。千变万化，事各缪形。随色象类，曲得其情。上纪开辟，遂古

汉　“长宜子孙”连弧纹铜镜

之初。五龙比翼，人皇九头。伏羲鳞身，女娲蛇躯。鸿荒朴略，厥状睢盱。焕炳可观，黄帝唐虞。轩冕以庸，衣裳有殊。下及三后，淫妃乱主。忠臣孝子，烈士贞女。贤愚成败，靡不载叙。恶以诫世，善以示后。

这段描写虽然与赋的政教主旨相契合，但其画面的展示，其中包括神话人物、历史帝王等，都是灵光殿中的壁画的呈现，赋文又是对壁画图像的书写。如果追溯题图赋的源头，王延寿的父亲王逸《楚辞章句》的《天问叙》说：“屈原……见楚有先王之庙及公卿祠堂，图画天地山川神灵，琦玮僪佹，及古圣贤怪物行事……仰观图画，因书其壁。”这是目前所见有文献记载最早的题图赋，比较屈原《天问》与王延寿《鲁灵光殿赋》中的壁画，又很类似，应该是两篇赋都题写楚地宫室的相似性。

这又可从王延寿这篇赋引出另一层思考，刘勰《文心雕龙·诠赋》认为赋“写物图貌，蔚似雕画”，说的是赋体的语象描绘，本身就有构图摹绘的特色。近代学者张世禄《中国文艺变迁论》也说“吾国文字衍形，实从图画出，其构造形式，特具美观。词赋宏丽之作，实利用此种美丽字形以缀成”，所取也是“图貌”的大观。读汉大赋的美，是由无数“个像”组成宏大的画面。例如班婕妤《捣素赋》:“若乃盼睐生姿，动容多制，弱态含羞，妖风靡丽。皎如明魄之升崖，焕若荷华之昭晰。调铅无以玉其貌，凝朱不能异其唇。胜云霞之迩日，似桃李之向春。红黛相媚，绮组流光，笑笑移妍，步步生芳。两靥如点，双眉如张，颓肌柔液，音性闲良。”赋的描绘堪称一幅完整的“美人图”。

赋体的“写物图貌”与“随物赋形”，在王延寿赋中也得到尽情展示。如赋中对宫殿建筑的描写，擅长写物图貌，如写建筑群组成部分有：崇墉、朱阙、高门、太阶、堂、阴夏、扉、室、房、西厢、东序、连阁、驰道、榭、楼、观、轩槛、台、池、高径、华盖、飞陛、门、户、朱桂、兰芝等。写具体建筑部件有：壁、柱、檐、楹、浮柱、飞梁、层栌、曲枅、芝栭、悬栋、天窗、方井、棁、桷、衡、榱、楣、椽、欂栌、上楹等。由这些物象加以组合，并加以详细描述，构成宫室构造的整体画面。又如对宫殿景观的描写，也采用绘画散点透视的方式，征实写物，却因时变景，突出表现出赋体的空间特质。赋先写观览宫殿的感受，继写上阶登堂，观形彩装饰，再写排扉北入，观旋室、洞房、西厢、东序，由此细察其栋宇结构与藻绘雕镂。于是移步换景，景随目移，感物生情，因之变化：从“睹斯而眙”到“嗟乎”的赞叹，到“感物而作赋”，引发出“吁”，“可畏乎”，“其骇人也”的惊呼声，再引出“彤彩之饰，徒何为乎”的疑问，到“耳失听”“目丧精”，到“魂悚悚其惊斯，心惪惪而发悸”，由此再感发“非夫通神之俊才，谁能剋成乎此勋”“苟可贵其若斯，孰亦有云而不珍”的反诘，归于“穷奇极妙，栋宇以来，未之有兮”惊叹语。这将光怪陆离的景观，与激切奔放的情感，绾合一体，而给读者以神秘感、神奇感与神妙感。

03 『秋声』三赋

古人赋“秋”，以宋玉《九辩》“悲哉秋之为气也，萧瑟兮草木摇落而变衰”肇始，“摇落深知宋玉悲”的情绪，也成为“萧条异代不同时”，却“怅望千秋一洒泪”（杜甫《咏怀古迹》）的秋“心”传递。然则秋景广阔，咏秋者面向亦多，如潘岳之《秋兴赋》以及杜甫诗之《秋兴八首》，以“兴”为题，皆为名篇。而歌咏“秋声”，于赋域颇有闻名者，如唐人刘禹锡、宋人欧阳修的同题《秋声赋》与清人胡敬的《秋声图赋》，三赋咏秋声而肸蚃相承，辨其同工异曲，可增添些阅读趣味。

秋景易写，秋声难摹，我们先看刘禹锡的《秋声赋》的写法与旨意。刘氏为中唐诗文大家，今存赋 11 篇，其作品往往咏物、抒情、述理融织一体，以寄发人生郁抑困顿的胸怀。举其要，如其《山阳赋》写重大政治历史问题，其《砥石赋》乃述理励志之作，其《谪九年赋》抒发屡遭谪贬情境，而读他的《秋声赋》，写景寓情，亦多精警之意。据作者赋序所称“相国中山公赋秋声，以属天官太常伯，唱和俱

明　唐寅　秋声赋图

绝。然皆得时道行之余兴，犹有光阴之叹，况伊郁老病者乎！吟之斐然，以寄孤愤”，可知该赋为和李德裕（相国中山公）而作，其基调是传承宋玉的“悲秋”情感，但却通过叙述李德裕的悲秋与宋玉、潘岳不同，即赋中所言“异宋玉之悲伤，觉潘郎之幺麽”，又隐含了一种欲建功立业而珍惜时光的振发精神。全赋短小，可分三层次，首写秋景而喻秋情：

碧天如水兮，窅窅悠悠。百虫迎莫兮，万叶吟秋。欲辞林而萧飒，潜命侣以啁啾。送将归兮临水，非吾土兮登楼。晚枝多露蝉之思，夕蔓趣寒螿之愁。

文中通过“百虫”与“露蝉”的“啁啾”之“吟”，拟状“秋声”，突出主题，衬托愁思。次写秋季诸象，引出有关“秋”的史事，如谓“至若松竹含韵，梧楸蚤脱。惊绮疏之晚吹，堕碧砌之凉月。念塞外之征行，顾闺中之骚屑”以拟“象”，复用“废井苔合，荒园露滋”等故事以咏史，以古鉴今，寄寓心志。赋的末段抒发感慨：

嗟乎！骥伏枥而已老，鹰在鞲而有情，聆朔风而心动，盼天籁而神惊。力将痑兮足受绁，犹奋迅于秋声。

刘禹锡与柳宗元等曾参加王叔文政治改革（永贞革新），是历史上著名的“八司马之一”，该赋也是借酬和李德裕之机，以悲秋抒“孤愤”，以萧瑟励“奋迅”，论“人”寓“己”，实质是假“秋声”隐写“心声”。但全赋的总体风格，仍是以骚怨及不遇情怀为主。

与之不同，欧阳修的《秋声赋》虽与刘赋同题，然其书写方式及立意均为独造。欧阳修今存辞赋22篇，有骚、骈、律、散四类体裁。其骈、律两类，常渗以散文句法，对仗、用典、声律、结构，皆能信笔驰骤，轻松自然。骚赋一类，尤为独擅，能变汉晋赋家铺采摛文、瑰丽粲烂，而求其清新隽永之味。《秋声赋》是他的文赋代表作，以散文笔调写成。全赋可分为三段，首段以“欧阳子方夜读书，闻有声自西南来者，悚然而听之”的记叙文方式开篇，继述秋“声”的听觉感受，即“初淅沥以萧飒，忽奔腾而砰湃，如波涛夜惊，风雨骤至”，以及“触于物也”“如赴敌之兵”的描写，复以“童子曰”的“声在树间”引出议论。赋的第二段由作者夹叙夹议，也是全篇的主构部分：

嘻嘻，悲哉！此秋声也，胡为而来哉？盖夫秋之为状也：其色惨淡，烟霏云敛；其容清明，天高日晶；其气慄冽，砭人肌骨；其意萧条，山川寂寥。故其为声也，凄凄切切，呼号愤发。丰草绿缛而争茂，佳木葱茏而可悦；草拂之而色变，木遭之而叶脱；其所以摧败零落者，乃其一气之余烈。夫秋，刑官也，于时为阴；又兵象也，于行用金。是谓天地之义气，常以肃杀而为心。天之于物，春生秋实。故其在乐也，商声主西方之音，夷则为七月之律。商，伤也，物既老而悲伤；夷，戮也，物过盛而当杀。……念谁为之戕贼，亦何恨乎秋声？

赋文由传统的“悲秋”落笔，继从秋之色、容、气、意多方描写烘托，再集中于对“秋声”造成人之视觉与听觉变化的描绘，并束以论“秋”之理，来表达作者对自然和人生的态度。这既曲折表现了饱经忧患的心路历程，又以自然替换情绪，一改历来“悲秋”主旨。赋的第三段仅以“童子莫对，垂头而睡。但闻四壁虫声唧唧，如助余之叹息”一淡语收束，意在言外，深蕴哲理。苏洵赞欧文“纡徐委备，往复百折，而条达疏畅，无所间断……无艰难劳苦之态”（《上欧阳内翰书》），可借用评价这篇赋的旨趣。概括地说，欧赋在题材上仿效刘赋，而在手法上却取法韩愈类赋之文如《进学解》。所以品读该赋，其以文为赋、擅长议论的审美特征，平易晓畅、不事雕琢的审美风格和损悲自达、尚理造境的审美趣味，已具备了宋代文赋的三大基本艺术形态，堪称其最突出的赋史价值。

继刘、欧之后，赋秋声者不乏其人，而较具承变特色的，当推清代嘉道间骈文家胡敬的《秋声图赋》。胡氏字以庄，号书农，少以《水仙花赋》《阑干赋》受知于阮元，嘉庆十年进士，改翰林院庶吉士，历充武英殿、文颖馆纂修，复为《全唐文》《治河方略》《明鉴》总纂官，累职至侍讲学士。姚燮《骈文类苑》收其《穷村赋》，写农民破产之状，描绘生动，词语清新，人称其文“有六朝李唐之美”，阮元评其《阑干赋》“得六朝人神髓”。《秋声图赋》收载他的《崇雅堂骈体文钞》卷一，署“为金听泉作”，赋以骈体骋势，雕镂词章，亦类六朝赋风。但与前人赋秋不同，胡赋乃题图之作，其描述对象非自然，而是图画，如其赋言“图咫尺于万里”，观赏间显然多了一层阅读趣味。

赋文首辟一语：“悲哉秋气，秋气难绘，而尤难绘者其声。”既承“悲秋”传统，又明“题画”之意，而其绘“秋声”尤难，则为赋作留出描写的空间。总括其要，全赋从四层次展读画面，书写“秋声”。首以秋景、秋情拟状秋声：

试望重关榆白，绝塞草黄，平涉莽莽，落日荒荒。孤雁叫月，饥鹰厉霜。天低野阔，风起云扬。数声敕勒，一曲伊凉。悲笳溢耳，羌笛回肠。拊琵琶而吊青冢，驰拨叱而射黄獐。……闻秋杵以徘徊，感秋蒲之憔悴。斯又擅范宽之精能，与董源之幽邃。

以山水画面，兼融史事，并借范宽、董源山水画笔提升所题图画的审美价值。范、董与李成并为山水画“北宋三大家”，范氏性疏野，画萧散，代表作有《溪山行旅图》等；董氏由南唐入宋，创山水画“披麻皴”，率意而为，“平淡天真”（米芾评语），代表作有《潇湘图》等。赋者点出两画师，旨在喻示所咏图画的绘画史的意义。赋作继以秋象、秋势拟状秋声：

若乃樟亭启幔，胥江上潮，素车白马，惊奔怒号。奋雷鼓之千叠，泻银潢之一条。浩浩汗汗，刁刁调调。飙迅而万樯辟易，练明而八阵周遭。震其声者，莫不耳聋心骇，色沮形消。图咫尺于万里，藐营邱之独超。

此借“秋兴”明象骋势，模仿枚乘《七发》“观涛”笔法较显。至于赋中插以“暨乎秋雪晴铺……至于关山人远，枕簟秋单”的描写，也是景不离情的写作套路。值得玩味的是赋的第三层次，再次强调“状秋则易工，绘声则少可”，故复以秋意拟状秋声：

夫惟跂石观空，囊琴枯坐，水木明瑟，云山澹沱。槲黄岫零，梧碧阶堕。明蟾半规，凉穗一颗。于斯悟飘风者荣华，浮沤者坎坷。界超色相之天，业证闻思之果。

以“观空”“枯坐”明意，变欧赋付诸自然的秋声，而增以释氏的“空观”色相。由此赋转入最后一层次的描写，即读图品味：

爰召画史，授隃麋，斗室虚敞，尺缣纷披。神闲兴逸，目想心仪。双管疾下，万籁呈奇。斯图中声在，而声与秋期。何必登山临水，赋别伤离，始足状秋宇之寥廓，传秋士之郁伊也乎？若夫闻声夜起，感慨系之，金石胶戛，风云骋驰，则有欧阳子之赋在，而余又何辞？

如果说赋中精彩片断宜在赋中“重关榆白，绝寒草黄”的景观、“闻秋杵以徘徊，感秋蒲之憔悴”的人物，以及“关山人远，枕簟秋单”“砧捣霜而晨急，翦裁月而宵寒”的情氛，然其叙述“画史”作图以衔接欧阳修《秋声赋》的意趣，则宜为这一题图赋的主旨。

胡敬擅长作赋，且多题图，另有《品茶图赋》《惜花春早起图赋》等。由题图观“秋声”，倘若说刘禹锡赋由因秋声写悲秋寓壮意，欧阳修赋论自然秋声以淡化悲秋主旨，则胡敬赋显然更重在品玩的鉴赏趣味。这或许是品读三篇作品中赋义变迁的聚焦点。

由此“秋声”三赋，所谓绘声绘色，然绘色易而绘声难，这个中又牵涉到赋与图的关联。赋之为体，“蔚似雕画”（刘勰《文心雕龙·诠赋》），故而诗之接近于音乐，赋则接近于绘画。当然，诗赋均为语象书写，属时间艺术，与“凡遇之目，感于心，传之于手而为象，惟画则是然”（叶燮《赤霞楼诗集序》）之绘画书写的空间艺术不同，所以诗与赋的不同，在于诗多以语象抒情以造境，赋多以语象构“像”而骋势。因此，赋“秋”者图“形”易则绘“声”难，读刘、欧两赋，前者写秋声则落笔于秋景与情，后者借秋色、秋容、秋气与秋意多重衬托，观者仍只能通过秋景意会秋声。尽管秋声难绘，但历代以《秋声赋》为题材的图像作品却不少，书法如赵孟頫楷书《秋声赋》最著名，绘画则如明代的唐寅与邵弥，清初华嵒与晚清任颐（字伯年），均有《秋声赋图》的创作。比较清代华、任两幅图，华嵒的《秋声赋图》写实，完全模拟欧阳修《秋声赋》书写：全图下幅为画，绘一院落于远山群木间，正屋内端坐主人即“欧阳子”，倚门者为“童子”，呈对话论“秋”之像；上幅为书法，题写欧赋全文，笔势绵密，布局整严。任颐的《秋声赋图》则重写意，仅绘一人行吟于垒石枯树间，以树杈与衣袖的随风飘拂拟状秋声，笔墨简逸放纵，明净淡雅。胡敬作赋题画，图绘其象的文本虽然不知，但他以“雕画”之赋摹写空间图像，故其作品更具画面感与鉴赏性。在赋中，他以秋景、秋情、秋象、秋势、秋意多层次拟状秋声，特别是清醒地认识到“尤难绘者其声”“状秋则易工，绘声则少可”，诚如《老子》所谓“强为之容”（第十五章），也算是难能可贵了。

同题创作，有模仿，也有创新，品读旨意，贵在创新。读三赋描写“秋声”，刘赋以悲秋寓壮意，是文本承变的创新；欧赋以议论成篇，是文体互通的创新，胡赋题画绘声，是语图共成的创新，串联起来，又是赋史发展中的一有趣的创作现象。

04 泛翁『遇真』的记与赋

闲翻《韩国文集丛刊》中朝鲜人写的赋，觉得有几类作品较多，如唱和之作（包括与中国使臣的唱和）、科举试赋与拟效之作，其中拟效作品又多追和古贤赋篇，且有相对集中的主题，如王粲的《登楼赋》、陶渊明的《归去来辞》、苏轼的《赤壁赋》、朱熹的《感春赋》等。又私忖，这些作品主要是历史（尤其是交流史）的文献价值，很难说有多高的文学价值，比如和同时的中国明朝文人的创作相比，写法与风格就非常相近，有大量的摹写痕迹。不过，这种源于中土的文类在域外的呈现，于景观，于事述，自然有一些特色，偶然也有突破文体规范的写法，呈现给读者创作的新思与阅读的新趣。在诸多赋作中，申叔舟的《日本国栖芳寺遇真记·并赋》是比较特别的，其将"赋"附于"记"后，似为创格。

申叔舟（1417—1475），字泛翁，号保闲斋、希贤堂。朝鲜朝世宗、成宗时人，世祖朝官至领议政。曾参与《世祖实录》《睿宗实录》《东国通鉴》《五礼仪》《经国大典》等书的编写。他的赋作存载《保闲斋集》卷一，有《日本国栖芳寺遇真记·并赋》《八骏图赋·并序》《广居赋》《雅乐赋》《和雪霁登楼赋》诸篇。有关泛翁事迹，传见《海东名臣录》《国朝人物志》等史籍。作为朝鲜王朝的重臣，他曾出任最高官职，被比作唐朝著名大臣魏徵。而与赋创作相关的，则有三点可述：其一，泛翁精通日本语、中国语等诸多外国语言，多次担任朝鲜王朝的外交官，“行人”作“赋”为中国古代惯例，在明朝尤甚，而他于 1443 年作为朝鲜通信使团的书状官出使日本，所撰《日本国栖芳寺遇真记·并赋》即为典型例证。其二，他与当时的中国使臣交往密切，如倪谦、张宁等，有和张宁《登汉江楼》诗十首，其赋作《和雪霁登楼赋》就是与倪谦在汉江边的唱和之作。其三，朝鲜世宗为了能够更好地表达本国的语音，召集郑麟趾、成三问、申叔舟等人编写《东国正韵》，创造了朝鲜本民族的文字训民正音，亦可知他精于文字与声律，而诗赋皆韵文，娴于此道，当与此相关。况且他编《东国正韵》效仿的是《洪武正韵》，而在倪谦出使朝鲜时多有请教，观倪谦《留别申泛翁》诗“聚首东藩一月余，情孚道合有谁知？喜谐音律吟诗句，爱问形声较韵书”，可窥一斑。合此三者，再读泛翁的合体文字“遇真”记、赋，或可得其旨趣。

先看“记”文，字数较多，约千言，记叙了作者出使日本客寓栖芳寺梦遇仙翁的本事。记文首明“癸亥之春，受命为日本通信使书状官”，即 1443 年出使日本，继写“艰难跋涉，阅数月得达于京都”后复于数月内游息诸寺院的经历，所谓“馆于东山之庆云庵”，“令观于都城诸寺”，“游相国寺”，“又游于西山之天龙寺”，然后“遂历栖芳寺而息焉”。再用极尽夸饰之词描写栖芳寺的景物与游观，如“寺之中，引溪流于林表，汇之为池，周回可三百余步。池之西，有琉璃之阁。自阁北行，有桥通于西来堂。桥之西，皆植芙蕖”，以及“湘南亭”“邀月桥”等景致，又如步登邀月之桥，“恍如骑长鲸而浮溟渤也。有野鸭双翼，方游泳自乐于桥之东。见人惊起，掠檐楹而西也。顾眄之间，万象旋绕，悉涵于池之中。水族有大者小者，群者孤者，潜而昭者，往而复者，跃出水者，隐在藻者，鳖而暴于沙石者，能而伏于微泥者。千状万态，举不逃于目击”的景观，以及“清可以涤烦，幽可以静虑，怡愉散浪。拟挟飞仙游于蓬瀛之上，而忽忘身在羁旅之中也”的感受，堪称极尽描绘之能事。而记文的核心部分，作者却付之一“梦”，其文词大略是：

时夜将半，神倦思睡，方欹枕间，忽有老翁，须眉皓白，骨格不凡。戴霞冠，飘云裾，揖我而言曰：“西山之栖芳寺，我国之胜地。今子之游，亦有所乐于此而有所得乎？”余应之曰……翁欣然改容曰……余亟辞谢不免，即书四韵长句云……书讫而传于翁，翁披阅称美，朗咏而起。余以其仓卒不暇饰辞，直追而问之曰：“愿闻姓名！”翁方顾而笑，若有所属。忽有大声从西南而起，若天之折，魂惊梦觉。……窃自计曰：“奇哉！翁其真仙之流乎？”

作者自谓此梦犹如“苏子游赤壁而有道人之梦，谢公梦西堂而得春草之句”，所借为谢灵运与苏东坡故事，而观其写法，确实有摹写苏轼《后赤壁赋》的迹象。

再看“赋”文，与“记”相比，字数少得多，约三百字，为骚体，实为“记”的附词。其作赋之因，诚如作者记文末尾所述“乃于梦之明日，历记其事而仍为之赋”，并出示寺僧明远，又因“明远奇之”，于是“书以付之”。观作者赋“事”，几与记文相同，如“岁既次于癸亥兮，当日行之在奎。钦承命以东出兮，驰驲骑之栖栖”；“既使事之毕传兮，遂游览乎禅区。至西山而弭节兮，登琉璃之高阁”；“至夜分而假寐兮，梦忽遇夫真仙。征余诗以记迹兮，嘱余言之丁宁”等，皆记述西山之景与栖芳寺游历及夜梦遇仙。这些记述与前文重合，只是将记体散文加以骚体韵文化。而赋文与记文的主要差异，在作者笔下呈现的是抒情性的描写，略举赋中的语句为例：

别知己于汉之滨兮，趁旅馆之晨鸡。地既尽而海阔兮，望前途之茫茫。

张云帆余孤逝兮，东指日与扶桑。忍艰难其岁月兮，始得达于国之都。

嗟岛屿之巧妙兮，夺造化之神功。惟嘉卉之盘郁兮，拥山霭之霏霏。

白日忽其西匿兮，虽信美而不可以小留。驱余马兮言旋，倚幽轩以不眠。

探仙意之所在兮，覃余思其莫度。姑染翰以临觚兮，集颠末以备写。

其中虽然不乏景语，如“汉滨”“云帆”“岛屿”“嘉卉”“山霭”“幽轩”等等，但无不以情语拄撑与转圜，即如“别知己”“忍艰难”“不眠”“莫度”以及“嗟”“忍”诸字，抒写胸中的情怀，尤其是“白日……西匿”“虽信美”的话语，完全拟效王粲《登楼赋》“白日忽其西匿”的视觉与“虽信美而非吾土”的感慨，且采用景因情变之法，彰显其以“情”为中心的创作特征。如果我们对读泛翁这篇作于客寓日本期间的赋与其在本国汉江水滨和中国使臣倪谦的《和雪霁登楼赋》，作者归赋旨于抒情的特征，则十分明显。

当然，注重抒情性是泛翁赋的一大特征，但我们阅读这篇赋作，还有一大特色是以“赋”附“记”，记为主体，赋为附篇，或可谓是记文的抒情“尾巴”。考察历代赋作，有前“序”后“系”（乱），或附以“诗曰”，鲜有以“赋”附着于他文，也因此，读泛翁此篇，记后附赋，疑为创格。探索其因，宜先说明一点，朝鲜文人辞赋之盛，正在中国明朝之时，其中多有交流影响之故。据《明史·外国传一·朝鲜》记述，“朝鲜在明虽称属国，而无异域内。故朝贡络绎，锡赉便蕃，殆不胜书”，而观泛翁与倪谦、张宁等人的交往与唱和，已可见其概。于是我们考查明代赋风，有两个创作现象值得关注：一是赋前长序增多，序兼有记的述事纪行功能。赋序在汉代即有，篇幅较长的如班固的《两都赋序》，此后如梁武帝《净业赋》的长序，叙写佛法释理，极为详尽，然毕竟不太普遍，到了明代，赋前长序数量剧增，已不胜枚举。略述其要，如应制赋，宋濂《奉制撰蟠桃核赋》、费宏《赐同游西苑赋》的长序，礼制赋如廖道南《大祀圜丘赋》《帝苑农蚕赋》均为长序，京都赋如金幼牧《皇都大一统赋》前长序，述行赋如何景明《述归赋》亦冠长序，特别是吴国绮的《幔亭雨舟赋》，赋文仅数百字，而赋序则长达两千余字，几乎是一长篇记文。而回看泛翁自作的《八骏图赋》有长序，以及与之交往密切的倪谦《早春赋》之长序，均可观其写作风气，长序居赋之前已有了“记”的性质，这或许是该赋前冠长记文的因素之一。二是赋与记的联系，明人好以赋体演绎记文，例如王骥德的《千秋绝艳赋》就是因缘于明代的《会真图》而演绎唐人元稹《会真记》的本事，而加以绘饰而成。继后，又有清人左潢的《会真别趣赋》，演绎着这篇传奇之“记”的故事。尽管这与泛翁的记、赋合体有些隔膜，但风向所指，也耐人寻味。

所以还是可以回到泛翁记与赋的合体这一问题，也就是关于以赋附记之创格的思索，其记重述事，而赋重抒情，宜内涵了文体批评的意义。中国文学发展到宋代，好为“辨体”，承续其义，元明两朝文学批评的撰述形成了浓厚的辨体思潮，代表作有祝尧的《古赋辨体》、吴讷的《文章辨体》、徐师曾的《文体明辨》与许学夷的《诗源辨体》等，而引领风气的恰是祝氏的赋学辨体。辨体在于尊体，我们不妨看一下徐师曾《文体明辨序说》有关“记”与“赋”体的不同，其论“记”云“按《金石例》云：‘记者，纪事之文也。’……记之名，则昉于《戴记·学记》诸篇。……汉魏以前，其盛自唐始也。其文以叙事为主，后人不知其体，顾以议论杂之”；论“赋”云“按诗有六义，其二曰赋。……扬雄所谓‘诗人之赋丽以则’者是已”。再看吴讷《文章辨体序说》论“赋”，则按时代划分，即“楚”“两汉”“三国六朝”“唐”“宋”“元”与“国朝”的赋作，且在每一时代的每则文字前，均冠以“祝氏曰”，如于“两汉赋”引祝尧《古赋辨体》语：“夫骚人之赋与诗人之赋虽异，然犹有古诗之义，辞虽丽而义可则；至词人之赋，则辞极丽而过于淫荡矣。盖诗人之赋，以其吟咏情性也；骚人之赋，有古诗之义者，亦以其发于情也。”结合祝尧另一段话，“古今言赋，自骚之外，咸以两汉为古……心乎古赋者，诚当祖骚而宗汉”，这就是风靡元、明时期的赋体“祖骚宗汉”说。而其说的核心，又是赋体的“主情”论。由此回观泛翁的“记”以明事，“赋”以陈情的写法，尤其是写赋采用骚体短篇的方式，正与这一思潮切合。可以说，是他在中国使臣的文字浸润中创作出的一篇有着“变体”特征的尊体作品，是一特定时代与区域的赋学实践。

申叔舟在朝鲜睿宗即位之后，进入承政院执掌大权，因南怡谋叛事件，他铲除了政敌，而身居要津。成宗即位后，他受命出使日本室町幕府时，将所获得的经验编撰成《海东诸国纪》，并于 1471 年刊行，成为朝鲜外交史上的重要典籍。正是这次日本行的经历，他又秉承中国“行人”与“赋”的传统，将自己的经历或奇遇写成了这篇《日本国栖芳寺遇真记·并赋》，其创格中的承继，是值得品读与思考的。

06 兰芳胜迹赋金山

自古以来，有名山就有赋颂，如赋神话之山，则有《昆仑赋》《麻姑山赋》等；赋文化之山，则有《泰山赋》《八公山赋》等；赋仙道之山，则有《巫山赋》《罗浮山赋》等；赋胜迹之山，则有《庐山赋》《黄山赋》等；赋区域之山，则如古润州（今镇江）之三山《金山赋》《焦山赋》《北固山赋》等。陈元龙编《历代赋汇》，收有明人邝宗舜、盛恩《金山赋》两篇，邝赋开篇谓“金山峨峨，立彼江波”，以明山立长江南岸的气势；盛赋为其所撰“京口三山赋”之一，其首句是“润有金山”，点明区域，皆为名篇。近与学友网上闲聊，忽有谓君知有一篇《游金山赋》乎？彼“金山”非此“金山”，乃在南海之南一古岛国，撰写人正是此岛国（兰芳共和国）之首任大总制（统）罗芳伯（1738—1795）。于是寻踪考源，翻检罗香林撰著于1941年的《西婆罗洲罗芳伯等所建共和国考》（台北，南天书局，1992年版），其书收载了此赋。据前人考述，罗芳伯仅存有一赋一诗一文，即因坤甸海边鳄鱼伤渔民，仿韩文公作《祭鳄鱼文》，自抒情思作《遣怀诗》，叙写自己远走南海“淘金”创业经历，而作《游金山赋》。

考罗香林之书，两载此赋，一在书之第六章《兰芳大总制首任总长罗芳伯之家世与行谊》，二在全书附录之林凤超《坤甸历史》卷首。据罗氏经眼，此赋有两本，一即林凤超《坤甸历史》（林本），二是刘焕然编《荷属东印度概览》（刘本），二本多异文，乃因辗转传抄的原因，比较而言，他认为以“林本”为善。林本赋前有题叙：“坤甸东万律，罗芳伯发祥地也。……芳伯生平轶事，佚无可考，所传者唯文一、赋一、诗一而已，兹为搜编坤甸历史，谨将其诗赋冠之篇首，以当其自传，并藉此以概其为人焉。”这段话有多层意思，视此赋为“自传”，此其一；所赋“金山”，指的就是位居坤甸的“东万律山”，此其二；此处（山）乃罗芳伯的“发祥地”，关键在山产金矿，作者因淘金而发迹，此其三。由此想到明清以后华人海外淘金经商，成一生成发展之路，如19世纪美国淘金热的中心地区谓之“金山”，华人劳工多集聚于此，后澳大利亚墨尔本发现金矿，称“新金山”，与之区别而有“旧金山”之名。可是早在清乾隆年间，广东人罗芳伯即往南海坤甸（今属印尼）淘金，且由建“兰芳公司”而为“兰芳共和国”，其经历之神奇，或可于此赋“金山”的文字间窥其历史片断与情感发轫。

罗芳伯的《游金山赋》不足千字，但结构完整，叙写了游“金山”的所见所闻与经历感慨，前引后歌，思路明晰。品读其赋，可分四段，首述所赋之地，即开篇四句：“盖闻金山之胜地，时怀仰止之私衷。地虽属蛮夷之域，界仍居南海之中。”所谓在“南海之中”的“蛮夷之域”，即南洋群岛中最大的婆罗洲，汉史记载首见于《汉书·地理志》之“都元国”，其后中国史书也历有记述，如宋以后之“浡泥国”即在此地。考作者本人，据有关史料记载，清乾隆三年（1738）出生于广东嘉应州（今梅州）石扇堡一耕读之家，中秀才，考举人不第。乾隆三十七年（1772），因赴乡试再次不中，和百多名亲友漂洋过海，到婆罗洲（今印尼加里曼丹岛），组建采金公司。乾隆四十一年（1776），罗芳伯与陈兰伯一起在东南亚西婆罗洲（现称西加里曼丹）坤甸成立了“兰芳公司”，是个类似于东印度公司的含有政治色彩的团体组织。乾隆四十二年（1777），“公司”改为“共和国”，以东万律为首都的“兰芳大统制共和国”建立。这一年定为兰芳元年。罗芳伯担任首任国家元首“大唐总长”，并被当地人尊称为“坤甸王”。由于这一由淘金致富到担任兰芳共和国第一任总制的非凡经历，其赋首所述“蛮夷之地”恰是作者的“发祥地”，其中喻示的是艰辛的经历与神奇的记忆。

赋的第二段叙写行程经历，先明出行时令，“岁值壬辰，节界应钟”，指的正是作者于乾隆三十七年（壬辰）十月（应钟）与众亲友漂泊南洋之行。赋云：

登舟自虎门而出，南征之马首是东。携手偕行，亲朋百众；同舟共济，色相皆空。……舟人曰：“金山至矣。”但见满江红水，一带长堤。林深树密，渚浅波微。……两岸迷离，千仞岚光接翠；孤峰挺秀，四围山色齐辉。

“虎门”，指的是珠江口东岸的虎门镇，即作者远行的出发地，“马首”用《仪礼·士丧礼》“君至，主人出迎于外，门外见马首，不哭”之旧典，韩愈《过鸿沟》诗云“谁劝君王回马首，真成一掷赌乾坤”，这其中也涵蕴着此番行程的艰辛与决心。其“同舟共济”，是写实，亦喻示，即众亲友同舟前往的记事，却寄托了海外华人团结奋进的心志；“色相皆空”亦写实，乃漂泊海洋水天一色之景，也属意于此行前程的缥渺与茫然。而当舟子一声“金山至矣”，又将人们从想象的空间拉回现实，点破其“淘金”的本意。而结合罗芳伯后来以淘金致富并建立兰芳共和国的经历，说该赋有一定的“自传”性质，亦不无道理。

赋的第三段叙写黄金地产与热带气候、景致及异域的名物称谓。这其中既有赋作的新视域，也有早期海外华文的新风貌。如赋中描述：

若夫地当热带，日气薰蒸。草木曾无春夏，人事自有新旧。黄金地产，宝藏山兴。欲求此中生活，须从苦里经营。至于名物称呼各异，唐番应答攸殊。沙寮依然茅屋，巴历原是金湖。……由郎荡漾于怀中，乍分还合；刮子婆娑于水底，欲去仍留。幸黄金之获益，羡白镪之盈收。

作者所述热带、薰蒸，是指区域的气候；沙寮、巴历、由郎、刮子，则为当地名物与称谓；黄金、白镪（银）、宝藏、获益、盈收，乃淘金所获之实录；而“此中生活”与“苦里经营”，记录了十八世纪华侨在西婆罗洲采金的史实，也写尽了淘金海外之华人的艰难经历与坚忍心念。据史料记载，罗芳伯“少负奇气，生性豪迈，任侠好义，喜结纳”，而其平息盗匪，巧除鳄患，采取一系列的为政举措，创立岛国，同时向清廷称藩，以不忘中华本原，其事其功，令人瞩目。温仲和等编纂的《嘉应州志》卷二十三《人物下》记述罗芳伯事迹云：“侨居南洋婆罗洲西部之坤甸，助土著苏丹平乱，侨民归依。苏丹因分土听治，芳伯乃为之奠都邑，定官制，修军备，辟商场，兴矿冶，抚民庶，建元兰芳……为有土地、人民、组织及完整主权之共和国。”梁启超在 1905 年撰作的《中国殖民八大伟人传》，将罗芳伯列为中国海外殖民八大伟人之一，自是不诬。由此来看作者赋中所述“苦里经营”，显然不是敷衍之词，而是有丰富内涵的历史记忆。

赋的第四段自述了早期华人下南洋谋生而远行的经历与感慨。作者全篇自述，没有采用假托人物之赋法，使其作品叙事性较强，而兼及言志。如谓“予也材本鸠拙，志切莺迁”，即自谦才性笨拙，却迁居海外。至于迁居经历，赋中写道：

假馆他邦，固既虚延岁月；奔驰道左，还期捆载凯旋。俾士作商，不惮萍踪万里；家贫亲老，常怀客路三千。因而水绕白云，时盼望于风晨月夕；倘得堂开画锦，庆优游于化日光天。噫嘻！蛮烟瘴雨，损体劳形，岂无志于定远，又何乐乎少卿。远适他乡，原效陶朱之致富；登高作赋，实怀骚客之怡情。

这段文字以抒情为主，故于中可见其情怀，略举其要，可述三端：一是儒商之情怀。赋云“原效陶朱之致富”，用春秋时范蠡泛五湖经商典故，考其本事，范蠡第三次迁陶（山东肥城陶山），被称“陶朱公”，奉为儒商鼻祖，而赋中作者自称“俾士作商”，实出其因。二是定远之情怀。如前所述，坤甸之地初见载汉史，而赋者又有着强烈的汉族中心论思想，所以书写怀抱，亦多拟效汉史，如“岂无志于定远，又何乐乎少卿”，前句用东汉班超（定远侯）“投笔从戎”故事，后句用西汉李陵（字少卿）羁留异邦的事件，拟状自己的定远之心与家国之情。三是骚客之情怀。赋中所言“怀骚客之怡情”，可结合其附“歌”观之，即“巍巍独立万山巅，云水苍苍自绕旋。如此好山如此水，蹉跎岁月亦潸然”，作者“万山巅”的志向，“自绕旋”的行迹与“蹉跎岁月”的情思融织于一体，其中又透泄出骚人常有的不遇之悲与乡关之恋。我们对读罗氏所作《遣怀》诗：“英雄落魄海天来，笑煞庸奴亦壮哉。燕雀安知鸿鹄志，蒲樗怎比栋梁材。平蛮荡寇经三载，辟土开疆已两回。莫道老夫无好处，唇枪舌剑鼻如雷。”词虽粗率，却不乏壮志蒿莱的奇特感受。

罗芳伯赋写金山，实述人生经历，虽从淘金经商始，然其功业宜在建立兰芳国之举。考兰芳大统制共和国（Lan Fang Republic，1776—1888），是十八世纪七十年代到十九世纪八十年代之间存在于南洋婆罗洲上的海外华人所创立的第一个共和国，从某种程度上可以算是亚洲历史上的第一个共和国。“兰芳大总制”前后选举过12位总长，到清光绪年间（1886）才被荷兰帝国所吞并，历时长达110年。作为首任总制，罗香林《罗芳伯所建婆罗洲坤甸兰芳大总制考》记述：“盖自兰芳大总制建立，芳伯威信大行，对内对外，本可以王位自居。乃芳伯以谦卑为怀，反取极富民治色彩之总长名号，而口头上则称为头人。及至将卒。又复谆嘱须选举贤能，继为总长，而兰芳大总制之选贤制度，因以确立。此种礼让精神，乃兰芳大总制最可贵者。”考时年35岁的罗芳伯决定下南洋谋生，从虎门出发，历经风浪，到一个叫“三发”（今属印度尼西亚的西加里曼丹省）的地方上岸，经个人奋斗，富可敌国，权倾一时，但其却能以“礼让”而创立极富“民治”色彩的共和制度，这却非常人所能估量。究其因，或曰多多，然罗氏为人之情怀，却是不可或缺的内因，这一点恰恰在他的《游金山赋》中有所映射。罗香林在其书中也曾评及此赋，认为“芳伯此赋，虽非遣辞特工，然格度整适，且早在乾隆之世，而华侨中有此佳构，亦自难能可贵矣”。

读诗要知人论世，读赋亦然。作为早期华侨的文学文本，固有浅陋平率，难登大雅之堂，所以这篇赋在辞赋创作史上亦无重要地位，但作为兰芳共和国第一任总制的创作，其创业艰辛之余留下的在南海之南一段珍贵的记忆与情怀，却是弥足珍贵的。

06

乾隆《盛京赋》的写作与传播

辞赋与制度的关系非常密切，古代帝王的推崇往往决定了赋创作的繁盛，如汉武帝好赋并有《李夫人赋》的写作与汉赋“一代之胜”崛起的关联，唐太宗亲撰《小山》《小池》赋引出一批文臣的应诏和作，而在清代的康乾盛世，因康熙帝敕大学士陈元龙编《历代赋汇》并御制《序》文盛赞赋功，致使有清如翰苑考赋风炽，乾隆帝更是亲撰《盛京赋》，洋洋数千言，为千古帝王创作散体都邑大赋唯一人，于是文臣学士心摹手追，连篇累牍，赋势大振，而且当朝就译传海外，流韵至今。2016 年外研社与沈阳出版社召开发布会，向世人宣告 246 年前法国巴黎出版的法文版《盛京赋》（包括注释等）转译回国，即法汉对照本《御制盛京赋译著》正式出版发行（龙云主译，2015 年版）。盛京，即奉天，今沈阳，为清王朝满族统治者“爱新觉罗”氏的发祥地，然因该赋作者身份特殊，所以赋写盛京，却非限一隅，亦非写“陪都”而已，实具“帝国赋”的书写价值，并以“文化品牌”得以“宣威海外”，

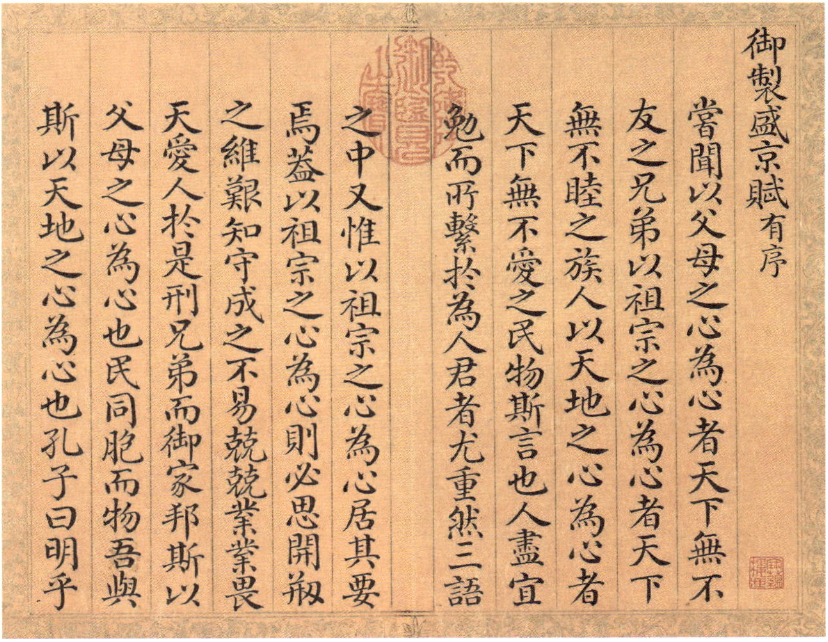

御製盛京賦有序
嘗聞以父母之心為心者天下無不
友之兄弟以祖宗之心為心者天下
無不睦之族人以天地之心為心者
天下無不愛之民物斯言也人盡宜
勉而所繫於為人君者尤重然三語
之中又惟以祖宗之心為心居其要
焉葢以祖宗之心為心則必思開剏
之維艱知守成之不易兢兢業業畏
天愛人於是刑兄弟而御家邦斯以
父母之心為心也民同胞而物吾與
斯以天地之心為心也孔子曰明乎

清　金士松　乾隆盛京赋册

成为十八世纪中外文学交流的重要文本与契机。

据《清史稿·高宗本纪》记载：乾隆八年（1743）“冬十月庚戌朔，上御大政殿……御制《盛京赋》”。这年九月“乙未，上奉皇太后谒永陵。丙申，行大飨礼”；“辛丑，谒福陵。壬寅，行大飨礼。谒昭陵。癸卯，行大飨礼。上奉皇太后驻跸盛京。朝鲜国王李昑遣陪臣至盛京贡方物”；“乙巳，上诣文庙释奠。幸讲武台大阅”。这是乾隆登基后第一次东巡，在拜谒永陵、福陵、昭陵等一系列以祭祖为中心的礼仪活动后，“奉皇太后驻跸盛京”而作此赋。据清人柏葰《陪都景物略赋序》

称:“昔人《三都》《两京》之赋，铺张扬厉，宣上德而抒下情，抑亦雅、颂之亚也。我国家龙兴东土，沈阳尤为根本重地。伏读圣制《盛京赋》，古奥排宕，典则宏深，诚非颛愚之所能窥测。”(《薛簃吟馆钞存》卷上)可知该赋以前人京都赋为摹写样本，却因“祭祖”主题而兼取礼仪赋的写作方法。

从创作结构分析，乾隆的《盛京赋》是典型的大赋创作，由“序文”“赋文”与“颂诗”三大部分组成，而赋文中首段从“岁大渊献”到“爰赋其略”又属于赋的“内序”。读该赋序文(以下赋文引自《皇清文颖》卷首十八《盛京赋》)，其创作宗旨大体可见。序文首节，先标“三心”，即“父母之心”“祖宗之心”与“天下之心”，并以为“以祖宗之心为心居其要”，这既与其赋以祭祖为主旨相合，也阐明了君主宗法制的“传统”意义。次节以孔子“明乎郊社之礼、禘尝之义”引出“我国家肇兴盛京邠岐之地”及“皇祖(康熙)六十一年之间三谒丹陵，用展孝敬；皇考(雍正)在位，百度维新，日不暇给……未举是典”的回顾，强调庙祭礼典的重要性，以明“予小子缵承丕业，惧德弗嗣……敬奉神器”的行为及意义。末节叙写本事“爰以乾隆癸亥秋恭奉皇太后发轫京师，届我陪都”，并引汉人王延寿《鲁灵光殿赋》“物以赋显，事以颂宣”语说明作赋之内涵与价值。

读赋的正文，除了前述“内序”一段，其首起之语乃“粤我清初肇长白山”，极含深意。考古代帝宗之山岳崇拜，远之“昆仑”，乃诸神之所集；后则“泰岱”，为汉帝封禅祭天之所，复有“尊孔”的文化内涵。而满清起于关外，视东北长白山为祖山神灵，龙兴之地，故康熙十六曾颁旨“宜加封号，永著祀典”。康熙自为《望祀长白山》诗有句云“名山钟灵秀，二水发真源”，所谓“二水”，指的是松花江与鸭绿江；“千秋佳兆启，一代典仪尊”，因一代之“尊”，方著“祀典”。而乾隆也有《望祭长白山作》《驻跸吉林望叩长白山》诗作，如前首有云“五岳真形空紫府，万年天作佑皇清”，此与赋之首赞“长白”，相得益彰。而清初吴兆骞因罪流放宁古塔，作《长白山赋》，序谓“我国家肇基震域”（震域指东方）、“昭应皇舆，合祥帝室”，赋文赞颂“猗兹山之峻极，眇群岳而独尊”，虽不乏谪臣谄媚而侥幸之心态，然其所述应合史实则不诬。而由长白山兴起，全赋构文的主线是写满族起源、崛兴以及祖宗开辟、成功，复阐盛祭祀之典的勋绩，然因驻跸盛京，并以为题，所以赋中对盛京建制、地舆、物态（自然景观）、气象（人文景观）的描绘，占有大量篇幅。如叙盛京之建立：

天命十年，相险宅中，谓沈阳为王气所聚，乃建盛京。……于是乎，左挟朝鲜，右据山海，北屏白山，南带辽水。……东尽使犬之部，朔连牧羊之鄙。启我漠惠之厚，扩我俄朵之址。高燥埤湿，原田每每，走大野而拱太室者万有余里。

据史载，公元1616年清太祖努尔哈赤建汗，号大金（后金），1636年清太宗皇太极称帝，号大清，1621年迁都辽阳，1625年迁都沈阳，改称盛京，1644年摄政王多尔衮率兵入关，定都燕京（北京），以盛京为陪都。乾隆此赋，正是这段历史的文学性描述，如谓“我世祖（顺治）因人心之归清，顺天意之厌明，扫驱除之闰位，统子弟之精兵，无亡矢遗镞之费，而膺图正位乎燕京”，并谓盛京虽“陪都实惟帝乡”。作者为宣扬帝嫡之正，抹去多尔衮的贡献，然涂写历史，潜符默契。当然，由盛京到燕京，记载了清人建国之历程，然其中满族之发展，诚为内在之线索。赋文自述“帝女天姝，朱果是吞，爰生圣子，帝用锡以姓曰觉罗，而徽其称曰爱新”后，复写“八旗”之成立云：

吉君臣之一德，而扩我闼于八荒。正号纪元，以受天庆，于是定两翼之位，列八旗之方。黄白红蓝，有正有镶。法其象于河鼓，则其数于羲经，神其变于三五，握其奇于九宫。

于是再写“八旗”子弟之战功：

若夫人自为战，王者无敌。角崖则百墉失凭，旌挥则三边定檄。义不返顾，勇不重壁。是以敉四海而莫撄，亘千古而鲜匹。……爰狩中原，我戎是修。

武备战功，是其入主中原的保证，所以耀武扬威，津津乐道，也是乾隆赋中不可或缺的。当然，沿袭前人都城赋创作惯例，该赋在书写物态（山水动植物等颇有区域特色）、宫室、田猎、朝贡之后，又以历代兴亡为训，恤民耕作为念，以彰扬“有道”的德治传统。如赋中写田猎“古者蒐苗狝狩之礼，所为昭讵，其害三时之土谷，夺百姓之膏腴，蹂桑柘之地，广虞猎之郊，如《子虚》《上林》之所嘲也哉”，即借汉赋之讽入己赋，而警醒其行，从作者身份的转换（由文臣变帝王），观其语象的呈示，则不乏新义。

如果说乾隆这篇赋有什么文学价值，或难以为说，但考其写赋目的，则有两点意义值得申述：第一，彰显帝国气象。如赋末颂诗首几句：“于铄盛京，维沈之阳。大山广川，作观万方。虎踞龙盘，紫县浩穰。爰浚周池，爰筑长墉，法天则地，阳耀阴藏。”其所述绝非盛京一地，或如宋人程大昌评司马相如赋写“上林”是“该四海言之”（《演繁露》卷十一）。我们不妨对读《清史稿·地理志》记述清王朝经圣祖、世宗拓疆后“逮于高宗，定大小金川，收准噶尔、回部，天山南北二万余里毡裘湩酪之伦，树颔蛾服，倚汉如天。自兹以来，东极三姓所属库页岛，西极新疆疏勒至于葱岭，北极外兴安岭，南极广东琼州之崖山，莫不稽颡内向，诚系本朝。于皇铄哉！汉、唐以来未之有也”的一段文字，足见乾隆写赋的襟怀与意旨。第二，树立皇清圣统。对此，略举一例，即乾隆在赋序中写“肇兴盛京”则紧系“桥山在焉”语，考“桥山”指陕西“黄帝陵”，又赋末颂诗复谓“缅仰鼎湖”，又取黄帝鼎湖乘龙升天的典故，远宗黄陵，近祀列祖，用心所在自明。我们再看乾隆八年癸亥冬十月（即作赋时）谕王公宗室有云：“满洲、蒙古、汉人皆有一定之礼，即以汉人文学而论，朕所学所知，即在通儒，未肯多让。”（《清实录》卷二百二）由此可见，乾隆一面强调继承祖宗法制的重要，一面又提及对汉文学习堪比通儒，其用赋体这一汉人论证圣统合法性的文学样式，来强调祖宗盛德，《盛京赋》调和效法祖宗旧制与借鉴汉人礼仪之矛盾的重要功用，耐人寻味。

《盛京赋》完成后，即由内府武英殿刻印，有满、汉版本（傅恒等编刻本），而且于“乾隆戊辰（十三年）春，特旨开《盛京赋》篆字馆”（周亮工《印人传》卷四），以三十二体篆书印制，至于抄录、刻印、影印诸本亦多。而兹赋对当朝赋体创作的影响，诚如嘉庆十年进士徐松为其业师英和《卜魁城赋》作跋所云：

恭读高宗纯皇帝圣制《盛京赋》，流天苞以阐地符，一时名公巨卿如周海山先生使琉球作《中山赋》，纪晓岚先生谪西域作《乌鲁木齐赋》，和太庵先生镇卫藏作《西藏赋》，独黑龙江界在东北边，曩惟方恪敏公有卜魁杂诗及竹枝之作，而研都炼京，天则留待我树琴夫子发摅文章，为封疆增色。

除了徐氏所述赋篇，尚有如全祖望《皇舆图赋》、朱筠《圣谟广运平定准噶尔赋》及徐松所撰《新疆赋》，文守元《四塞纪略赋》、王必昌《台湾赋》等，为“封疆增色”并涂饰皇清盛世的赋作，昌明一时。上“好”下“甚”之规律在赋域的体现，这可算一个典型案例。

在中外文化交流史上，《盛京赋》的传播及影响更是令人惊讶。法国耶稣会钱德明（Jean Joseph Marie Amiot，1718—1793）神父 1750 年来华，居北京长达 42 年之久，其中一大学术贡献就是将《盛京赋》翻译成法文并详加注释，推介到欧洲，后经东方学家约瑟夫·德经的审校（并作序），于 1770 年（乾隆三十五年）由巴黎提亚尔（N.M.Tillard）出版社刊行面世。尽管其译文的准确性在当时及传播过程中褒贬不一，然其译介此赋的文化意义，却因反响巨大而卓绝非凡。崇拜中国文化的法国作家伏尔泰以此为主题发表《致中国皇帝书》高歌“请接受我的敬意，可爱的中国之王”，狄德罗评述《盛京赋》“包含着一种父爱的精神，令人感动和着迷”（钱林森《中国古典诗歌在 18 世纪法国的传播与影响》）。可以说，《盛京赋》在欧洲掀起的“中国风”，已逸出“赋域”，具有了更为广远的文化内涵。

2016 年 5 月 13 日，美国汉学家、西雅图华盛顿大学东亚语言文学系教授康达维（David Knechtges）博士受邀在南京大学文学院作“欧美赋学研究史”演讲，他所提到的第一位欧洲赋学翻译家是费之迈

（August Pfizmaier），其将屈赋之《离骚》译为德文，并于1852年出版。而比较钱德明译《盛京赋》于1770年在巴黎出版，迟了近一个世纪。于是课后提问，我说出这样的想法，是否因钱译《盛京赋》（属于其时的“当代文学”）在欧洲的流传以及其极为现实的功用（中欧关系），才引起了其后欧美学者（19世纪、20世纪）对中国古老赋学的关注？康教授笑着回答：“这个问题很重要。”

为什么《盛京赋》在当时就受到中外学者的重视？答案很简单，因为作者是中国的皇帝。而由《盛京赋》引发的赋创作的繁盛，从某一侧面可以说明中国古代的文化繁荣，往往是文化专制的结果，在文化专制（如文字狱）的同时，恰是根据统治者需要而进行宏大文化工程建设的“盛世”。清代康乾时期的文化人如此，那些猎取中土文献的外邦眼光又何尝不如此？